The German Fantasy Prize

The Quill Award

The British Fantasy Award

TAD WILLIAMS

雾影四部曲【II】上卷

雾影游戏

SHADOWPLAY

[美] 泰德·威廉姆斯 著

杜芯宁 陈磊 译

西南师範大學出版社

国家一级出版社 全国百佳图书出版单位

The Twilight Lands
暮光大陆
Irisian Ocean
伊利珊海
N
W
E
S
Vattish Archipelago
范特群岛
Connord
康纳德
Southmarch
南境
and
March Kingdoms
远境王国
Sittland
塞特兰
EION
埃昂
Brenland
布伦
Syan
希安
Jael
杰尔
The Heartwood
心形森林
Perikal
佩里卡尔
Eiluin Mountains
艾尔温斯山脉
克雷斯
Krace
Devonis
德沃尼斯
Ulos
优洛斯
塞索
Hierosol
赫若索尔
Sessio
Akaris
阿卡利斯
Ostrian Sea
奥斯提安海
Tallено
泰伦诺
Torvio
托尔维欧
Hesperian Ocean
希斯佩里安海
Great Xis
大西斯
XAND
赞德
W 2004

与第一部《雾影边境》相同，谨以此书献给我的孩子，康纳·威廉姆斯和德文·比尔——在第一部故事之后，他们已经长大了许多，也比以前更闹腾了，但仍是那样的聪明可爱。即使他们的尖声大笑有时会吓到我，我也还是深爱着他们。

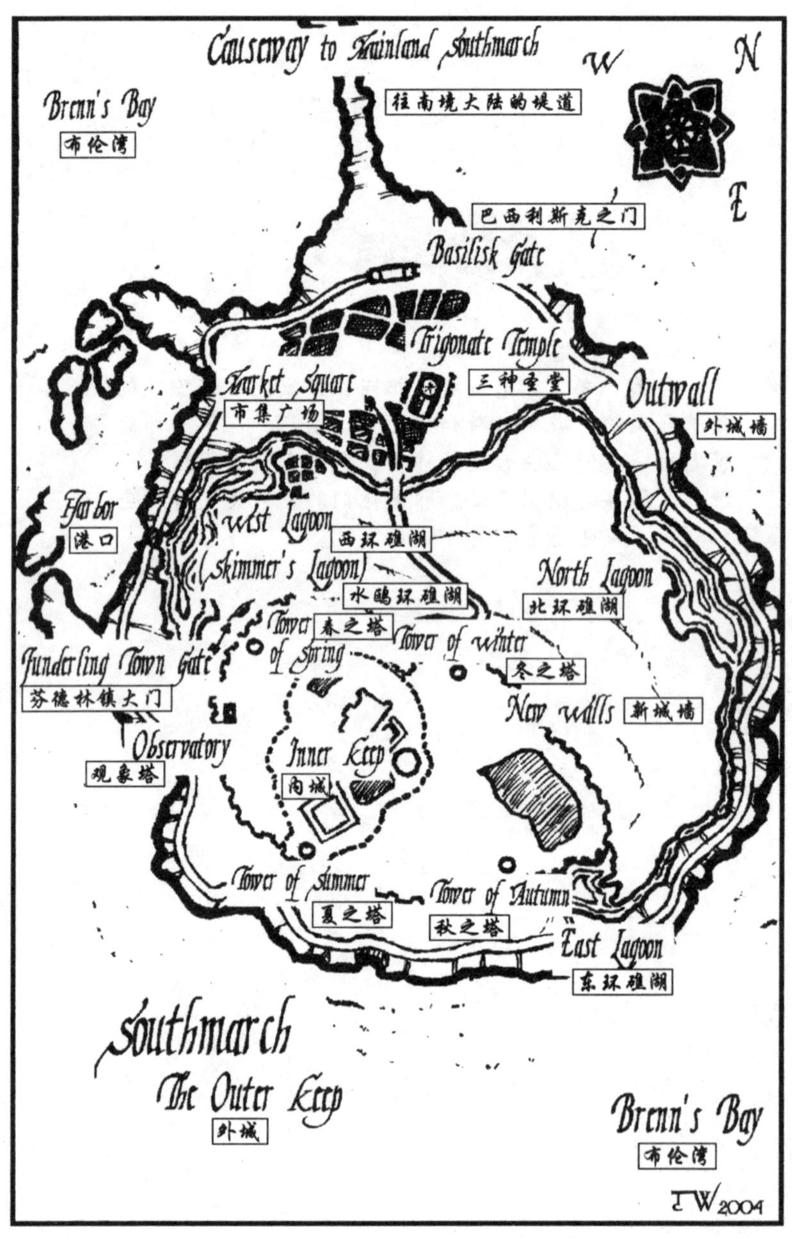

Causeway to Mainland Southmarch
往南境大陆的堤道
W
N
E
Brenn's Bay
布伦湾
巴西利斯克之门
Basilisk Gate
Trigonate Temple
三神圣堂
Outwall
外城墙
Market Square
市集广场
Harbor
港口
West Lagoon
西环礁湖
(Skimmer's Lagoon)
水鸥环礁湖
North Lagoon
北环礁湖
Tower of Spring
春之塔
Tower of Winter
冬之塔
Funderling Town Gate
芬德林镇大门
New walls
新城墙
Observatory
观象塔
Inner Keep
内城
Tower of Summer
夏之塔
Tower of Autumn
秋之塔
East Lagoon
东环礁湖
Southmarch
The Outer Keep
外城
Brenn's Bay
布伦湾
TW 2004

鉴于有些读者习惯提前了解这一故事的人物、事件和地点，本书附上了几张地图，还有人物信息表和三神教信仰中的诸神名讳表。

地图绘制的依据有：旅者诉说的详尽故事，字迹模糊不堪的古老文件，神谕的文字记载，垂垂老矣的隐者所言，还有在希安的跳蚤市场发现的装有土地管理局记录的旧盒子。同样，本部附录中的人物信息表和诸神名讳表也是根据一些神秘而古老的线索艰难制成的。请读者们好好利用这些材料，也请谨记，这其中的许多人物早已逝去，或是视力严重受损，或是学术声誉早已不复存在，但他们的牺牲是为了提供这些材料给你们，给我亲爱的读者们。

费恩·特奥多罗斯

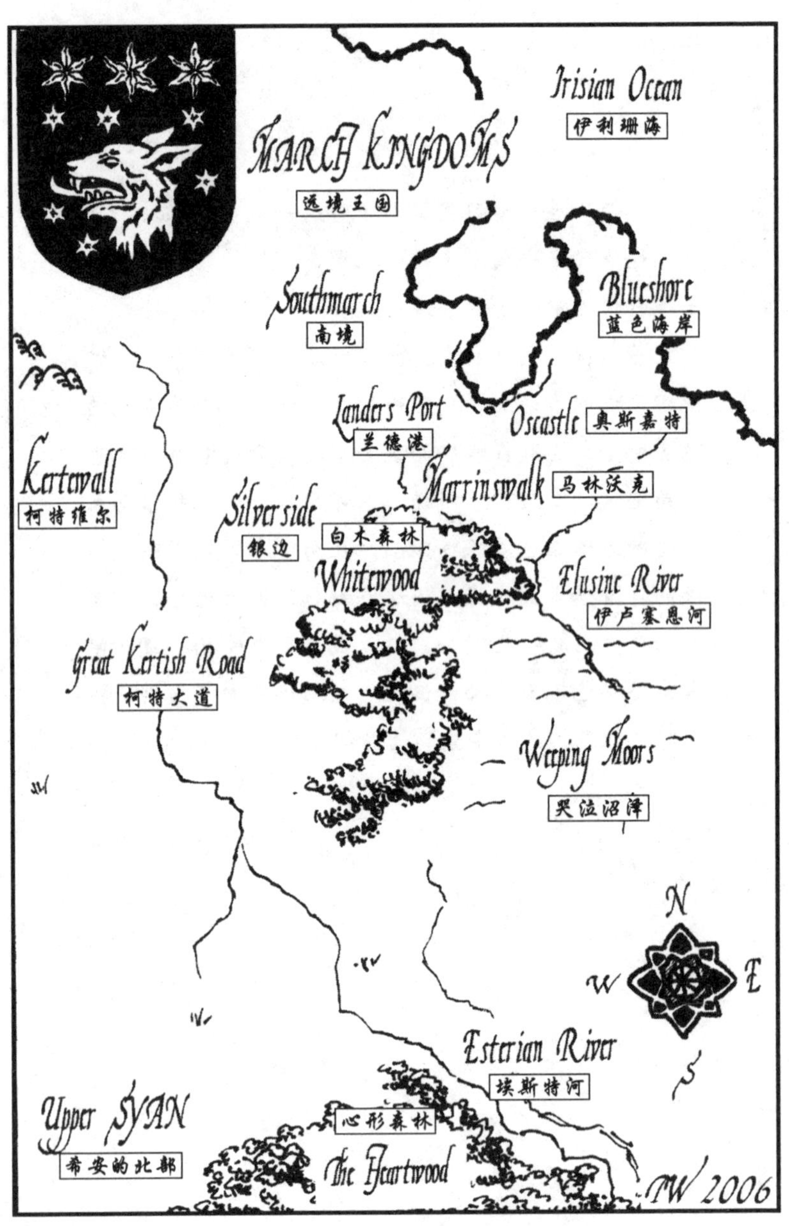
Irisian Ocean
伊利珊海
MARCH KINGDOMS
遥境王国
Southmarch
南境
Blueshore
蓝色海岸
Landers Port
兰德港
Oscastle
奥斯嘉特
Kertewall
柯特维尔
Marrinswalk
马林沃克
Silverside
银边
白木森林
Whitewood
Elusine River
伊卢塞恩河
Great Kertish Road
柯特大道
Weeping Moors
哭泣沼泽
N
W
E
S
Esterian River
埃斯特河
Upper SYAN
希安的北部
心形森林
The Heartwood
PW 2006

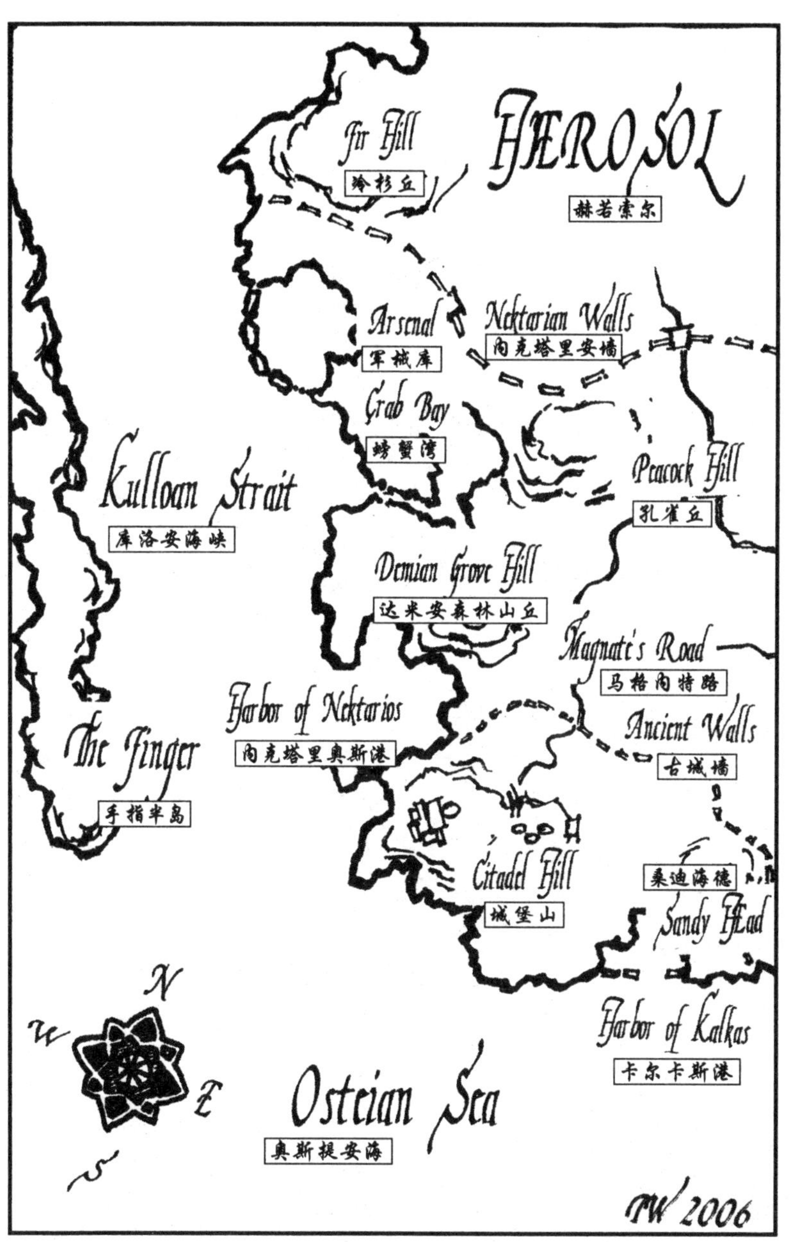
Fir Hill
冷杉丘
HÆROSOL
赫若索尔
Arsenal
军械库
Nektarian Walls
内克塔里安墙
Crab Bay
螃蟹湾
Kulloan Strait
库洛安海峡
Peacock Hill
孔雀丘
Demian Grove Hill
达米安森林山丘
Magnate's Road
马格内特路
Harbor of Nektarios
内克塔里奥斯港
Ancient Walls
古城墙
The Finger
手指半岛
桑迪海德
Citadel Hill
城堡山
Sandy Head
Harbor of Kalkas
卡尔卡斯港
N
W
E
S
Osteian Sea
奥斯提安海
PW 2006

目 录
CONTENTS

序幕

Prelude

王宫里的大人们为了找到失踪的男孩搜寻了一个多小时，仍然一无所获。但他姐姐知道在哪里能找到他。

“吓了一跳吧！”她说，“是我。”

他暗色的紧身裤和天鹅绒外衣上沾满了尘土，脸上布满一道道污垢，看起来像一个悲哀的小精灵。“兰娜叔祖母和其他人都在急着找你，”她说，“真不敢相信她们竟然没到这里来。难道她们什么都记不得了吗？”

“走开。”

“不，我现在不能走，笨蛋。西米恩小姐和其他两个女仆就在我后面——我听到她们朝走廊来了。如果我现在出去她们就知道你躲在哪里了。”她把蜡烛放在地板上的两块垫脚石之间，咧嘴一笑，对自己的计策感到很得意，“所以我要待在这里，你不能让我出去。”

“那么就保持安静。”

“不，除非我自己想这么做。我是一个公主，你不能命令我，只有我父亲才能。”她坐到弟弟旁边，抬头看着一排架子。大厅旁边建了新厨房后，这里就很少使用了，只留下了一些有裂缝的壶和碗，还有五六个带塞子的罐子，布瑞奥妮曾被告知这些罐子里的东西年岁非常久远，很危险，甚至连查文都不敢打开（孩子们都知道，王宫里新来的医生是一个有很多古怪兴趣的人，对此，他们觉得又兴奋又害怕）。“你为什么要躲起来？”

“我没有躲。我在思考。”

“你说谎，巴瑞克·埃顿。你想思考时会去城墙上散步，或到父亲的图书室里，或者……或者就像一个祈祷的修士一样待在自己房间里。你想要躲起来时就会来这里。”

“是吗？你什么时候变得这么聪明了，稻草头？”

这是他对她感到恼怒时常会使用的一个词语，就好像不同的发色——她的是金色，他的则像狐狸后背一般火红——让他们两人变得有些不同，不那么像双胞胎了。“我就知道，快，告诉我。”布瑞奥妮等了一会儿，然后耸耸肩，转变了话题，“护城河里的一只鸭子孵蛋了。小鸭子太可爱了，嘎嘎嘎地叫着排成一队，妈妈去哪儿，它们就跟到哪儿，好像跟老鸭子系在一起似的。”

“你和你的鸭子。”他脸色阴沉下来，摩擦着自己的手腕。他左手的手指弯曲蜷缩，像动物的爪子一样。

“你的胳膊疼吗？”

“不！西米恩现在应该走了——你为什么不去跟你的鸭子、布娃娃或其他什么东西一块儿玩呢？”

“你不告诉我发生了什么我就不走。”布瑞奥妮现在掌握了主动权。她对这种讨价还价了然于心，就像熟悉晨祷和晚祷那样，就像她熟悉佐睿雅从凶恶的月亮之神的城堡中逃出来的故事那样——这是《三神之书》中她最喜欢的故事。或许会僵持一会儿，但最后她总能占上风。因此她继续打探：“告诉我。”

“什么事都没有。”他把那只残疾的胳膊小心垂放到膝盖上，就像布瑞奥妮对小羊羔或肥嘟嘟的小狗时那样小心翼翼，但脸上的表情更像一个父亲不情愿地拖着自己的痴呆孩子。“不许看我的手！”

“你知道自己最后一定会告诉我的，红毛。”她戏弄他，“所以为什么还要抵抗呢？”

他很长时间都默不作声——这倒是一个不同寻常的反应。

沉默和内心的挣扎持续了一段时间。布瑞奥妮用尽各种方法试图让他开口，但他都不理会，她真的有些生气了，同时也变得越来越不解。同是八岁，同时出生，他们两人一直形影不离，有时巴瑞克在夜里做噩梦时会哭喊出来，但除此之外，她从没见过他如此不安。

“好吧。”他终于开口道，“如果你不离开，就要发誓不会告诉任何人。”

“我？发誓？你个猪猡！我从没泄露过任何关于你的事情！”这是真的。因为不愿意泄露对方做的事情，他们各自都受过几次惩罚。这是他们之间深刻而自然的约定，以前从未说出口过。

但巴瑞克的态度非常坚定。他等着布瑞奥妮的怒气渐渐平复下来，小小的苍白脸庞上带着一丝不悦的僵硬笑容。她终于投降了。只能让到这一步，好奇心现在简直让她坐立难安。“好吧，猪猡。你想让我怎么做？我应该对谁发誓？”

“血誓。必须是血誓。”

“看在众神脑袋的份上，你是不是疯了？”这么粗鲁的话脱口而出，她自己也有些脸红，忍不住四处张望，虽然储藏室里除了他们肯定没有其他人。“血？什么血？”

巴瑞克从袖口中抽出一把匕首。他伸出手指，眼睛几乎眨都没眨就在指尖上划出了一个口子。布瑞奥妮既感兴趣又厌恶地盯着看。

“除了公开庆典，你不能把刀带在身上。”她说。守卫军头领沙索严禁他这么做，担心性情任性急躁的巴瑞克一时冲动会伤到自己或其他人。

“是吗？如果有人想杀我，守卫又不在身边，我该怎么办？毕竟我是王子。难道我只能用手套自卫，跟他们说滚开？”

“没人想要杀你。”她看着鲜血在他指尖上形成一个小珠子，淌下来，流到指节缝里，“为什么会有人想杀你？”

他摇摇头，对她的天真无知叹了口气：“你准备一直坐在这里，看着我流血而死吗？”

她盯着他：“你想让我也这么做？这样你才会告诉我某个愚蠢的秘密？”

“好吧，那么……”他吮掉鲜血，在袖子上擦擦手指，“我不会告诉你。离开这里，让我一个人待着。”

“别这么小气。”她仔细打量着他，看出他像一枚弯钉一样固执，不会改变主意，只好自己妥协了：“好吧，我做。”

他犹豫了，把自己的匕首让给布瑞奥妮。这太有违男子气概了，显然他很不情愿这么做，不过最后还是让她拿走了。她把锋利的刀刃抵在手指上很久，咬紧嘴唇。

“快点！”

她没有立即顺从。他伸出完好的那只手，一把抓住她的手，强按到刀刃上，但没割得太深。她的咒骂还没完，刺痛就结束了。一个红色的血珠出现在她指尖上。巴瑞克托着她的手，轻轻地把她的手指跟自己的手指放到一起。

这是一个奇怪的时刻，并不是因为感觉本身——把自己仍有些刺痛的手指跟弟弟的手指相触，把自己的血抹到他有螺旋指纹的指尖上，并没有什么出乎她意料的感觉——而是因为巴瑞克眼睛里的激烈神情，他看着红色血迹的样子如此热切，似乎在观看某种更有吸引力的事情：做爱，绞刑，裸体或死亡。

他抬起眼睛，发现她在盯着自己看。“别那样看着我。你能发誓自己永远不会泄露我告诉你的事情吗？如果违背了誓言，就会受到神灵的可怕惩罚。”

“巴瑞克！真是够了，你知道我不会告诉任何人的。”

“我们的血液现在混到一起了，你不能改变主意了。”

她摇摇头。只有一个小男孩才会相信用刀割破手指的仪式比在两人母亲黑暗而温暖的子宫中共度过一段时间的联结更为强大。“我不会改变主意。”她停顿了一下，想要寻找一个合适的说法表达自己的肯定，“你知道的，不是吗？”

“好吧，你看好了。”

他站了起来，在布瑞奥妮惊讶的注视下爬到一块木头上，这块木头在他们两人还没记事起就被用作厨房凳。巴瑞克在一个上层架子后面摸索了一会儿，拉出一件用抹布包着的东西。他把那东西拿了下来，再次坐下，小心翼翼地托着，好像那是某种活物，会有什么危险。布瑞奥妮想倾身去看，又想后退，生怕有什么东西突然从里面跳出来。她紧盯着巴瑞克展开脏兮兮的抹布。

“是个雕像。”她最后说，几乎有些失望。那雕像的大小跟花园里那些用后腿坐着的红松鼠差不多，除此之外就没有跟寻常东西相似的地方了：这是一座蒙面的人形雕像，脸几乎全被遮了起来。它由水晶制成，有的地方像冰霜一样呈朦胧的灰白色，其他地方则像教堂窗玻璃一样清晰而明亮，颜色从最浅的蓝色向肉色或掺水血液般的粉色过渡。它是蹲着的，强壮的手里拿着一根牧羊人的曲柄牧羊棍；一只猫头鹰坐在它的肩膀上，像是另外一个头。“这是科涅奥斯。”她以前曾在某个地方见过，说着伸手想要去摸雕像。

“不要动！”巴瑞克一把将雕像收了回去，重新用抹布包了起来，“它……很坏。”

“你这是什么意思？”

“我不知道。我就是……讨厌它。”

她奇怪地看了他一会儿，接着突然想起了什么。“哦，不！巴瑞克！那……那不是埃瑞沃教堂的雕像吗？它丢失时提摩伊德神父曾非常生气？”

“它是被人偷走的。他是这么说的，说了无数遍。”巴瑞克变得激动起来，苍白的脸颊上现出一丝红晕，“他说得没错。”

“仁慈的佐睿雅啊，你不会……”他没有出声，但沉默本身就已经是回答了。“天哪，巴瑞克，你为什么要这么做？”

“我不知道。我跟你说过了，我讨厌它。我讨厌它的样子，如此神秘而安静，只是……只是在那儿思考、等待。我在任何时间都能感觉到它，但在教堂里时更厉害。你难道感觉不到吗？”

“感觉到什么？”

“它……我不知道。它很热。它让我的脑袋里产生一种非常灼热的感觉。不，不是那样。我表达不出来，但我讨厌它。”他小小的脸庞再次变得坚定起来，苍白而严肃，“我要把它扔到护城河里。”

“不行！它很珍贵！它在我们家里已有……有很长时间了。”

“我才不管，反正它不会再待在这个家里了。我甚至连看到它都无法忍受。”他盯着她，“记住，你保证过了，不能告诉任何人。你发过誓了——我们混合了血液。”

“我当然不会说。但我还是认为你不该这么做。”

他摇摇头：“我不在乎，你不能阻止我。”

她叹了口气：“我知道。没有人能阻止你做任何事情，红毛，不论那些事有多么愚蠢。我只是告诉你不要把它扔到护城河里。”

他用一副怒气冲冲的神情盯着她：“为什么？”

“因为他们会抽干那里的水。你忘记去年夏天他们就这么干了吗？还在里面发现了那个淹死女人的尸体？”

他慢慢点点头：“当时梅若兰娜不让我们去看，好像我们都是小婴儿似的！气死我了。”他似乎第一次把她当作自己的同伙而不是敌人了。“所以如果我把它扔到护城河里，总有一天会被人发现。然后他们会把它重新放回教堂里。”

“没错。”她思索着，“应该扔到海里。从东湖后面的外墙上扔下去，下面就是大海。”

“但怎么才能不被守卫发现？”

“我告诉你怎么做，但你必须先答应我一件事情。”

“什么事情？”

“你先答应。”

他的脸色阴沉下来，不过她明显引起了他的好奇。“好吧，我答应。怎么才能把它扔掉而不被卫兵看到？”

“我和你一起去，就说想到城墙上面看海鸥或其他什么东西。反正他们都认为我们只是小孩子，不会注意我们做什么。”

“我们确实是孩子。但为什么要你帮忙？我自己也能把它扔掉，你知道。”他快速往下看了一眼自己蜷曲的左臂，“我能很轻松地把它扔到海里，又不是很沉。”

“当我们爬到城墙上面时我会假装摔倒。你在我前面走，卫兵就会停下来帮我，他们会很担心我摔断腿什么的，而你就趁机越过城墙，并……把它扔掉。”

他带着仰慕的神情看着她：“你真聪明，稻草头。”

“你需要像我这样的人帮你摆脱麻烦，红毛。现在你答应我的那件事呢？”

“什么？”

“我想让你以我们的歃血之盟起誓，下次你考虑从教堂里偷一座宝贵雕像之类的事情时，要先告诉我。”

“我虽然是你弟弟，但也不比你小多少，你知道……”

“你发誓，否则我刚才承诺的誓言就不算数了。”

“好吧，好吧，我发誓。”他微微笑了一下，“我感觉好一些了。”

“我可没有。首先，想想提摩伊德神父寻找雕像时，那些被剥光衣服搜身甚至被打的仆人们，他们可一点错都没有！”

“他们是没错，但他们习惯了。”不过至少他看起来还是有些困扰。

“科涅奥斯又怎么办？自己的雕像被偷，还被扔到海里，他会有什么感觉？”

巴瑞克脸上明朗的表情再一次消失了：“我才不管呢，他是我的敌人。”

“巴瑞克！不要对神灵说这种话！”

他耸耸肩：“我们走吧，西米恩小姐现在肯定走了。我们过后再回来拿雕像，明天早晨带着它去城墙。”他站起来，往下伸出那只完好的手，帮他姐姐起身，她穿着长裙，正努力挣扎着站起来。“我们最好先把手上的血洗干净再回王宫，否则他们肯定会问我们去哪儿了。”

“也没多少血。”

“足够引起怀疑了。他们总喜欢问各种问题，而且每个人都对鲜血格外留意。”

布瑞奥妮打开储藏室的门，两个人像幽灵般悄悄溜了出去，来到走廊里。王宫的大厅中有一种奇异的静谧，像墓穴般安静，似乎这座巨大而古老的建筑在屏住呼吸，仔细倾听储藏室里的窃窃私语。

第一部分

面具

MASKS

第一章
逃亡者

如果像许多低沉声音认为的那样，黑暗与光明都是事物之一，那么在“无”之后是哪一个先出现的呢？——黑暗，还是光明？

最古老声音唱出的歌曲说，没有听众，就不会有第一个词语；有了光明，才产生了黑暗。孤独的虚空之母创造了光之神，之后他们创造了世间万物——神灵，恶魔，生灵，死者，被发现的和所遗失的。

——引自《忏悔之书·百种思索》

这是一个可怕的梦。年轻的诗人马提亚斯·廷莱特正在巴瑞克的葬礼上宣读颂词，全是一些浮夸的赞美之词，什么科涅奥斯充满爱的臂膀和土地的温暖拥抱之类的，但布瑞奥妮心中充满了恐惧，她看到自己胞弟的棺材正在摇晃。里面有什么东西挣扎着想要逃出来，年老的小丑帕佐尔正努力往下按住棺材盖，他使出了吃奶的劲儿，用一双瘦弱的胳膊紧紧压着棺材盖，发出吱吱嘎嘎的响声，棺材在他身子下面不断震动。

放他出来，她想大喊，却做不到——她戴的面纱太紧了，嘴里发不出任何声音。**他的胳膊，他那可怜的残疾胳膊！得有多疼啊，可怜的巴瑞克，死去的巴瑞克，要在那么一个封闭局促的空间里拼命挣扎。**

朝臣和王室卫队都在帮小丑往下按棺材盖，然后他们一同把棺材从教堂里抬了出去。布瑞奥妮赶紧跟在他们身后，但棺材没有进入满是青草和阳光的墓园，而是来到了地下，教堂的门直接向下，连通一条条黑暗的石头隧道。她身上穿着累赘的丧服，行动非常不便，无法跟上脚步匆匆的吊唁者们，他们很快就从视线里消失了。不久，她就只能听到一些闷声闷气的喘息了，那是她深爱的孪生兄弟，被囚禁在棺材里的一具尸体——但这些声音也变得越来越微弱了，渐渐听不到了……

布瑞奥妮坐了起来，心脏在胸中咚咚直跳，她发现自己正处于寒冷刺骨的黑暗之中，只有远处的一些星星闪烁着点点亮光。船在身下颠簸着，摇动的船桨发出轻微的吱嘎声，水鸥族女孩埃娜带着它们在水波中滑进滑出，像一头在宁静水湾中玩耍嬉戏的水獭般灵巧优雅。

只是一个梦！感谢佐睿雅女神！巴瑞克仍然活着。如果他死了我会知道的，我非常肯定。虽然刚才那可怕的幻觉已如迷雾般渐渐消散了，但她的呼吸仍然非常急促粗重。她转过头去，发现沙索·丹-赫兹正在自己身后，他瘫在船上，眼睛闭着，牙齿紧咬，星光反射在上面，在他处于阴影中的脸上闪烁着。空气从齿缝中缓慢而艰难地呼进呼出。年迈的图安战士听起来似乎快要死了。

“沙索！你能说话吗？”没听见回应，布瑞奥妮一把抓住划桨女孩瘦弱而坚硬的肩膀，“他病了，该死的！你没听到吗？”

“我当然听到了，小姐。您以为我是聋子吗？”让她惊讶的是女孩的口气非常生硬。

“那就快做些什么！他就要死了！”

“您想让我做什么？布瑞奥妮公主？离开我父亲家前，我清洗并包扎了他的伤口，裹上上好的药草，但他仍然高烧不止。他需要休息和暖和的炉火，但即使这样可能对他也没多少作用。”

“我们得上岸！离马林沃克海岸还有多远？”

“少说也要过了半夜，小姐，还得是在最好的情况下。所以我才掉头往回了。”

“掉头？你疯了吗？我们在逃避刺杀！城堡现在被敌人占领了。”

“是的，如果您喊得太大声，敌人肯定会听见，小姐。”

布瑞奥妮看不见她连帽斗篷下面的脸，但不用看也知道她肯定在嘲笑自己。不过，至少在这件事上埃娜是正确的，所以她说：“好吧，我会小声点讲话。你也得解释清楚！你现在在做什么？我们不能回城堡，沙索在那里没有一丝活命的可能，还不如现在就直接把他推到水里呢。我也会被杀死的。”

“我知道，小姐。我没说带你们回城堡去，我只说掉转了头。我们需要一个能躲避的有火的地方，越快越好。我带你们去的是城堡东部海湾的一个地方——用我们的话叫‘艾格耶瓦尔的短剑’，你们则称为‘埃瑞沃的肩膀’。”

“埃瑞沃的肩膀？没听过有这种地方……”

“有，那里还有一座房子——你们家族的房子。”

“没有这种地方！”布瑞奥妮看着沙索躺在自己的胳膊中慢慢死去，心中充满了狂暴的怒火，有一刹那她几乎要动手打那个划桨的女孩了，但接着她突然明白过来。“麦海伦小岛！你是说麦海伦小岛上的住所！”

“是的，就在那儿！”女孩放下手中的船桨，指着不远处地平线上的一块黑色形状说，“海神保佑我们，那里看起来是空的。”

“应该没人，我们今年夏天没来这里。父王不在，又发生了那么多事情。你能停靠到那里吗？”

“可以，如果您能让我想想该怎么做的话，小姐。海浪在黎明前这个时候是最猛烈的。”

布瑞奥妮陷入了焦灼的沉默中，水鸥族女孩熟练地划动着双桨，就好像它们是她手臂的延伸，指挥着颠簸的小船围着小岛慢慢地绕了一圈又一圈，试图在岩石中寻找一个入口。

以前布瑞奥妮都是乘坐王室驳船来这里，站在离水面很高的栏杆里面，国王的水手灵巧地从一处跳到另一处确保航道平稳，因此她从来没有意识到停靠有多困难。而现在，巨人般的岩石在她头顶若隐若现，海浪将埃娜这小小的独木舟托起又落下，像是一个晃动水桶中的一小撇浮沫，她发现自己在无声的恐惧中一只手紧紧握住船的横栏，另一只手拼命抓住沙索厚衬衫的一角，尽全力让他坐直。

就在水鸥族女孩似乎对岩石判断有误，小船就要像恶狼血盆大口中的鸟儿一般粉身碎骨时，船桨艰难地插入黑乎乎的水中，他们紧贴着一块布满甲壳生物的岩石划了过去，布瑞奥妮不得不缩回握住横栏的手，避免伤到指头。木船身迅速挤入狭窄的通道，只在小小的船身上引起一丝轻微的震动，然后他们就划了过去，进入一个相当平静的水湾中。

“你做到了！”

埃娜点点头，神情专注又镇定，将小船划过水湾，来到系在岩石上的浮动甲板旁。在只有几码开外的大海上，海浪翻涌着，咆哮着，像是一头受阻的猛兽，而他们这边则波涛轻柔。把船系好后，她们把有气无力的沙索从船里拖出来，沿着短梯一直拖到结满海盐的甲板上，然后把他放了下来。

埃娜在沙索病恹恹的身体旁蹲了下来。“我必须歇一会儿……就一会儿……”她说着，头垂了下去。

布瑞奥妮想起这个水鸥族女孩辛苦工作了那么长的时间，划了好几个小时的船，才将他们从城堡带到这个安全的水湾中。“我刚才很没礼貌，有些不知好歹。”她对女孩说，“请原谅我，若没有你的帮助，沙索和我早就没命了。”

埃娜什么都没说，只是点点头。在斗篷深处，她的脸上或许露出了一丝笑容，但夜太黑了，布瑞奥妮无法确定。

“你们俩先休息一下，我到上面的房子那里看看能找到什么。你们就待在这儿。”布瑞奥妮把自己的斗篷盖到沙索身上，然后爬上从水湾石壁中凿出来的梯子。石梯很宽，虽然磨损的石阶因溅起的水沫和夜晚的露水变得湿滑，但她对此太熟悉了，闭着眼睛都能找到路。她第一次感到充满了希望。她非常熟悉这个地方，了解它的舒适。她本来已经不抱希望了，做好了逃亡第一晚在马林沃克海岸某个岩洞里度过的准备，或睡在海边悬崖背风侧的灌木丛里——而在这里至少她能找到一张床。

麦海伦小岛上的这座寓所是为布瑞奥妮的先人伊尔嘉·弗莱克森-海尔建造的，建造者是她的丈夫阿杜安国王——有人说这是爱的礼物，有人则说是一种囚禁。无论真相到底如何，现在那都只是逐渐消逝的家族传说了，故事的主人已经去世一百多年了。布瑞奥妮小时候，埃顿家族每年夏天都会到这个小岛来住上十几天，有时更久。她父亲奥林国王很喜欢此处的与世隔绝与幽静，在这里他可以带更少的随从，常常只有王室总管艾文·布罗纳，十几个仆人以及极少数量的卫兵。他们还是小孩子时，布瑞奥妮和巴瑞克曾发现一条细长而难走的小路，通往一片海边水草区（他们以前的许多王室子女肯定也这么干过），他们喜欢这个完全属于自己的地方，常常一待就是一下午，没有卫兵，也没有大人。对于身边几乎每时每刻都有仆人、卫兵和随从包围的孩子来说，海边水草区就是天堂，这个夏季避暑居所充满了快乐的记忆。

在黑夜的星空下独自行走在房前的台阶上，布瑞奥妮心里觉得怪怪的。这座熟悉的房子本应从每个窗户中都散发出欢迎的灯光，此刻却被包裹在浓重的黑暗中，与天空融为一体，几乎看不出它的轮廓。正如今年，尤其是过去的几个星期发生的许多事情一样，这里是她生活中另一个变得面目全非的部分，另一个被埃顿家族的敌人偷走和毁坏的记忆。

她带着一股冷酷的暴怒，回忆起了亨顿·托利那张嘲讽的脸，以及当他告诉她他是如何窃走埃顿家族的王位时，面对她的无助饶有兴味的样子。在那一刻，她感觉自己的心像海湾里的岩石一样冰冷而坚硬。*你或许不是导致我的家人罹难的唯一凶手，但你这个夏土的败类，你是我认识的人，我能报复的人。不是今晚，而是将来的某一天。当那一天来临时，我会像你把我的心挖出来一样挖出你的心，唯一的区别就是那时你的心不会再跳动了。*

她知道房子巨大的前门肯定锁上了，因此并没有试图从那里进入，而是绕到厨房处，那里有个能拧松的坏门闩。正如她所预料的那样，猛捶了几下后，门打开了，但里面黑得让人吃惊。布瑞奥妮从没在晚上去过没有灯火的地方，此时这里就像洞穴一样没有一丝光亮，她突然感到一阵害怕，迈不出脚步。最终，沙索正躺在寒冷的甲板上受折磨，甚至可能死去的想法迫使她从打开的门里走了进去。

*他在一个小牢房里被关了几个月，都是由于我的过错——我和巴瑞克的过错。是的，当然他那该死的顽固个性也不是一点错都没有……*她皱起眉头。

她一路摸索着找到了壁炉，好几次碰到瘆人的蜘蛛网。四周的黑暗中有什么东西在蹦来跳去，她安慰自己那只是老鼠在捣鬼。经过一番摸索，触到更多的蛛网后，她终于在石烟囱中找到了用皮革包起来的打火石和火钩，旁边还有一把浸过油的点火物。尝试了一会儿，布瑞奥妮打出了一个小火花，一小丛火苗很快在点火物中烧了起来，这给了她勇气。她弄到一堆布满蛛网的木柴，把稍小一些的树枝扔进火里，火势渐渐大了起来，够取暖了。她考虑在大厅的壁炉中也生起火来。这个想法让她回忆起了父亲，心中一阵刺痛，父亲总是坚持亲自给大厅的壁炉生火，不过她知道此时在房子前面弄出亮光太鲁莽了，那里正对着南境城堡。布瑞奥妮怀疑不用望远镜从那里根本看不到这里，甚至从城墙上也一样。但如果亨顿·托利和他的手下会这么做的话，最有可能的时间就是今晚，所以还是老老实实地躲在厨房比较好。

当布瑞奥妮沿着陡峭的石阶往下时，避暑别墅的前面仍然一片漆黑，显得很陌生，但她知道厨房里燃烧着一堆火，这多少让它变得亲近了一些。而且这一次她手中拿了一个摇摇晃晃的灯笼，能看清脚下的路了。

所以，我们挺过了第一天—除非有人看到那艘船并追过来。她被这个想法吓到，朝城堡那里望去，虽然在城墙上能看到有一些光在移动，但并没有明显的迹象表明他们从水上追来了。如果在她和沙索离开之前，有人来搜索麦海伦小岛呢？好吧，她比任何人都熟悉这座小岛，知道哪些地方能躲藏。“但是，我在做什么啊？”她自问道，“我不应该考验神灵，这些事情连想都不该想……”

沙索现在稍微能走动了，但上楼梯还得靠其他两人的帮助，而他对此没有丝毫反抗，这足以说明他有多么虚弱，几近完全衰竭。

进到房子里，布瑞奥妮找了一些毯子包在他身上，然后把他安置在靠近壁炉的一个角落里，后面用一些垫子撑着，这些垫子是她从一个装修精美的起居室中搜罗来的，那个房间以前被称为“王后休息室”。埃娜开始搜寻柜子中遗落下来的零星物品，想找些吃的，补充从水鸥环礁湖旁的家里带来的食物。但布瑞奥妮知道这里什么都没有，晚饭还得吃鱼干。

有鱼干总比挨饿好多了，她提醒自己。但其实她长这么大，从没尝过挨饿的滋味，所以这完全是一种虚幻的安慰。

被喂了一两口鱼汤后，沙索清楚地表达他想自己吃。虽然仍然非常虚弱，无法说话，但他还是吞下了一些汤，布瑞奥妮第一次觉得这个老人能挺过今晚。现在她自己的疲劳开始来袭了。她把碗推到一边，眼睛盯着前面，努力抬起头。

“您累了，殿下。”埃娜说。布瑞奥妮看不清她脸上的表情，但她觉得那里面似乎有些善意，还有一种令人吃惊的平静力量。她为自己的衰弱感到一丝羞愧。“找张床去睡吧。我会照顾沙索，一直到他睡着。”

“但你自己也很累了，你整夜都在划船。”

“我生来就是为了做这些，游泳，捕鱼。我以前做得更辛苦，辛苦的原因也更微不足道。”

布瑞奥妮盯着她那大而圆的黑眼睛和滑石般闪亮的裸露额头看了一会儿。她漂不漂亮？很难说，她身上的很多地方都太不同寻常了。看着她聪慧的眼神，健康而端正的五官，布瑞奥妮猜想在埃娜自己的族群里，这种模样或许被认为是非常漂亮的。

“好吧。”她终于让步了，“你真的很好心。我带走一根蜡烛，火把留给你们。大厅柜子里有被子什么的，我会给你和沙索留一些。”

“我觉得最好就让他睡在这里。”埃娜轻声说，或许是不愿让沙索听到自己像小孩子一样被谈论，“这里就很舒适了。”

“当这一切都结束，托利的同党们受到应有的惩罚，埃顿家族不会忘记他们的朋友。”水鸥族女孩听到这些并没有什么反应。布瑞奥妮觉得应该把自己的意思表达得更清楚一些：“你和你父亲必会得到奖赏。”

这次埃娜肯定是笑了，甚至看起来像在努力憋住不让自己大笑出来，这让布瑞奥妮甚为不解，不过她只是说："谢谢您，殿下。能做这些是我的荣幸。"

虽然很困惑，但她实在太累了，无力多想，就摸索来到最近的卧室，把落满灰尘的被单翻过来，舒展身体睡去了。她昏昏沉沉之际，才模糊地想起这个房间是肯德里克住过的。

"回来吧。"她同死去的哥哥说，因疲倦而头昏脑涨，"回来吧，回到我的梦中，亲爱的，亲爱的肯德里克——我是如此想念你……"

但她就像一片羽毛缓缓落入深井中似的，坠入了无法穿透的漆黑睡眠之中，没有梦境，也没有鬼魂。

小岛被浓雾笼罩，但黎明仍带来足够的亮光，让麦海伦小岛上的这座寓所重新变成了一个熟悉的地方。光从高高的窗户中漏进来，宽广的大厅中铺满了蓝灰色，像珍珠光泽一般柔和，壁龛里神圣奥尼莱的雕像看起来像要活过来似的，甚至连厨房也重新变回了布瑞奥妮记忆中那个舒适而亲切的地方。昨晚由于太过疲劳而没来得及注意的东西此时都显现了：空气的味道、海鸥和海鸟孤独的叫声、沉重的家具。它们被一代代埃顿家族的孩子磨损，用来创造想象中的大篷车和堡垒，而现在，这一切让她的内心因悲伤和渴望而刺痛不已。

她感到自己眼中充满了泪水，愤怒地把它们擦掉了。*都没了，一切都没了。巴瑞克、父亲、肯德里克。但巴瑞克和父亲还活着——他们一定活着。别这么愚蠢，他们还没消失，只是……在其他地方。*

她蹲伏在房子前面的石楠丛中，朝城堡方向凝望了很长时间。城墙下面的海湾中似乎有些火把在移动。是搜寻船在检查米德兰山一侧海岸的入口和山洞，但似乎没有人去到南境城堡以外的地方。布瑞奥妮生出一丝希望。如果连她自己都忘了这座避暑别墅，那么很有可能等托利想到这里时，她和沙索早就离开了。

回到厨房，她完成任务般喝着自己的那份鱼汤，埃娜在长势茂盛、无人看管的花园里找到了一些野生迷迭香，给今天的鱼汤增添了一点风味。布瑞奥妮不知道自己什么时候才能再吃上饭，她提醒自己，只要能提供活下去的力气，鱼汤也是高贵的，这样有朝一日她才能把尖刀刺入亨顿·托利的心脏。

沙索也在吃，动作比昨晚更熟练，更快一些了。他那苍白暗淡的面色有了些微改善，呼吸也不像壁炉风箱那样发出“呼哧呼哧”的声音了。最重要的是，虽然他的眼睛仍深陷于黑眼窝中（布瑞奥妮觉得这让他变得有些像《三神之书》中的伊爱力斯或衣衫褴褛的扎卡斯，或其他一些饱经风霜、疯疯癫癫的圣徒），但目光再次变得明亮热切起来——正像她熟悉的那个沙索。

“我们今天哪儿都去不了。”他吞下最后一口鱼汤，放下空碗，“我们不能冒险。”

“但大雾可以掩护我们……”

他的神情里有以前那个沙索的影子，一半是被抗拒的恼怒，一半是对她考虑问题不全的失望。“或许在这里的海湾中没问题，公主。但等到傍晚靠岸的时候，雾都散去了，那时该怎么办？即使没被敌人发现，那些渔民看到两个不同寻常的人靠岸，你觉得他们能那么容易忘掉吗？”他摇摇头，“我们是逃亡者，殿下。如果你把自己拱手交给敌人，那么以前付出的一切都会变得毫无意义。如果你被抓住了，亨顿·托利不会让你接受审判或把你锁在城堡里，成为忠于埃顿家族的人的一面号召旗帜，不会的，他会杀死你，没人会见到你的尸首。只要他知道你确实死了，民众中流传一些关于你的谣言他是不会在意的。”

布瑞奥妮想起亨顿那狞笑的脸庞，双手绞到一起：“我们早就该剥夺他们家族的头衔，没收他们的土地了。我们本应把整个反叛集团都处死。”

“能有多早？他们会在时机成熟之前泄露自己的反叛计划吗？而且关于盖伦，虽然我不喜欢他，但他显然是忠实于埃顿家族的王权统治的——如果亨顿在这件事上说了实话。而对于卡拉顿，我们听到的关于他的事都是亨顿说的，因此他的邪恶同盖伦的忠心一样存疑。世界是奇怪的，布瑞奥妮，以后只会变得更奇怪。”

她看着他那粗糙严厉的脸，心里充满了愧疚，自己以前是多么愚蠢，对于家族最宝贵的财富如此掉以轻心。她年迈的老师会怎么看她？他会怎么看待自己和自己的胞弟？他们曾拥有一切，却弄丢了埃顿家族的王位。

就像看穿了她的想法一般，沙索摇摇头："以前发生的都成为过去了，在我们前面的才是一切。你能不能信任我？能不能按我说的话去做，而且只按我说的去做？”

虽然犯了那么多错误，并对自己充满了厌恶，布瑞奥妮还是忍不住怒气冲冲："我不是傻子，沙索。我已经不再是一个孩子了。”

他的表情缓和了一会儿："对，你是一个善良的年轻女人，布瑞奥妮·埃顿，你有一副好心肠。但现在不是一个好心肠的时代，而是怀疑、背叛和谋杀的时代，对于这些事情我有丰富的经验。我请求你信任我。”

“我当然信任你，但你这是什么意思？”

“做任何事情之前都要先询问我。我们是被悬赏捉拿的逃亡者。正如我之前说的，如果我们被抓住了，以前的所有一切——你的王冠、你家族的历史都将变得毫无意义。你必须发誓，不经过我的允许不会擅自行动，记住，在甚至可能失去生命的情况下，我也对你哥哥肯德里克坚守了誓言。”他停下来，深吸了一口气，轻轻咳嗽了一下，“可能还会出现这种情况，因此我希望你也能对我立下同样的誓言。”他用黑色的眼睛紧紧盯着布瑞奥妮。这次不是老年人、师长的那种专横盯视，而带有一些恳求。

“当你让我想起你为我的家族付出了多少时，我感到万分羞愧，但你的顽固也并不值得称赞。但好吧，我听到了，是的，我明白。我会听你的，我会做你认为最好的事情。”

“一直都会？无论你多怀疑我？无论你多生气，因为我不会向你解释自己的每个想法？”

一种低低的嘶嘶声把布瑞奥妮吓了一跳，接着她意识到是埃娜，她在一边擦洗汤盆，一边发出轻微的笑声。这令人感到屈辱，但如果继续像个孩子一样争辩只会更丢人。“很好，我以埃瑞沃，我们家族守护神的绿血发誓。这样够了吗？”

“您用艾格耶瓦尔发誓时应该小心点，”埃娜笑嘻嘻地说，“尤其像现在这样四面环水的时候。他能听到。”

“你在说些什么？如果我向埃瑞沃发誓，我就确实是那么想的。”她转向沙索，“你现在满意了吗？”

他笑了，但只是一个牙齿微露的阴郁笑容，一种年迈猎手的习惯性动作。“在亨顿·托利死去，以及策划肯德里克死亡的凶手也同赴黄泉之前，我对任何事情都不会满意的。但我接受你的承诺。”他立直双腿，疼得龇牙咧嘴。布瑞奥妮的视线从他脸上移开，虽然埃娜包扎了锁链造成的最严重伤口，他身上仍然布满可怕的擦伤和瘀肿，四肢瘦弱得令人难过。“现在告诉我发生了什么——你能记得的所有事情。我在牢房里几乎收不到消息，而你昨晚告诉我的那些话我也没明白多少。”

布瑞奥妮努力将前因后果尽可能完整地叙述出来，但光是将沙索被关在牢里那几个月时间发生的所有事情都汇总起来就已非常困难，更何况还要讲得连贯合理。她跟他说了巴瑞克的高烧、艾文·布罗纳的密探说在夏土宫托利家的大宅中看到了西斯独裁者的使者。她还跟他说了明显是被精灵袭击的车队；王室卫队长范森进行的远征以及发生在他们身上的事情；暮光族军队的挺进，它们显然已经越过布伦湾，侵入并占领了南境的主城，现在只剩下了城堡。她甚至还跟他说了那个奇怪的侍从吉尔以及他做的梦，或者只是她能记起来的一星半点。

虽然埃娜表面上似乎没在注意布瑞奥妮讲的这些古怪事情，但当她听到吉尔说的关于巴瑞克的话时，放下了手中的碗盆，站了起来："豪猪女士之眼？他说自己看到了豪猪女士之眼？"

"是的，那是什么？"

"豪猪女士是远古之灵中最臭名昭著的一个女人。"埃娜严肃地说，"她是死神的同伙。"

"那是什么意思？"布瑞奥妮问，"你怎么知道的？"

神秘的笑容再一次在女孩宽厚的嘴唇上浮现，但她的眼睛没有接触布瑞奥妮的视线："住在水鸥环礁湖上的我们也知道一些重要的事情。"

"好了。"沙索生气地说道，"我今天要睡觉，我可不想成为一个负担。小姑娘，太阳落山时我们就启程离开。"他对埃娜说，"把我们带去马林沃克海岸，你的任务就完成了。"

"但你必须在我们离开前吃些东西。"埃娜对他说，"再喝些汤，我刚才准备的汤你几乎一点没碰。我向父亲承诺过要保证你的安全，如果你再病倒的话他会生气的。"

沙索看着她，似乎她在嘲笑他似的。她也毫不畏惧地回望着他。"好吧，我吃。"他最后说道。

下午的大部分时间里，布瑞奥妮都在往海湾外的方向凝视，担心有船到小岛这里来。最后她实在太冷了，就走回屋子里烤火取暖。

她回到石楠丛中的那个蹲守小窝时，要从房子中穿过。由于这个地方很小，对她来说曾经比南境城堡还要熟悉。而现在，整个世界都变了，即使在白天，这里看起来也跟其他所有事物一样陌生而奇怪，所有那些曾经熟悉而常见的事物一夜之间都变了。

就在这里，就在这个房间，父亲给我们讲述了希里欧米蒂斯和狮身蝎尾兽的故事。她想起自己蜷缩在父亲床上的毯子里，第一次听到关于半神伟大战役的故事，就在十天前，她还能信誓旦旦地说自己永远不会忘记其中的每一个细节，但现在她就站在当时的那个房间里，一切却突然变得模糊起来。肯德里克有没有和他们在一起，还是为了第二天一早跟老奈纳一起去抓鱼而睡觉去了？当时有没有生火，还是那天恰是麦海伦小岛上一个罕见的异常炎热的夏日夜晚，仆人们被告知只在厨房里生火，其他地方不要点火？她现在只能记得那个故事，以及父亲讲故事时那满是胡须、格外庄重的脸庞，其他什么都记不起来了。她会不会把那一天也忘掉？她的过去会不会也这样一点点逐渐消失，就像泥土中被雨水冲刷的车辙一般？

布瑞奥妮突然用眼角余光瞥到有什么东西正在鬼鬼祟祟地活动，把她吓了一跳，那东西正沿着踢脚板快速移动。老鼠？她朝角落走去，有什么东西受了惊吓，从桌腿后面猛地逃了出来，但她还没来得及看清是什么，它就再一次消失在帘子后面。说是老鼠，那东西的身子却奇怪地直立着——难不成是被困在房子里的鸟儿？但鸟儿都是跳着走的，不是吗？她拉开墙帘，心里有种奇怪的恐惧，但并没看到什么非同寻常的东西。

老鼠，她想。*爬到了挂毯后面，现在又逃回了屋顶。房间里有人走动，可怜的小东西怕是吓坏了，毕竟这个地方空了一年多了。*

她不知道自己敢不敢打开奥林国王的卧室中通向阳台的门。她忍不住想要望望城堡，但心里有种模糊的恐惧，害怕那里也变得虚幻了，最终谨慎还是占了上风。她转身回房，床上没有毯子，物品表面落了一层薄薄的灰尘，似乎这里是某个古代先知的墓穴，没人敢触摸任何东西。在平常，门会敞开通风，仆人们忙忙碌碌地清洁打扫，写字台上的花瓶里会插上鲜花（如果是夏末就只有黄色的泽菊了），水罐里会装满清水。但现在，父亲被囚禁在某个地方，房间可能比这里还要小，甚至可能是沙索被关押的那种昏暗小牢房。父王在的地方有窗户吗？能不能看到外面的风景？还是只有四周昏暗的墙壁和关于家的逐渐消散的记忆？

真是不堪想象。这段时间有太多的事情不堪想象。

“你之前说他几乎什么都没吃。”布瑞奥妮说，朝沙索的方向点点头，她伸出麻袋，“鱼干没有了，是你吃的吗？我上次看的时候还剩了三片。”

埃娜看看麻袋里面，然后笑了：“我想我们送出了一件礼物。”

“礼物？这是什么意思，给谁？”

“给了小精灵们——空气神的孩子。”

布瑞奥妮恼怒地摇摇头：“给了老鼠们一件礼物倒是更有可能，我觉得自己刚才就看到一只。”她不相信这些愚蠢的古老传说——这是丢了东西时厨子和女仆们的惯有说辞。“哦，肯定是小精灵们干的，殿下。古老一族拿走了它们。”布瑞奥妮心里突然一阵刺痛，她知道巴瑞克对这些说法会说些什么，他的语气中会带有一丝熟悉的嘲讽。她太想念他了，眼里不禁充满泪水。

过了一会儿，她不得不承认其中的讽刺之处：她的兄弟总是对“小精灵”之类的说法大肆嘲讽，而她现在之所以伤心怀念着他，恰恰是因为他同精灵族战斗去了。“没关系。”她对埃娜说，“我们在马林沃克肯定能找到一些吃的。”

埃娜点点头：“而且或许小精灵们会给我们带来一些好运——作为食物的回报。或许它们会让皮亚林·克沃斯借给我们一些顺风，毕竟它们是他最喜欢的精灵，就像我们属于艾格耶瓦尔一样。”

布瑞奥妮怀疑地摇摇头，但接着否定了自己的念头。在同凶猛恶魔的战斗中死里逃生的自己算什么，怎么能随便轻视别人说的关于神灵的话？她自己虽然每天都会虔诚而认真地向佐睿雅女神祈祷，但从来不像其他人那样认为神灵会给人类的生活带来积极作用。但此时她和自己的家族需要所有能得到的帮助。“你提醒了我，埃娜。我们走之前必须给埃瑞沃的神龛上一些供品。”

“好的，小姐。那很正确，很好。”

所以她同意了？她真是太好了！布瑞奥妮做了一个鬼脸，但转过身去没让女孩看到。她第一次意识到自己很怀念做一个公主的感觉，至少人们不会公然把你当作一个孩子或彻头彻尾的傻瓜来对待——当然那也许仅仅是出于畏惧！“我们先把沙索弄到船上。”

“我自己走，该死的。”老人从盹睡中站起身，“太阳下山了吗？”

布瑞奥妮想：好快，他看起来好些了，但身体依然瘦得吓人，而且明显仍然非常虚弱。他已经很老了，比她父亲老很多——被他的力气和敏锐的思维蒙蔽，她有时会忘记这一点。他能不能复原，城堡中的监禁生活会不会让他留下残疾？她叹了口气：“启程吧，从这里到马林沃克海岸的路程很远，是吗？”

沙索缓缓点点头：“得花一晚上的时间，甚至还不止。”

埃娜大笑起来：“只要皮亚林 · 克沃斯能送来一点点顺风，我就能在黎明前将你们送上岸。”

“然后再去哪里呢？”布瑞奥妮知道自己最好不要对这个臂膀强壮的女孩表示怀疑，至少不要在划船的方面，“我们是不是应该考虑一下蓝色海岸？我同泰恩的妻子很熟，她会给我们提供住处的，我肯定，她是一个很好的女人，除了太热衷于各种华服和流言八卦。那里肯定比马林沃克安全，那里……”

沙索怒吼一声，像是从山洞中传出的某种低沉警告：“你承诺过会按我说的去做！”

“是的，我承诺过，但……”

“那么我们就去马林沃克。我有我的理由，殿下，没有一个贵族能给你提供庇护。如果我们强人所难，卡拉顿公爵会率领夏土的军队进入蓝色海岸，推翻奥德里奇，泰恩和你提到的所有人永远都无法抵抗托利。他们会宣布你是一个冒牌公主，一个女仆，被我强迫假扮公主——而真正的布瑞奥妮早就死了。你明白了吗？”

“我以为……”

“不要以为。现在这个时候力量就是一切，而托利的同党们占据上风。你必须按我说的去做，不要把时间浪费在争辩上。我们可能很快就会发现自己处于险境之中，犹豫不决和孩子气的固执只会害了我们。”

“好吧，那么就去马林沃克。”布瑞奥妮站了起来，努力控制住自己的怒火。她告诉自己，**平静下来，你做了承诺。而且，想想之前面对亨顿时的愚蠢，你没有资格发火。你是埃顿家族仅存的一员了**。她被这个想法吓到，急忙纠正自己。“是南境中埃顿家族仅存的一员。”但这种说法也不对——除了阿妮莎和她的婴儿，在南境中已经没有任何真正的埃顿家族的成员了，前提是那个孩子能挺过那可怕的第一晚。

“我去照料一下海神的神龛。”她尽力郑重地说，又戴上了以前那个面具，保持一种女王式的距离感，她本来以为这种感觉同其他被偷走的生活一样留在了过去，“帮沙索大人上船，埃娜，我在那里同你会合。”

接着她就走出了厨房，没有回头。

第二章
淹 没

最初天堂里一片黑暗，但佐来了，驱散了黑暗。当黑暗散去，只有斯瓦——黑暗之女留了下来。佐发现她清秀可人，于是他们开始一同统治万物，并让一切恢复正常。

——引自《三神之书 · 万物之始》

雨水淅淅沥沥地落下，在布满青苔的石头上飞溅，树枝像一个个面带愠色的老人一样朝他们俯下身来，洒落毛毛细雨，但王子丝毫没有要挡雨的意思。雨滴从他的额头上弹落，沿着脸颊淌下来，他的眼睛几乎一眨不眨。看着他，费拉斯 · 范森感觉自己比以前更孤独了。

我在这里做什么？本来任何神灵或凡人的力量都不能再诱骗我回到这个疯狂的地方了。但羞愧和欲望以一种最具毁灭性的方式混合到一起，比任何神灵的力量都更强大。他现在再一次回到雾影线后面，迷失在一片邪恶的森林中，这里满是半月形叶子的树木，沉重潮湿的黑色花朵从藤蔓上垂下来。他心里充满恐惧，如果把这个男孩弄丢了，那将会给埃顿家族带来更多的痛苦——更重要的是，给巴瑞克的同胞姐姐布瑞奥妮公主带来更多的痛苦。

闪电在他们头顶隐隐发出亮光，雷声隆隆，寒气变得更强烈了。范森愁容满面。暴风雨太大了，他决定即使要跟反应迟钝的王子再来一次大声争吵，他们今天也不能再继续往前走了。就算不被雷电或致命的高烧夺去生命，马匹也肯定会从悬崖上跌落，他们将因此丧命。就连巴瑞克奇怪的黑精灵马也开始出现疲劳迹象了，更别说范森自己的座驾了，恐怕不一会儿就要完全止步不前了。没有哪个神志清醒的人会在这种天气中在一个陌生的地方赶路。

当然，巴瑞克·埃顿跟清醒丝毫不沾边，他甚至没有一点减慢步伐的意思，此时已经几乎从范森的视线中消失了。

“殿下！”范森透过淅沥的雨声大喊，“如果我们再继续往前赶，马会累死的，没有马我们也活不了。”在雾影线后面，时间令人困惑，不过看起来他们在这没有尽头的黄昏中走了至少有一天了。经过一场惨烈的战斗，又在战场边上的大石头后面躲了一个无眠夜晚，费拉斯·范森已经筋疲力尽了，他担心自己马上就要失去平衡，从马鞍上摔下来了。而王子的疲劳怎么可能会更少呢？

“求求您了，殿下！我不知道您要去哪里，但在这种天气中我们是无法安全到达的。让我们找个避雨的地方，休息一会，等暴风雨过去吧。”

让他惊讶的是，巴瑞克突然勒住了马，在凛冽的风雨中骑在马上等待着。当范森赶上来，半扯半扶着他从马鞍上下来时，他甚至没有反抗，然后就静静地坐在一块石头上，像一个顺从的孩子，而此时卫兵队长嘴里一边气急败坏地诅咒着，一边尽力用湿树枝搭出一个避雨的地方。王子的灵魂好像只有一部分存在，居住在他身体深处，就像一个生病的人居住在一所巨大的房子中。当范森不小心用一根松树枝划到他的脸颊时，他甚至连头都没抬，只是缓慢地眨了下眼，对范森的道歉也没有更多反应。

在城堡里生活时，范森经常觉得贵族们生活在一个跟自己这类人完全不同的世界中，而此时这种想法比任何时候都更加真切。

范森靠着一块从他们头顶悬出来的岩石一侧生起了火，微弱的小火苗只有部分被岩石挡住，呼哧呼哧地燃烧着，努力抵挡横飘进来的雨水。动物——他祈祷那是某种动物——在远处咆哮着，断断续续的尖叫声让他寒毛直竖。**你到底是发了什么疯？三神保佑我们，你真的愿意为了一个连你的存在都几乎意识不到的男孩舍弃自己的生命吗？**

但他不是为了巴瑞克才这么做的，并不是。他对年轻的王子没什么不满，但范森真正在意的是他的姐姐，如果失去了同胞兄弟，她的悲伤将会撕碎费拉斯·范森的心，并且永远无法复原。他曾向她发誓自己会像对待家人一样对待巴瑞克——一个从许多方面来说都愚蠢得让人无法想象的誓言。

他望着王子吃他们剩下的最后几片肉干，就像一头正在草地上吃草的牛，漠然地咀嚼着，眼神呆滞。巴瑞克并不仅仅是心不在焉，他似乎是以一种范森无法理解的方式迷失了。这个男孩至少在某些时候能听到范森说的话，否则他不会停在这里，而且偶尔也会用眼睛看看自己的同伴，似乎真的看到了他。少有的几次，他甚至开口说话了，虽然说的内容范森基本听不懂，而他觉得那些大部分很像精灵语，同克勒姆·戴尔被雾影之地吞噬了理智之后喋喋不休说出的胡言乱语一样。但即使在他状态最好的时候，他的灵魂似乎都不是全部存在。巴瑞克·埃顿像在逐渐死去——以一种最缓慢、最平静的方式死去。

范森记起了一个南境卫兵格罗·凯尔蒂告诉他的一些事情，不由得战栗起来。在范森上一次来到这里的可怕旅程中，那个卫兵在这里迷失了，跟商人雷蒙·贝克以及其他人一同消失了。凯尔蒂是一个在兰森德长大的渔民的儿子，他幼年时，有一次和父亲、弟弟遇上了一场突如其来的强烈风暴，海湾被完全淹没了。他们的船翻了，然后被一个浪头压住，以一种极为可怕的速度迅速沉没，他们的父亲也跟船一同沉了下去。凯尔蒂和弟弟紧紧抓住对方，同狂风巨浪挣扎抗争着，慢慢朝岸边游了很久。

凯尔蒂告诉范森，后来，在离科恩纳角只有很近的一段距离时，他弟弟松开了手，沉入了水中。

“或许是太累了。”凯尔蒂说，摇着头，眼睛里仍然充满不安，“或许是痉挛。但他只是看着我，表情似乎很平静，然后就让自己没入了水中，好像夜里钻进毯子睡觉似的。我觉得他脸上甚至露出了微笑。”讲述这些时凯尔蒂也笑了，像是要掩饰眼睛里的泪水。范森几乎不敢看他。他们当时都在喝酒，那是一个领到薪水后在獾皮靴酒馆或市集广场上的其他酒馆中挥霍的日子，一个讲述稀奇古怪事情的夜晚时间，讲述那些大多数人努力想忘记却很难忘记的事情。

雨水从他们用树枝搭起来的可怜庇护所中渗漏下来，沿着他脖颈处的斗篷淌下来，费拉斯·范森想着自己在巴瑞克王子眼中看到的那种无法理解的遥远，凯尔蒂是不是也在他弟弟眼中看到了？布瑞奥妮的弟弟要死了吗？他是不是准备屈服，淹没在雾影之地中？

*如果真是这样呢？我又会怎样？*上一次他被那个疯癫的女孩薇洛领着，勉强从雾影之地逃生。他确信那种幸运没有任何人能拥有两次，而他自己更是可能性最低的一个人。

他们在森林中找到了一条较为开阔的路，稍微好走了一些。范森在王子前面骑马小跑着，想找到一个能停留的地方，好在这无边无际的灰白薄暮中休息几个小时。经过这几天的骑行，他袋子里的补给几乎见底了。如果他们必须通过打猎获得吃的，那么最好是在这里动手。阳光和月亮的暗淡影子仍在迷雾后面的天空中逡巡游荡，他并不肯定在这里抓住的动物会比在雾影线更深处抓到的猎物更正常，但这是他下定决心一定要做的一件事。

范森的马突然尖声惊叫起来，身体后倾，差点把他从马鞍上摔下来。一开始他以为他们遭到了袭击，但森林一片静谧。他的心跳渐渐平复下来。重新控制住马后，他回身告诉王子让他停下来，接着，当他身体前倾去抚摸马的脖子，想要安抚仍处于惊吓之中的马时，他看到了地上的尸体。

一开始，他在厌恶和警惕中还混杂着一丝放心，因为这个东西的体型比四五岁的小孩大不了多少，而且明显没有攻击性：头几乎全掉了下来，黑色的血布满胸口和腹部，一直流到身下湿漉漉的草丛上，然后渐渐变得稀薄，在凄风厉雨中消失不见了。但范森越仔细观察这具尸体，越发现它令人感到不安。它看起来有些像猩猩，但手指长得反常，皮肤像蜥蜴那般粗糙，布满鳞片。一个个圆球形的灰色骨骼从关节和脊椎处的皮肤中突出来，不是伤口，而是身体的一部分，就像牛的犄角或人的指甲。进一步观察后，范森发现它的脸很像人脸，跟其余骨骼突出的皮肤一样呈棕色，但是非常光滑，有一种皮革般的质感。它黑色的眼睛张得大大的，周围是一圈发皱的皮肉，如果只看眼睛，他肯定以为是某个老人躺在那里，但满嘴的尖牙让事情有了一丝不同的意味。

范森用剑使劲儿去戳，但那个东西丝毫未动。他骑着马围着尸体绕起大大的圈子，巴瑞克那匹眼睛浑浊的马也在绕圈子。但王子对这一切视而不见，甚至连头都没低一下。

短短一会儿时间，范森看到了第二个，第三个，都是跟第一个一样浑身鲜血的尸体，应该是被刀砍裂或被长爪撕扯而死的。他勒住马，心想不知道是什么样的猛兽能这么轻易打败这些令人恶心的动物。难道是夺去克勒姆·戴尔生命的那种棍子似的恐怖巨兽？还是某种更可怕的东西，某种……无法想象的东西？或许它此时就正在森林暗处看着他们，眼睛闪着幽光……

“请慢点儿走，殿下。”他对巴瑞克说，但就像他说的是西斯语似的，王子没有丝毫反应。

在前面几步远的地方，小路正中又躺着一群个头不大、骨节突出的尸体。范森的马停下脚步，焦躁地喘着鼻息，很明显它不想从这些东西身上踏过去，但巴瑞克那匹在雾影之地出生的马从他身边经过时没有表现出任何不安。范森抱怨了一句，开始清理道路。他不愿触碰这些动物，于是用剑去推尸体，就在这时，那个东西突然活了过来。它以一种极为恐怖的方式咆哮着，范森后来才意识到那是它胸口的致命伤口在吸气，然后它沿着剑往上攀爬，将牙齿深深嵌进他的胳膊里，他一时没反应过来，只是震惊地低声哼哼。他曾经多次想要脱掉盔甲——潮湿寒冷让它变得更像一种负担，而非保护——但此时他非常庆幸自己还穿着盔甲。那个动物的牙齿未能穿透芬德林人锻造的盔甲，让他得以对着它的脸猛击一番，把它从胳膊上弄了下去。它跌到地上，但并未逃跑，而是再次朝他猛冲过来，发出哨子般的啸声，就像山民用漏风的笛子吹出来的声音。

不知道还有多少这种动物仍活着，潜伏在四周。“巴瑞克！”他大喊，“殿下，救我！”但小路上王子的身影已经从他的视野中消失了。

范森从马背上下来，避免猛烈的打斗伤到马，当那个小怪兽朝他的喉咙扑过来时，他用剑背猛地一打，把它撞到一边去了。他那沉重的剑此时并非最好的武器，但他怕自己来不及抽出匕首。趁那个嘶嘶吼叫的东西还没爬起来，他往前踏了一步，用剑把它插到潮湿的地上，剑刃深插进它的肌肉和内脏之中，骨骼发出吱嘎吱嘎的破碎声，直至剑柄几乎触到它的爪子，接着它虚弱地晃动了一会儿，就蜷成一团死掉了。

不一会儿范森平复了呼吸，把剑刃在湿草上擦干净，重新爬上马鞍，心里很担心王子，同时又有些恼怒。难道那个男孩没听到他的喊声吗？

他骑马赶了一会儿就发现了王子，于是下了马，低头看到十几个浑身是毛的动物，它们这次显然全都真正死掉了。尸体中间躺着一匹死马，喉咙被撕裂开来，旁边是它的主人，脸朝下躺着，范森一开始以为他跟马一样也已经死掉了。这个长着黑发的身体从形状上看很像人类，身上裹着被扯烂的黑色斗篷和某种用奇怪材料制成的盔甲，有一种龟甲般的蓝灰色光泽。范森从马上下来，小心翼翼地将手放到尸体脖子后面头盔和盔甲之间的缝隙中。让他吃惊的是，他在手指下面感觉到一丝动静——缓慢而沉重地升高：这个骑手还在呼吸。他将他的身体翻了过来，拉掉那让人感觉不适的头盔，再一次震惊了。这个人没有脸。

不，他立即意识到了，仍感到一阵恶心，**它有脸——但那不是人脸**。他做出一个向三神祈祷的手势，拼命忍住突然产生的呕吐感。在那家伙头骨和窄下巴之间苍白的膜状皮肉上面有一双眼睛，但由于是闭上的，看起来就像宽眉毛下面的两道肉褶，被从前额一个看起来几乎致命的大口子中流出的污血盖住了。那流出的血，至少仍像是凡人身体里的血一样，是红色的。但脸的其余部分就像一张鼓皮一样毫无特征，没有鼻子，没有嘴。

无脸人的眼睛眨巴两下，睁开了，颜色跟他那斑斑血迹一样鲜红。它们转动了几下，锁定在卫兵队长和王子身上，然后往上翻了翻，苍白的眼睑再次落了下来。

范森摇摇晃晃站了起来，心里充满强烈的厌恶和恐惧："是它们中的一员。暮光族人中的一员。"

"他属于我的女主人。"巴瑞克平静地说，"他身上带有她的标志。"

"什么？"

“他受伤了。照看好他，我们就停在这里。”巴瑞克爬下马，站在那里等待着，好像他说的话完全合情合理。

“原谅我，殿下，但您在想些什么？这是那些试图杀死我们的恶魔中的一个，它们也试图杀死您。它们摧毁了我们的军队和我们的城镇。”他把剑插入鞘内，从磨损的护套中抽出匕首，“不，往后退，我要割开他的肚子。这比我们的许多同伴接受的死亡要仁慈多了……”

“住手。”巴瑞克王子往前走了两步，似乎要用自己的身体挡住挥向这个受伤动物的致命一击。费拉斯·范森只能目瞪口呆地看着他。巴瑞克的眼神平静而坚定，实际上，自从他们跨越雾影线之后，此刻的他比任何时候都更接近以前的模样，但他现在的举动仍然像个失去理智的人。

“殿下，我恳求您，站到一边去。这个东西是杀死我们同伴的凶手，我亲眼看到这个东西像狗咬死耗子一样杀死了奥德里奇的人和柯特维尔人。我不能让他活下来。”

“不，你必须让他活下来。”巴瑞克说，“他在履行一项重大任务。”

“什么？什么任务？”

“我不知道。但我知道他身上的标记，我能听到他们在我脑中说的话。如果我们不帮他，会有更多……我们的同类死去。人类。”年轻王子的犹豫非常奇怪，似乎有那么一会儿他忘了自己属于战争中的哪一方。

“但您是怎么知道那些的？您所说的‘女主人’又是谁？肯定不是您的姐姐，布瑞奥妮公主是不会让您这么做的。”

巴瑞克摇摇头：“不是我姐姐，不是。是那位发现我并命令我的伟大女士，她是最至高无上的神灵之一。她看着我……而且了解我。现在，请帮帮他。”有那么一会儿，王子的注视甚至变得清晰了一些，但同时也出现了一种痛苦而迷失的冷酷目光，就像浅水塘上结了一层冰。“我不……不知道该做什么，怎么做。你必须帮他。”

范森盯着巴瑞克。巴瑞克也回盯着他。要想杀死这个怪物就势必要同这个男孩进行一番打斗，他已经很清楚这一点了。范森好几次想要将巴瑞克从这些不知所名的奇怪冲动中纠正过来，但他的反抗太激烈了，找不到不会伤害他的方法。光是让这个男孩受了伤，要面对布瑞奥妮·埃顿就已经够糟糕的了——而如果是费拉斯·范森他自己伤害了王子，那又得是多么糟糕？

他低声骂着，将剑收回鞘内，然后开始脱下那件动物甲壳一样的盔甲。在这种寒冷潮湿的天气中，这件盔甲如果是用金属或其他什么东西制成的，应该是冰冷的才对，但此时竟然有一种温热感。*该死的黑法术——我应该永远不再踏入这里才对*。每过一个小时，似乎都会有某种新的、堕落的选择摆到他面前。*我不应该做一个卫兵，而应该做国王的验毒者*，他阴郁地想，*至少那样不用目睹自己失败的后果*。

他在自己的灵魂深处漂了太长时间，此时他重新浮上表面，巴瑞克·埃顿才开始意识到自己曾多么彻底地迷失了。

自从那个精灵女人的眼睛接触到他的视线并牢牢锁住时，他就失去了对一切事物顺序的感知。巨大的大棒挥起，他只能目瞪口呆而又绝望地看着，束手无策，但死亡并没有接踵而至。从那个可怕的瞬间开始，他生命中所有本来像项链上的珍珠一样串成一串的时刻突然散落开来，就像有人扯断了绳子，将这些宝贵的珍珠扔进了漩涡状的水中。他的童年，他的梦，模糊不清的面孔，甚至关于布瑞奥妮、父亲和家庭的所有时刻，还有雾影线恶魔军队等成千上万个闪烁的瞬间，全都变得支离破碎，同时出现在眼前，他漂浮在其中，像一个溺水的人，看着自己脑海中闪过一幅幅幻象。

事实上，有一刹那他意识中最清醒的一部分确信自己已经死了，大棒落了下来，那个脸上带着豪猪般的尖刺的女人，还有她那看穿一切的凶猛注视，不过是现实世界从他这里被夺走之前匆匆留下的最后一瞥，这一瞥扩展成整个生活的模糊影像，他看到的又一个幻象，又一颗散落的珠子。

现在他知道得更清楚了，现在他可以重新思考了。虽然他能再一次感觉到脸上的风和雨水，能重新感到生活是一刻接着一刻渐次展开的，而不是像一个混乱的漩涡一样包围着自己，但一切仍然非常奇怪。

首先，虽然他已经想不起来那个精灵女人跟他说的重要事情了，但他非常清楚自己不能违背她的意愿，就像他不能展开翅膀飞走一般。他知道她的手下，就是他们发现的那个无脸精灵必须被救下来。但是这怎么可能呢——某人命令了他，而他却说不出原因或想不起命令的内容？

甚至连生活中那些曾给予巴瑞克安慰的事情，此时也似乎变得遥远了——他的家，他的家人，过去的快乐时光，他在青春期紧紧抓住的那些东西……那时他经常担心自己会疯掉。此刻，在一切事物中，只有布瑞奥妮看起来仍是完全真实的，她就在他的心里。此时，似乎连他自己的死亡也不能将她从他心里抹掉。他感觉自己会带着关于她的记忆一直走进最黑暗的房子，走到科涅奥斯王座脚下，但所有那些他曾认为非常重要的事情，此刻却被证明不过是断线上的珠子而已。

⚜ ⚜ ⚜ ⚜ ⚜

费拉斯·范森没注意到受伤的精灵醒过来了，那个怪物连续几个小时都像死去似的躺在那里，眼睛紧闭，毫无生气，接着他突然发现一双红通通的眼睛正从那张可怕、畸形的脸上盯着他，像马上就要燃烧起来似的。

有什么东西压迫着他眼睛后面的地方，有一种疼痛的侵入感，就像有只被困住的大黄蜂在他脑袋里嗡嗡作响。他往后退了一步，不知道这个雾影地的怪物在用什么法术攻击自己，但那血红的眼睛张大了，范森脑袋中的嗡嗡声却突然减弱，只留下一缕让人迷惑的问询，像是睡着前最后听到的微弱声音。

“我不能完全明白他的意思。”巴瑞克王子说，“你能吗？”

“明白？您是什么意思？”范森看看精灵，后者仍躺在地上，头下枕着一个鞍袋，看起来虚弱无力。如果他是想伺机跳起来攻击他们，那么他确实伪装得够好。

“你没听到他在说话吗？”现在轮到巴瑞克困惑了，他摩挲着头，脸上浮现出一种类似疼痛的痛苦表情，“他说他想知道我们为什么要救他——我们的敌人。但我也不知道我们为什么要这么做。我记不起来了。”

“您跟我说我们必须这么做，殿下。您不记得了吗？”范森停了下来，不知怎么回事，他也被拽入了疯狂之中——恰在他无论如何不能失去对理智控制的时候——不能在这种时候，在雾影线后面。“但您说的‘他说’是什么意思？他什么话也没说，巴瑞克王子，他刚刚醒来，什么都没说。”

“啊，但他确实说了，虽然我不能理解全部意思。”巴瑞克把身体往前倾了倾，专注地看着这个陌生的怪物，“你是谁？我们是怎么认识你的？”

暮光族人回望着他。范森再次感觉到有什么东西压迫着自己眼睛后面的地方，耳朵也开始疼起来，就像屏息了太长时间。

“当然能听到。”巴瑞克闭上眼睛，像在聆听某种美妙的音乐一般。

“殿下，他什么都没说！以天空之父佩林为证，他连嘴都没有！”

王子睁开眼睛。“不管怎样，他说了，我也听见了。他叫‘防风灯’基尔，正在执行一项任务，要去拜见我们所说的精灵族的国王。他的女主人，雅萨梅兹派他来的。”巴瑞克摇摇头，“我也是刚知道她的名字，但她也是我的主人，雅萨梅兹。”他的脸色黯淡下来，像是回忆起了某种可怕的痛苦，“我应该爱她，但我并不。”

“爱她？您在说谁？那个统率军队的女魔头？那个手持白剑的尖头女贱人？祈祷神灵保佑我们，巴瑞克王子，她肯定在您身上施了某种魔咒。”

红发王子再次用力地摇摇头：“不，不是那样的。我不知道自己是怎么知道的，或者……知道什么。但我知道不是你说的那样。她跟我说了一些事情，她的眼睛看到了我，还交给我一项任务。”他转向那个被他叫作基尔的精灵，后者正用一种明亮而愤懑的眼神望着他，就像是一只被关在笼子里的狐狸。有那么一会儿，巴瑞克听起来很像过去的那个他：“告诉我，她为什么选择了我？你的女主人，她想要什么？”

范森没听到回应，只有脑袋里感受到那种压迫感，但这次要稍微轻一些。

“但你深受她的信任，”巴瑞克说，就像在进行普通的谈话一样，“你是她的心腹。”

不管他觉得自己听到了什么，内容似乎都不怎么让人高兴。他沮丧地看着自己的手，然后转过身面对篝火，再也不愿多说什么了。

费拉斯·范森盯着眼前这个不可思议的生物，仔细观察着。基尔——如果这真是他的名字，而非王子某种疯狂的杜撰——似乎并没有要动弹的意思，更别说企图逃跑了。这个怪物额头上的口子仍在流血，身上还有其他一些丑陋的伤口。范森肯定那是被那些蜥蜴猿猴般的奇怪动物咬伤的，但即便如此，他还是无法想象这个怪物躺在篝火一侧，自己就在另一边睡觉。王子真能同他讲话吗？这种动物既没有嘴，也没有鼻子，它们是怎么生存的？这真是太疯狂了。它怎么呼吸，怎么吃东西？

我被困在了一个噩梦中，他想，**每过一个小时，噩梦就变得愈发糟糕。现在我们把一个穷凶极恶的敌人邀请到自己的火堆旁**。他靠到一个很不舒服的树根上，希望这样能让自己保持清醒和警觉。**一个清醒的噩梦，而我现在只想睡觉……**

范森醒来时雨势变小了，但雨水仍从树上“滴滴答答”地溅落下来，“啪啪”砸到厚厚的落叶和松针上面，像是无数沉闷的脚步声。有一些光，但只是平时那种毫无方向感的灰色光线。

他发出一声呻吟。他痛恨这个地方，他曾希望自己再也不要看到雾影线的这一侧，但相反，就好像神灵听到了他的愿望，决定跟他开一个残酷的玩笑，他似乎无法摆脱它了。

他突然惊醒过来，意识到自己刚才打盹儿了，他本来决心一定不能睡着，毕竟一个有致命危险的暮光族人就在他们身旁！他站起身，但那个叫基尔的奇怪生物仍在睡觉，它那没有脸的头大部分都被黑色斗篷遮住了，看起来几乎像一个真正的人。

王子也在睡觉，但一种莫名的恐惧让他沿着两人之间被雨水打湿的一层厚厚的枯叶爬了过去，好更仔细地去察看。一切都很正常，巴瑞克的胸脯一起一伏。范森盯着年轻王子苍白的脸庞，他的皮肤非常白，透过篝火，甚至能看到下面蓝色的血管。他突然感到一种难以名状的疲倦和灰心。在这么多陌生事物和危险中，他怎么能保证这样一个脆弱孩子的安全——还是一个失去理智的孩子？

我对她姐姐承诺过了。我许下了诺言。即使是在这里，世界的尽头，诺言也自有其意义——甚至是全部意义。不然，世界将会瓦解，天空将会倾覆，神灵也将失去意义。

“基尔跟我骑一匹马。”巴瑞克说。

暮光族人动了一下，开始苏醒过来，或者至少表示他正在醒过来。范森把身体朝王子那边倾了倾，悄声对他说：“殿下，请您再慎重考虑一下。我不知道您被什么法术控制住了，但到底是什么理由让您一定要带上这个敌人？要知道他的种族决意把我们全部都毁灭。”

巴瑞克只是摇摇头，几乎有些悲哀：“我无法跟你解释，范森，但我知道自己必须做什么，它的重要性远远超出你的理解。我自己或许也不能全部理解，但我知道这一切都是真的。”此时的王子看起来比他们越过雾影线以来的任何时候都更加充满生气。“而且我还清楚地知道，这个基尔必须完成自己的任务。他跟我骑一匹马，把盔甲和剑还给他。这里很危险。”

“什么？不，殿下，我不能把剑还给他，即使您把我当成叛徒也不行！”

基尔已经醒了，范森在他脸上看到一种几乎像是好笑的表情——眼睑耷拉下来，在范森的打量下慢腾腾地转开身体。这让他怒火中烧，但也让他再次开始思量：*这个怪物到底是怎么活下来的？怎么吃饭？怎么呼吸？如果那皱巴巴的脸上不能做出一种可以辨认的表情，它又是怎么同其他人交流的？*王子似乎确定自己能明白他的想法。

基尔选择留下灰蓝色的胸甲和头盔，剩下的盔甲就扔在原处，草丛似乎已经把它们盖住了。这个身形高大的精灵坐在王子从战场上带回来的那匹奇怪的黑马背上，贴在巴瑞克身后，这个名为基尔的恶魔如果愿意，一下子就能拧断巴瑞克的脖子，但巴瑞克似乎对他离自己这么近丝毫不以为意。一眼望去，两人就像某种古老壁画中的两头怪。范森忍不住迷信地做了一个祈祷三神保佑的手势，不过如果这种对真神的呼唤让基尔感到不悦的话，他倒是一点都没表现出来。

“我们要去哪儿，殿下？”范森疲倦地问。他早就失去对前进方向的控制了，没必要再装出一副胸有成竹的模样。

“那儿。”巴瑞克说，用手指着，“朝阿热诺山行进。”

范森想不出王子怎么能在这种混沌的永恒暮光中看到某个陌生的地标。基尔那火炭般通红的眼睛此时转到自己身上，一刹那，他似乎在自己脑袋中捕捉到了一种声音，就像风把许多词语吹了过来，却没真正地听见——不是词语的词语，几乎是图画般的词语。

“很远的一段路，”那些词语似乎在说，“很远，很危险的一段路。”

范森有些不知所措，只好晃晃缰绳，调转马头，朝巴瑞克刚才指的方向骑去。在这个地方，他曾经失去过一次理智，变得疯狂，或差一点就失去了。或许疯狂只是某种他必须学会生活于其中的东西，就像鱼可以生活在水中，却不会被淹死一样。

第三章

夜晚的喧哗

哦，我的孩子，听！在万物之初，一切都是干燥、空虚、徒劳的。然后光来了，给空无带来了生命，并从光之中产生了神灵，以及世间所有的快乐和悲伤。这就是我告诉你的真相。

——引自《努沙什启示录》（卷一）

那张脸冰冷，面无表情，皮肤苍白，毫无血色，像阿卡利斯大理石一般，但最让燧岩感到恐惧的是那双眼睛：闪闪发光，里面似乎燃烧着熊熊怒火，仿佛红通通的太阳在天空中劈开一道裂缝，猛烈地直射下来。

“你是谁，胆敢插手神灵的事务？”她质问道，“你在自己的同类中是最卑微渺小的一个，连人都称不上。你背叛了秘境，却没有任何道歉、祈祷或仪式。你甚至连自己的家人都无法保护。等到有一天千眼之神尤里吉贾格苏醒过来，你准备怎么向他解释？他为什么要把你带到湿热石之神面前，等待审判，然后像那些最终放下自己手中工具的正直之人一样受到欢迎？他难道不应把你扔到无石之地的空虚之中，永远在那里悲泣……”

他感到自己已经开始下落了，跌跌撞撞地掉进那无穷无尽的空虚之中。他想要尖叫，但是无法呼吸，喉咙里什么声音都发不出来。

燧岩从床上坐了起来，喘着粗气。虽然这是一个寒冷的夜晚，但他脸上仍出现了大颗大颗的汗珠。欧珀嘟囔了一两声，把毯子拽过去一点，翻了个身，背对着自己惊扰不安的丈夫。

那张脸为什么总是在他的梦中出现？那个率领暮光族军队的阴郁女人——她实际上仅仅将燧岩看作桌子上的一只小甲虫——为什么要责骂他关于神灵的事情？她甚至没有跟他说过话，更别提辱骂他了，那些话让他如此痛苦，就好像凿进了他心里，再也清除不掉了。

我甚至无法保护自己的家人——这是真的。每天晚上火石睡着以后我的妻子都要哭泣——因为那个不再认得我们的男孩。而这一切都是因为我让他跑走了，等找到时一切都已经晚了。至少欧珀是这么想的。

她并没有这么说过，他的妻子深知自己的话语可能会成为一种武器。那个奇怪而可怕的时刻已经过去十天了，她一次都没有责怪过他。*或许责怪我的只有我自己，他想，或许这就是那个梦的意义。*他希望自己确实这样相信。

一个轻声的骚动突然吸引了他的注意力，他屏住呼吸，仔细倾听着。此时他才意识到让自己醒过来的并不是梦境的可怕，而是对某种反常事物的模糊知觉。又来了——一种低沉的抓挠声，像是墙壁里的老鼠。但芬德林人的房屋墙壁是用石头做成的，即使像那些大个头人的脆弱居所一样用木头建造，这个胆敢侵入欧珀·蓝石英领地的老鼠也太勇敢了。

*是那个男孩吗？*燧岩的心又沉了下去，*我们在地底深处呼吸的这些气息，是不是正在让他死去？*自从回来后火石的情形一直不太好，大多数时间都在睡觉，醒来时就像一个刚出生的婴儿一样什么话都不说，两眼盯着养父母，似乎自己是一个被抓住的动物，而他们是捕获者，这是最让欧珀感到心痛的一件事。

燧岩从床上爬了起来，尽量不吵醒妻子。他踮起脚尖走到另一个房间，粗糙的脚底几乎感觉不到冰冷的石头。男孩看起来一切如常，他正在睡觉，嘴巴张开，胳膊伸到两边，肚子朝下躺着，姿势好像在游泳似的，被子则被踢到一边。燧岩停顿了一下，先把手放到男孩肋骨处确定他仍在呼吸，然后摸摸前额，发现他又发起了高烧。在黑暗中俯身向前时，他又听到了那种骚动声——奇怪而缓慢的抓挠，就像某个年迈的芬德林先祖正在地底下往上挖掘通道，朝活人这里靠近。

燧岩站了起来，他的心脏现在跳得非常快。声音是从前厅那里传来的。一个闯入者？一个双眼通红的暮光族人？那个冷酷的女将军派来的刺客，因为她后悔把他给放了？有那么一会儿，他觉得自己的心跳断断续续的，几乎要停止了，但大脑里的各种想法在飞速转动。整个城堡因为冬日前夜的事件而陷入一片混乱，芬德林镇上也是流言满天飞——或许是某个害怕燧岩和欧珀带回来的那个奇怪男孩的人？不可能是有人想行窃，这种罪行在芬德林镇几乎闻所未闻，因为大家都是抬头不见低头见，家家户户的门窗都非常坚固，门锁更历经数代石匠和铁匠精湛技艺的打磨。

前厅空荡荡的，没什么反常之处，晚餐时的碗碟仍放在桌子上，这充分说明了欧珀情绪低落，无精打采。如果是上个月，她即使腿断了，也会挣扎着起来清理，绝不会让清晨的来访者看到前晚的餐具放在那里没洗。但自从火石失踪，然后又奇怪地重新出现以后，他妻子除了每天两眼红通通地坐在那个孩子床旁以外，似乎就再没力气做其他事情了。

燧岩再一次听到了那种干巴巴的抓挠声，这一次他听出声音是从前门外面传来的，某种东西或某个人正在试图进来。

成千上万个迷信的恐惧想法从他大脑中涌现出来，他朝墙上挂工具的地方走去，拿出那把最尖利的，名为“泼妇嘴”的铁镐。除非他自己把门打开，否则没有什么东西能穿透那道门——他和欧珀的哥哥花了好几天的工夫把那块沉重的橡木做成门，铁制门枢则代表了铁匠们的最好手艺。他甚至考虑重新回去睡觉，等早晨再来解决这个问题，也许正在抓挠的小偷会去下一家，但他无法摆脱关于比特唐的记忆，那个为了帮他寻找火石差点死掉的屋顶族人。上面的城堡一片混乱，托利的手下遍布各处，搜寻着关于布瑞奥妮公主那令人震惊的绑架案的蛛丝马迹。如果比特唐正是现在需要帮助的那个人呢？如果那个小人此时就在门外，在一个大个子的世界中拼命想让人知道自己的存在呢？

燧岩·蓝石英手中高举着武器，深吸一口气，打开了门。外面黑得让人吃惊,那是一种他在芬德林镇夜晚街道上从未见过的黑暗。他使劲儿握紧铁镐的把手，直到手掌被攥得生疼，这件他可以挥舞一个小时连颤都不打的工具，此时却因为手的颤抖晃动起来。

“谁在那儿？”燧岩对着黑暗小声问，“出来！”

某种东西呻吟了一声，甚至是低声吼叫，惊恐万分的燧岩此时才发现屋外的一片漆黑并不是因为芬德林镇的路灯熄灭了，而是因为有个巨大的东西躺在门口，挡住了一切。他往后退了一步，举起铁镐去击打怪物，却没打中，因为那个东西猛地冲进门里，把他撞到一边。不过，虽然他没打中，这个闯进门里的庞然大物还是瘫倒在地。它又发出一声呻吟，燧岩举起铁镐，心里充满了巨大的恐惧。一个苍白的圆脸庞抬起来望着他，脸上满是污垢，但透过此时从门里漏进来的光亮仍能辨认出来。

查文，王室的医生，举起动物爪子般肮脏的双手，上面缠着结痂变黑的绷带。“燧岩……”他喘着粗气，“是你吗？恐怕……恐怕我把你门口弄得满地是血……”

⚜ ⚜ ⚜ ⚜ ⚜

这是一个寒冷的清晨，市集广场的石头因结冰变得滑溜溜的。沉默的人群聚集在南境三神圣堂外面，摩肩接踵，身上裹着斗篷和毯子，以抵御从海面吹来的刺骨寒风。

马提亚斯·廷莱特望着表情庄严的贵族和高官显要们从高大穹顶的教堂中一一现身，此刻他非常渴望能喝点什么，一杯加香料的热酒，两杯或三杯更好！总之要某种能让他冰冷的骨头和心脏暖和过来的东西，某种能将这严酷、寒冷的天气变得容易接受的东西。但酒馆肯定已经关了，城堡的厨房也都被清空了，每一个王公、贵妇、侍从和下人都被命令站在这里，在严寒中聆听新统领的宣言。

大多数人都是新上任的，艾文·布罗纳跟其他人一同站在台阶顶部，和以前一样体型庞大，甚至比以前更大了，他身上穿的黑衣服和沉重的斗篷让他看起来脚下似乎不应该穿着靴子，而应该待在吱嘎作响的木轮子上，就像某种用来推翻被困城堡城墙的怪物机器。布罗纳的出现比其他任何事都彻底地打消了马提亚斯·廷莱特对过去几天所发生的事情的疑虑。如果布瑞奥妮公主的失踪中有什么肮脏交易的话，奥林国王最忠实的朋友和最受信任的部下是不会同亨顿·托利站到一起的。廷莱特没忘记自己同布罗纳的相遇——即使是夏土的托利家族也肯定不敢惹怒这个人！

教堂演奏师的笛声慢慢消失了，最后一个香炉也被悬挂起来了，烟已经开始消散，被凛冽的寒风扯碎。瑟瑟发抖的传令官吹响了一阵刺耳的喇叭后，艾文·布罗纳往前走了几步来到台阶边缘，往下看着聚在一起的城堡民众。

“你们在过去几天中听说了很多事情，”他那牛吼般的响亮嗓音一直传到人群远处，“混乱的时代会滋生混乱的故事，而现在正是我们所有人一生中见过的最混乱的时期。”布罗纳举起一只宽阔的手掌，“安静！仔细听好！第一，布瑞奥妮公主被掳走了，很明显是被曾为卫队统领的叛徒沙索·丹-赫兹掳走的。我们搜寻了数天，但没有任何迹象表明两人还在南境城堡里。我们祈祷公主能安全归来，但我向你们保证，我们不会只依靠神灵的保佑。”

窃窃私语声又开始了，这次声音大了一些。“王子在哪里？”靠近前排的某个人大喊，“她弟弟在哪里？”

布罗纳挺起肩膀，双手握拳：“安静！你们难道都要像赞德的野蛮人那样叽叽喳喳个没完吗？仔细听我说的话，你们会了解的。巴瑞克王子和蓝色海岸的泰恩还有其他人在一起，在科尔坎原野同入侵者战斗。我们有好几天没从泰恩那里收到消息了，那些回来的幸存者也所知甚少。”人群中有几个人的视线越过狭窄的海峡朝城市望去，此时那里一片寂静，明显空荡荡的。他们都听到了晚上从那里传来的歌声和鼓声，还看到了火。“我们当然要保持希望，但现在我们必须假设王子已经失踪、被杀害或被抓住了。这一切都掌握在神灵手中。”布罗纳停了下来，人群中突然爆发出一阵响声，原本低沉的哭声和咒骂声开始快速膨胀。他再次开口时，声音虽仍响亮，却不如刚才那么清晰和镇定了，这反倒让人群慢慢安静了下来。“请记住！奥林国王仍是南境的国王！他或许被囚禁在南方，但他仍然是国王，而且他的血脉仍然存活了下来！”他指向站在亨顿·托利身边的一个身材圆润、面貌普通的年轻女人——一个奶妈，正抱着一个看起来明显是婴儿的包袱，但在马提亚斯·廷莱特看来，那也完全有可能只是一捆空毯子。“看，这就是国王最年幼的孩子。”布罗纳宣布，“他的新生儿子，诞生于冬日前夕！阿妮莎王后安然无恙，孩子也很健康。埃顿家族的血脉延存下来了。”

布罗纳此时开始挥舞手臂，与其说是在命令人群安静下来，不如说是在恳求他们。马提亚斯·廷莱特忍不住纳闷，这个几乎将自己吓趴在地上的人怎么变成了这样，就好像他体内有某种东西被撕裂了却没完全补好一样。

不过这又有什么好惊讶的？布瑞奥妮，我们亲切而美好的公

主不见了，年轻的巴瑞克毫无疑问已经死了，被那些超自然的怪物杀害了。廷莱特富有诗意的灵魂能感受到那对失踪双胞胎兄妹之间的对称，那种浪漫的相似，但他对其中的弟弟无论如何都无法产生同样的同情之心。他真心实意地想念布瑞奥妮，为她感到担心——她曾是马提亚斯·廷莱特的拥护者，而巴瑞克则从未掩饰过对他的鄙视。

此时布罗纳退下，轮到亨顿·托利了，他穿着一身跟平常不同的色彩黯淡的衣服——或者对他来说算是黯淡的了——黑色紧身裤、灰色外套、毛衬里的黑斗篷，很多地方点缀有黄金和绿宝石。亨顿算是王宫北部特希斯的时髦风尚人物，廷莱特虽然不喜欢他，但对他不乏仰慕之情。他对地位高于自己的人所穿服饰的细微差别一直非常敏感，他觉得这个托利家族中最年轻的成员似乎对城堡守卫者的新角色很享受。

亨顿举起一只几乎被袖口长飞边完全遮住的手，通常面无表情的瘦削脸庞上覆着一层程度控制得恰到好处的悲伤表情。“我们托利家族同埃顿家族流着同样的古老血液，奥林国王是我的叔叔，也是我的君王，虽然我们的盾牌上刻着公牛徽记，但我们的身体里流淌着狼族的血液。我们发誓会用每一滴血来保护他年幼的继承人。”亨顿的头低下了一会儿，似乎在祈祷，或者仅仅是面对沉重任务时的谦卑，“在这个可怕冬天失去的一切让所有人都感到无比痛苦，其中最痛苦的恐怕就是托利家族，因为我们也失去了自己的兄弟盖伦公爵。但不要害怕！我的另一个兄弟卡拉顿，夏土的新任公爵发誓，我们两家之间的联结将会变得更加强大。”亨顿·托利挺直了身子，“你们很多人感到恐慌，因为从战场传来了一些令人担心的消息，北方又有敌人来犯，甚至此刻就等在我们门前，就在海湾那边。我听到了一些关于围攻的说法，但是让我告诉你们，哪有什么围攻？”他朝对面那个沉默不安的城市挥舞着手臂，衣袖像乌鸦的翅膀一般膨起，“没有一根箭，没有一块石头越过我们的城墙。我什么敌人都没看到——你们看到了吗？或许有一天这些精灵们会朝我们发动进攻，但他们更可能看到南境雄伟庄严的城墙后就自行打消了念头，否则，为什么他们一点踪影都没显露？”

一阵窃窃私语在人群中扩散开来，人们似乎第一次感到了某种希望。亨顿·托利察觉到了，微微露出一丝笑容。

“即使真的发动进攻，他们又怎么能打败我们，南境的同胞们？只要我们有自己的港口和友好的邻居，就不会被饿死。而且我的兄弟，公爵大人正派兵过来保护城堡和居于其中的众人。永远不要害怕，奥林的继承人终有一日会骄傲地坐到王座之上！”

情绪热切的人群此时爆发出一阵欢呼，尽管在寒风呼啸的广场上并没形成很大的声势，但马提亚斯·廷莱特发现连自己都被说服了。

*我或许不怎么喜欢那个人，但想想看，如果亨顿·托利和他的士兵不在，我们会陷入什么样的麻烦！会有暴动发生，还有各种各样的疯狂行径！*自从听说那种超自然的生物就在离他们不远的地方后，他就再也没睡过一个安稳觉，他注意到托利虽然自信满满，却没提到任何关于将雾影地精灵从那座废弃城市中驱逐出去的事情。

大主教塞斯尔走上前来，代表三神祝福众人。在大主教诵读《佩林的宽恕》颂词时，城堡的新保护者托利，同城堡的新总管迪尔南·海弗莫陷进深入的交谈中。国王以前的城堡总管奈纳从原来的位置上退下，曾是艾文·布罗纳管家的海弗莫却令人惊讶地代替了他。廷莱特忍不住带着一丝忌妒之情注视着他。他升得那么快，还是那么重要的位置！布罗纳肯定非常赏识他才会给予他这种荣誉。但艾文·布罗纳此时正望着托利，廷莱特总觉得他看起来似乎既不高兴，也没什么自豪之情。廷莱特耸耸肩，宫廷里面总是充满了各种阴谋，世界就是如此。

或许我也能在那里获得一个位置，如果能让自己引起注意，即使没有我深爱的公主做保护人，或许我也能得到提拔。他满怀希望地想。

马提亚斯·廷莱特转过身，将颂词抛诸脑后，穿过人群走了出去，思考着怎么把自己的耀眼才华展示给慧眼识珠的南境的新任掌权者们。

不出所料，当欧珀看到地板上躺着一个浑身流血、体格有自己两倍大的人时，确实被吓得不轻。

“啊！”她从卧室往外瞄，“那是什么？我还没穿好衣服。你没事吧，燧岩？”

“我没事，但这个朋友有事。他身上有伤，需要处理……”

“不要动！我马上出来！”

一开始燧岩以为她是担心自己亲爱的丈夫，害怕他会被这个身上有伤的来访者传染上某种疾病，抑或这个受伤的男人在痛苦和神志不清中会突然像垂死的动物般猛地冲过来。但经过一番思考，他意识到欧珀是担心他会把事情弄得更糟。

“孩子仍在睡觉。”她边从里面走出来边说，同时往身上裹外套，“他昨晚又睡得很不安稳。这是什么？这个大个子是谁？怎么会在这里？”

“是查文，王室的医生，我跟你说起过他。至于为什么……”

“一路爬过来，”查文的笑声听起来干巴巴的，让人感觉很难受，“在漆黑中爬过城堡，来到这里。我受伤了，需要帮助。但我不能久留。如果我留在这里，会将你们也置于险境。”

“现在没谁比你更危险，看看这些烧伤。”欧珀说，对着医生结痂的双手皱起了眉头，“快，拿些水来，还有我的草药篮，老头子，动作轻些。不要把孩子吵醒了，他在这里只会碍手碍脚。”

燧岩照她说的去做了。

欧珀用淡盐水将查文的伤口清洗干净，在上面敷上一层苔藓糊，然后用干净的布包扎好。受伤的医生此时已经睡着了，每次她把绷带拉紧一圈，他的下巴就会撞到胸口上。

欧珀站了起来，望着自己的成果。“他可信吗？”她悄声问。

“他是我认识的最好的大个子之一。”

“那根本没回答我的问题，老糊涂。”

燧岩忍不住笑了起来：“最近经历了这么多困难，看到你的爱心并没被消磨掉，亲爱的，这真令人高兴。谁能确定呢？上面整个世界都成了一团乱麻。上面？一个这些大个子的孩子，一个在这场同精灵族的战争中起着某种作用的孩子，此时就住在我们的房子里。无论是上面的世界还是这里，一切都变疯狂了。”

“不论他受没受伤，除非你告诉我他是可信的，否则我不会让这个人待在我们的房子里。我们还得考虑孩子。”

燧岩叹了口气：“他是我认识的人中最好的一个，不论是普通人还是大个子，而且他或许能弄明白发生在火石身上的一些事。”

欧珀点点头：“好。他得睡上好几个小时——他喝了一大杯苔藓酿，够好好消化一阵了。我们最好也睡觉去。”

“你真是令人赞叹。”当他们爬进毯子里时，他对她说，“这么多年了，我仍然不敢相信自己能有这种好运。”

“我也不相信你的运气。”不过她听起来至少有点儿高兴。更重要的是，在她处理医生身上的伤口时，燧岩从妻子眼中看到了自从他将火石带回家后就再也没见过的一种东西——意志。能看到妻子变得跟以前一样，为此冒多大的险都值得。

查文的手几乎拿不住面包，但他吃饭的样子就像一个被关在废弃小屋里好几天的狗一样。当他开始跟燧岩和欧珀讲述自己的经历时，情形似乎也相差不远。

“我躲在自己房子外面的地道里。”他停下来用袖子擦擦脸，想把自己笨手笨脚拿杯子喝水时溢出来的水擦掉，“那个秘门，燧岩，你知道那扇门——在走廊墙壁上有一块护墙板挡住了那扇门，一般人看不出来。我进去后，把门关上，然后像一只被追捕的狐狸一般爬到下面的地道中。我身上带了上次旅行时带的一个水杯，但没时间找些吃的。”

“多吃些。”燧岩说，“慢一些。你为什么要躲？上面的世界发生了什么？我们听到一些传言，即使顶多只有一半是真的也仍非常令人震惊，非常可怕——传言说精灵族打败了我们的军队，公主和她弟弟死了或逃走了……”

“布瑞奥妮没有逃跑，”查文说，皱起眉头，“我愿意用自己的生命打赌。而事实上，我已经这么做了。”

燧岩摇摇头，有些不解：“你在说些什么？”

“这是一个很长的故事，像你听到的精灵族军队的事情一样疯狂……”

欧珀突然站了起来，他们身后传来某种响动。是火石，他脸色苍白，睡眼惺忪，正站在门口。“你怎么从床上起来了？”她问。

男孩看着她，面色迟钝呆滞得令人心里生起寒意。燧岩忍不住想，虽然以前他身上发生了许多奇怪甚至令人感到害怕的事情，但这种毫无生命气息、无动于衷的表情是迄今为止最糟糕的。

“渴了。”

“我给你拿水，孩子。你刚发过烧不久，现在还不适合下床。”她使劲儿瞥了一眼燧岩和查文。“你们小点儿声。”她对他们说。

欧珀把火石送到床上又回来时，查文刚开始描述冬日前夕发生的古怪事情，于是他又重新讲述了一遍。他的故事听起来就像某个刚从奇异国度回来的人讲述的那些令人难以置信的故事，更别说这些故事还发生在南境那些熟悉的辖区，所以如果不是查文亲口讲述的，他绝对不会相信，但燧岩知道查文不但非常诚实，而且对自己知道什么、不知道什么、什么可被证实、什么仅仅是猜测有着极为严格的区分标准。“建立在岩石上面，”就像燧岩的父亲评价某个人非常可信时一直说的那样，“不是在沙子上面，只要大地长老动一动，就跟墙头草一样摇摆不定。”

“所以你认为这些托利家族的恶棍同那个南方巫婆瑟莉亚有关联？”燧岩问道，“跟可怜的肯德里克王子以及公主遭受的袭击也有关？”同布瑞奥妮那次短暂相遇后，燧岩就对她产生了一种对自己人般的喜爱，而且他早就对亨顿·托利以及他的整个家族恨之入骨了。

“我不敢肯定，但我听到了他和卫兵之间的零星对话。他们听起来似乎跟我一样惊讶，但他们对王室家族的背叛是不容置疑的。而对于我，一个目睹了真实事件的目击者，他们想除掉我的愿望也是确凿无疑的。”

“他们真的会杀掉你？”欧珀问。

“当然，如果我还留在那里的话早就被杀死了。”查文说，脸上露出痛苦的笑容，“我躲在春之塔里时，听到亨顿·托利对手下说无论如何不能让我逃掉，结果我性命的人会得到赏赐。”

“天哪！”欧珀惊呼，“城堡现在掌握在暴徒和杀人犯手里！”

“眼下确实是这样。没有布瑞奥妮或她弟弟，我看不到还有什么办法能改变这一切。”谈话耗尽了医生的力气，他看起来几乎连头都抬不起来了。

“我们必须把你带到一个有权势的贵族那里。”燧岩说，“某个仍忠于国王的人，为你提供庇护，直到你能把自己经历的事情讲出来。”

“还剩下谁？泰恩 · 奥德里奇在科尔坎原野死去了，奈纳因为恐惧隐退到乡下去了。”查文语气平淡地说，“而艾文 · 布罗纳似乎已同托利家族达成了某种共识，我谁都不相信。” 他摇摇头，似乎那是一块扛了太长时间的沉重石头，“而最糟糕的是，托利党们抢走了我的房子，我最好的观测地点。”

“他们为什么要那么做？他们认为你仍藏在那里吗？”

“不，他们想得到某种东西，我恐怕知道那是什么。我在地道里藏身的地方，透过墙壁能听到他们撕扯的声音——搜寻，搜寻……”

“为什么？搜寻什么？”

查文发出一声呻吟：“即使我猜中了他们要找的东西，也无法肯定他们为什么想得到它——但我很害怕，燧岩。这里以及外面的世界正发生的事情，远不止争夺远境王国的王位那么简单。”

燧岩突然意识到查文并不知道自己的历险经历，那些跟正在另一个房间里睡觉的男孩有关的令人费解的事情。“还有更多的事情。”他突然说，“现在你得休息了，过后我会告诉你我们的经历。我见到了精灵族，那个男孩进入了秘境。”

“什么？现在就告诉我！”

“让这个可怜的人睡一会儿吧。”欧珀听起来也很疲倦，或者只是心情再一次变得低落了，“他像一个刚断奶的小婴儿一样虚弱。”

“谢谢你……”查文说，几乎话不成句，“但是……我必须立刻听这个故事……我曾经说我很担心雾影线移动可能产生的后果。但现在我觉得自己担心得……太少了。”他的头垂了下来，往下一顿一顿的。“太少了……”他叹气道，“……而且太……晚了……”他不一会儿就睡着了，剩下燧岩和欧珀面面相觑，睁大眼睛，里面充满恐惧和困惑。

第四章
莫赞的寝宫

虚空之神和光之神最伟大的后代是日星，在他的照耀下一切都变得更清楚了，歌曲也有了新的面貌。在这种新的光明之中，日星发现了鸟母，他们一起孕育了许多事物、孩子、音乐和思想。但一切开端都蕴含着自身的结局。

当万物之歌变得非常衰老时，日星失去了他自己的歌曲，离开鸟母，来到天空中，只歌颂太阳。鸟母的悲伤虽然非常沉重，但她并没有死去，而是生出了一个巨大的蛋，从这个蛋中孵出了美丽的双胞胎，微风之神和源雾之神，她们将鲜活思想的种子撒到各处。

——引自《忏悔之书·百种思索》

太阳升起后，海上刮起一阵风暴，冰冷的雨水落在身上，小船在水中摇摇晃晃，让布瑞奥妮感到非常恶心，但天气实际上比他们第一次穿越布伦湾的时候要暖和些。不过这仍然是一趟寒冷刺骨、令人痛苦的旅程。

冬天，布瑞奥妮悲伤地想，*只有一个笨蛋才会弄丢自己的王位，被迫在这个致命的季节逃亡。托利的党羽不用杀死我，我可能自己就会被淹死或冻死了。*但她更担心沙索高烧刚退不久就要忍受这番凄风冷雨。不过跟平时一样，老人如一座石头雕塑般，没表露出丝毫不适的样子。这至少让她感到很安心：如果有力气挺直脖子，保持高傲姿态，毫无疑问这说明他身体好些了。

同布瑞奥妮形成对比的是水鸥族女孩埃娜，她看上去既没因风暴而变得可怜悲惨，也没有表现出勇敢忍耐的样子——事实上，她看起来压根就没注意到风暴。她又戴上了斗篷，轻松而随意地划着船桨，就像在夏日碧波荡漾的湖水中轻轻划动小舟。他们欠这个水鸥族女孩太多，布瑞奥妮知道，如果没有她对海湾及海浪的了解，他们几乎没有逃生的希望。

我会好好奖赏她的。当然,眼下南境的公主没有什么东西能给她。

风暴最猛烈的部分很快就消退了，但巨大的海浪仍流连不止。旅途的单调，雨水持续拍打着带帽斗篷，海浪上下颠簸，逐渐让布瑞奥妮陷入一种昏昏欲睡的白日梦状态，她迷迷糊糊地幻想着有一天能策马返回南境城堡，接受人们欢乐的迎接，还有……还有谁?巴瑞克不见了，但对于他的缺席，她现在还不能想得太多，就像在忍受一个严重的伤口，在伤口得到处理之前一直不敢正眼去看，害怕自己会在无人救助的情况下在路边晕倒并死去。但还剩下谁？父亲仍被囚禁在遥远的赫若索尔。继母，如果她同其部下的蓄意背叛没有关联的话，或许不是一个敌人，但仍算不上真正的朋友，更不是母亲。其他还有哪些布瑞奥妮珍惜，甚至在意的人？艾文 · 布罗纳？他太严厉，戒心太重了。其他还有谁呢?

不知什么原因，卫兵队长费拉斯 · 范森进入她的脑海——但这完全是一派胡思乱想。

平凡的脸庞、普通的褐色头发、精心调适的举止，看起来几乎像一种炫耀，他对她来说是什么？如果对于她哥哥的死亡，他现在仍然没有像她感到的那么内疚，那么对她来说他就仍然什么都不是——只是一个普通士兵，一个编队人员，脑袋里除了军营和小酒馆外什么都没有，靠在酒馆里调戏乡村少妇打发空闲时间的男人。

但这还是非常奇怪，她刚才竟看到了他那张充满思虑的脸，竟突然想到了他，几乎是带着一种喜爱之情想到他……

梅若兰娜。当然——亲爱的老兰娜！无论是什么凯旋，布瑞奥妮的叔祖母一定都会在那里。但现在她得是一种什么样的感觉啊？一阵不安突然袭过布瑞奥妮全身。可怜的叔祖母！她肯定要因悲伤和担忧而发疯了，双胞胎两人都不见了，生活天翻地覆。但叔祖母会坚持下来的，当然。她会为了其他人坚持下来，为了整个家族坚持下来，甚至为了奥林国王新出生的儿子，阿妮莎的孩子坚持下来。布瑞奥妮感到一阵忌妒，她努力把这种感觉从心里驱逐出去。除此之外，叔祖母还能做什么呢？她会竭尽全力保护埃顿家族的。

哦，叔祖母，等我回去时，我会给你一个大大的拥抱，把你抱得几乎喘不过气来！我会把你那苍老的脸颊吻得通红！你会吓一大跳的！身为公爵夫人的叔祖母肯定会大哭——她总是为喜悦之事哭泣，却从不因悲伤而哭泣！**你会为我骄傲的。“聪明的孩子。”你会对我说，“你父亲也会这么做的，并且那么勇敢……”**

布瑞奥妮打着盹儿，头往下一顿一顿的，幻想着那一天的到来。不管怎么样，想象都是容易的，但要变成现实却没那么简单。

当初升的朝阳将风暴云从黑色染成青灰色时，他们抵达了山峦层叠的马林沃克北海岸，划过空荡荡的小海湾，到达距海岸只有几码远的地方。布瑞奥妮将埃娜送给她的那件手织衬衫缠到大腿处，帮水鸥族女孩将小船拉到湿沙地带。寒风刺骨，盐草和海岸石楠沿着沙丘随风摇曳，仿佛在模仿海湾里荡漾的波浪似的。

“我们现在在什么地方？”她问。

沙索将被雨水浸透的衣服拧干。布瑞奥妮穿的是埃娜的闲置衣服。沙索穿了特里的一件松松垮垮、被盐浸褪色的衬衫，以及一条水鸥族人的素色及膝裤。他环视了一圈四周的群山，那布满皱纹、由于长期囚禁而变得消瘦的粗糙脸庞让他看起来像是一个穿着小孩子废弃衣服的古代幽灵。“离凯恩镇不远的某个地方，我估计离奥斯嘉特大约有三到四天的路程。”

“凯恩镇在那里。”埃娜向东指指，“这些山的远侧，海岸线南部。不到正午你们就能到。”

“前提是现在就出发。”沙索说。

“我们到底要到凯恩镇做什么？”布瑞奥妮从未到过这里，但知道这是一个小城镇，有个一年一度的集市上交给王室一笔数量不小的税收。她还隐约记得似乎有条河流经这里或附近。但对现在的她来说，管它是叫“无名”还是“小不点儿”都没什么分别。“那里什么都没有！”

“除了食物。我们需要一些吃的，不是吗？”沙索说，“不吃东西我们就无法继续赶路，但我还没厉害到能抓到或杀死猎物作为我们的晚餐。除非我的双腿恢复一些。”

“那之后我们再去哪儿？”

“奥斯嘉特。”

“为什么？”

“你的问题太多了。”他看了她一眼，这个眼神或许会让大多数人感到畏怯，但布瑞奥妮没那么容易就被打发掉。

“你说由你做决定，我也同意了。但我从没说过自己不会问为什么，你也从没说过不会回答。”

他低吼了一声：“等你把脚伸到路上的时候再问吧。”然后转向埃娜：“请向你父亲转达我的谢意，孩子。”

“又不是他父亲给我们划的船。”想到曾因麦海伦小岛的停靠问题同女孩争辩，布瑞奥妮仍感到有些丢脸。“我欠你一个人情，”她对女孩说，努力表现出一种高贵的亲切，“我不会忘记的。”

“我确信您不会忘的，小姐。”埃娜做了一个迅速而不太正式的屈膝礼。

好吧，她都看过我睡觉时口水从脸上流下来的样子了，期待她像对待公正女神佐睿雅那样对我是有些过分了。自己是否喜欢做一个没有王位或城堡的公主，对此布瑞奥妮仍不太确定，虽然她经常嘲笑这些特权，却也相当习惯它们了。“无论如何，谢谢你。”

“祝你们好运，小姐，长官。”埃娜往前走了一步，接着停下来，转过身，“深海之神保佑我，我差点忘了——要知道父亲会扒了我的皮的！”她从硕大的衬衫口袋中抽出一个小袋子，递给沙索，“这里有些钱币，可以帮你们应付旅途花费，长官。”她用一种近乎怜悯的眼神看看布瑞奥妮：“或许可以给公主买些好点儿的食物。”

还没等布瑞奥妮或沙索说什么，水鸥族女孩就迅速将木船从湿沙上拖到水中，然后带着船跋涉到海湾里面。她灵巧地坐到划桨凳上，就像一个花样骑手优雅地骑上马背。眨眼间，船桨已经放到水里，小船开始迎风向外划行，随着道道浪花上下颠簸。

布瑞奥妮站在那里，望着女孩和她的小船渐渐消失。她突然感到非常孤单疲惫。

“村庄或城市的可靠之处，”沙索语气尖酸地说，“就在于它们不会自己朝我们走过来。”他指着沙丘那边的群山，山上覆盖着参差不齐的灌木丛和矮树林，“我们是不是可以出发了，难道你还有什么急切的原因得在这里等待，好让人注意到我们？”

他以前的那种冲人劲儿又回来了。她知道自己应该为此感激，但此刻她实在做不到。

刻薄的言辞似乎也消耗了沙索的力气。他们越过冰冷的沙丘，朝着沿山脚的一条蜿蜒小路走去时，他一直低着头，一言不发。

一开始，布瑞奥妮曾想继续追问他们为什么要去奥斯嘉特，那里虽然是马林沃克的主要城市，但仍有些偏僻落后，以及到那儿之后他的下一步计划是什么，但她发现自己也很乐意省省力气，专心赶路。一开始风在他们身后平稳地吹着，但此时开始四处飞舞旋转，针扎似地迎面打在脸上，让往前的每一步都变得像在爬陡峭的阶梯。厚重的乌云在他们头顶低垂着，似乎一伸手就能抓到，还能把手指插进去。她心里曾对水鸥族女孩送给他们的厚羊毛斗篷感激不尽，但现在斗篷淋了雨，非常潮湿，沉重得像铅一样。她的宫廷服饰虽然有种种不适，此时想起来却突然变得没那么糟糕了，至少它们是干的，暖和的。

过了大约一个小时，布瑞奥妮开始看到一些人居住的迹象，山顶上有几处农夫的小木屋，四周环绕着树木，其中一些小屋有炊烟从屋顶的洞甚至是弯弯曲曲的烟囱里冒出来。布瑞奥妮打破了长久的沉默，问沙索能不能在其中一处歇歇脚，暖和一会儿。

他摇摇头："人越少，有人记得我们的风险就越大。亨顿·托利和他的手下肯定已经开始猜测我们是不是已经彻底离开了城堡，他们很快就会在布伦湾边上的各个城镇开始打探了。我们是不同寻常的一对搭档，一个黑皮肤男人和一个白皮肤女孩，某个见过我们的人碰上亨顿的密探只是时间问题。"

"但那时我们早就离开了。"

"我们必须躲到某个地方。你真想告诉托利的党羽们，可以停止搜索城堡及周边地区，集中到一个地方上就可以了吗——例如马林沃克？"

想到一队全副武装的士兵正在他们身后的乡村里行进，布瑞奥妮感到不寒而栗，不禁加快了脚步。"但最后肯定会有人看到我们的。我是说，如果我们去奥斯嘉特或其他城市的话。毕竟城市里四处都是人。"

"这是我们最好的希望，或许也是唯一的希望。在人越多的地方，我们被注意到的可能性越小，殿下，尤其是在那些人们的皮肤跟我相同的地方。好了，现在别说了。”

他们沿着一个宽阔山谷边上的小路前行。到达一条沿山脚蜿蜒的宽河时，沙索决定他们可以稍微停下来喝些水了。他们又看到一些房子，是用没涂灰浆的石头和松散的茅草屋顶搭造起来的简易房屋，这些房屋非常分散，布瑞奥妮怀疑即使是在万里无云的晴朗天气下，一户人家也看不到相邻的另一户人家。一只山羊在他们身后的牧场里咩咩叫着，似乎在抗议寒冷的天气。她发现这是好几个小时以来自己听到的第一声洋溢着生活气息的声音。

他们又走了几个小时，路过几个小村庄，但都没进去，在一处河流渐窄的地方，当地人用本来就堆在那里的一堆石头建成了一座小桥，他们跨过小桥，在快到晌午时抵达了凯恩镇。凯恩镇是一个面积很大的繁荣小镇，低矮的城墙上方耸立着一个萝卜状的神殿穹顶。沙索决定他藏在小镇外面的树丛里，布瑞奥妮则拿着一些特里给他们的钱币去买些食物——一块刻着希安国王埃南德头像的银币，这块银币非常小，布瑞奥妮肯定其中几乎一半的银子都被刮掉了。她内疚地想起自己曾宣布不但刮银币者应在广场上受到当众处罚，那些使用被刮的银币、协助它们流通的人也应受到同样的惩罚。但现在情形似乎有些不同了，有人将银币刮掉了一部分，而她需要用这个银币去买吃的。

“这儿——往脸上抹些灰。”沙索往她脸上抹了一条泥垢。她试图后退。“那你自己抹，不管怎样，赶了一早晨路，你已经很有些邋遢样了。”

她又往脸上多抹了一些，但当她沿着那条泥泞小路朝城门走去，希望混迹于赶往市场的人群中时，她开始担心自己和沙索对伪装身份想得太简单了。即使身穿打满补丁的手织裙子、脸上有好几处污垢，肯定也糊弄不了太多人！她的脸，带着一种奇怪的自豪感，在北方肯定比任何女人的脸都更为人们熟知。但如果现在被人认出来，后果将是致命的。

虽然她努力不让自己接触人们的视线，但在通往城门的路上遇到的第一对男女还是缓慢而充满怀疑地将她上下打量了一番，不过过了一会儿她就意识到他们之所以这么做，仅仅是因为去市场的其他大多数行人的衣着都很干净整洁。布瑞奥妮是一个脏兮兮的陌生人，而不是一个普通的陌生人。

“三神保佑您美好的一天。”那个女人说，将怀里大张着嘴的孩子紧紧抱住，仿佛布瑞奥妮会把它偷走似的，“祝您孤儿日幸福。”

“您也是。”这个祝福让她感到非常吃惊，她几乎把这个节日给忘了，因为自从冬至那天起她的世界就彻底崩溃了。对她来说，当然没有新年宴会或礼物，而且现在离石神节应该只有十天左右的时间了。自己不但失去了家庭，还失去了整个生活，多么奇怪！

他们走过去后，她没回头去看，但她知道他们回头看她了，肯定在纳闷这个人怎么这么奇怪。

走吧，然后猜测、谈论关于我的事情。事情的真相那么奇怪，你们绝对想象不到的。

由于担心再次引起人们的注意，她决定不再去市场，而是穿过城门，混入大路上熙熙攘攘的人群中，然后拐进一条狭窄的小巷。她在遇到的第一所简陋房子前面停了下来，有人正站在那里——一个裹着厚重羊毛毯的女人在往坑坑洼洼的地上撒玉米，脚下围着一群咯咯叫的小鸡，仿佛她是一只老母鸡似的。

房子的女主人一开始看起来满腹狐疑，但当她看到那枚银币，听了布瑞奥妮编造出来的故事，说自己跟母亲和年幼的弟弟沿着海岸赶路，两个人都生病了时，女人一边思考，一边咬紧了嘴唇，然后走进高高的房子里面。这座房子两侧同相邻的房子紧挨在一起，就像坐在同一张凳子上的几个唱诗班同伴，不过她没让布瑞奥妮跟着进去。过了一会儿她再次出现，手里拿着一块硬奶酪、半条面包、四个鸡蛋，身后还跟着好几个孩子，他们不断想从她那宽大的屁股后面挤到前面，看一眼布瑞奥妮。即使对一枚被刮过的银币来说，这些食物似乎也有些少了，不过布瑞奥妮得承认，她对钱的了解一般都跟比这大很多的数量有关，她熟悉的那些价格或许能为整个卫戍部队提供食物。她盯着女人看了一会儿，在想自己是否得到了诚实交易，接着她意识到这个女人或许是自己遇到的第一个不知道她是谁的人，第一个（在这个女人知道的范围内）没有义务对她表示尊敬或忠诚的人。然后布瑞奥妮更加震惊地意识到，这个身后拖着一堆孩子、死气沉沉的女人，这个脸颊通红、饱经风霜、眼睛里依旧带着一丝不信任的母亲，年龄不比自己大多少。她努力抑制住内心涌动的情绪，对这个年轻的女人表示感谢，祝愿她得到三神的祝福，然后就转身朝城门外面沙索藏身的地方赶去了。

突然间，她心里冒出一个想法，相信不但没人认出她，而且根本不可能会有人认出她，除非是正在搜查她的亨顿军队。在整个马林沃克，即使她穿上全套的宫廷服装，也只有很少的十几个人认识她——几个贵族，一两个去过南境城堡讨要好处的商人。在这里，在乡下，她就是一个幽灵：既然她不能是布瑞奥妮，那么她就谁都不是。

这种感觉既让人感觉屈辱，又令人感到安心。

布瑞奥妮和沙索吃了一些奶酪和面包，感觉重新恢复了力气，接着就开始继续赶路。一整天他们都沿着海岸线前进，海岸线有时很近，有时候则远离视野，完全不见踪影，只能听到一些低低的海浪声。山谷的石壁和树木为他们挡住了凛冽的寒风。当听到有比较大的旅行队过来时，他们就从小路上溜走，如果实在无法避开，他们就把头低下去。

“奥斯嘉特有多远？”坐下休息时，她问沙索。为了绕开一棵堵住路的倒树，他们刚爬上一个又湿又滑的山坡，两个人都累得筋疲力尽。

“三天的路程或者更多，”沙索说，“但我们不去那里。”

“但是劳伦，马林斯克莱斯特的老伯爵住在那里，他会……”

“会发现很难为你的存在保密，是的。”老人擦擦他那饱经风吹日晒的面颊，“很高兴看到你的思考更谨慎一些了。”他皱紧眉头，“伟大的万物之母，简直不敢相信我竟然累成这样。某种邪恶的鬼魂正像骑驴一样骑在我身上。”

“那个邪恶的鬼魂就是我，”布瑞奥妮说，“我就是那个让你被囚禁了那么长时间的人——怪不得你感到疲劳而虚弱。”

他转过头，吐出一口痰：“你只是做了自己不得不做的事情，布瑞奥妮·埃顿。而且，跟你弟弟不同，你相信在肯德里克的死亡上，我是无辜的。”

“巴瑞克也认为他在做自己不得不做的事情。”一阵痛苦和孤独席卷了她全身，这种感觉如此强烈，她有那么一会儿几乎喘不上气来。“哦，我不想谈他。”她最后说，“如果不去奥斯嘉特，那么我们是去哪里？”

“兰德港。”他努力站起身，以前那种强健的优雅和灵活几乎无影无踪，“一个宏伟的名字，一个从未见过兰德国王本人，只见过他的一艘船的城镇，当时那艘船在从冷灰沼泽返航的途中在附近海域沉没了。”沙索几乎笑了出来，“一个小渔镇，再没其他什么稀奇的地方了，但它非常符合我们的需要，你会看到的。”

“你是怎么知道所有这些关于兰德国王的船舶以及冷灰沼泽的事情的？”

他的笑容消失了：“你是说那场北方历史上最伟大的战役？我，

南境的军队统领怎么知道的？如果我对历史一无所知，那当我被囚禁在城堡里时，你就有理由绞死我了，孩子。”

布瑞奥妮知道什么时候最好住嘴，但她并不总是做最合适的事情：“我只是问问而已。另外，孤儿日快乐。你早餐吃得好吗？”

沙索摇摇头：“我老了，四肢酸痛。请原谅。”

他再一次让她感觉糟透了。他跟她父亲一样，以自己特有的方式让人很难同其争辩。这种想法让她心中又产生一阵痛苦的孤独。

“我原谅你。”她只是这么回答。

下午晚些时候，凯恩镇已被他们远远甩在身后，路过的一些小木屋传来炊烟的气味，布瑞奥妮又觉得饿了。他们早就把鸡蛋吃完了，但沙索把一半奶酪和面包留了下来，她发现自己的脑袋里除了吃很难思考其他事情，唯一能对抗食物的就是想象自己蜷缩在房间里那床温暖厚重的被子下面，听着外面这种此时让自己如此可怜悲惨的风雨声。她不知道今晚他们会睡在哪里。沙索保留的最后一块奶酪是他们的晚餐吗？那样的话也算是一丝小小的安慰了。

*瞧瞧你！真是一个被惯坏的孩子。*她责备自己，*想想巴瑞克，他现在可能正在寒冷的战场或更糟的地方。想想父亲，此时正在石头地牢里。再看看沙索，三天前他还被囚禁着，饥肠辘辘，手被枷锁磨得鲜血直流，现在他却因为我处于逃亡之中，走在我身旁，而他要大我四十多岁！*

所有这一切都让她变得更加痛苦。

他们一直走的那条路不过是一条被行人踏出来的小径，此时稍微拓宽了一些，开始离开海岸线。小木屋变得稠密起来，显然他们正在接近另一个大村庄或城镇。即使在黄昏的光线中，她仍能看到这个地方的一些生活场景：男人们穿着羊毛外套在雨中从田地里归来，每个人都扛着一些烧火的木柴；女人们呼唤孩子回家；大一些的男孩女孩将羊赶回羊圈。每个人似乎都在神灵的精心安排下各得其所，这些家庭和生活不论多么卑微都自有其意义。有一刹那，布瑞奥妮感觉自己几乎要哭出来了。

但沙索并没停下脚步对这种乡村无可置疑的存在感伤一番，反而加快了脚步，就像一匹急着回马厩吃夜草的马，所以布瑞奥妮不得不加快速度跟上他。他们两人都用头巾紧紧包住脸庞，在这种天气中每个人都是这样，人们在河边的住所进进出出，经过他们身边时甚至很少抬头。

小径沿着山谷边缘蜿蜒向上，河流在他们身后的树丛中发出低声的呜咽。布瑞奥妮正思量在这一片漆黑的雨夜中没有灯光该怎么走，他们就到达了山谷顶部，往下俯视着城市中壮观的万家灯火。

不，不是城市——晕眩了一会儿后布瑞奥妮意识到——但至少是一个繁荣而充实的城镇。在山峰层峦之中能看到五六条闪烁着灯光的街道，还有更多的窗户里面透出灯光，数量多得数不清。在身后这种伸手不见五指的漆黑背景映衬下，一个个碗大的灯光看起来无比珍贵，像是某种珍宝。

“那里是大海，就在那儿。”沙索指着兰德港远处的黑暗说，“我们又绕着它走了过来。这里的路宽一些，但仍要小心，到处都是沼泽。”

虽然两边都是松软的沼泽地，但他们为了利用很快变弱的黄昏时分的光线，仍然走得很快。因为一阵突如其来的乐观情绪，布瑞奥妮的心情变得昂扬起来，希望至少能在不久之后找到些东西填饱肚子，或许还能摆脱雨夜。在只需要穿过庭院或者更糟一些的市集广场时，这种持续的淅淅沥沥是一种完全不同的感受——如果没有卫兵撑起斗篷，即使这些她都很少体验。但在这种荒野之中，雨水滴滴答答地打在头顶上，就像落下的一块块鹅卵石，淋得她全身湿透，冷入骨髓。此时的雨水已不仅仅是一种不便，更像是一个敌人，一个残酷而又耐心的敌人。

“我们能不能找个小酒馆歇歇脚？”她仍然怀着一线希望，期待他们能在某个忠诚贵族的舒适居所中停留一晚，让那该死的危险见鬼去吧。“那看起来似乎也很危险。你觉得人们会对于一个黑皮肤的男人和一个白皮肤的女孩议论纷纷吗？”

“人们或许没你想象的那么爱议论。”沙索从鼻子里哼了一声说，“兰德港口或许从没见过希安的老国王，但这是一个繁忙的渔镇，每天都会有来自埃昂各地甚至更远地方的船舶在此停靠。但是不，我们不会在一些充满流言蜚语和懒汉酒鬼的小酒馆停留，那样还不如站在城镇教堂的台阶上大声宣布我们的到来呢。”

“哦，仁慈的佐睿雅女神。”她说，知道继续坚持只会让她看起来像一个被惯坏的孩子，但此时她已经不在乎了，“那就另找个小棚屋。某个渔民的小屋，里面都是鲭鱼的臭气，还有一个漏雨的屋顶。”

“如果你不停止那些牢骚，我可能真会安排这么一个住处。”说着，沙索把挡雨的斗篷拉得更紧了一些。

天完全黑了下来，城门开始关闭，卫兵大声责骂那些晚到的掉队者。在一群毫无区别的湿羊毛头巾和斗篷、人和动物的推搡中，布瑞奥妮和沙索似乎并没引起多少注意，但当城门的守卫对他们上下打量时，她还是屏住了呼吸，直到穿过城墙，走进镇子里面，卫兵的视线才从他们身上移开。

沙索抓住她的胳膊，把她从晚归者的人群中拉出来，走进一条小巷，小巷里面的房子紧紧挨在一起，上屋檐像春天公羊的犄角般相抵相触。布瑞奥妮能闻到鱼的味道，有鲜鱼也有熏鱼，甚至时不时地还能闻到新鲜面包的香气。她的胃因为渴望而扭成一团，但沙索一直拉着她在漆黑的街道上行走，只有一些忽明忽暗的灶火从敞开的大门中透出一丝亮光。有人说话的声音传到她的耳朵中，在饥饿和寒冷中那些声音听起来就像做梦似的，有的她能听懂，但更多的则听不懂，要么是因为浓重的口音，要么因为那是一种完全陌生的语言。

他们来到了小镇中最贫穷的地方，窗户上没有一个号角或玻璃，楼下拥挤的房间里没有灯光，只有微弱的火光，布瑞奥妮的心沉了下去。今天晚上她的床将是散发着臭气的稻草，小小的四脚爬虫将在寒冷和黑暗中在她身上爬来爬去。至少她和沙索还有一点钱，她不能忍受吃早晨剩下的奶酪和面包，她会命令或至少是要求他买一些有热气的东西，可能是一碗热汤，甚至是一些肉——如果在小镇的这个地区能有个体面的屠夫的话。

“现在要很小声。”沙索突然说，伸出胳膊拦住她。他们现在处于一片非常浓重的阴影之中，唯一的亮光来自云层中若隐若现的月亮。过了一会儿，她才意识到他们站在一堵高大的石墙旁边。沙索竖起耳朵听了一会儿——布瑞奥妮除了自己的呼吸和永无休止的滴答雨声外什么都听不到——然后朝石墙走了过去。让她惊讶的是，他用自己的指节敲了敲听起来像是一扇木门的东西。在这伸手不见五指的黑暗中他是怎么找到这扇木门的？更别说怎么知道它在那里，对此她一无所知。

然后是一阵长长的静默。沙索又敲了一遍，这一次是用某种暗号敲的。过了一会儿，一个男人的声音说了些什么，沙索回答，问话和回答使用的都是一种她不了解的语言。门从里面吱嘎打开了，灯光照到外面泥泞的街道上。

一个穿着奇怪的宽松袍子的男人站在门口，沙索后退着让布瑞奥妮进去时，那个人鞠了一躬。一开始她在想这身袍子是不是说明他是一个修士。沙索虽然否认，但这里仍可能是某座偏僻的教堂。

当那个守门人鞠完一躬，抬起头来看着她时，她发现他原来是一个留着胡须的年轻男子，有着跟沙索一样的黑皮肤。

“欢迎，客人。”他对她说，“既然您是同沙索阁下一起来的，那么您就是埃菲尔·丹-莫赞家中的尊贵客人。”

他们经过庭院旁一条带顶的走廊，走进房子的主体区域，布瑞奥妮隐约看到中央有一棵看起来像是光秃秃的果树的东西。走廊通向一栋低矮建筑，看起来占了很大一块地方。一群女人朝她走来，围在她身旁，低声私语着，布瑞奥妮只能听懂其中五六个词语。她们身上散发着好闻的紫罗兰和玫瑰香水的香气，还有其他一些她不熟悉的香气，她很喜欢这些气味。她们拉着她的手，把她朝一个走廊拖去。她回头困惑而警惕地看看沙索，但他正在同那个有胡须的年轻人热切交谈，只是挥挥手让她去。这是她那天晚上最后一次看到他或其他任何男人。

那些女人有老有少，但全都是跟门口那个男人一样黑皮肤、黑头发的南方人，她们引领着她——事实上是簇拥着她——进入一个装饰有华丽花砖的小房间，里面点着十几支蜡烛，非常暖和，空气都变得雾蒙蒙的。在小渔镇最贫穷的地方发现这样一处如宫殿般奢华的地方让布瑞奥妮目瞪口呆，因此她都没注意到其中一些女人正试图脱下她的衣服。震惊之余，她开始反击，差点打了其中一个女人一拳（这是她在童年时期为了对付两个好斗的兄弟而学会的一种技巧）。一个个头稍小的女人走上前来，举起双手，做出恳请的姿势。

“请问，”她说，“您叫什么名字？”

布瑞奥妮盯着她。这个女人个头小巧，容貌清秀，虽然她的头发仍像柏油一样闪亮漆黑，但很明显她的年龄够做布瑞奥妮的母亲甚至祖母了。“布瑞奥妮。”她说，当她想起自己是个逃亡者时已经太晚了。而且沙索把自己扔给这群女人，仿佛她是一个要被打开的鞍袋一般。在这堆鸽群似的窃窃私语女人的围攻之下，很难期待她还能保持警惕。

“布里-奥-尼-兹萨亚。”小个子女人说，“您很冷，很累了。您是我们的客人，对吗？除非先洗澡，否则不能在我们的‘哈大’中吃饭，知道吗？”

“洗澡？”布瑞奥妮突然意识到房间中央那个巨大的黑色长方形空地，一开始她以为只是地板稍微低下去的一块地，居然是个浴池——比南境城堡王宫中她那张大床还要大的一个浴池！“是那里吗？”她愚蠢地问。

那些女人感觉她的反抗稍微减弱了一些，就猛扑上来扯下她其余被雨水浸透的衣服。当布瑞奥妮那布满小疙瘩的苍白皮肤暴露出来时，她们带着怜惜和快乐低声私语着。她被搀扶到浴池边上——竟然还有下去的台阶！而更让她感到震惊的是，其中几个女人也脱下袍子，跟她一同步入浴池中。不过至少她现在知道这个浴池为什么这么大了。

热水最初带来的一阵冲击几乎让她晕了过去，但当她进入浴池，慢慢习惯了之后，一阵深深的疲倦感逐渐弥漫她的整个身体，她几乎睡了过去。那些女人咯咯笑着，往她身上涂着肥皂，擦洗着，如果是跟在她身边多年的罗斯或莫伊娜这么做，她会觉得过于亲密，但此时不知怎么回事，她在意不起来了。浴池中非常温暖——如此让人心醉神迷的温暖——雾气蒙蒙的空气中，花香精油散发出来的芳香气息让她感觉自己似乎飘浮在夏日的云朵之中。

从浴池里出来后，她穿上了一件跟那些女人一样的厚白袍，然后被带到一个铺满垫子的房间中，房间中央放着一个生着火的火盆。这里也同样点着数量多得跟房间不相称的蜡烛，火苗随着女人们的进进出出、轻声说话、欢笑甚至是唱歌而轻轻摇曳着。

我是不是已经死了？她疑惑着，对于眼前的一切仍然无法完全相信，**这是不是就是天堂里佐睿雅女神宫中的景象？**

她们把她围在垫子中央坐下，那个年长一些的女人给她端来食物，其他人看到这个场景后惊奇地小声议论起来，似乎这是一种非同寻常的礼遇。碗里堆满水果和一种她不认识的煮谷物，最上面放着几片烤鸟肉。布瑞奥妮忍不住想起凯恩镇市场那个身后跟着一群鸡仔和孩子的女人。她在想：不知道那个住在烟熏火燎的潮湿小棚屋中的女人能不能想象，在离自己家不过一天路程的地方竟然存在这样一处住所。

食物非常美味，冒着热气，加了一种布瑞奥妮不认识的香料，如果在以前这种味道肯定会让她闻而却步，但此刻它们给这个清醒的美梦增添了一丝别样滋味。最后，她懒洋洋地靠到垫子上，饱足，温暖，干燥。年轻一些的女人收走了她的碗，以及她喝光一些掺水酒后剩下的空酒杯，稍年长些的那个女人坐到她身旁。

“谢谢你。”布瑞奥妮说，虽然这并不足以表达她的感激之情。

“您累了，睡吧。”女人挥挥手，其他女人拿来一张毯子，盖到正睡在一堆刺绣靠垫中间的布瑞奥妮身上。

“但是……我这是在哪里？这是什么地方？”

“您的‘哈大’。”女人说，“我的……结婚？”

“你的丈夫？”

“是的，就是这样。”女人笑了，露出其中一颗包金的牙齿，“您是我们尊敬的客人。现在睡觉吧。”

“但是为什么……”她想问这座房子为什么在这么奇怪的地方，为什么有个浴池，为什么所有这些美丽的黑皮肤女人会在马林沃克，但脱口而出的仍然只有那个词：“为什么？”

“因为是沙索阁下带您来的。”那个女人说，“他是一个伟大的人，我们老国王的表兄弟。他来到这里是我们的荣耀。”

她们甚至不知道布瑞奥妮是谁。在这里，沙索才是王室贵族。

然后布瑞奥妮就睡着了，在混乱的梦境中挣扎辗转，有时是温暖的河流，有时是冰冷的寒雨。

第五章
自　由

佐和斯瓦给他们的第一个儿子起名为拉德，白日天空中的金箭，他在同古老之夜的魔鬼的战斗中被杀死。他们的小儿子斯弗洛思，暮光之神，将拉德的遗孀玛蒂·翁依那据为己有，誓言自己将会成为拉德之子伊鲁德的父亲，但实际上，他在翁依那隐匿伊鲁德的高山要塞上笼罩了一片云朵，使那个孩子生病并死去了。斯弗洛思非但没让翁依那再生一个孩子以代替被他夺走的拉德，反倒连她的双胞胎姐妹，也就是被我们称为源雾之神的苏拉泽姆也抢来了，并同她生下三个孩子，即伟大的兄弟佩林、埃瑞沃和科涅奥斯。

——引自《三神之书·万物之始》

自由既令人害怕，又令人兴奋。能够独自行走在大街上，自己和生活之间除了一袭带帽袍子之外没有任何阻隔，这种感觉实在太美妙了。从孩童时期起，她就没享受过这种自由，那时她年少不谙世事，还不能体会这是一种多么令人赞叹的赐予。

实际上，拥有的选择如此之多，不免让人感觉有些混乱。此时，契妮坦无法决定是回到在昂·索特罗斯——她住了近一个月的卡尔卡斯港后面的一个街区中绕行的主路上，还是沿着这条蜿蜒的街道继续向前，进一步深入这座大城市，像她几乎每天都在做的那样，不断扩大自己的征服区域。

她正是在这个地方获得了自由！赫若索尔很大，或许没有她逃离的西斯那么大，但也小不了多少——一大片广阔的层峦山峰和山谷横亘在几处海湾上面，遥视着库洛安海峡和奥斯提安海，几乎每一寸土地都覆盖着几个世纪之久的建筑。古老的西斯坐落在一个高高的平原上，像大理石地板一般平坦，从它的任何一处高地上都能一路远眺到北部的大海和南部的沙漠。但在这里，在赫若索尔，她爬得或许还不够高，除了其他山峰之外什么都看不到。在这些高山中最高的是城堡山，它傲视其他众峰，仿佛一个高贵的头颅，凝视着远处的海峡。城市的其余部分则像一件披肩般沿着它背后的山坡一路延伸。

赫若索尔如此古老、复杂、内向，因此在契妮坦看来，它的每一处街区都像一座独立的城市，一个独立的世界——树木葱郁的福克斯盖特山在她身后平缓延伸，这里是富裕商人的居所，修帆工和造船工聚居的桑迪海德的下面，因毗邻卡尔卡斯港而一派繁忙景象。这不仅仅是一个亟待探索的新城市，还是十几个崭新的世界，一切都在等着她和她新发现的自由。

对于一个过去十几年都隐居在蜂房神殿和隐宫的女孩来说，这一切真是令人眼花缭乱。

她是被阿卡萨米斯·多兹船长带到这里来的，当多兹的主人杰顿骤然失去独裁者的宠爱，地位一落千丈时，他带着她从西斯穿越狭窄的海域，离开了那个她一直生活的家乡。当杰顿被捕的消息传到赫若索尔的他们这里时，“凯洛斯的晨星”上的大多数水手都悄无声息地在港口的阴暗小巷中消失了，留下的少数人也忙着把旧名字从船身上擦掉，进行重新粉刷。契妮坦怀疑杰顿这艘狭长而灵巧的船现在归多兹所有，对后者来说，这至少是对他曾跟从如今臭名昭著的反叛者的一种小小补偿。

她知道，阿卡萨米斯·多兹把她带到自己家中是出于一种好心，或许也有某种实际考虑。他家位于山脚下的昂·索特罗斯地区，这座岩石嶙峋的山峰俯视着整个桑迪海德。虽然他不清楚具体情况，但他肯定怀疑契妮坦或许处于比自己更大的危险之中，而把她藏起来不被独裁者的密探发现，短期看来或许能保证多兹自己的安全，但她一旦被捕，后果将不堪设想。事实上，多兹明确说过自己不喜欢契妮坦在街道上四处闲逛，而且还穿成一个体面的赞德女孩模样（她的脸几乎全被遮住了），但她也明确告诉他，自己再也不要被任何人囚禁了，尤其是在多兹的这座小房子中。其实，这根本不是他的房子，而是他的赫若索尔妻子泰朵拉的财产。契妮坦怀疑多兹在西斯还有一个更大更好的房子，也有一个地位更高的妻子和家庭，但她出于礼貌没过多打探。契妮坦还怀疑自己如果是在多兹的另一个家中肯定不会有这么多自由，多亏泰朵拉是一个埃昂女人而非赞德女人，而且她对喝酒和跟邻居闲聊的兴趣更大，而不是对一个逃亡的西斯女孩进行道德教育。由于这种原因，以及多兹对她的一种令人费解的低声下气，契妮坦从猫眼街的女孩时期就被窃走的大部分自由又都回来了。

事实上，除了对独裁者的恐惧以及对自己被抓住的担心，目前这种在赫若索尔蜜糖般的美好生活中只有一个苍蝇似的烦恼……

“哈，你在这里！等等我！”

契妮坦本能地往后退缩——她内心深处一直在等待着独裁者的爪牙抓住自己的那一刻——不过她瞬间就知道那是谁了。

“尼克斯。”她叹了口气，转过身来，“你在跟踪我吗？”

“不。”他的个头比他父亲阿卡萨米斯还要高，虽是一副大人的模样，该有的庄重和理智却是一点都没有，下巴、脸颊和脖子上覆盖了一层刚长出来的毛茸茸的黑胡须。自从他父亲把她带回家后，他就像一只大哈巴狗一样一直跟在她身后。“但他是，我跟在他后面。”尼克斯指指她身边一个默不作声的小男孩，就站在离她不到一只胳膊的地方，她一点都没察觉到。

“鸽子！”她说，朝他皱皱眉，“在身体恢复之前你得一直待在床上。”

这个哑巴小男孩笑了，摇摇头。他的脸比平时更苍白，额头上渗出一层密密的汗珠，微微闪光。他伸出双手，手掌向上，表示自己非常健康，不必待在家中。

“你要去哪里，契妮坦？”尼克斯问。

“不要叫我那个名字！我哪儿都不去。我在思索，享受宁静，但现在一切都消失了。”

尼克斯对这种话丝毫不以为意：“刚刚有几艘从西斯来的大船靠岸了，你想不想到下面的港口去看看？也许你认识船上的一些人。”

契妮坦想不到还有比这更愚蠢和危险的事情了：“不，我不想去看它们。我跟你说过了——你的父亲告诉过你——我跟从南方来的任何人都没有关系，没有任何关系！难道你不知道吗？”

他此时看起来确实有些受伤，她的语气最终穿透了他那几乎所向无敌的漠然盔甲，一种对自己熟悉的小圈子以外的任何事情都漠不关心的盔甲。“我只是觉得你或许会喜欢。”他阴沉地说道，“以为你可能会有些想家。”

她吸了一口气。只要还住在他家里，她就不能激怒尼克斯。但问题是，这个男孩喜欢她。这真是太荒唐了。现在的她要因为一个年龄跟自己差不多大的笨拙男孩一厢情愿的喜欢而烦恼不堪，而仅仅几个星期以前，世界上最伟大的独裁者还把她锁在隐宫之中，任何胆敢看她一眼的男人都会受到死亡的威胁。但她已经逐渐了解了，随同自由一起到来的，还有自由的代价。

她只好让尼克斯跟在自己身后，在古城堡城墙的阴影里沿着福克斯盖特山上蜿蜒的街道往上爬，一直爬到长满番红花的地方。商店和小酒馆不见了，取而代之的是富人的房子，漂亮的房子外面抹上了白石灰，高高的院墙挡住了里面的花园和林木成荫的庭院，不过所有这些住所的秘密从上面的街道都能看到，也就是说每一个社会阶层都处于比自己更富裕的邻居的注视之下。这些房子虽然都很大，也很漂亮，但仍挨得很近，沿着山坡道路一幢幢排在一起，就像退潮后沿海岸线落下的贝壳。她想象着跟多兹船长那喧闹、晃晃悠悠，总是散发着一股鱼腥味和酒味的房子相比，住在这地方会是一种什么情形。她甚至开始更迫切地想象如果有一栋自己的房子会是什么情形——一个没有她允许任何人都不能入内的地方，一个可以做自己想做的事，说自己想说的话的地方。

当然，这是不可能的。她要么藏在这里，赫若索尔，这里的人跟自己说着相同的语言，要么回到西斯死掉。哪还有什么别的选择？

鸽子在拽她的胳膊。她突然被他提醒了，自己的生命并不是她唯一的责任。

自由。有的时候，似乎拥有的自由越多，就越匮乏。

尼克斯已经是第五次或第六次佯装不小心撞到她了，这一次则把手放到她臀部，没等她伸手将其打走，他就趁机在她屁股上轻轻捏了一把，她决定转头返回船长家。她的隐私被偷走了，她的思绪被尼克斯一个个愚蠢而天真的问题以及没那么天真的揩油企图往下拖拽着，她知道一天中最好的时刻结束了。契妮坦叹了口气，该回泰朵拉家了，回到泰朵拉的大笑中，那声音就像发怒的山羊在尖叫似的；回到烟熏火燎的空气、无休止的吵闹和孩子的叫喊声中。她不能责怪尼克斯也想从家里出来一会儿，但她只是希望他能到其他地方去打发时间，别一直跟着她。

她用胳膊环住鸽子，他快活地紧紧贴住她的身体——至少他看起来对他们的新生活很满意，自在地跟那些比他小的孩子一起玩乐，就像自己的兄弟姐妹一样——她把头巾裹紧了一些，她经过船长家附近时都会这么做，这里似乎有近一半的人来自西斯，其中很多是水手，每年都要穿过奥斯提安海域在两块大陆间往返好几次。当他们沿着那条长长的小径走到房子里时，里面出奇地安静，她只听到小一些的孩子在快乐地咿呀乱语，除此之外就没其他声音了。

船长的妻子泰朵拉从桌子旁的凳子上抬起头来。她从早晨就开始喝酒了——这也是契妮坦离开家的部分原因——这可以根据一旁的酒壶和杯子判断，更不用说她那布满皱纹的脸上迷蒙而狡猾的眼神，契妮坦不在时她也没放缓酗饮速度。

她以前一定也漂亮的，契妮坦经常这么想。漂亮到能够收服一个船长，这在昂·索特罗斯不是一件简单的事情。她身材仍然保持得很好，但皮肤像旧皮革般苍老粗糙，手指因衰老和劳作而骨节突出——虽然契妮坦并没见过她干多少活。

“他在等你。”泰朵拉朝卧室做了一个手势，脸上掠过一个酸涩的笑容，“多兹，他想见你。”

“什么？”契妮坦一时没明白过来。泰朵拉是要把自己送给多兹做小妾吗？接着她明白过来，在一个这么小的房子里，单人卧室是唯一能进行私密谈话的地方，她曾看到多兹把船上的人带回来，在那里谈论船上的事务以及他们从西斯非自愿的逃亡。

她感觉自己的肚子中有种冷冰冰的垂坠感。私人谈话，是吗？她很肯定自己知道他想要什么，她为此担心很多天了。现在阿卡萨米斯·多兹要养活两个跟自己没有任何关系的人，他要把她嫁给年轻的尼克斯，好把她跟这个家庭名正言顺地联系起来，这样就能让她出去工作了。契妮坦肯定这是泰朵拉的主意。如果正像她猜想的那样，多兹在西斯还有另外一个家庭，那他会更乐意这么做，以在赫若索尔的这个家中保持和平。这个想法让她的心变得跟腹部一样冰冷。

“你要跟我说话？”她问，那扇轻而薄的门在她身后关上了。房间里很暗，只在多兹用作办公桌的储物箱上面孤零零地点着一盏小油灯。昏暗处有一个身影动了动，但动作非常缓慢而古怪，有那么一会儿契妮坦拼命抑制住自己想要尖叫的冲动，就好像她发现自己跟一只凶猛的野兽关在了一起。

船长往上看了看。他的脸平时就像船舶一样轮廓分明，此时却似乎失去了棱角，下巴沉到胸口上，眉毛下面的眼睛几乎看不到了。“我刚刚跟……”多兹缓缓地说，“跟最近从西斯来的人聊天了。”离了半个房屋，她都能闻到他呼吸中的酒气。“你为什么没告诉我你是谁？”

现在一种不同的冰冷感觉沉到她体内。“我从没对你说过谎。”她说，虽然这不过是另一个谎言。她在想蜂房神殿中的圣蜂是否正在死去，因为据说每当有侍祭说谎或产生某种不纯洁的念头时，就会有一些蜜蜂死掉。*如果真是那样，迄今为止我肯定把其中至少一半蜜蜂都杀死了。过去一年里，仅仅为了救自己的性命，我变成了一个什么样的罪人啊。*

“你根本没跟我说过。我知道你是……”他放低了声音，“我知道你是杰顿的女人，但我不明白……”

“我从来都不是杰顿的女人。”她说，愤怒甚至战胜了对阿卡萨米斯·多兹那种古怪冷酷态度的恐惧，“他强行带走了我，将我置于危险之中。他从没和我在一起过，任何男人都没有！”

“好吧，先不说那些。”多兹说，对她的宣告似乎有些惊讶，“问题的核心在于——你是从独裁者的隐宫中逃出来的。”

她吸了一口气："没错。我要么那么做，要么就要被交给刽子手莫克利绞死，即使我什么都没做错。"

多兹蹒跚着站起来，身体摇摇晃晃。"但你这是置我于死地！"他咆哮道。

"我从没做过那种事，多兹船长。你没做错什么，你按照主人的吩咐让一个女人上了船，对你主人的失宠一无所知——当然对这个女人本身也一无所知……"

他踉踉跄跄地朝她走了几步，像一棵将要倒下的大树似的俯视着她："什么都没做错！看在努沙什的份上，你觉得独裁者会不介意？你认为他会把自己的判官召回去，说'这个家伙也不是那么坏，让他再过回他以前的生活吧'。你这个骗子！你这个没良心的婊子！你这个贱人……"船长猛地伸出手，紧紧掐住她的胳膊，虽然他脚步不稳，但双手如此用力，使她无法挣脱。

"我没做错什么！"她大喊，"努沙什就是我的见证者——我以处子之身被从蜂房神殿带到独裁者的隐宫，杰顿过来跟我说他爱上了我。那个可怜又该死的蠢货，他失去了理智难道是我的错吗？"

多兹抬起空出来的那只手，抖动着想要去打她，但接着又落了下去。他松开她的胳膊，跌跌撞撞地瘫到椅子上。"那个狗娘养的杰顿把我彻底毁了，还不如一枪把我毙了。"他那双通红的眼睛又转向契妮坦，"滚。从这座房子中滚出去，把那个痴呆小孩也一块带走。我不管你去哪儿，我再也不想听到你的名字。当独裁者派人来砍掉我的脑袋，把我的老婆孩子拉去做奴隶时，我一定会告诉他们你说的话——你说这不是你的错。"他发出一阵可怕的吼叫，半是狂笑，半是哭泣。

"你赶我出去？就这么把一无所有的我赶出去？就因为害怕独裁者的某个密探发现……"

"独裁者的密探？你们这些隐宫里的婊子们真如此无知吗？

还一直以为你们宫里的人要比我们宫外的人知道的事情多。"他"啪"地往地上吐了一口痰，对于一个如此爱干净的人来说这个举动真是让人震惊。"不过十天半月，独裁者的舰队就要起航了。他甚至现在已经开始装备新战舰，武装士兵了。"多兹从腰带上取下一把钥匙，弯下腰，笨拙地打开一个锁在桌腿上的小箱子。他拿出一些银币扔到地板上，其中一枚滚到契妮坦脚下，但她没有躬身去拣。"拿走。至少在被抓住前或许你可以跑得远一些，这样我也能多活几个星期。"

"你说独裁者的舰队，那是什么意思？驶到哪里？"

"这里，你这个愚蠢……愚蠢的女孩。他正往这里来，为了征服赫若索尔，然后征服整个埃昂大陆。现在，从我家里滚出去。"

第六章
斯科恩

真相是这样的！特索是光明之神，兹哈是他从空无之中创造出来的妻子。她从他那里逃了出去，他追了上来。她躲藏起来，但被他发现了。她抗议，但他说服了她。最后她屈服了。他们交合之时，天空中出现了第一次风的咆哮。

——引自《努沙什启示录》（卷一）

卫队长费拉斯·范森醒了，雾影之地那种苍白的光线从他睡着之后就没有任何变化。斗篷不知什么时候从脸上滑落了，雨水溅了他一身。他呻吟了一声，翻个身，去摸索那件沉重的羊毛外套，但外套被压在身体和潮湿的地面之间，他不得不起身把它抽出来，同时发出一声更大的呻吟。

他正准备翻身继续睡，却透过眼角余光瞟到一丝动静。他屏住呼吸，极为缓慢地转过头，却什么都没看到，只有高大的湿草和巴瑞克正在睡觉的熟悉身影。再往远处躺着那个名为基尔的可怕动物，但精灵战士似乎也正处于熟睡中。

范森故意发出一些鼾声，希望听起来像某个睡眠被短暂打扰但并没被吵醒的人发出的声音，然后悄悄躺下，祈祷自己的心脏不要跳得那么厉害。他知道自己看到了某种东西，不仅仅是被雨水压弯的青草在晃动那么简单。

那个动静又来了，就在昨晚篝火留下的湿灰烬旁边，一个圆圆的东西在慢慢跳动，离熟睡中的巴瑞克王子只有几步之遥。

范森抄起斗篷朝它挥去，并猛地俯冲过去，那东西发出一声沉闷的粗哑叫声，试图从中逃脱，但似乎被斗篷缠住了。范森手肘与膝盖并用爬过潮湿的草地，趁它没再次在黑暗中消失前一把将其抓住。当他将其裹在潮湿的羊毛斗篷中拿在手里时，惊讶地发现它比自己想象的要小，也很轻，像一把木棍或衣服那样松松垮垮地待在他手里，好像只是轻轻握住都会弄伤它。被抓住的东西发出一声恐惧而凄厉的尖叫，听起来几乎像一个孩子在哭泣。通过它的挣扎，他感觉出这是一只大鸟，张开翅膀肯定得有一个人的胳膊那么宽。

正当他想把脸从它那伸出来的尖喙上躲开时，某种东西朝他这边扑来，把他惊得目瞪口呆，连那只鸟从他手中挣脱出去他都没有反抗。待范森回过头，雾影精灵基尔正将一把扇形刃边的短刀竖抵在那只鸟的喉咙上，后者猛烈扑腾着，发出一种古怪的，几乎像是人声的恐惧叫声。范森现在看清楚了，那是一只乌鸦，黑色的身体上还有一些白色的斑点，就像溅到了油漆似的，但范森现在关注的不是它。他对基尔突然抽出刀子感到又惊又怕，同时也对自己的无能感到羞愧。

伟大的佩林神，他一直把那东西带在身边吗？他随时可能杀死我们！我怎么没看到呢？

但他也无法忽视那只鸟，因为它开始讲话了。

“不要杀死咱，主人！”它声音粗哑地说，但发音很清楚，“咱再也不会对你们做坏事了！咱只是太饿了！”

“你能说话。”范森说，这是明摆着的。

乌鸦用一只亮黄色的眼睛看着他，嘴巴一张一合地努力喘气：

“哎。如果你们能放咱一条生路可就太好心了，主人！”

巴瑞克王子坐了起来，头发乱蓬蓬的，眼睛肿胀，至少在这一刻他看起来更像一个迷迷糊糊的普通年轻人，而非那个失去理智、神秘难测的怪人。“你们两个到底为什么要揍一只鸟啊？”他斜眼看了看乌鸦，“它身上斑点可真多。或许可以吃？”

“不，主人！”乌鸦徒劳地挣扎着，身上羽毛脱落的地方露出一块块灰色的皮肤，让它看起来愈加可怜悲惨，“我的肉很臭，不好吃！”

基尔变换了一下姿势，稳住这只不停扭动的鸟，做出要杀它的样子。

“不要！”范森说，“放了它。”

“为什么？”王子说，“基尔说它很老了，反正很快就要死了。而且它还偷我们的东西。”

“它讲我们的语言！”

“很多其他小偷也能。”王子似乎觉得很可笑。

“啊，”那只鸟喘着粗气，“咱说得很好，很流利，你们阳光大陆人的语言。在北境王国，住在你们的人附近时学会的。”

“北境王国？”这是一个范森已多年没听过的名字，一个阴魂不散的名字，“怎么可能？自从雾影笼罩那里，人类已经有两个世纪没在北境王国居住了。”

“啊，是的，咱那时还很年轻。”乌鸦仍在基尔手中绝望地挣扎着，“那时的咱身手敏捷，关节柔软灵活，骨骼也非常结实。”

范森转向基尔，一下子忘了跟他交流比跟那只乌鸦交流还要困难：“两百岁了？可能吗？”

这个精灵做了一个范森见过的最接近人类的姿势，微微耸了耸肩。意思很清楚：可能，但这有什么要紧？

“是的，这很重要。”范森知道自己在回答那个精灵没有说出甚至也无意要说的话，但此时他不在乎了：在这块疯狂的土地上，一个有会说话的动物和无脸精灵的地方，疯狂是唯一理智的信条。“他说的话很像我的外祖父，虽然对你们来说这没有任何意义。长大之后，我就再也没听过那种话了。”范森意识到自己渴望交谈——普通的谈话，而不是着魔的巴瑞克王子只言片语的费解话语，在那种谈话中每个回答只会产生更多的疑问。他意识到自己是如此孤单，甚至愿意接受一只鸟的陪伴。

但现在不宜立即表明这一点——在这片危险而神秘的土地上，即使只是一只鸟也值得怀疑。“那么我们为什么不应杀死你？”范森问正在挣扎的乌鸦，“你在我们营地里探头探脑地做什么？说，否则我会让他割开你的喉咙。”

“不！”乌鸦发出一种半是尖叫，半是悲鸣的绝望叫声，让范森几乎为自己感到羞愧：“咱没有恶意！只是饿了！”

“基尔说他闻到了那些动物的气味，”巴瑞克说，“它们袭击他并杀死了他的马。‘跟随者’，这是它们的名字。”

“不是咱，主人！”乌鸦挣扎着，它个头虽不小，但在精灵战士手中就像一只无助的麻雀，“咱只是跟在‘跟随者’后面。现在咱飞不了多少路了——翅膀拖不动了。”它小心翼翼展开其中一只翅膀，这一次基尔允许了，翅膀上不少黑亮的羽毛都掉了。“不久以前咱发现了猎物，但那个猎物还没完全死掉。”乌鸦解释说，头一上一下地晃动，“它对咱又撕又扯。”

“那些‘跟随者’的气味又是怎么一回事？”

“咱现在不能飞得像以前那么高，那么久了，必须跟得很近，从一个树枝飞到另一个树枝上。‘跟随者’会发出一种很强烈的臭味。”它用嘴巴轻轻啄着杂色的羽毛，“咱自己闻不到。可怜的斯科恩老了——那么老了啊。”

“斯科恩？是你的名字吗？”

“对，或者说曾经是。咱那时非常英俊，那时咱就叫这个名字。”它把长喙对着基尔，“他的族人把所有阳光大陆人都从北境王国赶了出去。有一段时间生活非常美好，战场上四处都是尸体。但后来阳光大陆人走了，可怜的斯科恩被独自留了下来。”它张开嘴巴，发出一声悲伤的叹气声，亮晶晶的眼睛却带着审慎的希望看着范森，就像一个在寻找第一丝宽恕迹象的孩子。

他不想杀这只乌鸦。“把它放了。”他说，但基尔没有任何反应，他没看他，而是望着王子。“殿下，请求您，把它放了吧。”

巴瑞克皱着眉头，叹了口气。“好吧。”他对基尔挥挥手，即使是在这些滴着雨水的树底下，他仍然保留着一丝王室的仪态，“放了它。”

短刀一从它喉咙下面移开，乌鸦就立马站起来，往前跳了几步，相对于它所宣称的年龄来说算是相当灵巧了。它张开翅膀，仿佛对发现仍保有它们感到又惊又喜。“哦，谢谢，主人，谢谢！斯科恩会服侍您，会做您让咱做的任何事，寻找最好的藏身之处、腐烂的尸体、鸟巢，甚至是浑浊河水中的鱼！而且咱吃得非常少，您甚至感觉不到咱的存在。”

“它在说些什么？”范森颇有些恼怒地说。他本来以为它会冲到灌木丛里或飞走，但这只乌鸦却分散了他的注意力，让他一时忘了注意基尔把刀藏在哪里了，此时精灵已经变得两手空空。

“你救了它，队长。”巴瑞克脸上掠过一丝冷淡的笑意。突然之间，他看起来不再像一个男孩，而更像一个老人——一个永生的老人。“这只乌鸦是你的了，你终于尝到做主人和老爷的甜头了。”

“老爷，主人。”乌鸦说，开始用长长的黑喙清理蓬乱的羽毛，啄去泥土。它热切地上下晃动着头：“是的，现在你们是斯科恩的主人了，咱只会为你们做好事。”

他们一直在走的森林小径看起来曾经是一条路，上面只长着一些柔弱的树苗和灌木丛，而大一些的树——多数都有锐利的银黑色叶子，范森把它们称为‘短刀树’——在他们头上形成一片凉棚，因此马儿在这条路上步履轻松，就像在塞特兰路或其他正常世界里的大街上行走一样。虽然行进很容易，但这并不是一次平和的旅程，范森开始怀疑救下那只气喘吁吁的乌鸦是最近一段时间以来自己做的第二糟糕的决定，第一糟糕的决定是跟随巴瑞克穿越雾影线。从死神手里暂时逃离之后，斯科恩一直说个不停，虽然偶尔它也会说一些有意思甚至有用的事情，但范森还是觉得如果自己让基尔一刀杀了它，情形或许会更好。

“……其他那些，跟随者什么的，如今都非常野蛮。”斯科恩上下晃着头，不停地从马脖子的一边移动到另一边，就像一只猫在寻找一个最暖和的地方睡觉。这也充分说明，过去一段时间范森的座驾得到了多大的磨炼，它对自己肩膀上爬来爬去的东西几乎毫不在意，只有在这种无礼举动太过分时才会偶尔嘶鸣一两声。“它们很少说话，当然更不会像咱这样说阳光大陆的语言了。瞧那儿，主人，不要吃那种东西，也不要碰，它们会把你的内脏变成玻璃。不过那个可以吃，结着黄色果实的东西，跟兔子或水老鼠一起炖非常美味。咱如果碰巧的话，能找到一些那种东西，咱能的。你知不知道你们不久就要跨入锁链杰克的地盘了？当然你们会转向的，那地方非常肮脏邪恶。他们对高等精灵没什么好感，不过除非为了填饱肚子或屠杀，平时不会有什么动作。在杰克的地盘上，他们喜欢血。哦，那里有一些古老的墙壁，往高处看，是一个生蛋的好地方……”

它那无休止的谈话开始变成一种持续的呼噜呼噜声，就像某个人正在房间里打呼似的，但那面破损的石墙引起了范森的注意。它从一片错综复杂的荆棘丛里突出来，在他头顶上方高高耸立着，上面覆盖着藤蔓，开着暗红色的花朵，树叶肥厚，呈心形，在雨水的压力下不断晃动。

“你刚才说这是什么？”

“这面旧墙，主人？咱不知道，虽然咱也很愿意给它起个名字，如果你们希望的话。如果咱的记忆没有太多错误，这是一个曾经叫伊灵丘的地方，你们人类的一个城镇。”

范森勒住马。这些破碎崩塌的金色石头看起来被废弃有两个多世纪了，保存最完好的部分都像蜂巢一样坑坑洼洼，布满孔洞。在很多地方，树木直接从墙壁中间长了出来，根须又拉出更多的石头，就像年轻的布谷鸟正在把其他幼鸟从巢中赶走一样。森林和无休止的雨水稳定地消除着人类居住过的最后一丝痕迹，它们像一群工人一样拆解着墙壁，把巨大的石块掀翻在地，侵蚀着，仿佛那些只是湿沙而已。

“为什么停下了？”巴瑞克问。王子一整个早晨都和基尔一同骑行，范森无法打消两人在进行无声交谈的念头，那个无脸男肯定在对王子进行某些指示，就像他自己曾被老队长多纳尔·穆里指示一样。

“看看这堵墙，王子。乌鸦说它是一个叫伊灵丘的城镇的一部分，离北境王国应该只有半天的路程了。”范森摇摇头，仍然感觉非常吃惊。那个古老、受到诅咒的名字“北境王国”让他不禁想到，发生在那里以及此处伊灵丘的事情，不久将会在北方大陆所有人类城市发生——在南境发生。“令人难以置信，不是吗？”

巴瑞克只是耸耸肩：“他们不属于这里。任何人类都不属于这里，这里的建造是未经允许的，无怪乎结局如此。”

接着他转过身，继续往前骑行，只剩范森在原地呆呆地望着他的背影。坐在他后面的基尔往后看了他很长时间，他那毫无特征的脸仍然跟以前一样令人难以捉摸。

“当这个地方倒塌的时候，蓝色的大火整整烧了六个晚上。”

斯科恩说，“就像古老的星辰落到森林中一样，战争之石的保管者把它交给了‘悄语’部落。”

走过伊灵丘最后一段墙壁时，范森浑身发抖。他不知道乌鸦说的话是什么意思，但他很确定自己还是不知道的好。

雨势开始减小了，范森估计现在是傍晚，只是天空依旧雾蒙蒙的，既看不到太阳，也看不到月亮，他也无法确定。他从剩下的最后一点食物中分了一些给饥饿的乌鸦，自己也有一搭没一搭地啃了几口陈面包和大约一指宽的肉干，但他感觉饥饿在以一种前所未有的方式侵蚀他。王子似乎变得不那么奇怪和神思恍惚了，而且一天过去了，那个怪物，无脸精灵基尔丝毫没有想要杀死他们的迹象。范森的恐惧稍微减退了一些，但这种缓解只能让他更清楚地意识到其他问题。饿死的可能性是其中之一，虽然不是最大的问题。

他想：*我完全被某种自己无法改变或理解的东西控制住了。这种感觉甚至比成为这些精灵的俘虏还要糟糕，至少那时我是无能为力的，但到目前为止现在这种情形要更加糟糕！家乡就在身后，我们没有任何理由走进这片疯狂的土地却仍在继续向前，而且看起来我无法阻止这一切。*

“我们不能继续沿着这条路走了，主人。”斯科恩愁闷地说，它用嘴拉住范森的袖子，“不能，主人。”

“什么？为什么？”

“这是北境王国之路，现在我能嗅到北境王国就在非常近的地方。我跟你说过我们在逐渐接近锁链杰克的地盘。”乌鸦快速眨巴着眼睛，在马脖子上焦躁不安地挪来挪去，那种害怕的样子看起来简直可笑，“如今这种时候，那里可能发生各种坏事。”

范森想：*北境王国之路！原来如此。*怪不得这条路比他们走过的其他路都要轻松，脚下除了灌木、草和腐叶什么都没看到，但他仍感觉自己脖子后面寒毛直竖。得知这条路此时就在自己脚下，而且走了好几个小时，就像发现自己正站在一座坟墓上一样。但他心里仍不愿意放弃这种轻松的行进。“虽然它的名字很可怕，但那里毕竟已经空了好几百年了。”

“你不明白，我的好主人。”斯科恩不安地扇动着翅膀，“这些地方不是空的。它们归锁链杰克所有。如果被他抓住，你会丧命的。”

范森向巴瑞克转述了乌鸦的话。王子停顿了一会儿，似乎在倾听沉默的基尔告诉他的什么话，最后他慢慢点点头。

“我们在这里搭营，有很多事情需要决定。”

仅仅几天前，在一个普通的世界，一个太阳升起落下的世界中，巴瑞克·埃顿知道自己会将精灵基尔看作某种恐怖的异类，但不知怎么回事，现在他就像了解他认识的其他人，甚至包括自己的家人一样，了解防风灯基尔。

当然，除了布瑞奥妮——布瑞奥妮，他的另一半……巴瑞克努力将关于她的想法从心里驱逐出去。要想活下去，就必须让自己变得冷酷，他已经决定了，在那些珠子般的记忆中，连最珍贵的部分也要弃于身后。他不能让自己像其他人那样软弱——像卫队长范森那样，仍然活在以前的生活方式中，在这里（或即将面对的新世界中的任何地方）就像一只坐在桌子前，面前放着勺子和刀叉的熊一样不合时宜。巴瑞克知道范森之所以救那只吃腐尸的恶心乌鸦，很大程度上是因为它说人类的语言，就好像能叽里呱啦讲那种过时的语言除了是一种落伍的标志外，还有更多意义似的。

那只叫斯科恩的乌鸦有很多肮脏的习惯，似乎每隔一会儿就会表露出一个新的来。他们的营地刚搭好一小时就被它给弄得污秽不堪，它排便时也不走远一点儿，就直接在篝火旁拉下一摊又湿又臭的粪便，跟在王宫时水池旁让人难以靠近的鹅粪一样恶心。现在那只令人反胃的老鸟蹲在离巴瑞克几步远的地方，正在吞咽一只老鼠，弄出很大的声响，这只老鼠是它在潮湿灌木丛中的一个巢穴里发现的，此刻它咀嚼着老鼠的后半部分，老鼠尾巴从它嘴巴里耷拉下来。不一会儿，老鼠的整个身体，连同尾巴末端都滑进它的喉咙，消失不见了。

斯科恩打了一个饱嗝，巴瑞克皱起眉头。

不要把你的精力浪费在愤怒上，基尔对他说，**尤其是对那种东西。你会需要每一丝力气，兄弟**。这些话就在那里，像是在他脑袋中低声说的。没有声音，没有普通谈话中的那种变调，但那些话有某种感觉和形状，甚至不用比较，巴瑞克就知道那是基尔说的，而不是其他人。

兄弟？为什么这么称呼我？

因为我们有某些相同之处。

什么？我们有什么相同之处？

对女士的爱，对她的忠诚。她救了我，同样也救了你。把我从……接着他的话语减弱了，或改变了，感觉不再像词语，而像雷霆的震裂，像一阵沉重而可怕的雨点，仿若飞驰的箭。

“殿下。”范森突然说，“我觉得我们需要听听那只鸟说的话……”听过基尔那种音乐般有序的无声话语后，他的嗓音听起来就像青蛙呱呱叫一样刺耳。

“听！”巴瑞克大声吼道，“听！是你没在听！”明明可以同时做到讲话和沉默、音乐和寂静、拨动的琴弦和音乐响起前的停顿，为什么还要继续像只叫驴般发出那种声音？或许卫兵队长做不到。或许巴瑞克的要求有些不公平。他自己曾得到黑暗圣女的触摸，但可怜而热诚的费拉斯·范森没有。“我向你道歉，队长。”他说，对自己的宽宏大量感到满意。怪不得他被从拥挤而疯狂的战场上选中了，像神谕者伊爱力斯一样被单独挑选出来，把神灵佩林的话语传达给人类。“那个……那个叽叽喳喳的恶心乌鸦说了什么？”

“不能走这条路。”乌鸦说，“高等精灵没有食袋、嗉子，他知道。这里是锁链杰克的地盘。王后睡着了，而国王变得如此苍老。在乎自己性命的人不会去那里。”

“它在说北境王国，殿下。”范森说，“这里似乎属于某个敌人——某个危险的人物。”

“我不蠢，范森，我能听明白。”巴瑞克沉下脸来。此时此刻，卫兵队长让他忍不住想起沙索来，那个老人也总是在评判他，低估他，说的话虽然听起来全是道理，却总让他感到一种羞耻的痛苦。好吧，在牢里待了大半年肯定让他的刻薄嚣张气焰削弱了不少。

他心里感到一阵羞耻的刺痛，虽是遥远的事情，但仍然令人痛苦，他努力想思考些其他事情。沙索是咎由自取，不是吗？跟巴瑞克没有任何关系。

“对不起，殿下。”范森说，鞠了一躬，这是自从他们穿越雾影线以来他第一次这么做，“我越级了。”

“哦，打住。”巴瑞克的情绪已变得不耐烦了。他转向基尔，试图在大脑中形成一些话语让他理解。这个无脸精灵先对他说话时感觉如此简单——就像在梦中飞翔，无须费力，轻轻一跃，然后就能体会到天空的自由。*那只鸟在说什么？是真的吗？*

我不知道。我没来过这里，这个地方……之后浮过的另一个想法似乎没有词语，只是一团不定的形状，像蜗牛壳般向内盘旋。*除了军队去打仗的时候，但在那种阵势下没人敢袭击我们。而且，在薄雾后面也有很多人不喜欢*……再次出现了一幅图画，而非词语，这次是一幅关于黑塔和光亮的矛盾画面。当画面从大脑中消失之后，

巴瑞克才感知到那些同画面一体的词语。**库 - 纳 - 加尔?**

那是什么?是你们的同类吗?

是我们建立中心的地方……此时出现的一个想法,“故事”的成分似乎超过“统治”或“王国”。**那是‘通晓精灵’建立家园的地方。那些知道什么丢失、什么睡着了的加尔人。**

巴瑞克摇摇头——太多他无法理解的想法从脑海中浮过,虽然他终于明白了基尔的一个用词——“加尔”,意思是“像我这样的人”——巴瑞克在思想深处仍称为“精灵族”的人。但基尔最清晰的想法都像一条活鱼一样滑溜溜的。“我需要知道这只讨厌的乌鸦所说的话重不重要,”巴瑞克说,“女……女士……交给你一项任务,你曾告诉我。你必须完成她要求的事情。”虽然他不知道基尔的任务是什么,但他知道那个黑女人希望的事情必须完成,就像他知道骨头在自己的身体里那么确定。

我不能耽搁,没错,我的使命太重大了。但我们的一个敌人的势力变得如此壮大——一个被我们认为已经死掉的敌人——这真是令人难以置信。如果确实如此,我害怕我的运气,或许是我们所有族人的运气都有些不妙。我们远离家乡,身处一块危险的土地。我受伤了,腿可能永远瘸了,你的同伴收走了我的剑,我也没有马。

基尔的思想里有一种巴瑞克以前从未感到过的沉重和恐惧。单这一点,就让王子从巨人的大棒高高挥起终结他的旧生命以来,第一次在心中感到害怕。

“我不知道那个精灵对您做了什么,殿下,不知道他给您施了什么魔法,但我不会把剑还给他的。他或许在表面上假装得很友好,但一旦我们给了他机会,他极有可能会杀了我们。难道你忘了他和他的同类在科尔坎原野对南境的人做了什么吗？难道您忘了，忘了被压成肉饼的……泰恩·奥德里奇了吗？”

王子盯着他。“这个问题我们以后再讨论。”巴瑞克说着，骑上了马。范森注意到那个无脸男基尔以一种极为敏捷的姿势跨坐到王子身后——看来他恢复得很快，如果是凡人，这种伤势几乎可以致命。

范森自己也坐到马鞍上。跟巴瑞克那匹奇怪的黑马不同，范森的马虽然休息了很长时间，此时仍显得疲惫不堪。当斯科恩嘴爪并用爬到鞍垫上，往前跳到马脖子上一处凸出来的地方时，它的身体焦躁不安地抖动着。黑乌鸦看起来则非常满意，四处张望，就像一个等着就餐的小孩子。

范森想：*凡马不适合这个地方，就像凡人也不适合这里。*

好几个小时已缓慢流逝，范森因睡得太久而脑袋沉重，他觉得大脑也雾蒙蒙的，就像巴瑞克和基尔此时行走的这片错综复杂的森林一样。

“他们要去哪里，主人？”斯科恩不安地问，“我们必须返回！他们没听到吗？他们难道没看到这周围全是锁链杰克的地盘吗？”

“我怎么知道？”范森对形势没有任何控制权，而精灵战士基尔的加入让一切变得更糟糕了。基尔，杀害巴瑞克王子臣民的凶手，一个被确证的敌人，此时却似乎变成了王子的亲信，而费拉斯·范森，王家卫队的队长，一个为了巴瑞克冒生命危险的人，却变成了某种敌对者。“你为什么要问我，乌鸦？你难道听不懂基尔的话？”

乌鸦紧张地梳理着自己的羽毛。从近处看它显得很恶心，有好几处积满污垢的皮肤裸露着，覆着羽毛的地方沾满了鬼才知道的什么脏东西。“咱不能。那是高等精灵们的一种把戏，不用声音交谈，跟老斯科恩不一样。咱对他们说了什么或他们要去哪里一无所知。”

“好吧，咱俩一样。”

这条古路剩下的部分仍然非常宽阔，而且相当平整，但此时他们周围的树木开始再次变得稠密，把一切都挡在外面，只能勉强看到一线灰暗的天空，感觉就像在隧道中穿行。鸟和其他范森无法辨认的动物在暗处鸣叫、啸吼，他忍不住觉得这是在通报他们的接近，他似乎又回到了埃顿家族的仪仗队中，前面是号手和传令官，大声喊叫着让普通民众从家中出来，宣告王子正路经此处。范森忍不住觉得在此处等待的那些东西对他们并无善意。

随着行进，他对危险的感觉，对他们在明处而某种充满恶意的力量在暗处逡巡的感觉变得更强烈了。陌生的鸟叫声和动物啸声渐渐消失了，但范森发觉沉默甚至更加不祥。巴瑞克和无脸男对他视而不见，毫无疑问两人此时正沉浸于无声交谈中，连斯科恩都变安静了，但费拉斯·范森的耐心越来越少。这个小东西每动一下，他都会闻到它身上发出的一股腐臭气，那时他就必须努力抑制住把它从马背上扇下去的冲动。

“这里曾是一条大路，殿下，那只乌鸦说的。”他终于喊了一声，但刚出口就后悔了，回声几乎立刻消失于路两旁茂密的树林中，但没有回声让他的声音听起来更突出，更反常了。他想象得出暗处有一整排侦察者身体前倾、仔细聆听的情景。他踢了马一脚，赶到前面好能低声说话：“这条路是古北境王国之路，不仅仅是一条森林小径。如果我们一直沿着这条路走会遇到某种东西，或许是那个乌鸦所说的锁链杰克——总之肯定不是我们想要的。您难道感觉不出来吗？”

王子冰冷的视线转向范森，他额头上粘着一绺湿发，形成一个个红色的小圆圈：“我们知道，队长。我们在寻找另一条路，一条同这条路相互交叉的路。如果我们穿过这片盘根错节的森林，很可能会遭遇不测。”

“但这里离北境王国只有很近的距离了，那里就是锁链杰克的大本营所在地！”斯科恩尖叫道，上下跳动着。范森的马不停喷着鼻息，后蹄立地腾跃，范森不得不抓紧了缰绳。“即使我们很幸运，距独眼怪兽甚远，四周没有夜人，杰克的小兵和‘长头颅’们也会遍布各处，还有那些‘跟随者’，它们不记得阳光大陆的人，甚至对高等精灵也全无记忆！它们会抓住咱，可怜的老斯科恩。它们会杀了咱！”

“如果我们走几步就停下来争论一会儿，它们肯定会听到我们！”巴瑞克声音尖利地说，“我没带你来，范森，我当然也没带那只……那只鸟。如果你想自己找路，请自便。”

“我不能离开您，殿下。”

“不，你可以。我以前就让你这么做，但你不听。你说你是我的属下，但你连最简单的命令都不愿意听从。走吧，范森队长。”

他垂下头，希望能掩饰自己的羞愧和愤怒：“我不能，巴瑞克王子。”

“那么你想做什么就去做什么吧，不过做的时候请不要出声。”

他们骑行了几乎一整天，然后发生了一件令人震惊的事，一件不但让范森警觉，甚至连乌鸦和防风灯基尔都警觉起来的事情。

天空开始黑了下来。

黑暗一点点慢慢笼罩了他们，一开始费拉斯·范森以为这不过是头顶乌云那永无休止的移动，一层薄雾有时会变得厚重，有时虽然没减少，但会变得稀薄一些，让这个地方的光线永远只有一种模样。但当他斜眼瞅了瞅宽阔道路两旁的树木时，范森突然意识到他再也不能怀疑眼前的事实了。

薄雾正在慢慢消散。天空正在变黑。

“怎么回事？”范森勒住了马，“巴瑞克王子，问问您的精灵这意味着什么！”

基尔正站在树木中间仰头向上看，但似乎并没有用眼睛寻找什么，因为他眼中呈现一种古怪的、盲人般的呆滞眼神，似乎他正在嗅闻，而非凝视。

“他说这是烟。”

“什么？那是什么意思？”

斯科恩的爪子抓在马脖子上，嘴巴掩在一边翅膀下面，自言自语地嘟囔着。

“他什么意思，烟？”范森问乌鸦，“什么的烟？你知道发生了什么吗，乌鸦？天为什么黑了？”

“歪神的诅咒终于来了，肯定是这样。肯定是的！”黑乌鸦悲叹着，头晃来晃去，“不管‘夜人’会不会抓住我们都不重要了。王后会死去，雄猪会把我们所有人都吞到黑暗之中。”

从它那里得不到更多信息了——乌鸦只是恐惧地乱叫。“我不明白！”范森大喊，“烟从哪儿来的？森林着火了吗？”

“基尔说没有。”巴瑞克慢慢说道，此时甚至连他都听起来有些不安了，“这些烟来自谁生的火——他说能闻到金属和皮肉的臭气。”王子转身看着沉默的基尔，他那面具般的空白脸上，眼睛不过是两道红色的窄缝。“他说这是很多处小火堆冒出的烟……或一处非常大的火堆。”

第七章
追逐胡狼

暮光之神对他哥哥的第一首闪烁歌曲非常忌妒，当日星之神失去了他音乐的深度，飞走以后，暮光之神就爬到他哥哥的位子上。同微风之神和源雾之神诞下子女。

从微风之神的子官中诞下白色火焰之神和银光神，以及他们的妹妹——判决之神。从源雾之神的子官中诞下雷电之神，海之神和黑土之神，虽然他们的母亲是孪生姐妹，最初出生的这几个神灵之间却并不太平。

——引自《忏悔之书·百种思索》

即使是从那高高的小窗户中渗进来的一丝微弱晨光，也足以让布瑞奥妮意识到自己并非身处王宫中嵌有护墙板的房间里。事实上，她周围是一圈涂有白石灰的墙壁和穿着宽松软裙的黑皮肤女人，她们在忙着铺床，织补衣服，用一种布瑞奥妮听不懂的语言低声交谈着。很长一段时间，她只是呆呆看着，什么话都说不出来，不知道发生了什么。

了解真相没用多久。她翻了个身坐起来，抓住毯子紧紧裹住自己，身上是不知什么时候穿上的睡衣，然后记忆开始一点点渗透回来。

“早上好，布里-奥-尼-兹萨亚。” 布瑞奥妮转头看到一个苗条的中年女人正站在床边。她微笑着，脸上浮现出一丝不同寻常的神采：“您睡得好吗？”

“是的。是的，谢谢你，非常好。”她突然感觉很害臊，想到自己躺在这里，或许还打着鼾，而这些温柔的黑皮肤女人则在周围安静地做着事。“我……我想同沙索说话。”她记起这些女人提起沙索时表现出来的那种尊敬，好像布瑞奥妮是他的仆人，而非反过来。虽然心里不愿承认，不过这确实让她感觉有些恼怒。“沙索大人，你能带我去见他吗？”

“他知道您醒了，正等着见您。”年纪稍大的女人说，脸上又一次露出笑容。布瑞奥妮数了数，这个大房间里另外还有六个女人，但她记得昨天晚上人好像更多。“让我们帮您穿上衣服。”

一切都进行得迅速而舒服，女人们的谈话布瑞奥妮大部分都听不懂，它们就像持续的鸽子细语，即使是在渐渐扩展开来的清晨光线中，布瑞奥妮也忍不住再次感觉昏昏欲睡。这一切如此古怪，这些女人，她们充满异域色彩的房间和行事方式，她们的外国话，仿佛整座房子是被哪个淘气神灵从某个遥远南方城市的沙子街道上提了起来，在空中飞驰一阵，然后降落到寒冷、泥泞、处于冬末的埃昂大陆上。某人肯定是在一个错误的大陆上。

那个年长些的女人猜出布瑞奥妮已经忘了她的名字，礼貌地重新自我介绍了一遍，她叫伊迪特。她没给布瑞奥妮穿之前那件水鸥族女孩的破烂裙子，而是给她穿上了一件波浪般起伏飘动的淡粉色漂亮衣服，料子非常薄，很容易透光，因此她不得不同时穿上一件更厚、更贴身的白衣服打底，这件衣服袖子很长，一直盖到她的指尖。这些图安女人把她的头发拢起来，用卡子卡住，对她的黄头发低声细语着，发出咯咯轻笑，然后她们又在她头上放了一串珍珠。伊迪特拿给布瑞奥妮一面小镜子，一面很小、很珍贵的莲叶形镜子，让她观看她们的打扮成果。她发现几件衣服和珍珠就让自己变了样，那么容易就变成了一个温柔俊俏的小女人（是的，她看起来很美，连她自己都不得不承认），她怀疑这正是南境所有男人很长时间以来一直希望她变成的样子，而这种变化既迷人，又让人感到不安。她忍不住微微有些恼怒。但这种改变是一种善意的行为，而非对她的控制，因此她露出了微笑，感谢了伊迪特和其他女人。这些女人对她连声称赞，有的用布瑞奥妮的语言磕磕绊绊说着，有的则流利地使用自己的语言。布瑞奥妮只好露出更多的笑容。

“来，”这座房子的女主人终于说，“现在您可以去见丹 - 赫兹和我的丈夫了。”

伊迪特和另外一个年轻一些的女人带她出了女寝区，这是一个害羞、苗条的女人，年龄不比布瑞奥妮大多少，脸上一直带着紧张的笑容，简直让人不好意思看她。走廊转了无数个弯，房子感觉更大了，最后终于来到一个应该是前厅的房间，但里面的家具不是朝向房子正面，而是朝向被雨淋湿的庭院。沙索正站在三把椅子旁等着，其中两把空着，另一把上面坐着一个小个子秃顶男人，穿一件简单白袍，年纪看起来比布瑞奥妮的父亲稍大一些，皮肤颜色比沙索淡一些。这个男人的短手指上戴满了闪亮耀眼的戒指。

“谢谢你，伊迪特，我的甜心。现在你可以走了。”他说。跟他妻子不同，他几乎没什么口音。

伊迪特和那个女孩鞠了一躬，然后退出去了。小个子男人从椅子上站起来，转身对布瑞奥妮鞠了一躬。“在下是埃菲尔 · 丹 - 莫赞。”他说，“欢迎来到府中，公主。我们备感荣幸。”

布瑞奥妮点点头，坐到他示意的那把椅子上：“谢谢你，每个人都对我很好。”

沙索清清喉咙：“我为昨天的突然离开致歉，殿下，但我跟埃菲尔有太多话要谈。”

“我根本想不到在马林沃克还有这种地方！”布瑞奥妮忍不住自嘲了一下自己的惊讶。

“如果您所说的‘这种地方’是指图安人的寝宫——我们民族的住所——您会发现它们在很多地方都有，即使在北方这个地方也是如此。我想，甚至您所在的城市也有。”

“南境？真的？”

“哦，是的——但不让客人就餐就开始谈话是很无礼的，请原谅。”他从椅子扶手上举起一只小铃铛摇了摇，昨晚开门的那个长着胡须的男子突然从门帘后面出现了。他甚至比布瑞奥妮之前认为的还要年轻，可能只比她大一两岁。“泰尔，请给我们的客人和我，拿一些吃的和‘佳瓦’来。我早晨起得很早，现在已经开始觉得饿了。”

这个年轻人鞠了一躬，走了出去，但走之前用一种难以捉摸的眼神盯着布瑞奥妮看了很长一眼 。

“我的侄子泰利波，”丹 - 莫赞解释说，“一个不错的小伙子，就是有些太迷恋这些北方城镇和它们的生活方式了。不过他学得很快，或许他珍视的那些新思想能给我们这座房子带来些有用的东西。现在让我问问，殿下，您对一切都满意吗？女人们对您好吗？沙索大人指示要好好款待您，各方面都怠慢不得。”

“很好，谢谢你，丹 - 莫赞大人。她们全都非常好。”

他乐呵呵地笑了起来：“哦，不，公主，我不是大人，只是一个商人。请叫我埃菲尔，那样我就很受用了。很高兴您感到满意，客人的到来是神圣的。”他抬起头，泰利波穿过门走了进来，后面跟着一个稍年长一些的人，看起来像是仆人，两人手里都托着大大的托盘。显然食物已经提前准备好了，只等着她的到来。这个年轻人和大一些的仆人将碗和碟子小心摆放到宽阔的矮桌上，拿出未发酵的面包、水果、小份的冷熏鱼、醋浸蘑菇，以及其他布瑞奥妮不认识的点心。然后泰尔从一个壶中往三个杯子里倒了一些黑色液体。布瑞奥妮往一个浅口碗里盛了一些自己要吃的东西，然后学着沙索和丹-莫赞的样子将双腿曲在身体下面，将碗放在膝盖处。她小心地抿了一口那种滚烫的液体，以为是自己以前跟叔祖母学习过饮用的茶，结果却是一种味道更奇怪的东西，苦得要命，她使劲儿忍住才没吐出来。

“你不喜欢佳瓦，嗯？”丹-莫赞似乎觉得很好笑，没掩饰住自己的笑意，“太烫了？”

“太……太苦了。”

“啊，那您应该加些蜂蜜和奶油。我自己也常这么做，尤其是在吃过晚饭后。”他指指一个小一些的托盘，上面放着两个小壶，“我可以帮您吗？”

布瑞奥妮觉得不论哪种饮法自己都不想要，但出于礼貌还是点了点头。

“您来到我的家中，这不但是一种惊喜，还是一种荣耀。”丹-莫赞一边说，一边表情夸张地挥动着双手指示泰尔给布瑞奥妮的佳瓦杯中加东西，“沙索大人跟我说了一些所发生的事。请放心，只要您需要，在这里待多久都没关系，而且没什么……”他停了下来，看着他侄子，后者已经给布瑞奥妮的佳瓦杯子中加好了东西，正殷勤地在一旁等待着。“你现在可以走了，泰尔，”他说，语气稍微有些冷淡，“我们有些事情要谈。”

“她会留在这里？”刚一出口，他就想起了什么似的，马上紧闭上嘴巴，但这个问题显然已经惹恼了他叔叔。

“是的，她和沙索大人是一起来的，更重要的是，她是我们的客人——我的客人。现在走吧，我稍后再和你谈。”

“是，叔叔。”泰尔鞠了一躬，快速偷瞄了一眼布瑞奥妮，然后出去了。

丹-莫赞叹了口气，摊开双手表示无奈："正像我所说的，他是个不错的小伙子，但囫囵吞枣塞下太多新观念了，就像一个淘气孩子得到了一大碗糖果，扰乱了他的身心，让他都忘了如何举止。"

"这些北方的土地会毒害年轻人。"沙索边说边往自己碗里堆着蘑菇，甚至这种时候他看起来都很严厉。

"当然，当然。"丹-莫赞笑着说，"年轻人尤其容易受影响，无论在哪里。在这里待一段时间后他会返回图安，娶个好女孩，重新找回自我。现在，让我们对面前的食物表示感恩。"他低声说了一些话。

"回到图安。"沙索阴郁地说。虽是一大早，但他看起来仍很愁闷疲惫。"曾有很多次，我希望自己也能回去，但那已经不是我的图安了，再也不是了。我的图安怎么会属于西斯呢？"他咬紧嘴唇，似乎要往地毯上吐痰，但接着似乎考虑得更周到了一些。有那么一会儿埃菲尔·丹-莫赞看起来很为自己美丽的地毯担忧，然后又笑了，不过这次的笑容显得有些悲哀。

"您说得没错，大人。虽然我们这些微不足道的小人物，由于贸易关系仍然要同那里保持联系，但它已经不是我们所爱的那个地方了，只要那些狗娘养的西斯人——啊，请原谅，小姐，我忘了您在这里——还掌握着我们城门的钥匙。但那会改变的，只要伟大的万物之母愿意，一切都会改变的。"他脸上暂时浮现出一种虔诚的表情，双手合到一起，接着神色欢快地转向布瑞奥妮，"殿下，食物是否对您的胃口？"

"是……是的，非常可口。"她一直吃得很慢，小心避免自己在这个干净整洁的小个头男人面前显得过于狼吞虎咽，但其实她很饿，而食物又非常美味，充满了陌生而浓郁的香气。

"很好。沙索大人，之前您希望同我谈话，现在我就坐在这里，一切听命于您。当然，仅仅看到您获得自由，就已经让我感到万分高兴了，同时您的经历也令人惊叹。”商人转过头，笑对布瑞奥妮，“不用说，在沙索大人讲述的经历中，您的勇敢起着重要作用，并且令人印象深刻。”

她嘴里塞得满满的，小心翼翼地点点头。她同样也是最初将沙索囚禁起来的那个人，因此她无法完全肯定这个亲切的小个子男人是不是在讽刺自己。

“我需要消息。”沙索说，“我希望公主能一起听，省得我再次复述。”他看到她恼怒的表情，“当然待在这里也是她的权利，毕竟她是她父亲王位的继承者。”

“啊，没错。”丹-莫赞郑重地说，“我们都祈祷国王平安，能早日回来，乞求神灵赐他健康。”

“消息，”沙索重复了一遍，语气中稍微有些不耐烦，“你的船舶遍布海岸线各处，丹-莫赞，而且在内陆水域你也有很多眼线耳目。关于精灵入侵你听到了什么消息？还有哪些我应该知道的消息？你就当我什么都不知道。”

“我绝不会愚蠢到真那么认为，沙索大人。”丹-莫赞说，“但我明白您的意思。我会努力讲得通顺一些。当然，北方一片混乱——因为那些来自雾影线后面的奇怪精灵军队。”沙索点点头，似乎这是他早就预料到的事情。“南境大军一败涂地——请原谅我这么说，尊敬的公主，但这是事实。那些幸存下来但未能进入城堡的士兵作鸟兽散，有的朝南往柯特维尔逃去，或逃到银边——人们说‘翁斯皮亚的面纱’的街道上挤满了痛哭流涕的士兵。还有许多人逃往塞特兰或布伦，他们坚信北方就要陷落了，希望能在这些地方找到藏身之地或坐船去南方。但他们会发现，南方的土地很快也不是安全的庇护所了……”

巴瑞克，巴瑞克……她努力想象他还活着，是自由的，或许正带领一队幸存士兵赶往塞特西亚德。她深爱的另一半——她像了解

自己的一部分一样了解——巴瑞克如果死了，她肯定会知道的！“城市和南境城堡呢？”她问，“还在坚持抵抗吗？你是怎么这么快知道这一切的？”

“从那些在布伦湾捕鱼以及向城堡提供补给的南方船上听说的，其中很多船都属于我。”丹-莫赞微笑着说，“当然，我的船长在港口从来自南境其他地方的渔民那里也听到不少消息。即使在战争时期，人们也要将羊毛和啤酒送到市场上售卖。是的，南境城堡仍在坚守，但它沿海的城市已经陷落了。乡下空荡荡的，那些地方充满了恶魔。”

一切突然看起来如此灰暗，如此无望。布瑞奥妮咬紧牙关。她不能在这些比自己年长的男人面前哭泣，不能被他们安慰或娇哄。那是她的王国——她父亲的，是的，但奥林国王现在被囚禁在赫若索尔。南境需要她，尤其需要她坚强。“我父亲，国王——你有听到什么关于他的消息吗？”

商人严肃地点点头：“目前还没迹象表明他不安全或有什么改变，殿下，但我听到有传言说德拉卡瓦对赫若索尔的掌控并没那么强。还有其他一些说法，只是一些流言，说独裁者正在准备一支大舰队——他可能会去亲自攻占赫若索尔。”

“什么？”沙索站了起来，几乎弄洒了手中的佳瓦杯，显然他也是第一次听到这种说法，“独裁者不可能做好那种准备，他才刚刚平复赞德大陆上的叛乱，肯定得有半数军队驻守在米罕、马拉什，以及我们悲惨的国家中。他怎么能这么快就去攻占城墙坚固的赫若索尔？”

丹-莫赞摇摇头。“我回答不了您的问题，大人。我告诉您的都是我听来的。还有一种说法是苏列佩斯在加紧组织舰队，似乎发生了什么事情让他不得不加快推进自己的计划。”他转向布瑞奥妮，几乎面带歉意，“我们知道西斯人一直有占领埃昂大陆的野心，攻占赫若索尔能让他们控制整个奥斯提安海域以及两侧的南部海域。”

布瑞奥妮恼怒而急切地挥挥手，不愿听这些细节：“独裁者计划袭击赫若索尔？我父亲在哪儿？”

“只是传言，”丹-莫赞说，“不要太过紧张了，公主。在这种万事不确定的时代，人们只好热衷于摇唇鼓舌，不然也没其他什么好谈论的。”

“我们必须找到我父亲。”她对沙索说，“如果现在就坐船，春天以前就能抵达那里。”

他皱起眉，摇摇头：“请原谅我的直率，殿下，但那么做太愚蠢。我们到了那里能做什么？只会跟他一起被抓住。不，你会被强制嫁给德拉卡瓦，而我会被送到绞刑架上。在赫若索尔有很多人希望我死掉，不仅仅是我曾经的学生达瓦特。”

“但如果独裁者来……”

“如果独裁者正往埃昂大陆来，那么我们会有许多问题，你父亲的事只是其中之一。”

“尊贵的客人们！”埃菲尔·丹-莫赞举起双手拍了拍，“多喝些佳瓦，我们还有一些非常可口的杏仁甜点。不要过于恐慌了，公主。正像我之前说的，它们只是纯粹的传言，可能不是真的。”

“我没恐慌，我是愤怒。”当丹-莫赞的侄子泰利波再次回来，拿来更多的食物和热饮料时，她陷入闷闷不乐的沉默中。布瑞奥妮盯着自己的双手，此时她无法控制它们保持不动，如果那个年轻人再盯着她看，她不会像他希望的那样表现出自己也注意到他的注视了。

他再次从屋里出去后，沙索以一种打量的眼光望着他。“你觉得你侄子有没有一些闲置外套能借给我们？”沙索突然问埃菲尔。

“外套？”丹-莫赞挑起一根眉毛。

“粗布外套，不要细布。适合干粗活的。”

“我不明白。”

“他的衣服公主似乎能穿，可以把袖子卷起来。”他转向布瑞奥妮，“我们今天下午把你的愤怒用到一些有价值的事情上。”

“但你一定要来。”帕佐尔说，“我已经请求让你来了，我告诉他们你是一个诗人，一个非常有才华的诗人。”

如果是平时，在南境的高官显要们面前表演将是马提亚斯·廷莱特在晚祷中（如果他是那种会祈祷的人的话）第一件祈求的事情，但出于某种原因，他现在不能确定自己是否想被托利家族及其宫廷同党认识，不论是旧有的还是新上任的。过去十天，事情似乎发生了某些变化，仿佛这些天以来一直笼罩在海湾对面的城市上空的乌云也飘到了城堡上空。

或许是我太敏感了，他告诉自己。**诗人的天性。在一段不太平的时期，托利家族做的都是好事**。但从在厨房工作的人以及另外一些和他同住在王宫后面寝室的侍从那里，他还是听到了一些令人不舒服的传言——有些人消失了，其他一些人因为微不足道的错误被毒打或处决。一个厨房听差亲眼看到一个年轻侍从只因为弄洒了一杯酒，就被托利的属下伯坎·胡德切断了手指。廷莱特知道这是真的，因为他曾看到那个可怜的小伙子躺在床上，血淋淋的残肢上缠着绷带。

“我……我不确定自己是否做好了为他们表演的准备。”他告诉帕佐尔，“但我会帮你。或许可以表演一首新歌？”

“啊，真的吗？我献给托利大人的歌……”当帕佐尔停下来考虑这个提议和它所可能产生的结果时，廷莱特注意到环绕狼牙塔的内城的城墙上有人在走动，那座尖塔距他和帕佐尔所在的王宫花园只有一箭地的距离。他们在这里会合，一同分享帕佐尔从储藏室偷来的烹饪酒。有一刹那他认为那只是一个幻影，一个黑雾形成的透明影子，但接着他意识到在城墙上走动的那个女人戴着面纱，黑裙子上面罩着一件网状披肩，于是他立刻知道那是谁了。

“我们可以稍后再详谈吗？”他对小丑帕佐尔说，在他肩上拍了一下，差点把他拍倒，“我现在有些事情。”

廷莱特穿过花园，躲避着四处闲荡的绵羊和山羊，似乎在做某种村庄节日游戏。他知道对于自己突然离去，帕佐尔肯定会目瞪口呆盯地着他，仿佛他疯了一般，但如果这就是疯狂，那也是最甜蜜的一种，是一个男人想抓住并永不要失去的疯狂。

他在靠近军械库的地方放慢了脚步，用袖子擦掉额头上渗出的汗水，然后捋直袜子和紧身裤。很奇怪，他几乎感觉有些惭愧，仿佛在背叛自己的赞助者布瑞奥妮公主似的,但他努力驱走这种感觉。他不愿意在整个托利集团面前朗诵自己的诗篇，但这并不意味着他就没有野心。

他绕着狼牙塔底部走着，然后沿外层楼梯爬上去，这样到达城墙上时，可以装作是偶然碰到她的。他很高兴她没有继续往前走，否则他还得掩饰一番自己为了赶上她的脚步而快步跟在她身后的事实。此时她正倚着城墙，透过一个城垛口越过城堡往远处眺望着，身上的黑纱随风飘动。

当他觉得距离够近，自己的声音能盖过呼呼的风声时，就清了清喉咙：“哦，打扰了，小姐。我不知道有人也会在城墙上散步。我很喜欢这么做——思考，感受新鲜的空气。”他希望这听起来足够诗意。但事实上，内城堡边上寒冷而潮湿，海湾里的海浪在脚下翻涌波动。如果不是为了她，他宁愿坐在屋子里烤火，再来满满一杯热饮料暖暖身子。

她转身对着他，拨开面纱，用一双冷淡的灰眼睛盯着他。她的皮肤平时就非常苍白，而此时在今天这种阴冷荒凉的天气里，衬着黑衣服和黑帽子，她的脸几乎消失了，只剩下眼睛和发烧般的红嘴唇："你是谁？"

他抑制住一种想要大叫的狂喜。她问他的名字！"马提亚斯·廷莱特，小姐。"他鞠了自认为完美的一躬，准备去亲吻她的手，但手并没从斗篷的黑色褶皱中出现。"一个卑微的诗人。我曾是布瑞奥妮公主的吟游诗人。"他意识到这么措辞听起来很不忠诚，更不用说这还会说明他现在失业了。"我是布瑞奥妮公主的吟游诗人。"他说，露出自己最好最虔诚的表情，"在佐睿雅女神和三神的保佑下，她会回到我们身边的。"

一种他无法理解的表情从伊兰·麦克里的脸上闪过，她慢慢转过身，面对风景。她为什么要穿这些寡妇衣服，他非常肯定地知道——他曾极为谨慎地追问过这个问题——她并未结婚。她真的是在为盖伦·托利服丧吗？他们甚至都没订婚，至少侍从们是这么说的。很多人觉得她有些疯疯癫癫，但廷莱特不在乎。一看到她那古铜色的头发在雪白的脖颈上飘动，其他人对帕佐尔的逗乐节目哈哈大笑时，她那悲伤的大眼睛却似乎什么都没看见，他就感觉自己的心一阵刺痛。

他犹豫了一下，不知道该走还是留。

"诗人，"她突然说，"真的吗？"

他压制住一股想要自夸的冲动，连他自己都有些吃惊："很长时间以来，我一直这么自称。不过有时我也会对自己的才能感到怀疑。"

她再次转过身来看着他，似乎多了一些兴趣："但这肯定是一个诗人的世界，廷……"

"廷莱特。"

"廷莱特大师，现在当然是你们的光辉年代。古老的传说就在太阳底下实实在在地发生。人们被杀死，没人知道为什么。幽灵在战场上走来走去。”她苦笑着说，“你知道吗，我甚至听最近返航的水手说，在烟雾群岛西部发现了一个新大陆，一块尚未开发，充满野蛮人和黄金的伟大大陆。想想啊！或许在那里的许多地方，生活仍然蓬勃兴旺，人们仍充满希望。”

廷莱特往后退了一步：“为什么这里不能像那儿一样，小姐？我们真的如此脆弱和绝望吗？”

她笑了起来，声音像剪刀“咔嚓”一下剪断绳子一般细弱：“这里？我们的世界老了，廷莱特大师。衰老，无力——脚步蹒跚，甚至连年轻人都气喘吁吁。终结很快就会到来，你不这么认为吗？”

正当廷莱特思考该怎么回答这种奇怪判断的时候，他听到一阵喧哗，抬头看到两个年轻女人正沿着城垛朝他们匆匆走来，由于脚步太快，还差点在湿滑的石头上摔倒。他认出她们是布瑞奥妮公主的侍女——黄头发的叫罗斯（玫瑰）或者某种其他花朵的名字。走近时，她们脸上带着怀疑的神情看着廷莱特。此时此刻他第一次希望自己穿着好一点儿的衣服。但奇怪的是，在同伊兰·麦克里交谈的时候，这种想法一次都没出现。

“伊兰小姐，”黑皮肤的侍女喊道，“您不该一个人在这里散步！公主遭遇了那种事后，您不应该还这么做！”

伊兰大笑起来：“什么，难道你认为会有人爬上内城的城墙把我掳走？我向你保证，对绑架者来说，我不能提供任何好处。”

啊，但您错了，廷莱特想，**如果布瑞奥妮·埃顿是灿烂的朝阳，那么伊兰·麦克里就是清冷而充满诱惑的月亮。说实话，**他想，他的思维总是不自觉地滑向神话和故事的修辞方式，**女神梅希雅看起来肯定就是这种模样，那么苍白，那么神秘莫测，行走于夜晚的天空中，身边跟着由云朵组成的扈从。**

他接着记起梅希雅是埃瑞沃的妻子和埃顿祖先的母亲，或像人们声称的那样，她的狼印在他们家族的战旗上。这些诗意的想法很快就变得一片混乱……

“跟我们来。”两个侍女说，轻轻拉着一身黑衣的伊兰的胳膊，“这里太潮湿了，您会生病的！”

“哈！”下面一个快活而懒洋洋的声音喊道，“您在这里啊。”

“不用担心，死神已经抓住我了。”伊兰说，但声音低得只有廷莱特能听见。

亨顿·托利站在内城堡一边的城墙底下，一小群身穿托利家族号衣的卫兵站在他附近，但保持着一定的距离。“下来吧，小姐。我在找您。”

“您应该回去躺一会儿，”黄头发的罗斯说，几乎是耳语，“让我们来照顾您。伊兰小姐。”

“不，如果姐夫的弟弟叫我，那我必须过去。”她转向廷莱特，“同你谈话很高兴，诗人。对于我的问题，如果你想到了答案，我很有兴趣知道。在我看来，每一天，一切都在以一种越来越快的速度走向终结。”

“我在等着呢，小姐！”亨顿·托利看起来充满了幽默兴致，似乎这是一个只有他才能理解的笑话，“我有些东西想给你看。”

她转回身，跟在侍女身后，朝廷莱特刚才爬上来的阶梯以及正在那里等待的南境城堡统治者走去。在她到达前，当托利转头跟卫兵说话时，她朝廷莱特这边短暂转过头来。他以为她会点点头或表露一些告别的迹象，但她只是看着他，脸上是一种羞耻和兴奋交织的古怪表情，就像一只狗在狼吞虎咽家里最后一顿晚餐时被当场逮到，明知自己会被毒打一顿，却连逃跑都做不到。

马提亚斯·廷莱特将会在噩梦里一次次见到那张脸。

⚜ ⚜ ⚜ ⚜ ⚜

布瑞奥妮扭动着身体，努力让自己舒服一些。她用一条从伊迪特女儿那儿借来的围巾紧紧裹住胸部，但在背部中间的地方留下了一个不舒服的结。

“衣服合适吗？”沙索穿上了一件跟布瑞奥妮的手织宽松外套相似的衣服。裤子很长。布瑞奥妮把裤腿卷了起来，这样它们就不会拖到地上绊倒她。她高兴地发现这件粗布衬衫虽然很肥大，但并不妨碍行动。

“我觉得不错。”她说，“为什么要穿这些衣服？”

“因为你要学习一些新东西。”他拿起一捆用油布包起来的东西，夹在腋下，然后引她穿过走廊，进到院子里。雨已经停了，但天空中仍布满沉重的乌云，院子里的石头仍然很潮湿。一棵孤零零的柑橘树站在院子里，他示意她坐到树周围的石栏上，并说：“那里应该是干的。”柑橘树的叶子都掉光了，只剩下最后几颗没被鸟啄走的干瘪果实。

“我要学什么？”

他沉下脸来：“像所有埃顿家族的成员一样，你首先必须要学习的是耐心。在这方面你比你弟弟稍微好一些——但也没好多少。”他举起一只手：“不，不要想他。我不应该提起他。我们必须祈祷他安全无恙。”

她点点头，希望自己眼中没渗出泪水。**可怜的巴瑞克！佐睿雅女神，请时时刻刻保佑他。请用你的盾牌保护他，无论他身在何方。**

“如果不是你想学，你父亲一时兴起也同意了的话，本来我是不会选择教你剑术的。”沙索再次举起一只手，“记住——耐心！我最终还是教给你了，作为一个女人，你学得相当不错，毕竟女人的天性并非打斗。”

她又想插话，但她很了解老人眼里的那种表情，而且她现在也没什么力气争辩，于是就闭上了嘴。

"但无论将来发生什么，我想你随身携带剑的可能性都不大。在这里你不需要，如果我们离开，也会悄悄地走。"他把包裹放到一旁的地上，伸手拿出一根只比布瑞奥妮的胳膊稍短的圆木棒，"我教过你怎么使用匕首，但主要是怎么跟剑配合使用。现在我准备教你图安人在没有剑的情况下是怎么打斗的。好，站起来吧。"他用手攥住木棒，"假装这是一把刀。你要自卫。"

他朝她迈了一步，往下挥舞木棒。她往上伸出双手阻挡，双脚踉跄着后退。

"错了，孩子。"他把木棒递给她，"对我这么做。"

她看着他，有些犹豫不决，然后往前迈了一步，朝他胸部刺去，却忍不住微微往后缩了一下。沙索抬起一只手。

"不，使劲儿打。我向你保证，你不会伤到我。"

她吸了一口气，然后猛地往前冲去。他的手伸得太快了，她几乎没看到它移动，紧接着她的手就被打到一边，沙索本人则朝她走来，一条腿放到她身后，另一只手抵住她的脖子。在她差一点儿倒在他腿上，他扯住她的衬衫袖子，把她拉起来，然后把木棒从她手里轻轻拿过来。

"现在你来试着做一下我刚才的动作。"

她练习了十几次，总算掌握了往前移动的同时挡开袭击的技巧。这跟击剑不同，距离更近，武器的尺寸很小，她自己手中没有武器，两者都会影响动作的角度和速度。老人对她的表现满意了之后，又向她示范了其他几种击打法和锁腿法，以及几种扭打动作，目的不仅是挡开或阻止对手的攻击，更是为了把武器从对手手中打掉。

太阳慢慢升起，到中午，终于从乌云中露出脸来。布瑞奥妮浑身汗水淋淋，在院子里的硬石头上跌倒了三四次，膝盖和屁股都擦伤了。跟她相反，沙索看起来仍跟课程刚开始时一样平静镇定。

"歇一会儿，喘口气。"他说，"你做得不错。"

“为什么要教我这个？”她说，“为什么是现在？”

“因为你不再是一个王室贵族了。”他说，“至少没有任何贵族的特权。没有士兵保卫，也没有城墙将你同敌人挡开。准备好再次开始了吗？”

她拍拍自己有些刺痛的屁股，不知道乞求佐睿雅女神让沙索发生一次痛苦的抽筋对不对——也不知道在这栋图安人的房子里，佐睿雅女神能不能听到她的请求。但她只是回了句：“准备好了。”

他们又停了一次喝水，一个在一旁看得目瞪口呆的仆人拿了一些水果干和面包到院子里来，布瑞奥妮吃了一些 。过了一会儿，房子里的几个女人聚到封顶走廊里观看，她们身穿带帽袍子，低声轻笑着，似乎觉得眼前的景象很有趣。沙索向她示范了更多徒手击打、抓握、踢脚，以及其他一些自卫甚至解除对手武装的方法，折断体型比她大一半的男人胳膊的方法，或用某种方式踢对手，使其当天失去打斗能力的方法。当老人对她的进步感到满意时，他拿出第二根圆木棒，递给她，然后向她示范刀对刀打斗的技巧。

“当你和对手之间的距离很近时，永远不要让对手找到机会把刀放在他和你之间，”沙索说，“否则即使用刀背击打也将是致命的。把刀推到一旁或从他手中击落。这样——看！如果对手的刀离你很近，可以去砍他的手背或手腕的筋腱。但注意不要让他用另一只手去夺你的刀。”

太阳渐渐落到屋顶后面，女人们深深的好奇心也得到了满足，纷纷回屋里去了。沙索让她停下来休息，她的双腿和胳膊因为疲劳抖个不停。

“今天的训练完成了，”他说，用袖子擦掉额头上的汗水，“但明天和以后会继续这么训练，直到我晚上能安心睡觉为止。”他把木棒重新放回油布包中，里面有东西发出“哐当”的碰撞声，但他合上了包袱，所以她没看到是什么。“现在这个世界不是你以前了解的那个世界了，布瑞奥妮·埃顿。任何人都不了解这个世界，谁也不知道它会变成什么样子。你在其中起到的作用可能很大，也可能微不足道，但我对你的家族发过誓，无论如何，我会让你活下去，去发挥自己的那份作用。”

她不确定他到底是什么意思，但她看看老人，发现他虽然看起来一副不可战胜的样子，双手却跟她的一样抖个不停，呼吸短而急促。她心里感到一阵难受，同时还有一种爱意：“我们曾经囚禁你，对不起，沙索。我很惭愧。”

他用一种奇怪的眼神看着她，不是愤怒，而是冷漠。“你做了自己必须做的事情。我们所有人都一样，从最伟大到最渺小。甚至王宫里的独裁者也不过是伟大万物之母手中的一个小泥偶。”他把包裹夹到腋下，“走吧。你做得很好——对一个女人来说，已经非常好了。”

柔情一刻顿时被一阵愤怒代替了。“你老是这么说。为什么女人就不能像男人那样战斗？”

“有些女人可以像男人那样战斗，孩子。”他露出一种酸酸的笑容说，“但男人的个头更大，也更强壮，布瑞奥妮。你知道狮子吗？那是一种巨大的猫科动物，生活在我所在国家附近的沙漠中。”

“我曾经见过一头。”

“那你应该知道它的个头和力气。雌狮是非常厉害的捕猎者，凶猛而危险，是一个强大的猎杀者。她能捕获羚羊，杀死想来抢自己猎物的胡狼，但在雄狮面前她们总会乖乖让路。”

“但我不想做一头雄狮。”布瑞奥妮说，“我很乐意只是去追逐胡狼。”

沙索脸上的笑容变亮了一些，几乎显得安宁：“不管怎么样，那个我可以试着教给你。走吧，明天早晨再见。”

“晚饭时见不到你吗？”

“在这座房子里，男人和女人晚上不在一起吃饭。这是图安人的习俗。”他转过身，穿过庭院走了，脚稍微有些跛。

丹-莫赞的侄子正在走廊里等她。她轻轻抱怨了一声，他从刚才倚身的墙上往外走了一步，视线转向别处，仿佛并没有注意到她，好像他不是故意在这里等她。她现在只想进入热气腾腾的浴池中——如果能找到这么一个地方的话——把肌肉中的酸痛、膝盖的伤以及脚上的泥土在蒸汽中洗掉。

“你穿着我的衣服。” 泰利波说。

“是的，谢谢你。你叔叔借给我的。”

“为什么？”

“因为沙索大人想让我练习剑斗。”他脸上现出一种不相信的傲慢神情，她忍不住蹙起眉头，闭上嘴巴。他怎么敢用那种眼神看她——布瑞奥妮·埃顿，整个远境王国的公主？他年纪不比她大。确实，他长得不难看，她看着他那水汪汪的棕色眼睛和上嘴唇的一丛卷曲胡须，但从他脸上露出的各种表情来看，他仍是个孩子。看着他，完全可以想象卢迪思的使者达瓦特·丹-法尔年轻时的样子，就是这种同样的骄傲表情，毫无根据的骄傲。她非常恼怒，想：这个棕色皮肤的男孩有什么本事，住在一座大房子里，四周围着殷勤的女人，难道仅仅因为他不是女孩？“我现在必须走了。”她说，“再次谢谢你给这些衣服。”

她同他擦身而过，心里知道这个年轻男人还有更多话想说，但她不想站在那里等待他鼓足勇气。当她疲倦地朝女人生活区走去时，能感觉到他在自己身后的视线。

第八章
一个平淡无奇的人

翁依那为姐姐苏拉泽姆助产时，异常愤怒，叫喊着说自己会找到方法报复暮光之神斯弗洛思。因此当三兄弟从苏拉泽姆神圣的子宫中降生时，翁依那窃取了一些古老神灵的精华。她偷偷逃走，利用斯弗洛思的精子生下三个孩子，但她教育这些孩子仇恨自己的父亲以及他创造的一切。

——引自《三神之书·万物之始》

每当皮尼蒙·瓦什不得不直视主人那可怕的苍白眼睛时，几乎想不起独裁者苏列佩斯的身体中至少有一部分是人类。

“一切都会完成的，神佑者。”瓦什向他保证，暗地里祈祷自己快被打发走。有时，仅仅是待在年轻的统治者身边都会让他感到不适。“一切都会按照您的吩咐完成。”

“动作快一些，老家伙。她试图从我这里逃走。而且，神灵……神灵们迫不及待地等着降生。”独裁者的视线开始往上移动，一直移动到某个地方，似乎他在热切地看着某种其他人看不到的东西。

瓦什被这句奇怪的话弄得有些糊涂，变得犹豫不决。这是一句需要他理解和回答的话，还是说他终于可以快点离开，去执行自己的任务了？年迈的大臣心里带着某种苦涩意味思索着，自己或许是伟大西斯国的首席大臣，因此从理论上说比大多数国王的权力都要大，但其实他的实权比一个小孩子大不了多少。不过，做一个要服从独裁者每一个心血来潮想法的大臣，还是比做一个“前大臣”好多了，果园宫屋顶上的秃鹫祭坛中堆满了前大臣的骸骨。“是的，神灵们，当然。”瓦什最后说，自己也不知道在赞同什么，“神灵们必须降生，一定……”

“那么现在就完成。否则天堂本身会哭泣。”话虽严厉，但苏列佩斯开始近乎失态地大笑起来。

瓦什快步从浴室中走出来，差点被身上精致的丝绸袍子绊倒，他发现自己内心希望独裁者是由于正给他那修长四肢刮毛的内侍不小心弄痒了才大笑的。一个对自己，事实上对这块大陆上的每一个人都握有生杀大权的人，毫无缘由地像一个疯子般哈哈大笑，这一点着实让人不安。

部分为人，瓦什提醒自己。**至少一部分是人**。虽然独裁者的父亲帕纳德被尊为活神，但他的母亲肯定是一个凡人，因为她是作为外国国王的赠礼而进入隐宫的。无论活神（虽然现在毫无疑问他已经死了）帕纳德的基因中混合了什么，他儿子身上几乎没遗传什么凡人特征。年轻的独裁者就像其家族纹章上的猎鹰般眼神明亮，冷酷，神秘莫测。而且苏列佩斯有许多令人费解的疯狂想法，就像最近这次奇怪的心血来潮——瓦什为了执行这项任务，正忙着赶往军队营地。

他离开守卫森严的曼陀罗廷，快步穿过位于石榴廷中心地带——宛若洞穴的大臣会面室，那里级别较低的官员像鸽群般从他前面的路上四散开来，他们害怕他的愤怒，就像他害怕独裁者的愤怒一样。皮尼蒙·瓦什提醒自己最近应该向努沙什和其他神灵敬献一整只祭品，毕竟他是一个非常幸运的人——不仅平步青云，而且在先王多年的统治,以及现任独裁者第一年的统治中都幸存了下来。在苏列佩斯就任后的短短几个月内,至少有九名帕纳德时期的高级大臣遭到处决。如果瓦什需要一个例子来证明自己同其他人相比是多么幸运,他只需要想想自己接下来要去见的人,海贾姆·马鲁可,猎豹卫队的新队长——或者更准确地说,想想马鲁可的前任,农民出身的士兵杰顿。

皮尼蒙对酷刑和处决并不陌生,但甚至连他都对前猎豹卫队队长所遭受的痛苦折磨感到不适。独裁者吩咐把这项“娱乐”活动安排在著名的勒普希图书馆中,这样他可以一边读书,一边观看整个过程。瓦什将自己的恐惧精心掩盖起来,看着这个尘世神灵伴着杰顿的尖叫声,在空中有节奏地晃动自己的金指套,仿佛在欣赏一场精彩纷呈的演出。之后的许多个夜晚,瓦什仍会在梦中看到那个可怕的场景,而卫队长那痛苦的惨叫声即使在清醒的时候也会一直萦绕在他心里。在这场酷刑快要接近尾声的时候,苏列佩斯甚至叫来一群真正的乐师,对队长那可怕惨叫声进行了一场认真的即兴伴奏。偶尔,苏列佩斯甚至还跟着伴奏一同哼唱。

在二十多年的仕途生涯中,瓦什几乎什么都见过,早就见怪不怪了,却从没见过年轻独裁者的这种情况。

但是,一个凡人又怎么能评判一个神灵是不是疯了?

“这纯粹是无稽之谈。”海贾姆·马鲁可说。

“这么说太愚蠢了。”瓦什嘘了一声说。

绰号为“石心”的军官那张平时面无表情的脸上只是挑起一根眉毛,但瓦什看得出来,马鲁可也意识到了自己的失误——在西斯,这种失误很快就会被证明是致命的。马鲁可矮壮精悍,最近才升任猎豹卫队的队长,经历过数不清的重大战役和激烈战斗,但对于西斯王宫中的危险,他还不是特别习惯。这里隔墙有耳,每一句公开说的话以及大多数私密谈话都会被人听到，而在那些偷听者中，很可能有人希望或需要你死掉。虽然他无数次被割伤、刺伤或烧伤，黑色的皮肤上布满了夸张的白色条纹，并因为安然躲过无数次残酷的战争屠杀而赢得了“石心”这个著名绰号，但这里不是战场。在果园宫中，没有谁的死亡是清清楚楚、明明白白地降临到自己身上的。

“当然。”为了方便偷听者听到，石心马鲁可缓慢而清晰地说，“如果这是神佑者的意愿，那么竞赛一定要进行。但我只是一个士兵，对这种事情不怎么了解。请跟我解释一下，瓦什，让我手下的士兵互相打斗到底有什么好处？已有好几个人受了重伤，好几个星期才能痊愈。”

瓦什吸了一口气，显然并没有人在窃听，但那不能说明任何事。“首先，神佑者比我们所有人都智慧，因此，可能我们这些人的头脑还不够聪明，理解不了他这么做的原因——我们唯一知道的就是这些原因肯定是好的。其次，我必须向你指出一点，马鲁可，并不是你的士兵，猎豹卫队的成员，去为了获得执行独裁者特殊任务的荣誉而决斗，而是白猎犬队的士兵，他们虽然是优秀的战士，但只是些野蛮人。”

瓦什跟卫队长一样，对苏列佩斯为什么要在自己著名的白猎犬队中进行一场力量竞赛一无所知。这是一支外国雇佣军，他们的父辈和祖父辈从北方大陆来到赞德。但他比任何人都更了解，尘世的神灵有时就是喜欢做一些任性的事。独裁者登基后最初的几个星期，某天清晨他从一个预言性的梦中醒了过来，然后就命令消灭西斯土地上的所有野鹤，当时正是由首席大臣瓦什将低级大臣召集到石榴廷，传达独裁者的命令，接着成千上万只野鹤就被杀死了。还有一次独裁者宣布要抓住并消灭城市通海运河中的每一头斧头鲨，于是在那之后的好几个月时间中，首都的街道上一直散发着腐烂鲨鱼肉的恶臭。

瓦什强迫自己将注意力转移到竞赛上来。由于独裁者的命令太过突然，他们不得不将罗望子宫中的一个闲置接待室改造成一个临时角斗场，因为工兵和炮手都在练兵场上，工人们冒着丧命的威胁，也无法在如此短的时间内把重达数吨的器械移走。此时在临时决斗场上，两个大汗淋漓的男人正扭打在一起。其中一个按平常标准来看是个大块头，肌肉发达，结实得像头公牛，但长着黄胡子的对手则是一个真正的巨人，比他高出一头，肩膀跟牛车一样宽。这个怪物般的浅发色巨人显然占了上风，看起来甚至在戏弄对手。

“为什么需要这么长时间？”瓦什抱怨道，“你说亚利多拉斯现在是白猎犬队中最强壮的那个，但他为什么还没打败对手？独裁者正等着呢。”

“亚利多拉斯会赢的。”石心海贾姆声音尖利地大笑起来，“相信我，他是一头可怕的猛兽。啊，瞧。”黄胡子的人将对手举到头顶，举了很长时间，好让每个观众都充分欣赏到这一荣耀时刻，然后将对方狠狠扔到坚硬的地板上。失败者躺在地上，失去了意识，满身鲜血，亚利多拉斯将双手胜利地举到头顶。白猎犬队的其他成员发出阵阵庆祝的欢呼声。

“就这样吗？”因为站了太长时间，瓦什感觉双腿酸痛，此时只想躺到温热的浴池中，接受年轻侍童侍女的精心服侍。他有些后悔自己太过傲慢，没有接受卫队队长让自己坐下的邀请。“结束了？这是最终场吗？”

“还有一场更有挑战性的。”马鲁可说，“一个叫戴克纳斯·沃的人。我听说他是白猎犬队中剑术最好的。”

“但独裁者命令他们徒手搏斗！”瓦什不耐烦地说，眼睛扫视着几十名集合起来的佩里卡尔士兵，可能一共有五六十名。没有一个人看起来块头够大，可同亚利多拉斯一较高低。“哪一个？”

作为回答，马鲁可站起来，大喊："现在最后一名斗士上场——向前，沃。"

站起来的男人如此貌不惊人，除了佩里卡尔人的一些特征——标志他是外国人的浅色头发和皮肤——以外，任何西斯人走在大街上都不会多瞧他一眼。他身材结实，但稍微有些瘦弱，头几乎还不到亚利多拉斯肌肉发达的胸部。

"就是那个人？"瓦什不屑地问，"黄头发大个子会像折断一根树枝那样折断他的背。"

"有可能。"马鲁可转过身大喊，"你们两人不许带任何武器进入神圣角斗场。这是我们的主人苏列佩斯，尘世神灵，伟大的庇护者，神佑者宣布的。你们要一直战斗，直到其中一人再也站不起来。准备好了吗？"

"准备好了——早等不及了！结束了这场，就可以去猛灌啤酒了。" 亚利多拉斯大喊，引得他的雇佣军同伴们哄堂大笑。但那个瘦弱的士兵戴克纳斯·沃只是点点头。

"很好。"卫队长说，"开始。"

一开始，小个子男人防御得出乎意料的好，像一条蛇般灵活移动着，躲开亚利多拉斯有力的抓取，有一次甚至把脚勾到大块头的脚跟后面，绊倒了他。后者往后摔在瓷砖地板上，引起白猎犬队的其他成员发出一阵惊讶的哄笑，但巨人很快站了起来，脸上露出的笑容表示他本人并不感到这有什么好笑。这之后亚利多拉斯变得更小心了，斜行切断了对手的退路。沃发现要想摆脱他的双手变得越来越困难，但他并未轻易放弃，有几次他快速击中了对方，力度比他的个头给人的感觉要大，其中一拳在亚利多拉斯的眼睛上面划开了一道口子，鲜血顺着他的一边脸颊淌了下来，流进胡子里。无论结果看起来多么确定，大块头男人显然对这种拖延并不享受，在试图给对手终结式攻击的过程中，他在小个子男人的脸上和胳膊上留下了好几条鲜血直流的长抓痕。比赛一开始时房间里的吼叫声，人们吵闹的出谋划策声，此时变得安静下来，取而代之的是一种不安的窃窃私语声，因为比赛慢慢呈现出一种白热化的气氛。

大块头男人猛地向前冲去。沃弯腰躲过了他伸过来抓自己的胳膊，用膝盖去顶对方的腹部，亚利多拉斯在惊讶的喘息中喷出一股红色的血沫，但他那骨节突出的双手猛地伸了出去，抓住了正往后退的沃，狠命把他摔到地上，那样子就像屠夫在挥舞榔头。趁沃反应过来之前，亚利多拉斯压到了他身上，片刻间小个子男人似乎被整个吞了下去。

现在结束了。瓦什想。**不过他的表现确实令人吃惊**。首席大臣不仅仅是惊讶。他一直觉得佩里卡尔士兵的优势主要在于他们的个头和粗野的蛮劲儿。看到一个佩里卡尔人能思考、谋划，这感觉非常奇怪，甚至不安。

当他们滚在地上扭打成一团时，亚利多拉斯用双腿夹住了小个子男人的头。他开始拼命挤压双腿，戴克纳斯·沃的脸色渐渐变得青紫，最后他使劲儿用手肘推开了对方的胯部，挣脱出来。他受伤了，疲惫不堪，但没走多远，就又一次被亚利多拉斯抓住了，这次他用巨大的胳膊缠住了沃的喉咙。大块头翻到沃的上面，开始击打沃弓起来用以支撑腹部的胳膊和双腿。透过鲜血和汗水，大块头咧开嘴凶狠地笑着，沃则是一副龇牙咧嘴的怪相，拼命挣扎着喘气。

“他会杀死他的。”瓦什说，看得有些入迷了。

“不，他只是勒住他，直到他停止反抗。”马鲁可说，“亚利多拉斯不会毫无必要地杀死任何一个人，尤其对方也是白猎犬队的成员。他是这类比赛的老选手了。”

戴克纳斯·沃青紫的脸越来越接近地面，当大块头男人的体重渐渐占据上风，沃的手肘开始向外弯曲。接着，让皮尼蒙吃惊的是，沃故意将一只手从瓷砖地板上拿开，就在马上要被压到地上时，他用手肘死命猛撞了一下地板，枪击般的巨响在房间里回荡。过了一会儿，两个人扭在一起瘫倒在地。低沉的咕哝声传出来，一时间两人缠在一起的四肢变得难解难分，接着两个身体都静止不动了。

最后，戴克纳斯·沃将自己的身体从亚利多拉斯的身体下面抽了出来，脸上和上身满是鲜血，闪闪发光，他将巨人的身体翻过来，插到黄胡子男人眼睛里的长瓷砖碎片进入众人视线，就像在一群信徒面前举起的一个圣物。白猎犬队的成员们倒吸一口冷气，震惊地咒骂着，然后人群中发出一阵愤怒的咆哮，其中几个人面带凶相地朝筋疲力尽、满身鲜血的沃走去。

“停下！”皮尼蒙大喊，“不要伤害他。”当那几个人意识到下令的是独裁者的首席大臣时，停下了脚步，窃窃私语，脸色阴沉地盯着他。

“但他杀了亚利多拉斯！”马鲁可大吼，“独裁者定的规则是不允许使用任何武器！”

“独裁者说不允许携带任何武器进入角斗场，队长。这个人并没携带武器，而是自己创造了一件武器。将他身上清理干净，然后带到曼陀罗廷。”

“白猎犬队的士兵们会抗议的。亚利多拉斯非常受欢迎……”

“让他们考虑考虑留住自己的小命够不够补偿，不然，我肯定独裁者会很乐意再安排一次比赛。”

瓦什抚平袍子上的褶皱，穿过房间走了出去。

神佑者正躺在新太阳之室中的石床上，只穿了一件装饰有玉石的短裙裤。两边各有一个祭司，屈膝跪着，正在包扎独裁者手臂上的伤口，这些细小伤口是刚才用神圣黄金贝壳刀割出来的。伤口流出来的少许圣血刚好装满两个小金碗，此刻正放在大祭司潘西斯尔手里的托盘中，太阳落山之后将被倒入圣运河，以确保太阳能从漫长的冬季旅程中归来，重新回到地球身边。

士兵戴克纳斯·沃被带进来时，苏列佩斯懒洋洋地转过身。沃一只手托着另一只手的手肘，好像那是一个正在睡觉的孩子。他身上的血已被清理干净了，但脸和脖子上仍然交错着道道露出皮肉的伤口。

“听说你杀死了白猎犬队中一名优秀的士兵。”独裁者说，伸展着胳膊，查看绷带是否合适，星星点点的血迹透过细棉布渗了出来。

“我们在决斗。”沃耸耸肩，灰绿色的眼睛像两个玻璃珠子般空洞。瓦什心想：他身上没有任何引人注目之处，除了他取得的成就。从上次见到他后，他已经忘了这个男人长什么样了，待他再次离开，不久之后肯定会再次忘掉。“根据我的理解，这是您的要求。我赢了。”

“他作弊。”猎豹卫队队长愤怒地说，“他撞碎了一块地板瓷砖，用它把亚利多拉斯给捅死了。”

“谢谢你，马鲁可队长。”瓦什说，“你已经把他带来了，你的任务完成了。神佑者自会决定如何处置他。”

石心海贾姆突然意识到，在一个引人注意极少会带来好处的地方，他正将注意力往自己身上引，他的脸色变得有些苍白，接着鞠了一躬，退出了房间。

“坐。”独裁者说，上下打量着这个白皮肤的士兵，“潘西斯尔，给我们拿些喝的来。”

对区区一个角斗士来说，受到努沙什的大祭司亲自服侍真是一种奇怪的礼遇，皮尼蒙·瓦什在心里想。潘西斯尔是瓦什争夺独裁者时间和注意的主要竞争对手，但这种竞争瓦什很早以前就已经失败了：祭司和独裁者就像同一个巢穴里的蝙蝠一样亲密，两人之间总是有各种秘密，因此让这样一个位高权重的潘西斯尔像一个奴婢一样去端茶送水更显得古怪。

努沙什的大祭司带着一种审慎的尊严往房间一侧的一个秘密凹室走去，一个内侍赶忙拿来一个凳子，让戴克纳斯 · 沃在距离尘世神灵几码远的地方坐下。士兵听从了，小心翼翼地挪动身体，似乎同亚利多拉斯决斗导致的伤口让他行动困难。瓦什猜测这些伤口肯定非常疼，因为这个人并不是那种轻易表露脆弱的类型。

潘西斯尔拿着两个酒杯回来了，鞠了一躬，将其中一杯递给独裁者，另一杯给了沃，后者在喝之前似乎犹豫了一刹那，但时间非常短，瓦什几乎以为那只是自己的想象。

“戴克纳斯 · 沃，我听说你母亲是一个佩里卡尔妓女，”独裁者说，“那些从北方大陆买来，带到这里侍奉白猎犬队的妓女中的一个。你父亲是最早的一批白猎犬队成员，现在已经死了。我听说在达加达被杀死了。”

“是的，神佑者。”

“但他在死之前杀死了你母亲。你有你们种族的那种长相，这是当然，但对于祖辈的语言你说得怎么样？”

“佩里卡尔语？”沃那莫可名状的脸上没有表露出任何惊讶的样子，“我母亲教会了我，她去世前我们一直说这种语言。”

“很好。”独裁者向后仰坐，手指做出一个尖塔形状，“你很足智多谋,我理解——也很残忍。亚利多拉斯不是你杀的第一个人。”

“我是一名士兵，神佑者。”

“我不是说战场上的杀戮，你知道。”

瓦什拿起一本皮面记录本，这是图书室的侍从刚才交给他的，他用手指在书页上划着，一直找到要找的东西才停下。“本年度白猎犬队的军纪记录:‘根据两个奴隶已经核实的报告，戴克纳斯 · 沃据知要为至少三个男人和一个女人的死亡负责。’”瓦什读着，“‘全部都是低级西斯人，杀人没有引起公众关注，因此未进行惩罚。’

这只是还未结束的本年度报告，您想不想让我读一下之前的报告，圣上？”

独裁者摇摇头。他转向面无表情的士兵，长长的脸颊上掠过一丝饶有兴味的表情：“你在想我为什么要在意这些事——是不是自己终于要受到惩罚了。对不对？”

“一部分是这样，主人。”沃说，“统治万民的神灵会在意我这么一个微不足道的人，当然很奇怪。但对于惩罚，我现在并不害怕。”

“不？”独裁者的笑容绷紧了，“为什么？”

“因为您在同我谈话。如果您只是想惩罚我，神佑者，我想您会直接下令,而不是在一个人身上这么慢腾腾地浪费您神圣的思虑。所有人都知道尘世神灵的判决迅速而果断。”

独裁者挺直绷紧的长脖子稍微松弛了一些，取而代之的是一种静止，仿佛是一条正躺在石头上晒太阳的蛇：“是的，的确如此。迅速而果断。你的推理虽有漏洞，但很充分——如果我对你没有需要，是不会在你身上浪费时间的。”

“无论您想要什么都可以，主人。”士兵的语气依旧平稳，不带任何感情。

独裁者喝光手中的酒，示意戴克纳斯·沃照做：“你肯定已经听说了，我不再满足于仅仅从北方大陆国家接受进贡。很快我就会攻占古老的赫若索尔，将我们的帝国疆域一直扩展到埃昂大陆，带领那里的野蛮人进入努沙什明亮、神圣的光明中。”

“有这种传言，主人。”沃缓慢地说，“我们都在祈祷那一天早日到来。”

“会的。但首先，我丢掉了某种我想重新收回的东西。那个东西需要到北方荒野的某个地方去找——你祖先的土地上。”

“您希望……我去找回这种东西，主人？”

“是的。这需要机智和审慎，你也知道，让一个白皮肤、会说埃昂大陆其中一种语言的人去那里寻找我想要的那个小东西会更容易一些。”

“我能问一下这种东西是什么吗，神佑者？”

“一个女孩。一个无足轻重的祭司的女儿，但我仍将她选入了隐宫。她竟胆大包天地逃走了。”独裁者哈哈大笑起来，这是一种低声的咆哮，就像一个即将伸出利爪的猫科动物发出的声音，“她的名字叫……叫什么来着？啊，对了——契妮坦。你要把她带到我这里来。”

“当然，主人。” 士兵的表情甚至变得更平静了。

“你又在思考了，沃。很好。我选择你是因为我需要一个会使用自己大脑的人。这个女人在我们敌人地盘的某个地方，如果有人知道我想得到她，她可能会成为某种争夺目标。我不想让这种情况发生。”独裁者往后坐去，挥挥手。这一次只是一个普通的仆人快步上前，将他的酒杯重新满上。“但你在思索的是这个：‘为什么独裁者会让我在自己祖先的土地上自由活动？即使我真心实意地努力完成他的搜寻，如果任务失败了，除非我自己回到西斯，他也没办法惩罚我。’不，不要试图否认，每个人都会这么想。”年轻的独裁者转向一个小侍童，一个默不作声的变童，“把我的表兄弟费比斯带来，他应该在自己家里。”

他们等待的时候，独裁者命令侍从将沃的杯子重新满上。皮尼蒙·瓦什隐约知道将会发生什么，他很高兴自己没喝那种强烈而酸涩的米罕酒，那种酒非常刺激胃。

费比斯是一个圆胖的秃顶男人，因常年饮酒而双颊红通通的，此时脸色因为恐惧变得苍白，双颊被衬托得更红了。他快步走进房间，手脚并用跪到独裁者面前，用额头“咚咚”撞着地板。

“神佑者，我绝对没做错任何事情！我绝对没有冒犯您！您是我们所有人的生命之光！”

独裁者笑了。同样的表情如果换作是在一个小孩子或漂亮女人的脸上，带给人的会是快乐，但只要转移到独裁者那光滑而年轻的脸上，就突然变成了某种让人恐惧的东西，对这一点，瓦什从未停止过惊叹。“不，费比斯，你没做错什么。我叫你来只是因为我想展示某种东西。”他转向沃，“你看，我同自己的这些亲戚之间有一个类似的问题，比如我的表兄费比斯，他在我父亲和兄弟死去之后仍健在——在‘闪耀之剑’努沙什的恩惠之下，我成了独裁者。但我怎么能肯定这些亲戚中没人会这么想，就像王位越过几个故去兄弟传到了我这里。如果我早夭，王位会不会继续往下传，一直传到费比斯或其他表兄弟身上？当然，继承王位时，我可以简单地把他们全杀掉，只要杀死几百人就行。我本来是可以那么做的，是吗，费比斯？”

“是的，是的，神佑者。但您非常仁慈，希望上天保佑您。”

“我很仁慈，确实如此。我采用的办法是让他们每个人吞下一种……动物。一个非常小的野兽，至少在其幼年时期如此，很长时间以来人们以为这种东西在现代知识中已经失传了。但我找到了它！”他假笑起来，“而你吞下了它，是吗，费比斯？”

“我听说是这样的，神佑者。”独裁者的表兄弟汗水淋淋，大颗大颗的汗珠像玻璃珠似的从他的下巴和鼻子上垂下来，落到地板上，“它太小了，我看不见。”

“啊，对，对。”独裁者再次哈哈大笑起来，这一次带着一种小孩子似的快乐，“你看，这种动物一开始非常小，肉眼看不到，可以在一杯酒中被吞下肚，喝的人却毫无知觉。”他转向戴克纳斯·沃，“就像你喝第一杯酒时把它吞了下去。”

沃放下手中的杯子，“啊”地叫了一声。

“它会逐渐长大。不会很大，但足够大到当它最终寄生到寄主体内时，无论用什么方法都无法取出。不过那也无甚大碍，因为寄主永远都不会感到它的存在，除非我想。”独裁者点点头。“为了方便解释，我们假设它的寄主未能在特定时间内完成我交给他的任务，或用其他方法惹怒了我……”他转向身材矮小、大汗淋漓的费比斯，“比如，对自己的妻子说他的主人，也就是独裁者疯了，活不了多久了……”

“她是那么说的？”费比斯尖叫道，“那个婊子！她撒谎！”

“无论罪行为何。”独裁者语调平稳地继续说道，“无论犯下罪行的人在多远的地方，当我知道时，一切就开始了。”他做了一个手势：“潘西斯尔，把艾克索祭司叫来。”

费比斯再次开始尖叫，那是一种无比尖利的绝望惨叫，皮尼蒙忍不住蜷起脚趾。“不！您知道我绝对不会说这种话的，神佑者——永远不会，求您了，不——不——不要！”费比斯一面嘟嘟囔囔着哭泣，一面朝石床踉踉跄跄地爬过去。两个壮实的猎豹卫队卫兵走上前，几乎不费吹灰之力就拦住了他。他的哭喊已经失去了语言，变成单纯的悲泣呻吟。

过了一会儿，艾克索祭司走了进来，他是一个又黑又瘦、鼻梁坚挺的男人，脸上的表情如同南方的沙漠一般漠然。他对独裁者鞠了一躬，然后双腿交叉坐到地上，打开一个扁平的木盒子，仿佛在准备做一种叫沙奈特的游戏。他展开一块小毯子似的布，从盒子里取出几块像是铅块的浅灰色图形，异常小心地将它们摆放好。准备好后，他抬起头望着独裁者，后者点点头。

男人用细长的手指拿起并移动了其中两块浅灰色的图形，刚才一直在卫兵手中挣扎、低声啜泣的费比斯，此时身体突然变得僵硬。卫兵松开手时，他像一块石头似的跌倒在地。祭司又移动了一块小毯子上的图形，费比斯开始抽搐，大口喘息，手脚拼命踢打着，就像一个马上要沉下去的溺水之人。祭司又移动了一块，费比斯突然从口中喷出大摊鲜血，然后躺在逐渐弥漫开来的血泊里不动了，眼睛睁得大大的，里面充满恐惧，似乎什么都看不见。艾克索祭司将灰色的图形收进盒子，鞠了一躬，就出去了。

“当然，在一切结束之前，痛苦可以持续更长时间。”独裁者说，“比这长得多。一旦这种动物被唤醒，可以被控制数天时间，然后它就会开始迫不及待地吞噬，那时每个小时都漫长得似乎永远不会结束。但我让费比斯身上的这一过程很快就结束了，主要是出于对他母亲，也就是我父亲的妹妹的尊敬。他浪费了那么多珍贵的鲜血，真让人羞愧。”苏列佩斯盯着那摊微微闪光的鲜血又多看了一会儿，然后点点头，仆人涌向前来，开始清理血泊和费比斯的尸体。接着独裁者转向沃：“顺便说一下，距离不是问题。即使费比斯去了赞 - 卡特姆，甚至埃昂大陆最北面野蛮人住的蛮荒之地，我仍能把他解决掉。我相信你不会忘了这个教训，沃。现在走吧，你不再是一名猎犬了，而是我的猎鹰——独裁者的鹰隼。你不能要求比这更高的荣誉了。”

“是，神佑者。”

“其他所有需要知晓的事情，首席大臣会告诉你。”苏列佩斯转过身子，但士兵仍然一动不动。独裁者眯起眼睛：“怎么？当然，如果成功，你会得到奖赏。我对忠心耿耿的部下很好，就像对不忠之人毫不手软一样。”

“我不是怀疑这一点，神佑者。我只是在想这种……这种动物是否也被放进了那个叫契妮坦的女孩身体里面，如果是，您为什么不用这种方法让她回到西斯。”

“这种东西是否用在了她身上。”独裁者说，“不是问题的核心。如果你想让使用对象活下来，这是一种笨拙而危险的方法。我希望那个女孩好好活着回来——你明白吗？我对她还有其他计划。现在走吧。今晚你就坐船去赫若索尔。我希望仲夏夜之前她能回到我手中，否则你的下场将会悲惨无比。”独裁者盯着他：“还有其他问题吗？看来我现在得唤醒艾克索动物了，再去找个没那么多麻烦的人。”

“求求您，我完全听命于您，神佑者。我只是希望您能允许我明天再启程。”

“为什么？我看过你的档案了，伙计。你没有家人，也没有朋友，所以你肯定不需要告别。”

“不，神佑者。只是我怀疑自己的手肘在同黄胡子的打斗过程中被折断了。”他举起那只撞向地面的胳膊，另一只胳膊在下面托着，他的衣袖浸透了鲜血，“我希望有时间固定并包扎一下，这样也能更好地为您效劳。”

独裁者头猛地后仰，大笑起来：“啊，我喜欢你，伙计。你其实是个冷血动物。好，走吧，去处理一下吧。如果你完成了这项任务，谁知道呢？或许我会把老瓦什的位置给你。”苏列佩斯咧开嘴笑了，眼睛发烧似的闪闪发光。皮尼蒙·瓦什想：*那肯定就是解释，这个人——或尘世中的神灵——处于一种持续的发烧状态中，就好像太阳的炽热血液正在他的血管中流淌。这让他变得疯狂，让他跟一条受伤的毒蛇一样危险。*“你觉得怎么样，老家伙？”独裁者故意刺激他说，“你愿不愿训练他做你的接班人？”

瓦什鞠了一躬，努力不让内心的恐惧和杀意表露到脸上：“当然，无论您想要什么，我都会去做，神佑者。无论您想要什么。”

第九章

孤独的地下深处

特索和兹哈有很多儿子，其中最伟大的是夜之王子扎法里斯。他坐在伟大的黑猎鹰背上在空中飞驰，当他看到可能会对神灵居所造成威胁的野兽或恶魔时，就会用自己那把由火山石制成，被称为“雷霆”的斧头砍死他们——哦，我的孩子们，这是人们见过的最巨大的一种武器。

——引自《努沙什启示录》（卷一）

“我知道你认为这是……因为我太胖了。”查文一边说，一边瘫倒在走廊的墙上，用绑着绷带的那只手扇风，“但其实不是这样。就是说，我确实胖，但……”

“没有的事。”燧岩对他说，“你没有很胖，尤其还在过去十几天一直东躲西藏，忍饥挨饿。如果你需要休息，就只是需要休息。这没什么好羞愧的。”

“但不是那样！我……我是害怕这些地道。”虽然这里的石灯把每个人的脸都照得像蘑菇一样苍白，但他的脸还是太没有血色了。

燧岩在想是不是黑暗本身让医生心神不宁，即使在一个芬德林人看来，小镇边上的灯光也非常昏暗。贫矿大街在这里跟那条没有命名的通道连接到一起，这条通道一直在修建，但在后来公会的计划改变后就被废弃了。“你是不是害怕黑暗……还是其他什么东西？”燧岩想起了那个带他去城市里见暮光族的神秘人吉尔。吉尔也非常戒备，但似乎不是害怕地道本身，而是潜藏于地下深处的某种事物。“我这么问是不是有些冒犯？”

“冒犯？”查文摇摇头，“你救了我的命，还……把我带到你家里，善良的朋友，你竟然这么问？不，先让我……喘口气……然后我再告诉你。”重重喘了几口气后，他开始说：“你知道我来自南部的优洛斯。你知道我的家族——马卡里家族——很富有吗？”

“我只了解你告诉我的事。”燧岩努力让自己看起来耐心一些，但他还是忍不住想起欧珀正在家里等待，还要独自照顾已变成陌生人的男孩。像沙子从缝隙中流走一般，早晨的大部分时间已经逝去了，但燧岩仍然不知道他们此行的目的地，更别说什么时候到达了。

“他们以前很富有——或许现在仍很富有，据我所知。数年前，当他们开始从帕纳德，也就是西斯的老独裁者那里收取黄金时，我就同他们断绝了关系。”

燧岩对任何独裁者都所知甚少，无论在世的还是死去的，但他努力表现得好像经常同其他人讨论这类事情一样。“啊！”他说，“是，当然。”

“我在法洛佩特里斯长大，住在一幢可以俯瞰希斯佩里安海的房子里，房子位于一个巨大的石悬崖上，上面有很多跟这儿一样的地道。”

燧岩知道米德兰山上蜂巢般的要塞不仅是自己民族的主要聚居地，还是其诞生地，盐湖曾见证了芬德林人的诞生，因此他对医生将它同法洛佩特里斯那不足称道的地道比较感到有些恼怒，但他还是控制住了自己——医生不是那种意思。燧岩迫不及待地想要继续前行，他意识到这正让自己变得不友善。“我听说过那些悬崖。”

他说，“有非常好的石灰岩和一些凝灰岩，是制作砖头的好材料。事实上，那里四处都是好石头。”

现在轮到查文看起来不耐烦了。“我知道。不管怎么样，小时候我经常跟哥哥在那里的洞穴中玩耍——不是很深的洞穴，因为连我哥哥也知道那些地方太危险了。我们在悬崖外面的洞穴里玩，就在我们家下面，能看到大海。我们假装自己是范特的水手之类的，在守卫一个要塞抵抗西斯的入侵者。”他皱起眉毛，发出一阵不悦的短促尖笑声，“现在看来很好笑。”

“有一天我的哥哥们由于某种原因对我很生气，我现在甚至都想不起来是什么原因了，他们把我留在了洞穴中。我们沿着一条非常陡峭的小路下到洞穴中，尽头是一条从看门人那里偷来的绳梯，我们得沿着这条绳梯下降才能到达入口。我的哥哥们和姐姐塞米拉在我前面爬了上去，但把梯子一起带走了。

“一开始我以为他们很快就会回来——我那时只有五六岁，根本想象不到还会有其他情形。其实他们可能也就是想吓唬我一下，然后再回来，但我一个年龄小一些的哥哥尼拉姆从小路上一处较高的地方跌了下来，撞到石头上面，腿伤得非常厉害，骨头都从皮肤里露了出来。他后来一直没有完全复原，痊愈之后走路还是有些跛。无论如何，他们把他重新拽到小路上，带他回了家。但当时大家都是一片惊慌，后来又手忙脚乱地到镇里找医生，根本没有人想起我。”

“我不会把每个可怕的时刻都讲出来，那样会让你厌烦。”查文说，似乎害怕对方感到不耐烦。但其实现在这种感觉已经从燧岩心里慢慢消退了，他在想这种情况下，一个小孩子得有多害怕。他想到了几天前的火石，孤身一人在地下深处，经历着他和欧珀永远不会知道的事情。燧岩感觉自己的身体一阵发抖。

“我从头上的山坡那里听到了尖叫和喊声。”查文继续说，“以为他们在吓唬我——我也确实被吓到了。之后是一段漫长的沉默，时间长得最后连我自己也不相信这只是一个恶作剧了。我确定他们已经把我给忘了，或者他们自己已经跌倒摔死，或者遭到了山猫或熊的袭击。像任何一个孩子那样，我只是一直哭啊哭啊，最后眼泪都流不出了——流干了。”

“关于后来发生的事情，我记不起太多了。能肯定的是我在洞穴后面发现了一个洞，爬了进去，虽然我回忆不起自己曾这么做过。我只能模糊记得一些光，或关于光的梦境，还有说话声。我能肯定的是当父亲和仆人举着火把来找我时已经是天黑后好几个小时了，他们发现我正蜷缩在一个更小更深的洞穴里面，我们在那里玩耍时从来没发现过这个洞穴的入口。后来我父亲把里面的那个洞穴堵上了，通往洞穴的梯子也被拿走了。我们后来再也没去过那里——而且不论如何尼拉姆也爬不下去了。”查文用双手摩挲着光秃秃的头皮，“从那以后我就非常害怕黑暗、狭窄的地方。过去三天，只是为了到地底下的芬德林镇找你就耗尽了我的全部力气，但我知道不去寻求帮助自己就会死掉。”

头顶上的石头是一种压迫，而不是庇护，很难想象这种感觉——站在一个开阔的地方，没有地方躲开敌人或发怒的神灵多没安全感啊！但燧岩努力试着去理解。“那么，你想不想回去？”

“不。”查文站了起来，仍然浑身颤抖，但脸上带着一种有些像生气的坚定表情，“不，我不能让自己的家被托利的党羽肆意抢掠，甚至连他们做了什么都不知道。我做不到。我的东西……珍贵的……”医生陷入燧岩无法理解的呢喃之中，他努力从墙上抬起身体，重新开始前进，朝在石灯中间延伸开来的长长阴影中勇敢地走去。燧岩知道，对于一个来自地上的人来说，这种阴影看起来肯定像完全的黑暗和无助。

燧岩停下脚步，往灯笼的盐水中扔了块新鲜的珊瑚，他忍不住想起前两次穿越这些地道的旅程，一次是跟火石一起穿过这里，把那块奇怪的石头带给查文，还有一次是跟吉尔沿着另一个方向，赶往海湾另一侧被精灵占领的城市。他的生活，一年以前还那么平淡无奇，白天规律，夜晚安宁，怎么这么快就完全翻了个儿，就像被欧珀翻开，放到热石头上晾干的衬衫一样？

“那块石头，火石的那块石头，就是杀死王子的东西……”燧岩一边压低声音说，一边加快脚步追赶医生。即使经历了过去这些天发生在他身上的所有事情，他还是有些难以置信——他觉得查文的整个故事几乎让人无法理解。他，燧岩·蓝石英，曾亲手拿着那块石头！

查文阴沉地在前面走着，似乎没听到他说的话。

“如果我把那块叫什么的石头放进自己嘴里，”燧岩说，这次声音大了一些，“我是不是也会变成一个恶魔？还是必须得说一些充满魔力的词语？”

“什么？”查文似乎在某种难以脱身的梦境之中迷失了，“库里克斯之石？不，除非你知道赋予它生命和力量的魔咒，而那需要的不仅仅是一些词语。”

“不仅仅是一些词语？”

“那些被人们称为魔法的古老智慧并不像一把门锁，任何人只要有钥匙，就能打开。在你们的民族中，那些加工水晶和宝石的工匠，他们难道只用抓起一块石头，敲打一下就能把它变成某种形状？还是需要更多的技巧？”

“当然还要更多，需要经过多年的训练，即使那样还会常常失败。”

“所以说，即使你现在手里就拿着库里克斯之石，我告诉你那些古老话语，你用一百种方式说上一百遍，它仍不过是手里一块冷冰冰的石头而已。那种古老的技艺需要训练、学习、牺牲——即使这样，代价也常常超过回报……”他的声音减弱了，重新开口时，他的声音在发颤，“有时候那种代价非常可怕。”

燧岩把一只手放到他肩上：“我们快到你房子下面的地方了。现在要悄悄地走，他们就算还没发现下面那扇门，仍有可能透过墙壁听到我们，并过来搜寻声音的源头。”

查文点点头。他看起来惊恐而憔悴，就好像讲述完童年经历的恐惧后，就一直没有将其摆脱掉。

他们又穿过两条凿修粗糙的走廊，站到了那扇门前。在这个空荡荡、了无人迹的地方，眼前的场景仍跟以前一样怪异。沉重的木头和擦得发亮的铜质装置，在昏暗的珊瑚光下发出幽幽的光。燧岩突然想问查文，他是不是要经常回来擦拭它们，因为仆人中没人知道这里，但现在他得保持安静，直到他们弄清楚了通道另一边有什么人或什么东西。

燧岩盯着那扇毫无特色的门。门的这一面没有把手或门闩，甚至没有钥匙孔，除了门铃什么都没有——但显然他们不会去用它。

医生拉拉他的袖子以引起他的注意，然后做了一个奇怪的手势，燧岩没有立即明白过来。查文又做了一次，越来越不耐烦地挥动着缠着绷带的手指，燧岩终于意识到查文是想让他转过身去——有某种大个子男人不想让他看到的东西。他们一同经历了所有这一切，他和欧珀把查文带到自己家避难，还照顾他恢复健康，因此此时这种做法不能不让人感到恼怒，但现在不是争辩的时候。于是燧岩转过身，背对着门。

先是一种轻轻的嘶嘶声，似乎有某种沉重的东西在滑动，接着是抬起门闩的叮当声。过了一会儿，他感觉查文碰了下他的肩膀。门开了，一线稍宽的亮光泻进他们所在的通道。查文往前倾倾身体，脸上现出一种急切的表情，就像一个饥饿的人闻到了食物的味道，却不知道该怎么做才能吃到。燧岩屏住呼吸，仔细聆听着。

最后查文挺直身体，点点头，从打开的门中溜了进去。燧岩赶忙穿过石廊，跟在他身后，手里举着渐渐变暗的珊瑚灯。医生在一面帘子前停了下来，帘子由于时间久远而褪色严重，上面布满霉斑，刺绣图案几乎难以辨认。在这样一个潮湿，没有窗户，几乎无人造访的地方，这件物品有种古怪的不合时宜感。查文犹豫了一会儿，在空中挥舞着受伤的手指，似乎想让燧岩再次转过身去，但接着不耐烦占据了上风，他拉开帘子，弓身走了进去，这片古老的织物下面隆起一个巨大的肿块。过了一会儿，肿块没有了，医生好似凭空消失了一般。

虽然后脖颈上升起一股不祥的寒意，但燧岩还是准备进去探究一番。可是，接着某种别的东西吸引了他的注意。他尽量悄无声息地穿过帘子，朝走廊那边走去，来到楼梯底部。他用手捂住灯笼，通道几乎全暗了下来，他站在那里，仔细倾听着。

从楼上某个地方传来说话声——是不是查文的仆人在他不在的时候照看房子？但之前查文觉得这不大可能。

一声空洞洞的呻吟，很轻微但仍很刺耳，让燧岩一下子跳了起来。他紧张地四处查看，走廊仍然空荡荡的。他快步走回帘子那里，将其拉到一边，发现有一个隐蔽门半开着。声音又一次传了出来，这次大了一些，是一个迷失灵魂的低声哀号。燧岩鼓起勇气推开门。

查文躺在地板中央，身体来回翻滚着，好像被刺伤了一般，四周围着一堆弄皱的布料。燧岩朝他跑过去，把他的身体翻过来，但没发现伤口。

“毁了……”医生呻吟着，“毁了！他们把它拿走了……”虽然他的声音很轻，但在燧岩听来却像吼叫一样响亮。

“轻点声，”芬德林人嘘声说，“上面有人！”

“他们把它拿走了！”查文站了起来，双目圆睁，开始在燧岩手中挣扎，就像一个人看到自己唯一的孩子被人从怀里夺走了，“我们必须阻止他们！”

“闭上嘴，否则我们两个人都会因此被杀掉。”燧岩严厉地低声说，用尽全力拼命紧贴在这个个头比自己大得多的人身上，“此时可能整个王室卫队都在找你。”

“但他们偷走了它……我被毁了……”查文竟然在哭泣。燧岩不敢相信自己看到的场景，各种变化将这个他认识很久并且尊敬的人变成了一个失去理智的孩子。

“偷了什么？你在说什么？”

“我们必须听……听他们说了什么。”查文把燧岩推到一边，他脸上的神情从纯粹的疯狂变成了某种更诡秘的表情。燧岩没来得及抓住他的腿，他就从房间里爬了过去。过了一会儿，他从褪色帘子下面爬了出去，爬到走廊里。燧岩赶忙跟在他身后。

医生在楼梯井处停了下来。他将手指放到嘴唇上，吩咐芬德林人不要出声。对燧岩这么害怕的人来说，这个手势毫无必要，他害怕的既是危险本身，还有查文近乎疯狂的样子。医生浑身颤抖，但看起来更像因暴怒而起的颤抖，而不是对被抓，被囚禁，以及近乎不可避免地被绞首命运的恐惧。

燧岩忍不住想：**我呢？如果他们杀死了王室医生，那么对他的同谋，一个无足轻重的芬德林人又会如何处置？唯一的问题是，会不会有人知晓我的死亡？啊，亲爱的老欧珀，你到底是对的——我应该学会老实待在家里，照看自己的蘑菇。**

他深呼吸了一口气，想让自己咚咚直跳的心脏平静下来。或许只是查文的仆人。或许……

“我向您保证，托利大人，这里没有任何有价值的东西。”一个清亮的声音沿着楼梯井飘下来，声音近得让燧岩一下子浑身僵直，屏住最后一口呼吸，似乎这口气会支撑他到永远。让他感到恐惧的是，他看到查文双眼圆睁，里面是之前那种不顾一切、令人费解的狂怒，他甚至还看到医生的身体朝楼梯那里做出一个扭动姿势。燧岩伸出手，紧紧抓住他，就像一个从高处跌落下来的人，手指死命嵌入脚手架中一样。

另一个声音懒洋洋的，但里面有种特别的意味，让人感觉倏忽之间它就会变得像毒蛇一样残忍。“果真如此吗，修士？还是说有些东西你觉得对我没有价值，你自己却很喜欢？”

燧岩感到有些困惑，他猜测站在上面走廊里的应该是亨顿·托利和他的兄弟，夏土的新公爵。他无法理解查文脸上那种不顾一切的狂怒表情。尘世的古老神灵们，难道他没意识到托利家族不但拥有城堡本身，而且已经成为整个南境无可置疑的统治者了吗？难道他没意识到只需一句话，这些人就能下令让查文和燧岩在市集广场一众喧闹、欢呼的人群面前被剥皮示众吗？

“大人，您已经得到了那件确有价值的东西。我向您保证，我最后一定会破解它的秘密，但此时还少些东西，某种我还没有发现的元素，而那种东西不在这幢房子里……”男人细弱的声音突然抬高了音调，变得尖利起来，“啊，不要让那个东西靠近我！”

“不过是一只猫。”那个被他称为托利大人的人说。

“我讨厌这种东西。他们是祖米奥斯的爪牙。啊，它逃走了，太好了。”当他再次开口时，声音又恢复了之前的平静，“正如我刚才说过的，这座房子里没有能解开这个秘密的东西——我向您发誓，大人。”

“但你要解开。”另一个人说，“你会的。”

第一个人的声音中有一丝没掩饰好的恐惧：“当然，大人，我这么多年难道不是一直忠心耿耿、尽心尽力为您服务吗？”

“我想是的。来，把这里锁起来，你也好回去研究你的巫术了。”

“我想把它称为‘法术’更准确，大人。”说话者稍微恢复了一些镇定。燧岩开始觉得自己猜错了——其中一个是托利家的人，但另一个不是。“巫术让死人复活，而在技艺中使用镜子的是做法术者。”

“那么，是不是可以两种都用一些，呃？”他的主人语气快活地说，两个人的声音渐渐减弱了。“啊，我们创造了一个多么有意思的世界啊……”

当两人离开后，房子再次变得安静下来，燧岩终于能自由呼吸了，他发现自己在浑身发抖，好像勉强避免了一次严重摔倒。“那两个人是谁？”

“亨顿·托利，其中一个狗杂种的名字。”医生怒骂道，“另一个是所有人中最邪恶的叛徒——一个甚至比亨顿还要肮脏的杂种，一个我曾认为是朋友的人，但看来他一直都是托利家的走狗。如果他落到我手里……”

“你在说些什么？”

“说什么？他把我最珍贵的东西偷走了！” 查文的眼睛仍然大睁。燧岩突然想到，医生此时仍有可能冲出去，冲进南境城堡，让他们两人因此丧命，于是他再次抓住查文的袍子。

“什么？他偷了什么？他是谁？”

查文摇摇头，眼里又一次充满泪水。“不，我不能告诉你。我为自己的软弱感到羞耻。”他转头盯着燧岩，眼神绝望，充满乞求，“托利叫他修士，是因为那个帮他抢夺我的秘密之物的人是东境学院的一名学者，奥科罗斯——一个我曾像信任自己的家人一样信任的人。”

燧岩从没见过医生如此无助，如此挫败，如此……空洞。

查文把头放到他胳膊上，身体垂了下去，好像再也不会立起来了。“哦，神啊，我早就该知道的！在那种家庭长大，我早就该知道只有蠢货和软蛋才会有信任。”

⚜ ⚜ ⚜ ⚜ ⚜

“你疯了吗？”如果妹妹说自己要从城墙上跳到海里，泰洛尼也不会比现在更震惊，“他是一个囚犯！而且还是一个男人！”

“但看看他——他总是待在那里，看起来那么悲伤。”佩拉亚·奥库尼斯见过那个囚犯五六次了，老人总是静静地坐在石头长凳上，似乎在聆听某种音乐，不过这里当然没有音乐，只有鸟鸣和远处大海发出的隆隆波涛声。“我要去跟他说话。”

“卫兵不会让你那么做的。”另一个女孩警告她，但佩拉亚没听她的。她站起身，抚平裙子，穿过花园朝长椅走去。其中两个卫兵站了起来，但仔细打量了她一番之后，其中一个重新靠到墙上，另一个朝正被看守的长胡子囚犯走近一步，显然是出于某种古怪的、若有若无的内心责任感。接着两个卫兵再次开始低声交谈。佩拉亚很希望自己看起来像那种会将囚犯解救出来的危险人物，但卫兵对她的判断很正确——四周围着一群朋友和卫兵，在这种情形下同囚犯说说话，对她来说就已经是一种冒险，不管她还想有什么其他举动都不大可能了。

她走近时，老人抬起头看看她，脸上没有任何表情，好像她不过是一只蜜蜂或一片树叶。她突然意识到自己没什么要说的。要不是知道自己绝对无法忍受泰洛尼那种居高临下的嘲笑眼神，她真想转身离开。

她微微晃了一下身体，努力思考怎么开始谈话，但他只是那么望着她。有那么一会儿，花园似乎变得非常安静。他的年纪至少有她父亲那么大了，或者更老，有着长长的棕红色头发和胡子，其中点缀着一些灰色，还有少许白色的卷曲。在她仔细观察他的时候，他也反过来打量她，他那种平静的注视让她感到紧张。“你是谁？”她冲口而出，听起来像是一种挑衅。她感觉血在涌向双颊，不得不再一次拼命忍住想要逃跑的冲动。

“啊，善良的年轻小姐，是你先到我这里来的。”他表情严厉地说。他说的话听起来很严肃，脸上的表情看起来也很严肃，但在他说话的方式中，有某种东西让她觉得他可能在嘲笑自己。“你得先介绍自己。你没听过相关的故事，或者没读过关于礼貌交谈的书吗？名字很重要，你知道。不过，一旦说出来，就收不回去了。”他说的赫若索尔语有种奇怪的口音，粗哑却很好听。

“但我想我知道你的名字。”她说，“你是南境的奥林国王。”

“啊，你只说对了一半。”他皱起眉毛，似乎在努力思考自己要说的话，然后慢慢点点头，“为了公平起见，你也要告诉我你的一半名字。”

“佩拉亚！”她姐姐叫她，努力压低了声音，里面既有尴尬又有抱怨。

“啊。”囚犯说，“现在不管你想不想告诉我，我都知道了自己应该知道的。”

“那不公平，是她告诉你的。”

“我不知道我们在比赛。嗯——有意思。”他嘴唇上掠过某种表情，像影子般一闪而过——一个微笑？“正像我所说的，名字是很重要的东西。很好，我会尽力去猜你的另一半名字，不要旁人的帮助。佩拉亚，这是你的名字吗？很好的名字，意思是‘大海’。”

“我知道。”她后退了一步，“你是在浪费时间，你猜不到的。”

“我能猜到。先让我思考一下已经知道的内容。”他摩挲着胡子，活脱脱一副圣三神学院哲学家的模样，“你此时正在这里，这是需要思考的第一件事。这个花园不是任何人都能进来的——我自己也是最近才获得这种特权。你穿得很好，丝织衣服，精致的蕾丝领，因此可以肯定你不是来收钱的面包师或去晾衣服的女仆。如果你是这两种中的一个，那么你就是在偷懒，但在我看来，你的样子并不像一个游手好闲的人。”

她忍不住大笑起来。他在胡说八道，她知道，故意逗她玩，但似乎还不止这些。他在向她展示如果他真想解决一个问题是怎么思考的。“因此，我得假设你是城堡里的一个小姐，而且事实上我看到你带了很多随从。”他指指泰洛尼和其他人，她们正睁大眼睛望着她,那样子仿佛佩拉亚掉到了狼窝里。“其中一个人对你直呼其名，是一种小姐对女侍或其他朋友的熟悉叫法，但你们两人的长相中有一些相似之处——你的容貌要更精致，更柔和，但我希望你把这句话当作我们两人之间的秘密——我猜你们两人之间有血缘关系。姐妹？”

她严肃地看着他。她不想那么容易就被忽悠着去帮他。

“好吧，为了进行推论，我暂且这么说。姐妹。我很清楚囚禁我的人，也就是护国公，没有子嗣。有些人说这样对他来说更好，孩子可能会是一些很难缠的家伙，不过我并不这么想。但无论我多同情他膝下无子女，无论为此感到多么困扰，也不能让他成为你的父亲，所以我得向其他地方想。他的高级大臣们，一些皮肤太黑或太白，一些年纪太大，一些不太可能是你和你姐姐这样漂亮年轻女孩的父亲，因此我必须将自己的猜测范围缩小到那些我知道有孩子的人身上。我在这里已经待了半年多了，所以稍微了解一些。”他笑了，“事实上，我现在看到你的同伴在着急地招呼你，所以我必须在她们把你拉走之前直切主题。我的最佳猜测是，你父亲是城堡的管家，佩里沃斯·奥库尼斯。你是他的小女儿，那个黑头发的女孩是他的大女儿，泰洛尼。”

她睁大了双眼，直勾勾瞪着他：“你早就知道了。”

“不，我必须真诚地表示抗议，我不知道，虽然随着我们的谈话，这一答案变得越来越清楚。我想有一次我曾看到你和你父亲在一起，但我刚刚才想起来。”

“我不知道该不该相信你。”

“我不会对一个以海洋为名字的女孩撒谎。海神是我家族的守护神，在囚禁期间，大海本身对我来说变得很珍贵。我在塔楼上的房间里，从一个角落处如果这样弯下腰，可以从窗户边上看到它。心灵正是因为这些东西才变得足够强壮，从而支撑下去。”他歪着头，身子几乎弓了下去，“而且，说实话，你让我想到了自己的女儿，对老人家和无用的流浪汉，她也是有种天生的同情心，不过我想你比她要年轻几岁。”他的表情此时变得稍微有些奇怪，就像一阵突然的痛苦刺到了他，但他决心不表露出来。“但孩子变化得那么快——刚刚还在这里，接着就消失了。一切事情都在变化。”有那么一会儿，让他感到痛苦的那种东西似乎让他喘不过气来。过了很长时间，他才再次开口：“你多大了，佩拉亚小姐？”

“十二岁了。明年或后年我就要出嫁了。他们说，要等我姐姐泰洛尼先出嫁。”

“祝你快乐，现在和以后都会快乐。你的朋友似乎要去找护国公了，好把你救出来。或许你该走了。”

她转过身，接着停了下来：“刚才我说你是南境的国王，你为什么说我只说对了一半？难道你不是吗？所有人都认识你。”

“我是南境的奥林，但当一个人成为另一个人的俘虏时，就不再是一个国王了。”这一次他脸上甚至没出现那种悲伤、疲惫的表情，“走吧，海洋，年轻的佩拉亚，其他人在等你。佐睿雅女神的恩典保佑你，跟你聊天很高兴。”

她离开花园，其他女孩围在佩拉亚身边，就好像她是一个被抓回来伏法的叛逃士兵。她偷偷回头瞅了一眼，但那个人眼中似乎又什么都没有了——或许在眺望云朵或海峡中翻涌不休的波浪，从四周尽是高大围墙的花园中能看到的东西很少。

“你不该同他说话。”泰洛尼说，“他是一个囚犯，一个外国人！

父亲会非常生气的。”

“是的。”佩拉亚感到悲伤，但还有一些异样的感觉——奇怪，就好像她在从同那个囚犯的谈话中学到了某种东西，某种让她发生变化的东西，虽然她想不出来那是什么。“是的，我想他会的。”

第十章
歪神和他的曾祖母

当我们的祖先第一次来到这片土地上时，暮光家族已经非常壮大了，新来者分别被吸收到两个胞族部落中，微风之神的后代或源雾之神的后代，两者常年处于争斗之中。有一天，微风部落的银光之神正在骑行，突然他看到了苍月之女，她是源雾之神的儿子——雷电之神的女儿，他感觉她像一块白色的石头一样可爱。她也看到了他，高大，朝气蓬勃。他们的心灵寻找到了一种共通的旋律，这种旋律直到世界终止都不会消失。

大溃败因此开始。

——引自《忏悔之书·百种思索》

巴瑞克·埃顿突然在一种极度恐惧中苏醒过来，他感觉自己的心脏要像一只鸡蛋一样裂开了。他闻到有什么东西在燃烧，但周围非常寒冷，黑得令人吃惊。有很长一段时间，他不知道自己身处何方。当然，是在室外，树枝在风中发出的沙沙声和吱嘎吱嘎的声音，错不了……

当然，他是在雾影线后面。

巴瑞克感觉自己似乎刚从一个漫长而诡异的梦境中醒来——

一种他再熟悉不过的感觉——但醒来的感觉并不比梦境更确切真实。这片土地上那种无休无止的薄暮已经结束了，但这只不过是因为天空变黑了，而且不仅是黑夜的那种黑，一颗星星都没有，就像某个发怒的神灵扔出一件斗篷，遮盖了世界万物。要不是石头围起来的篝火堆里还有最后几块炭火发出一点微光，四周就是一片彻底的黑暗，还有那种难闻的刺激气味……

烟。基尔说那是某种大火发出的烟，遮蔽天空，淹没黑暗。巴瑞克的眼睛几乎疼了一整天，现在他想起来了，他和卫队长范森因为呼吸困难，不得不中止了骑行。

巴瑞克爬到篝火旁，捅捅烧剩的余烬。范森正在熟睡中，嘴巴大张，戴着头盔抵御寒气。**这个人为什么还在这里？他为什么不掉头返回南境，就像任何一个理智之人会做的那样？**而他却躺在这里，旁边是他的新朋友，那只羽毛上污迹斑斑的丑陋乌鸦（显然它也在熟睡，头掩在翅膀下面）。虽然说不清为什么，但巴瑞克非常讨厌这只乌鸦。

看到基尔时，巴瑞克的心脏再次快速跳动起来，甚至胃部都开始抽搐。**众神们啊，这个精灵真是可怕！**他模糊记得自己曾感觉同这个无脸怪物之间存在一种友谊，甚至一种亲密之情，而这个怪物曾率领一支由其他怪物组成的军队侵入人类的土地，烧杀抢掠，无恶不作。他怎么可以如此疯狂？他已经在无形之中成为这个怪物的俘虏了，不知会被带向何种可怕的命运！

巴瑞克望向马匹站立的地方，它们大部分笼罩在阴影中，范森的马正在打盹儿，精灵马则躁动不安地动来动去。他也记不起来这匹马是怎么成为自己的坐骑的。**我可以骑上马，马上逃走，**他想到，**该不该叫醒范森？敢不敢冒这个险？**巴瑞克的手沿着地面往前滑动，直到接近剑的圆头柄。一个更好的办法是，将长而锋利的剑刃放到基尔的喉咙上。

但就在巴瑞克用手指慢慢接近带有凹纹的剑柄时，基尔的眼睛眨巴着睁开了，盯着他，好像嗅到了王子心里的某种杀机。基尔用一副无所不知的表情狠狠盯了他一会儿，在昏暗的光线中，他的瞳孔显得圆而黑，但接着他再次闭上了眼睛，那样子似乎在说，“随便你想做什么”。

巴瑞克犹豫了。刚才那种厌恶之情此时似乎变得陌生了，另外一种不可思议的感情抓住了他。**我的血液，我的思想——它们像风一样转向，变幻不定！**他一直非常情绪化，经常担心自己会失去理智，但此时他心里感到一阵恐惧，害怕自己可能会失去自我。**父亲说他的疾病在离开城堡之后变好了一些。有那么一段时间我自己的情形似乎也是如此，但现在它好像又回来了，而且比以前更强烈了。**

巴瑞克试着像父亲教给自己的那样整理想法，不禁希望以前父亲教导自己的时候能多花一些时间认真聆听，少耍一些小性子。他被困在这样一个地方，稍有差池极有可能会让自己丧命。**怎么才能分辨什么是真实的，什么不是？**仅仅几小时之前，他还把那个无脸男当作同伙甚至朋友。但就在刚才，他看起来则完全变成了一个怪物。基尔确确实实是一个威胁吗？抑或仅仅是一个听命于异域主人的战士？

不是主人，是女士，巴瑞克提醒自己。就像由于缺少某种支撑，一切都在摇摇欲坠的时候，突然之间，他在自己大脑里又一次看到了那个女战士，他的思绪变得稳定了一些。防风灯基尔不是一个怪物，但也不是他的朋友。巴瑞克无力承担如此多的信任。那个精灵女人，雅萨梅兹女士，在她深不见底的注视下，他一动也不能动。她对他说了一些令人吃惊的事情，虽然现在他几乎什么都记不起来了。她说了什么，能让他如此大胆地跨越雾影线？还是其他什么，不是想法，而是一种支配他的魔法？她说了一些我从未见过的伟大土地，她将之称为精灵人民的土地——群山高耸入云，还有黑色的海洋，比时间还要久远的森林，还有……还有……

但还有更多的事情，他知道那些事情才是关键。*她说她将我作为一份……礼物送出去了？*一份礼物？但除非精灵族吃人，否则他怎么能是一份礼物呢？*她派我去……萨奎丽那儿*，他想起来了，*就是这个名字*。某个名为萨奎丽的位高权重的人，一个一直处于睡眠中，但很快就会在一个一步步陷入溃败的世界中苏醒过来的人。不论那些意味着什么，和任何梦境一样，一切开始慢慢消退了。除了精灵女人的眼睛，那副捕食者的眼睛，警惕而机敏，像猎鹰的眼睛一样明亮，却带着一种地老天荒的深邃——在他还相信有神灵存在的时候，他想象中神灵的眼睛就是这个样子的。

但如果我不相信神灵以及关于他们的故事，他问自己，*那么我周围的这一切又是什么？如果不是像古老故事中那些被神灵惩罚的人一样，我身上又发生了什么？就像伊爱力斯和扎卡斯，以及其他神谕者那样？就像飞到赞德山顶上的佩林宫殿中，看到待在家中的神灵的索特罗斯那样？*

巴瑞克意识到，即使他没有为自己的困境找到一种答案，也获得了某种平静。用父亲教给他的一种方法进行推理，现在他望着基尔，看到的是一种可怕却不再让人恐惧的东西，一种跟自己既相似又不相同的东西。他们曾用思维和心灵交流，当基尔谈论自己的家乡以及他们同人类的战争时，他能感受到无脸精灵心中的愤怒和喜悦，觉得自己几乎能够理解他——那些话肯定不全是谎言。一个人可以既是凶恶的敌人，同时又是朋友吗？

巴瑞克感到睡意再次袭来，就闭上了眼睛。不管他们是敌还是友，只要那个精灵女人的魔法一直在驱使自己，他和防风灯基尔至少必须是盟友。他对他必须有这么多信任，否则自己绝对会发疯的。

⚜ ⚜ ⚜ ⚜ ⚜

范森轻轻踢了几下马刺，把马唤动起来，然后弯身收起马刺来。这种湿淋淋的可恨天气有一个好处，就是马似乎加快了一些步伐，虽然行进步伐交错混乱。他停下来，看着那匹将巴瑞克王子从战场上带出来的奇怪战马。精灵马回望着他，双眼射出一束浑浊的幽光。这个动物似乎有种异乎寻常的知觉，它的平静不是一种漠然，而是居高临下。范森从鼻子里哼了一声，转回头，为自己竟然对一个不会说话的动物产生愤恨之情感到羞愧不已。

“基尔说这匹马的名字叫‘飞龙’。”

巴瑞克的话把范森吓了一跳，他没意识到王子已经离自己这么近了。“他跟你说的？”

“当然，你听不到他说话不意味着他不说。”

范森并不怀疑精灵不用语言就能说话，他自己也感觉到了一些。但要承认这一点，就像是要迈出某种自己不愿意开始的旅程的第一步。“好吧，飞龙，随它去吧。”

“它属于某个名为‘四落日’的人，至少基尔说那是他名字的意思。”巴瑞克皱着眉头，努力想把自己的意思正确表达出来。在某些时刻，撇开他的谈话内容不提，他看起来跟同龄的普通年轻人没什么两样。“四落日在战争中被杀死了。同……我们人类的战争。”巴瑞克紧绷绷地笑了，他终于说清楚了。

范森感到一阵寒意，忍不住思量他刚才想说什么。**他是不是得努力思考，才能记起自己并不属于他们？**他摇摇头。这是神灵摆到他面前的谜题，他只能祈祷自己获得力量，尽力做好。“好吧，我想它是一匹挺不错的马——精灵马。”

“比我们骑过的任何东西都要快。”巴瑞克说，仍有些孩子气，“基尔说它们被养在一片名为月亮牧场的巨大田地中。”

“不知道他们是怎么知道月亮或天空中的其他事物的。”范森说，抬头望着天，“现在变得更糟了，因为烟的关系，天空变得这么黑。”他们的行进减慢成了步行，更多的时候是牵马前行，而不是骑马前进。范森曾经非常痛恨那种无穷无尽的黄昏，现在却很想念它，似乎自己注定要在失去某种东西以后才能意识到它的珍贵。

斯科恩跳到路上，在一块嵌在泥里的石头上将一只蜗牛撞碎。乌鸦扯出它的大餐，吞下肚，接着黑溜溜、亮晶晶的眼睛转向范森。“我们可以骑马了吗，主人？”斯科恩用一种惴惴不安的眼神看了一眼巴瑞克，后者正用一贯的厌恶眼神盯着它。“如果咱这么说没有越权的话。”

“你似乎兴致很好。”范森说，仍不太习惯跟一只鸟说话。

“咱好久没吃东西了，今天早晨美美饱餐了一只青蛙，现在似乎开始在肚子里胀……”

范森摆摆手，阻止了它进一步描述细节：“好吧，但我觉得你之前对我们要去的地方很害怕，为什么现在变了？”

斯科恩晃晃头：“因为我们现在离开，不朝那里去了，主人。这条新的前进路线可以带我们远离北境王国和锁链杰克的地盘。这正是咱所希望的。”

听到这些，范森感觉好了一些。如果不是这种连绵不断的晦暗阴雨，没有一丝光线的天空，以及知道接下来还是一天吃力不讨好的旅程，被疯子和那些恐怖传说中的怪物包围着，晚上睡在寒冷、坑坑洼洼的地上，咀嚼少得可怜的苦树根，他或许也能变得高兴一些。

要选出斯科恩最让人讨厌的一个特点实在是个难题，但排名最靠前的一个，绝对是只要没有什么事把它吓得不敢吱声，它就会在其余的时间里一直说个不停。对新的前进方向放下心来之后，乌鸦一整天都在叽叽喳喳，一开始很大声，后来范森威胁要把它绑到马后面的绳子上，它才降低了一些声音，总之不是给树木和灌木丛起名，就是说些零零碎碎模模糊糊的森林故事，还会不厌其烦、长篇累牍地描述那些能在路两旁找到的美味食物——一个令人恶心的话题。当它告诉范森从鸟巢中将幼鸟整个吞下肚的滋味是多么美妙时，范森短暂窒息了一会儿。

“你能不能住嘴？”他最后吼道，“闭上你的嘴巴，安安静静地坐在那里，看在三神的份上，让我思考一下。”

“但咱不能安静地坐着，主人。”斯科恩蹲了下来，嘴巴伸向半空中，范森知道这个动作意味着它很痛苦——要不然就是在马鞍上排便，这是它另一个富有“魅力”的特点。“您看，骑在这匹马上让咱坐立不安，如果咱不说话，就会更加不安，那样马也会不舒服。您已经见过它受惊的样子了，不是吗？”

范森见过。今天已经发生两次了，斯科恩不知做了什么，马突然变得止步不前，差点将他们从马背上掀翻下来。范森不能责备自己的马，斯科恩很难保持不动，它身体失去平衡时就会用爪子死命抓住马，如果碰巧从马鞍上掉下来，就会掉到马脖子上，无怪乎马要受惊了。

天空之父佩林，恳求您救救我，范森祈祷道，**将我从您给我的这一切中拯救出去。我觉得自己不够强大，伟大的主。**他大声说：“那就跟我说一些比怎么去抓和吃毛蜘蛛更有用的事情，我即使饿死也不会去吃那些东西。”

“那么，咱可不可以给您讲一个故事？让时间过得更快一些，呃？”

“那就讲讲那个被你叫作歪神的事情，或这个让你如此害怕的锁链杰克的事情。他是谁？还有其他一些，诸如夜人之类的。”

“啊，不，主人，不。不要说杰克，现在离他的地盘仍很近，也不要说夜人——那太可怕了。但咱可以跟您说说这个被咱称为歪神的一些事。这是一个很长的故事，无人不知——甚至咱的族类也是，从幼鸟到生活在高处的鸟。咱可不可以讲讲那个？”

“我想可以吧，但声音不要太大，安静地坐在那儿。我可不想一跤跌进沟里，马却冲到森林中。”

“好吧。”斯科恩点点头，闭上小小的眼睛，身体慢慢地一摇一晃，撞着鞍角。

“他来了。”乌鸦用一种几乎歌唱般的沙哑低吟开始了讲述，“哐——呛，哐——呛，像闪电一样歪歪斜斜，但动作非常缓慢，大地翻滚，一切都处于动荡不安中。他是瘸子，你知道吗？还是孩子时，他就跟父亲一起，在伟大而漫长的战争中并肩作战，战争快结束时他被天空之神狠狠打中了，伤愈后，他的一条腿变得比另一条腿更长了。后来，他被石神及其兄弟抓住了，他们从他那里抢走了某种他们不该拥有的东西，但他仍然不肯将父亲的秘密住所告诉他们。

“再后来，父亲和母亲被带走，所有的兄弟姐妹和表兄妹们都被送到了天空之城，而他仍留在尘世中，因为那三个伟大的兄弟都不怕他。他们嘲笑他，叫他歪神。从那以后，这个名字就一直伴随他了。

“哐——呛，哐——呛，一条腿长，一条腿短，他就这么在世间行走，所到之处总会被那些战胜他的人，以及他们的兄弟和亲属嘲笑，不过他们仍然非常喜欢他做的东西，那些异常灵巧的东西。

“他非常聪明，他在打铁时失去了左手，就用象牙做了一只假手，甚至比原来那只手还灵活。他的右手因碰到酒萎缩了，就用铜给自己又做了一只新手，比任何手都要强壮。但他们仍然嘲笑他，不但叫他歪神，还叫他‘无人’，因为他们从他那里抢走了某种东西。不过，啊，他们真的非常渴望得到他做的东西。他为天空之神做了一个巨大的铁锤，甚至比他的那把老战锤还要沉重、巨大。这把铁锤能砸平一座山，或在石神房子的巨门上砸出一个洞，有一次两兄弟吵架时就发生了这种情形。他还为抢走他父亲位置的女神做了一面巨大的月亮盾牌，为夜神做了星星项链，为水神做了一支长矛，这支长矛能轻松劈开一头巨鲸，就像用刀子切开一个苹果一样，他也为石神做了一支，还有其他许多奇妙的东西，各种剑、杯子、拥有古老神秘力量——万物之初的伟大力量的镜子。

“但他并非一直就通晓最伟大的秘密，实际上，当那几兄弟征服了他的人民，他本人成为他们的阶下囚时，他虽然聪明卓群，但仍有许多东西需要学习。下面就是他学习其中一些秘诀的一种方式。

“某一天他来了，哐——呛，哐——呛，一条腿比另一条腿短，像一艘在波浪翻涌的海面上航行的船一样走着，他离开了几兄弟所在的城市，往外漫游，因为要一直对自己家族的征服者毕恭毕敬让他倍感折磨和痛苦。当他沿着一条小路行进，穿过一个狭窄、树木成荫、两边都有高山包围的山谷时，遇到一个瘦小的老妇人正坐在道路中间。这是一个在任何村庄都能看到的那种老寡妇，像一根枯枝般干瘪粗糙。他停下脚步，对她说：‘请让开，老妇人。我要过去。’但老妇人既没移动身体，也没回答。

“‘走开。’他又说了一遍，这次没那么客气了，‘我身体里有一股如飓风般愤怒而强大的力量，但我不想伤害你。’她仍然没说话，甚至没抬眼看他。

“‘老婆子。’他说。这一次声音非常洪亮，震得山谷晃动起来，山谷两边的石头都碎裂了，滚落到谷底，撞断了树木，就像一个人折断扫帚枝。‘跟你说最后一遍。走开！我要过去。’

“这次她终于抬起头，望着他说：‘我年纪很大了，很累，天气又热。如果你能给我拿些水解渴，我就会给你让路，阁下。’

“歪神并不乐意，但他不是无礼之人，而且那个老妇人真的非常非常老了，于是他走到路旁的小溪边，用双手捧了一些水拿给她。喝完之后，她摇摇头。

“‘一点都不解渴。我要更多。’

“歪神拿起一块巨大的圆石，用铜手将中间挖空，做成一个巨大的杯子。他往里面装满溪水，拿了回来。杯子非常沉重，他把它放到地上时，大地都被震得颤动起来。老妇人单手举起杯子，喝得精光，然后又摇摇头。‘更多。’她说，‘我的嘴仍像石人宫殿前的泥地一样干裂。’

“歪神既感到惊奇，又因自己的旅程被阻碍和破坏而愤怒异常，于是他走到小溪前，拔起河床，改变了它的流向，于是所有的河水都向老妇人流去。但她只是张开嘴，吞了下去，不一会儿小溪就干了，山谷里的所有树木全都干枯凋零了。

“‘还要更多。’她说，‘你难道这么没用吗，连帮一个老妇人解渴都做不到？’

“‘我不知道你是怎么做到这些把戏的。’他说，愤怒得眼睛里像闪着一团熊熊火焰，两只眼睛变得像太阳一样通红，驱走了笼罩山谷的阴影，‘但我不会再对你客气了。承担家族战败的屈辱已够我受的了，难道我还得被一个老农妇挡住去路？从我面前滚开，否则我会把你扔到一边去。’

“‘在完成我正在做的事情前，我哪儿都不会去。’干瘪的老妇人说。

“歪神跳了起来，用象牙手一把抓住老妇人，但任凭他怎么使劲儿都抬不起她。然后他又用上另一只手，那只有着举世无双力气的铜手，但还是无法撼动她。他用两只胳膊环住她，使劲儿往上举，举到感觉自己的心脏要在胸腔中炸裂开来了，老妇人仍然纹丝不动。

“他在她身旁瘫倒，说：‘老太婆，一百个壮汉都奈何不了我，但你打败了我。现在我任凭你处置，要杀要剐，做牛做马，悉听尊便。’

“听到这些话，老妇人头往后一仰，哈哈大笑起来。‘你还没认出我！’她说，‘你还是没认出自己的曾祖母！’

“他惊讶地看着她：‘什么意思？’

“‘就像我说的。我是空无，你的父亲是我的一个孙子。你即使把世上的所有海洋都倒进我嘴里，仍然填不满我，因为空无是填不满的。你即使把世上所有生物都叫来，仍然举不动我，因为空无是无法被移动的。你为什么不绕开我呢？’

“歪神跪倒在地，往下磕了一个头，前额触地：‘尊敬的曾祖母，您坐在道路中央。没有路可以从您身边绕过去，而我又不愿折返。’

“‘如果你要经过我的领地，总有路可以绕过去。’她告诉他，‘过来，孩子，我教你怎么在空无之地行进，空无在一切事物旁，无所不在，像一个思想一样接近，像一个祈祷一样不可见。’

“于是她把方法教给他。歪神学会之后，再次深深低下头，对曾祖母鞠了一躬，承诺有朝一日将会回报她一件巨大的礼物，然后就继续前进了，一路思考着新学到的知识，以及如何向那些对自己无礼的人复仇。”

这很奇怪，但范森在思量，又一次迷失于雾影线后面是不是让自己失去了理智的问题。甚至乌鸦的粗哑声音安静下来后，他仍能在脑子里感觉到一些话语，就好像有人正在听觉范围以外窃窃私语。

“胡说八道。”经过漫长的停顿后，巴瑞克说，“基尔说乌鸦的故事完全是胡说八道。”

“都是真的，咱以鸟巢的名义发誓。”斯科恩听起来似乎颇为恼怒。

“基尔说那个被你叫作歪神的人不可能认不出自己的曾祖母，她是所有早期神灵的母亲。他说这是一个愚蠢的乌鸦故事，是从两片树叶间讲出来的。”

“那是什么意思？”范森问。

“乌鸦在树上坐的地方。”巴瑞克解释说，“就像平民百姓对王子的举动评头论足一样。”

范森盯着他看了一会儿，在想自己是不是也一并被羞辱了，但巴瑞克·埃顿的表情一片淡然。“精灵在你脑中讲话，是吗？”范森问，“你能听到他的话，就像在对着你耳朵说？”

“是，大多数时候是这样——当我可以理解他意思的时候。为什么这么问？”

“因为刚才我觉得自己也听到了，感觉到了。我不明白那些话，殿下，有些痒，简直就像有只苍蝇在我脑袋里爬来爬去。”

“为了你自己的好处着想，但愿你感觉到的确实是基尔的想法，范森队长。因为你肯定也知道，雾影线后面还有其他东西，一些你肯定不愿意让其在自己脑袋里或身上其他地方爬来爬去的东西。”

⚜ ⚜ ⚜ ⚜ ⚜

*现在你可以告诉我乌鸦一直叽叽喳喳的锁链杰克是谁吗？*巴瑞克问基尔。*还有关于“长头颅”，以及它称为“夜人”的事情？*

*你还是不知道为好。*精灵的话在巴瑞克的脑袋里变得越来越像正常人说话了，有时候很难记起他们在不出声交谈。*它们都是一些可怕的生物。夜人也被我们族类称为“无梦人”。它们生活在离这里很远的地方，一个名为“睡眠之城”的城市。不让你知道，你得谢谢我。*

*我是一个王子，*巴瑞克对他说，内心稍受刺激，*我长这么大，不是为了让其他人替我担心。*

他从基尔那里能感觉到一阵无可奈何的沮丧，某种没有语言，一阵风似的东西。锁链杰克是翻译成普通语言后的名字，他解释说。在我们族类中，他被称为吉库因。他是极古生灵中的一个——神灵的远亲。乌鸦所讲故事中的那个“空无”，是他的母亲，反正我是这么听说的。万物之初，像他这样的生灵非常多，因此很长时间以来，神灵让他们自行生活，分给他们一些土地，让他们按照自己认为适合的方式统治，只要服从神灵，并交纳进贡即可。

神灵？你是说三神——埃瑞沃、佩林和其他神灵吗？他们真的存在？不仅仅是一些故事？

他们当然是真的，基尔告诉他，比你和我都要更真实，这就是问题所在。现在安静一会儿，我要听一下。

巴瑞克忍不住在心里想：对于一个不出声交谈的人来说，“安静”到底意味着什么？难不成他还要停止思考？

没什么可害怕的，基尔最后说，只是在这种时候，这种地方常有的一些声音。

但你很担心，不是吗？问问题，甚至思考都让他感觉痛苦。他现在仍无法确定自己对精灵是一种什么感觉，但在过去短短几天中，他已经习惯了将基尔当作一个可靠的向导，一个真正了解并且属于这片诡异土地的人。

任何一个知道我所知道的那些事情，却丝毫不担心的人，只能是傻子。基尔的想法很阴沉。天幔之下的所有土地并非全都接受加尔人的统治，很多住在这里的人仇恨国王和王后以及其他的……族群。一个只是模糊概念的无意义词语。

什么？什么族群？我不明白。

那些跟我和女主人相似的人。现在你能更进一步理解“高等精灵”的意思了吗？我是说精灵的统治部落，那些同诞生之初的面貌仍然非常接近的精灵，当时你们人类同精灵族还没有那么大的差别。就好像没有意识到自己的想法一样，他一只手缓缓滑到空白脸庞的紧皱皮肤上。许多发生变化的精灵开始痛恨那些看起来同凡人相似的精灵——就好像我们高等精灵没同样发生变化似的，而那些变化比他们理解的还要多！但我们的变化不是在外表上。他垂下手。跟通常的那种变化不一样。

巴瑞克摇摇头，对这些自己不是很能理解的意思感到困惑不已，几乎想把它们像虫子一样赶走。你们……你们最后会死去吗？你们精灵族？

我们加尔人终有一死，跟神灵不一样，基尔带着一丝干巴巴的兴味告诉他。而如果你的意思是我们是否跟你们人类类似，我想更好的回答是，你们人类——很久以前跟随我们精灵进入这片土地，这片被你们认为是整个世界的土地——自从诞生之初几乎没怎么变化。但我们不是。我们在很多很多方面都发生了改变。

怎么改变的？为什么要改变？

原因非常简单，基尔说，神灵们改变了我们。孩子，你们人类对我们精灵知道的真这么少吗？

巴瑞克摇摇头。我们知道你们精灵仇恨我们。反正我们接受的教育是这样的。

你们教的没错。

基尔的想法中有一种巴瑞克以前从未觉察过的冷酷和严厉。自从他们开始这种谈话以来，他第一次被提醒基尔跟自己是多么不同——不只是他的看法，而是他的整个“存在方式”。此时巴瑞克能感觉到这个精灵战士的紧张和愤怒，如被遮蔽的鼓声般，在没说出口却仍可辨认的话语后面骚动着。他意识到这个无脸动物脑中此时激烈思考的，是屠杀巴瑞克所属的种族，以及自己曾参与其中的快乐。

我们种族中的大部分精灵都乐意将牙齿嵌入你们人类的喉咙，让你们因此而死去，孩子。阳光大陆的居民，我们撤退到天幔下面

后，就这么称呼你们。巴瑞克被基尔想法的力量吓了一跳，转过头去看着精灵。他感觉很不舒服，如果防风灯基尔有嘴，此时他应该是在咧嘴大笑。**但不要害怕，小兄弟。你被雅萨梅兹女士亲自挑选了出来，你不会受到伤害——至少从我这里不会。**

在过去一同前进的日子里，巴瑞克曾想方设法搜集关于那个名为雅萨梅兹的精灵的信息，却一无所获。很多巴瑞克不知道的事情，在无脸精灵看来却是显而易见，无须解释，其余的那些话则充满了精灵族的概念，在他的大脑中不会形成词语，只是一些模糊的观念。雅萨梅兹权力很大，也很老了，这一点很清楚，光是从自己混乱的记忆来看，巴瑞克也能猜到这一点。关于她的那些零星记忆仍像蛛网般悬挂在他的思维中。她似乎还夹在精灵族统治者某种形式的斗争中间，也就是基尔思想中的国王和王后。不过，即使这些概念也不是清楚直白的——似乎所有精灵都有许多名字和称号，其中一些在他看来还奇怪地相互矛盾。巴瑞克在基尔的思想中感觉到国王最近才刚加冕，但他同时又是永恒的，他是盲人，却无所不见。

只是理解一些简单的事情就已经非常困难了。**跟我说说锁链杰克的事情。他真的是神灵吗？**

不，不是。不过他是神灵的孩子。跟我，或你，以及其他能思考的生灵不同——他是伟大力量的孩子。他这种精灵主要是由神灵和其他更古生灵交合而大量繁殖出来的。神灵已不再生活于尘世之中了——那正是我们生活于大溃败之中的原因——但还有少量吉库因这样的半神留了下来。

巴瑞克深吸了一口气，又一次感觉很沮丧，因为一棵倒掉的树堵住了路。他们几小时前离开了那条树木繁盛的道路，此后便一直在外围漫游，此时那条路又在视野中出现了，在一条高低不平、水流湍急的小溪远侧。现在走的这条路更像是一条鹿踏出的小径，他们在尝试重新回到之前那条路上。雨已经停了，但树木仍湿漉漉的，有好几次，巴瑞克发现打在自己脸上的树枝却不会打中坐在他后面的基尔。

我不理解那些事情。我只想知道这个锁链杰克到底是什么，他为什么让你感到担忧。那只乌鸦为什么仍很害怕？难道我们不正在离开他所居住的北境王国吗？

是的，但吉库因的势力非常大，他跟所有半神一样，统治着广阔的领土。我想你们人类中间也有那种土匪，谁的账都不买，只相信自己的力量，对吗？

以前有。巴瑞克一开始想到的是臭名昭著的“格雷军团”，但接着他想起了那个现在仍囚禁着他父亲的投机分子——卢迪思·德拉卡瓦，所谓赫若索尔的护国公。是的，一直有那样的人。

所以，吉库因就是那样的。像那只乌鸦说的，他将北境王国中废弃的城市据为己有，虽然在你们拥有那里之前，那里是属于我们的——那是一个古老的地方。

加尔人住在北境王国？

我是这么听说的。是在我们之前很久的事了。某些拥有力量的地方，人们会被吸引到那里去，就像……又一个奇怪的概念在巴瑞克的脑海中徒劳地晃来晃去，一幅关于光的图像，一只猎鹰的眼睛发出柔和的金光，在深水中闪耀着，同时还掺杂着某种明亮、刺眼的蓝色，它们像葡萄藤似的相互缠绕在一起。在远古时代，所有的“石之子”们都和平地生活在一起，他们的道路在地下朝各个方向延伸——有人说一直延伸到你出生的那座城堡里……基尔的话突然发生了变化，巴瑞克能感觉到自己头脑中的声音突然变得警惕、畏缩。但那些都不重要。简而言之——我们在尽可能远地绕开吉库因的老巢。

但那些……乌鸦说的会抓住我们的那些东西呢——夜人和“长头颅”？

基尔对此很不屑一顾。我不害怕“长头颅”，只要我有武器。而且，我想没有哪个无梦人愿意臣服于吉库因——世界肯定没变化得那么厉害。他们有自己的地盘和自己的目的……

无梦人——巴瑞克听到这个名字战栗了一下。我们也必须穿过他们的领地吗？

某些时候需要，所有去库-纳-加尔——精灵族的伟大匕首，黑塔之城——的人，都必须穿过他们的领地。有那么一会儿，基尔的思想中几乎有某种类似友善的东西——几乎，但不全是。但不要害怕，孩子。很多人都能从这种旅程中活下来。他思考了一会儿，再次开口时，他的思想变得阴沉了。当然，你们人类中还从未有人尝试过。

第十一章
颇费周章

翁依那生下的三个孩子分别是角蛇祖米奥斯，他的弟弟月亮之王科尔斯，以及他们的妹妹，被称为无情者的祖丽雅。有很长一段时间，无人知道这三兄妹的存在。但斯弗洛恩是一个专制的暴君，他真正的三个儿子佩林、埃瑞沃和科涅奥斯约定共同将其废黜。他们勇敢地同他战斗，推翻了他的统治，并将其遣回无物空虚之中。

——引自《三神之书 · 万物之始》

在这个温和的冬日，赫若索尔天气晴朗，云朵堆得高高的，一片雪白，仿佛远处萨里沙山及邻近山峰上的积雪。在巨大的内克塔里奥斯港口中航行的数千只船舶，看起来就像这些云朵的倒影，似乎海湾本身是一面巨大的绿镜子。

系在巨大贸易船旁边的小巡逻船此时被解开了，桨手正将那些吹毛求疵的巡查官员送回港务局办公室，办公室位于东港口高大海堤后面一片迷宫般的建筑群中，这个巨大港口的所有合法经营活动都在这里交易完成（还有大量更见不得人的活动）。贸易船按时完成官员的检查后——戴克纳斯 · 沃注意到检查相当粗疏——现在可以驶往指定的停泊处了。

对于港务局对走私的防控，沃颇不以为然，他认为这些官员的检查可能只是为了索取贿赂而进行的一种表面工作，并不是真的来搜查走私货物。不过对于这座城市的防御工事，他还是忍不住心生佩服。赫若索尔东部的半岛涵盖了大部分停泊处，正如其在外盛名，强大，令人生畏。防波堤有十人高，上面布满密密麻麻的炮门，一座座大炮仿佛豪猪身上竖立的根根刚毛。库洛安海峡远侧是手指半岛，呈狭长条状，本身拥有强大的防御工事。在一个火炮战争的新时代，现代规划者对海堤进行了重新审查，意识到如果强大的攻势攻克了手指半岛沿岸防御较为薄弱的区域，那么赫若索尔心脏地区极有可能受到城堡本身发射炮火的攻击。因此在正对城市西面的要塞中，他们装置了更小的枪炮，这些枪炮的射程能到达海峡中央，正好位于东侧枪炮的射程之内，本身却无法到达东侧海堤。

沃冷静地观察着这一切，对其设计钦佩不已，对于大多数精心规划他都会心生敬佩。如果像传言所说，独裁者苏列佩斯确实打算征服赫若索尔，西斯古老的竞争对手，那么神佑者面临的将是一项艰难的任务。

不过，仍然会很有趣，这是一件值得投入时间和精力的事情，即使没有抢掠的丰厚回报也值得，更别提征服赫若索尔之后，将会对广阔的斯特里沃索斯湖区域，以及势力仍然强大（也很富有）的希安帝国和埃昂大陆其他内陆地区形成锁喉之势。或许，沃思考着，成功完成任务后，他在独裁者参谋者集团中的地位或许能得到进一步提升。是的，投入充分的时间和精力，像敲破一枚坚果一样攻破赫若索尔巨大而坚固的城墙，将里面所有脆弱的人体暴露出来，置于独裁者军队的掌控之下，尤其是沃自己所属的部队——白猎犬队，这将是一件巨大的乐事。如果这一天能到来，毫无疑问，白猎犬队的士兵们将会让自己的枪口沾满鲜血。沃对自己佩里卡尔裔雇佣军同伴的才智评价并不高，但他们对战争的那种极度渴望则是他深深敬佩的。猎犬这个名字起得很好，把他们圈上几年，一旦放出来，他们会像嗜血的猛兽一样去战斗。

这么想的时候，他几乎能从咸咸的空气中闻到一种血腥气，有那么一会儿，海鸥的尖叫听上去仿佛是失去亲人的女人的悲泣。戴克纳斯·沃像一个来到集市的孩子一样，在心里感受到一种兴奋的期待。

★ ★ ★

他将装有个人物品的包袱搭到肩上，走上踏板，对船长点点头表示告别。船长带着即将卸下整舱货物的骄傲神情，脸庞因兴奋而通红，居高临下地回复了他的示意。

沃感觉很庆幸，这个商船船长是个饶舌的蠢货。从西斯到赫若索尔的八天航程中，他在聊天时跟沃说了很多关于另一个船长阿卡萨米斯·多兹的事情，帮沃省去了好几天的调查工夫，而在此过程中他连一次都没想过这个低级宫廷侍从（戴克纳斯·沃这么介绍自己）为什么要问这些问题。在通常情况下，沃会忍不住杀死船长，然后将尸体从船里扔出去——这个男人有很多毛病，吃饭时嘴里塞得满满的，同时说个不停，还会把食物残渣掉到胡子和衣服上。他还有一种更让人讨厌的讲话习惯，每次谈话中总会说上十几遍“我发誓，以努沙什火热滚烫的房门起誓”——不过沃不想把自己的任务弄得复杂。独裁者的表兄弟在地板上吐血、无助翻滚抽搐的画面仍然历历在目。

戴克纳斯·沃不知道自己相不相信神灵。当然，他并不特别在乎他们存不存在——如果确实存在，那么他们对人类生活的兴趣和参与，真是太喜怒无常了，从最终效果上来看，跟纯粹的偶然没什么区别。他真正相信的是戴克纳斯·沃，他本人微妙的快乐和不悦组成了他的整个宇宙。他不想让这个宇宙过早终结。如果戴克纳斯 · 沃不处于世界中心，那么这个世界就不存在。

从忙碌的港口前面走过去时，很少有人看他，少数例外对他似乎也是视而不见，仿佛他不是完全可见的。部分原因是他的外表，佩里卡尔血统让他跟经过的大多数路人都很相似。他的身材比较瘦弱，至少看起来如此，不是很矮，也不是很高。不过，大多数人的视线停到他身上后会再次滑落，戴克纳斯 · 沃就希望这样。他在年轻的时候就发现了这种安静的秘诀，起初是应付他父亲，后来是应付母亲的许多男性朋友从家里进进出出，醉酒发疯，有时他母亲自己也会疯狂发作。他的办法就是让自己变得非常安静，几乎隐身，那样所有的暴怒就会像一阵暴风雨一样刮过，他则躲在沉默搭建的秘密巢穴中。

路人或许不会注意他，但沃会观察他们。他天生就是一个间谍，对人类含有一种略带蔑视的好奇。在他看来，他们仿佛是一种跟自己完全不同的物种，将情绪像衣服一样表露在外，脸上显现出恐惧、愤怒，或某种他渐渐认出是快乐的表情，不过他无法将这种感情同自己那种更抽象的愉悦感联系起来。这些凡夫俗子跟猿猴似的，将自己的私生活完全暴露于任何有心观察的人眼中，他们虽然是成年人，却像小孩子一样大吼大叫，脸上做出各种怪形怪相。从这个角度来看，此时他周围的这些赫若索尔人跟西斯人没什么不同，后者至少还会把自己妻子和女儿裸露的地方从头到脚遮起来，虽然他们这么做的原因跟沃考虑的原因并不一样。在赫若索尔这里，女人们似乎想怎么穿就怎么穿，有些人穿得还比较得体，会用宽松的长袍、面纱或披巾将头和部分脸遮挡起来，有的人则几乎像男人一样不知羞耻，脖子、肩膀、腿，尤其是脸全都暴露在外，任人观看。当然，沃见过裸体女人，而且还看过很多次。跟其他佩里卡尔裔雇佣军同伴一样，王宫百合门外的妓院他也去过很多次，但他之所以这么做是因为不想引人注意，沃对于被人注意的讨厌程度甚于对痛苦的讨厌。那些女人的身体他用了几次，第一次时，这种经历本身的怪异自有其价值，但之后就变得索然无味起来。他明白交配是男人，甚至也是女人的一种强大驱动力，但这种行为在他看来不过是另一种猿猴似的本能，与吃饭和排泄的不同之处，仅仅在于这种行为无法单独完成，需要有同伴。

沃停下脚步，他的注意力转到正在海湾的碧波柔涛上轻轻晃动的船舶上面，这些船沿着码头一溜排开，就像一头头拴在畜棚里的身形巨大的牛。其中一艘船的船头非常细瘦，像野兽突出的口鼻一般，那肯定就是他要找的船。船身上面有一大片用西斯语写成的陌生名字，但名字谁都能改，而像杰顿这艘速度极为迅疾的船，想要隐藏形状可就没那么容易了。

戴克纳斯·沃走近踏板，抬头望着几乎空荡荡的甲板。船长多兹可能不在。如果是那样，稍微打听一下就能找到他。他确信其他所有需要知道的事情，都可以从阿卡萨米斯·多兹本人那里知道。杰顿被捕，以及沃寻找的对象失踪的同一天晚上，船长乘着失势的前猎豹卫队的队长的船驶离了西斯，这种巧合未免也太蹊跷了。虽然受到连沃都印象深刻的酷刑，杰顿仍然否认自己同那个女孩契妮坦有任何关联，不过他的否认本身就很值得怀疑，为什么一个人看着自己的手指脚趾被生生撕裂，还要去保护一个自己几乎不认识的女孩，而不是招认任何审问者想听到的事情？这同沃对人性在极端情形下的所有经验都不符。

他将包袱搭到肩膀上，走上那艘曾是“凯洛斯的晨星”的船踏板上，嘴里哼着一支古老的佩里卡尔劳动号子，以前他父亲在打他时就会哼这首曲子。

⚜ ⚜ ⚜ ⚜ ⚜

自从多兹将自己从家里赶出去后，契妮坦花了好几天时间，经过多方打听才找到这个女人，洗衣房的女管家。在此期间，她发现自己陷入了一种从未想象过的境地中，只能露宿赫若索尔街头，吃哑巴男孩鸽子偷来的一些食物。情形本来可能会更糟，但令人惊讶的是，鸽子对小偷小摸很娴熟。根据契妮坦对他过去的了解，他在王宫时吃得很不好，食物配额少得可怜，他跟其他小奴隶只好通过偷窃填饱肚皮。

城堡的洗衣房很大，占据着一块非常广阔的土地，以前可能是某个商人的仓库，但现在里面装的不是雪松木或香料，而是一盆盆冒着热气的滚水，得有几十盆——契妮坦惊叹地想，这里肯定常年笼罩在雾气中。每个盆旁边有两三个女人躬着身体，其他几十个女人和男孩用桶从一口巨大的锅里提水，锅放置在房间中央，下面烧着火，常年沸腾。在契妮坦望着这一切时，一个女孩桶里的水泼了出来，溅到她身上，接着女孩倒到地上，发出痛苦的尖叫。一个四肢极为强壮，但并不怎么肥胖的中年女人走过来，检查了一下女孩的伤势，然后在她头上打了一巴掌，命令另外两个女人将她带出去，又指挥第三个女人去提那桶水。让人感到不可思议的是，女孩竟然没把水桶打翻。大块头女人站在那儿，两手放在屁股上，看着受伤的战士从战场上被抬走，脸上的表情很清楚地显示，似乎神灵们整天就不会干什么正事，只会给她的生活增添各种琐碎的烦恼。

契妮坦示意鸽子在门口等她。洗衣房女管家看着她走近，皱着眉头，知道自己的一天又要再一次被不正当地打断了。

“你想做什么？”她用赫若索尔语说，音调平稳，语气很不友善。

契妮坦微微鞠了一躬，这个举动不只是表面形式，走近后，这个女人的身形巨大得令人惊叹，被太阳晒黑的皮肤让她看起来像是某种用木头雕成的东西，一尊雕像或战船，或其他某种需要恭恭敬敬对待的事物。“您……是索尔亚萨吗？”她问，知道自己的赫若索尔语听起来很粗鲁野蛮。

“是，我是，我很忙。你有何贵干？”

“您……来自西斯？说西斯语吗？”

“众神啊。”这个女人嘟囔着，然后换成西斯语，“是的，我说这种话，虽然我已经离开那个该死的地方很多年了。你有何贵干？”

契妮坦深深吸了一口气，一个坎已经过去了。“很抱歉打扰您，索尔亚萨夫人，我知道您是重要的大人物，得管所有这些……”她伸开双手，示意这一大片洗衣盆的海洋。

索尔亚萨没那么容易被讨好：“所以呢？”

“我……父母都去世了。”契妮坦事先精心准备了这个故事。“去年夏天我母亲因咳嗽发烧去世了，后来我父亲决定带着我和弟弟回赫若索尔。但在船上时他也开始发烧，我照顾了他几个月，最后他也去世了。”她垂下眼睛，“我变得无家可归，在这里或西斯都没有能照顾我们的亲戚。”

索尔亚萨挑起一根眉毛：“弟弟？你确定你指的不是情人？跟我说实话，丫头。”

契妮坦用手指指鸽子。那个站在门口的男孩睁大了双眼，看起来就像听到了某种巨大的声响，马上就要逃出去一样。“在那儿。他不能说话，但很听话。”

“好吧，就算是弟弟。不过看在神灵的份上，这和我有什么关系呢？”索尔亚萨开始在她那巨大而蓬松的围裙上擦拭双手，就像一个人完成了一件事情，接着准备要去做下一件事。

接下来正是有风险的部分：“我……我听说您曾经是蜂房神殿的姐妹？”

这下她两边眉毛都挑了起来：“哦？你是怎么知道这些事情的？”

“我曾经也是——那里的一个侍祭。但母亲生病时，我离开了神殿去照顾她。她们会同意我回去的，我肯定，但父亲希望我能留在这里，赫若索尔，他的故乡。”她把自己心里真实存在的紧张和担心稍微表露了一些出来，它们已经隐藏了好久。她的声音颤抖了，眼里充满泪水：“现在我弟弟和我不得不睡在港口旁的巷子里，那些男人……男人企图……”

索尔亚萨的脸色稍稍缓和了一些，但只有一丁点儿：“你在那里时，神殿的大祭司是谁？告诉我，丫头，快一点。”

“璐甘。”

“嗯，对。我记得她以前只是一个女祭司，但头脑挺灵光。”她点点头，“男祭司们还是每天早晨去蜂房里采集圣蜜吗？”

契妮坦直勾勾地望着她，对这么一个毫无逻辑的奇怪问题感到惊讶。难道从这个女人做祭司的时候到现在，发生了那么多变化吗？但紧接着她意识到自己仍在接受考验。“不，索尔亚萨夫人。”她小心翼翼地说，“男祭司们从不进去……除了一些照看努沙什祭坛的内侍，真正的男人不能进去。而且那些蜂蜜每年只给祭司送两次。”冬季庆典时送的蜂蜜数量非常少，仅够装进覆有圣封印的罐子里，象征巨大而神圣的太阳的光芒能挺过寒冷的冬日，再次回到人间。然后，到了夏天，大祭司本人和她的四个助手会驾着装有圣蜜罐的马车，在王后加冕的重要庆典中将蜂蜜送给努沙什的高级男祭司，那时新蜂巢开始形成，最陈旧的一些老蜂巢会被作为献祭烧掉。高级男祭司会将蜂蜜上呈给独裁者——据说是这样。契妮坦和其他侍祭从没见过在蜂房神殿外举行的任何仪式，即使是传递神灵的蜂蜜这样重要的仪式也不例外。

“神谕者呢？”

“穆德里，夫人。她曾跟我说过一次话。”不过这超出了她需要解释的范围。幸运的是，索尔亚萨似乎没注意到。

“啊，穆德里，是吗？‘苏黎伽丽的双手’，我还是孩子时她就在，那时她就已经很老了。”

“她们说她经历了五代独裁者。”

“神灵保佑她，让她继续活下去。一个独裁者对我就已经够了，我听说现在这个新独裁者甚至还不如他父亲。”

听到这种随意的亵渎话语，契妮坦内心不免畏缩了一下，她在隐宫中接受的礼仪和对独裁者不假思索的赞美是如此根深蒂固。她想，**我可以告诉她关于这个独裁者的一些事情，让人浑身发冷的事情**。她感到一种拥有权力的兴奋，虽然曾经的记忆也带来一阵恐惧。她活了下来——她，契妮坦，逃脱了。曾有其他妻妾逃出隐宫吗？除了进入棺材盒。

“好吧，我相信了你的故事，孩子。”索尔亚萨说，“我会给你找些活做。你可以跟其他女孩儿住在一起，这里有些女孩就住在这儿，还有一些晚上住在自己家里。但你得干活，我保证比你做过的任何活都要繁重。跟王宫洗衣房相比，蜂房神殿简直就是梦中天堂。”

“那我……我弟弟呢？”

索尔亚萨表情尖刻地看着那个男孩。他使劲儿挺直身体，试着让自己看起来有用一些，虽然隔了这么远他根本不知道她们在谈论什么。“他干净吗？习惯好不好，会不会像那些傻乎乎的小孩子一样四处撒野？”

“他不傻，夫人，只是不会说话。说实话，他非常聪明，会很勤快的。”

“唔。以后我们会看到的。我想我能找一些简单的活计给勤快的小孩做。”

“您真是太好了，索尔亚萨夫人。非常感谢您。我们不会做出让您懊悔的事情的……”

“我的懊悔已经够多了。”洗衣房女管家说，“如果你不住嘴，它们会更多。跟着雅姿去——那个红胳膊的人，那儿。她也是从南方来的，她会告诉你要做什么。”她转身准备离开，但又停下脚步，把契妮坦上上下下看了一遍，那是一种让人心里发毛的精明打量。“当然，事情远没你告诉我的那么简单。我能从你讲话的方式听出来，虽然关于蜂房神殿的那部分是真的。穷丫头去不了那种地方，穷丫头也不会像你这样讲话。你得学会用赫若索尔语——在这里讲西斯语没好处，有人会打破你的脑袋。在这个城市，他们不怎么在乎独裁者。”

“我会的，夫人！”

“你叫什么名字？”

契妮坦张开嘴巴。光顾着说蜂房神殿的事情，她已经把自己选择的那个假名忘得一干二净了，此时它消失得无影无踪，就像从来没存在过一样。在那延伸开来，漫长得像好几个小时的片刻，她的大脑疯狂转动着，从一个女人的名字到另一个女人的名字，她姐姐阿什丽坦和彻亚兹，她的朋友达妮，甚至独裁者的正室艾瑞莫恩，但接着停到一个已经离开蜂房神殿的女孩身上，一个契妮坦曾忌妒和仰慕的，年龄比她稍大的侍祭。

“尼拉！”她说，“尼拉。我叫尼拉。”

“如果需要这么长时间才能记起来，你的名字得叫‘糊涂虫’。走吧，最好别让我看到你张大嘴巴傻站在这里。每个人都在干活。”

“再次谢谢您，夫人。您做了……”

但索尔亚萨已经转过身去，背对着契妮坦，穿过雾气蒙蒙的洗衣房离开了，继续去处理命运在她前面的生活中设下的又一个玩笑。

⚜ ⚜ ⚜ ⚜ ⚜

阿卡萨米斯 · 多兹发现家里没人回应自己的招呼，感觉到了一丝异样，于是以一种对他的块头来说令人惊讶的轻巧悄无声息地走进家门。船长似乎对沃准备的一出哑剧早有预料，不过，虽然他明显是个头脑冷静、不可低估的人，看到地上的鲜血时，他还是睁大了眼睛。当沃看到多兹肌肉结实的手臂时，将刀刃从男孩喉咙上往前面拉开了几指，他不想让一切发生得太快。如果不得已要杀掉这个男孩，他就会失去大部分要挟力量；如果不得不在多兹讲出一切之前将其杀死，那么他精心策划了一整天的工作就全都白费了。

“你在做什么？”阿卡萨米斯 · 多兹声音嘶哑地问，“你想要什么？”

“一些话。一些友好的谈话。”沃慢慢往后移动刀刃，直到针一样锐利的刀尖触到男孩一起一伏的喉咙，“所以我们动作都慢一些。如果你告诉我需要知道的事情，我不会伤害这个男孩。你儿子？”

“尼克斯……”多兹虚弱地挥挥手，“放开他。你从他那里什么都得不到。”

“啊，但我确实能。在你回答我的问题时，我想让他待在我身旁。”

船长的视线从被控制的孩子身上迅速移开，扫视了一圈房间，寻找其他歹徒。戴克纳斯 · 沃几乎能听到这个男人的想法：一个这么自信的歹徒肯定有同伙。但他当然没有同伙，沃喜欢单独行动，不过这也迫使他十二分小心。多兹比他高出一头多，如果沃伤到这个男孩，船长恐怕会像一头发疯的熊一样扑过来。

沃也想转移到下一个问题上——任何能让这个男人尽可能长时间保持冷静的问题。现在他时刻都有可能发现蜷伏在门后地板上的那具尸体。还是直接告诉他为好。

“一个不幸的消息，多兹船长，你的妻子死了。她趁我不注意袭击了我，我不知道她正在房子里。必须说，她很勇敢。她试图用那根木棒杀死我——缆绳棍，我想你们水手是这么叫的？所以我不得不杀了她。我很抱歉，我不想这么做，但事情已经发生了，而且……啊，啊，小心些……如果你不控制住自己的怒火，这个男孩也会死的。”

“泰朵拉！”多兹疯狂地四处查看，最后看到了门口那具浸满鲜血的尸体。“你……你这个恶魔！”他对沃大吼，“努沙什会烧死你的，我会把你送下地狱！”他的眼睛通红，充满泪水，再次睁大了。“其他孩子……”

“全在床底下。他们很安全。”戴克纳斯·沃用长长的刀尖轻轻戳了戳男孩的肚子，故意引他发出一阵恐惧的尖叫。“现在告诉我，否则这个孩子也会死。你在船上带了一个年轻的女人，有人说她是猎豹卫队的队长杰顿的情妇。她现在在哪儿？”

“我要把你折成……”

“她在哪儿？”他拉着男孩刚长出胡须的下巴往后扯，一直扯到他那喉咙上柔软的皮肤快要裂开了似的。

“我不知道，诅咒你！她一直跟我们待在这里，但我发现她是谁之后就把她赶出去了！”

“说谎。”他用刀刺了男孩一下，力度刚好能凝出一滴血，那滴血晃动了一会儿，接着掉进他的衬衫领子里了。

“是真的！她带着一张杰顿写的字条来找我，说把她带到赫若索尔，他会在那里同我们会面。我不知道她是独裁者的妻子！”

“你也不知道杰顿是个叛徒？作为一个老船长，你的无知可真让人吃惊。”

“直到我们到达这里以前，我什么都不知道。她对我隐瞒了真相。她带着命令来找我，说要那天晚上离开——正……正是杰顿被捕的那天晚上。”

“我觉得我不喜欢你的回答。我想我得先挖出这个男孩的一只眼睛，然后再来试一次。”

“以神灵的名义，我发誓我把知道的全都告诉了你！我前两天才刚把她赶出去——她肯定还在这个城市里！你可以去找她！”

“她在这里认识什么人吗？”

“我觉得不。那也是她待在我家里的原因——她和那个小孩没有其他地方可去。”

“小孩？她有一个孩子？”

“那个孩子年龄不小了，应该不是她的。一个小小的哑巴男孩——我想是她的仆人。”船长粗粗的手指插进胡子丛里。现在虽然是晚上，天气也很冷，他仍然满头大汗。“这就是我知道的全部，即使你杀了我，我也说不出更多了，我以努沙什的鲜血起誓！以独裁者的头颅起誓！”

“以你背叛的独裁者起誓？我觉得那不是一个好的选择。”戴克纳斯·沃试探性地抬起刀刃，一直抬到离男孩的眼睛只有一指宽的地方，晃动着，但船长只是哭泣，看起来他确实没更多可说的了。

“很好……”沃说，然后以一种只有经过长期练习才能达到的流畅度扔出匕首，匕首飞过房间，插进阿卡萨米斯·多兹的喉咙中。**一种不错的技巧**，沃想，**但若失手可就没那么妙了**。船长的双手伸到脖子处，眼睛睁得大大的，里面充满了震惊，伴随着他喉咙里发出一阵咯咯声，跪倒在地。

“我不得不这么做。”沃说，“不过很高兴能给你一个迅速的了结，船长，你肯定不想落入独裁者的特别密探的手里。”

沃手里的男孩像一个比他实际年龄小得多的孩子那样尖叫起来，在他怀里踢打着，试图挣脱出去。沃咒骂了一句，他竟然这么疏忽，扔刀的时候松开了手。但他很快就将男孩的胳膊再次反扭到背后，然后把他转过来，在他背上踢了一脚，把他的头往桌子下面狠狠推搡过去，橡木桌子被整个撞翻了。男孩吓呆了，但并没有死。

他满脸是血地躺在一摊碎陶瓷片中，哭泣着。

接下来被撞翻在地的变成了沃，一个浑身是血的巨大人形像一只愤怒的獒犬一样压到他身上。多兹并没像沃认为的那样很快血流而亡，此时沃对自己的这一误判懊悔不已。什么东西狠狠砸到他头上，他只来得及用前臂挡住一部分，接着一个血淋淋的脸伸到他脸的正上方，两眼暴突，带着濒死的疯狂和暴怒。沃翻过身体，侧身躺着，一只手滑到小腿处，从靴子里抽出另一把匕首。片刻之间匕首插进了船长的肋骨下面，他抽搐了一会儿，接着变得僵硬了。沃用手稳住他，此时两人就像在交配那般亲密，却没那么让人恶心。船长的身体不再动时，沃把他掀翻在地，站了起来，一边思量着怎么才能把血迹从外套上清理掉。

男孩还在地上，但用手和膝盖支撑着爬了起来，脑袋像一条老狗一样晃来晃去，鲜血顺着脸颊一侧淌下来。

“总有一天……”他说，“总有一天我会找到你……杀死你。”

“啊……尼克斯，是吗？”沃把匕首在船长的衬衫上擦干净，放回靴子,然后将另一把松松垮垮地插在船长喉咙上的匕首拔出来。“我很怀疑这点。我从来不会在自己身后留下敌人，所以不会有‘那一天’了，你瞧。”他往前走了几步。男孩还没来得及后退，就被沃一把抓住了头发，然后沃像屠夫杀猪一样割裂了他的喉咙。

男孩在逐渐弥漫开来的血泊中蠕动着，沃此时才听到床底下孩子的呜咽声，他们捂住嘴巴，努力不让自己发出声来，但失败了——在眼下这种情形下，可以理解。他举起巨大的桌子，扔到床上，然后将灯油倒在地上，泼到墙壁上，从炉子里拿出一根阴燃的木柴，一边走出房门，一边往身后扔去。他沿着陡峭的山路开始迅速往下走，但并不怎么匆忙，此时火苗已经开始舔舐房间里的墙壁了。

所以说，有一个孩子跟她在一起，他想。那天晚上隐宫里有一个小内侍失踪了，但人们只将他的失踪跟叛变内侍卢西恩联系了起

来，却没跟沃正在寻找的女孩联系起来。沃跟其他所有人一样，以为那个男孩是趁乱逃脱，此时他开始为自己曾做出这样一个明显毫无根据的假设感到懊恼不已。

好吧，如果那个孩子跟她在一起，那就更好找了。他看到路过的房子顶部有黄光在断断续续闪耀，这说明山上船长的房子火势不错。那些孩子太惨了，他对那些孩子并没有什么特别的恶意，但他不希望有人知道他问了船长什么问题。

是的，不会太困难，他满意地想。在赫若索尔，女孩和年轻女人很多，但在这些人里有几个人是带着一个哑巴男孩的？捕获猎物只是时间问题，而戴克纳斯·沃从不在乎稍微花点工夫。

第十二章
两把伊斯特刀

夜之王子扎法里斯成年后，成为众神的首领。他有许多妻子，但其中地位最高的是他的侄女尤吉尼和舒萨耶姆，说她俩像两粒罗望子种子一样相像绝非虚言。很快两人都怀上了扎法里斯的孩子，但尤吉尼很害怕，把自己的孩子藏了起来，因此没有人知道他们的降生。但她的姐姐舒萨耶姆则将自己的孩子阿戈尔、埃菲亚尔和赛加尔公之于众，将他们称作扎法里斯的继承人。

——引自《努沙什启示录》（卷一）

布瑞奥妮实在想象不出还有谁会比此时的自己更疲倦，更脏兮兮了，她浑身被汗水浸透，狼狈不堪，一点小姐样都没有。

但我想让自己像男孩子那样被对待，不是吗？此刻她正坐在地上，大口喘着气，看着沙索从一个罐子里喝兑水酒。在过去几天的训练中，老人恢复了以前那种肌肉健壮的状态，举起沉重的水罐时，他前臂上的肌腱像蛇一样弯弯曲曲地显露出来。**我不想被强迫穿上行动不便的裙子，或像脆弱的花朵一样被对待。好吧，愿望达成了。**

谢谢你，佐睿雅，每一天你都教会我一些新事物。她祈祷着，带着一丝隐约难察的嘲讽之情。

“准备好了吗？”沙索问她，用手背擦着长满胡须的嘴巴。多年来胡子和脸庞总是修理得干干净净的沙索，现在则放任胡子和头发肆意疯长，看起来更像某个古老的神谕者了，那种在赫若索尔还是一个小渔村的时候，乘着独木舟穿过大海去寻找神灵庙宇的神谕者。

她抱怨了一句，坐了起来。那些古老的神谕者肯定都跟沙索一样死脑筋，外表上的相似能说明很多问题。“好了。”

“你学会了很多，”她站起来时他说，“但木棒在很多方面都不行，有些技巧只能通过真刀实枪才能学会。”他蹲下身子，展开皮革包袱，每天他都会从里面取出木棒。里面多了四件东西，每件都用单独的涂油革包着。“我们来这里的第一天，”沙索说，“埃菲尔·丹-莫赞慷慨解囊，让我从他卖的商品中选择一些。这些是他全部商品中质量最上乘的。”他打开包裹，露出四把匕首，其中一对比另一对稍微大一些。大一些的匕首上面有弯曲的横挡，小一些的则什么都没有。“它们都是用塞尼亚钢做成的，品质极好。”

她的手慢慢朝刀移动，接着停了下来。“塞尼亚？”

“塞尼亚是赞德大陆西部的一个国家。那里的伊斯特铁匠有芬德林血统，制作的武器受到所有赞德人的追捧。这四把刀需要一对战马的价钱才能买到。”

“那么贵？”

“据说伊斯特的武器有魔力。”他用大手拿起其中较大的一把刀，在手掌中放平。他指着简洁而优雅的刀柄：“打磨过的龟甲，是他们所信奉神灵的圣物。”

“它们真的有魔力吗？”

他抬起眼看着她，带着一种好笑的神情：“没有什么武器能将一个笨蛋变成高手，但一把好刀能完成使用者需要它做的事情。如果它救了你的命，或杀死了敌人，那么它就像你期待的那样拥有强大的魔力，你不这么觉得吗？”

布瑞奥妮微微屏住呼吸，让沉默寡言的沙索变得诗意大发一点好处都没有。她伸出手指，滑过其中一把较小、如针尖般锐利的匕首刀身：“真漂亮。”

“也很致命。”他拿起其中两把，一把大的，一把小的，然后将刀鞘也拿出来。刀鞘是坚硬的鞣制皮革，上面有可以系到腰或腿上的绳子。他把刀插进刀鞘，然后用绳子将刀鞘和刀柄系到一起。“把你的刀也这么处理，”他说，“这样在训练时我们就不会误伤对方了。”

他们又练习了至少一个小时，太阳落到院墙后面去了，院子里布满令人舒心的阴影。布瑞奥妮本来以为自己再也抬不起胳膊了，却发现自己被用真刀打斗的乐趣深深吸引住了，它们的重量和平衡，在她手里的新触感，这一切让她重新恢复了活力。她高兴地发现，自己可以用较大那把刀的横杆挡住沙索的刀刃，然后稍微扭动手臂就能解除他的武装。当她将这种技巧又练习了几次后，沙索向她示范了如何在挥打小刀的动作下面移动手，刺向对手胳膊下面的位置。这是一个古怪而亲密的动作，当被皮革刀鞘包住的刀尖触到他的肋骨时，她往后拉了一下，身体突然失去平衡。她第一次真正感觉到自己在做什么，她在学习如何杀死一个人，划伤他的皮肤，刺进他的眼睛或捅他的肚子，而做这一切时，她会盯着对方的脸。

老人看了她很长时间：“你必须靠得够近才能用刀杀死对方——近到几乎可以亲吻的距离。我们将这叫作‘尤米亚那’，就是‘血之吻’。这需要勇气，如果你没能发动致命一击，对手就会有机会抓住你，而大多数对手的体型都要比你大很多。”他皱起眉头，然后跪在地上，将自己的刀放到油革包袱中：“今天的训练到此为止。你做得很好，殿下。”

她把自己用的刀递给他，但他摇摇头。“它们是你的了，公主。

从现在开始，我希望你可以做到刀不离身。检查一下你的衣服，找到一个可以放置它们，并能毫无阻碍地抽出来的地方。许多士兵都是因为刀柄或剑柄被腰带绊住而死掉了，真是没用。”

“它们……它们是我的了？”

他点点头，眼睛冷酷而明亮。“为自己的安全负责并不是一件礼物。”他说，“做一个孩子，让其他人承担这种责任要舒服得多。但现在你无法享有那种奢侈了，布瑞奥妮·埃顿。你在失去自己的城堡时也一同失去了它们。”

这让她内心一阵刺痛。一开始她认为他是故意对自己这么残忍，进一步羞辱她，好让她更易被教导。但接着她意识到他的每句话都是他真正的意思：布瑞奥妮，王室家族的后代，习惯了人们为了让自己被记住或被需要而向她赠送礼物——为了让自己不可或缺。沙索则将自己唯一相信的一种礼物给了她，一种让她在没有沙索的帮助下也能好好活下去的礼物。他不想让自己成为不可或缺的人。

“谢谢你。”她说。

“走吧，去吃些东西。”他的眼睛突然不再接触她的视线，“今天练了很长时间。”

古怪，固执，尖刻的老头！他所知道的表示爱意的唯一方式就是教我怎么杀人。

她被这种想法吸引住了，停下脚步，看着图安人渐渐走远。**这是爱**，她想，**肯定是。而我们以前曾那么对待他。**

她在暮色渐浓的天色中又坐了一会儿，陷入沉思之中。

“你对沙索大人了解多少？”她问伊迪特。一开始，布瑞奥妮对于不能跟男人一起吃饭感到受了冒犯，而现在，她开始享受和房子里的女人一同度过这些宁静夜晚了。她仍然不会说她们的语言，并怀疑自己永远都学不会，但伊迪特以外的其他一些女人经过最初的羞涩后，显示出她们原来可以说布瑞奥妮的语言。

“哦，一点也不，布瑞奥妮-兹萨亚。” 伊迪特说她的名字时总像小孩子玩数数游戏似的，一、二、三，一、二、三，“在你们十二天前来我们家之前，我从没见过他。”

“但你说起他的感觉就好像认识他很久了似的。”

“从某些方面来说，确实如此。”伊迪特思索时眉毛和嘴巴微微皱起。一个年轻的女人将她的话低声翻译给其他人。“他比这世上其他所有人都要有名，当然除了他表兄，伟大的图安王。当然，我指的是老图安王。他的长子是新图安王，跟他父亲没有任何相似之处。在独裁者侵入诺鲁之前他逃脱了，有人说他藏在沙漠，等待时机，回来推翻独裁者对我们国家的残酷统治。但他已经等了很长时间了。”她挤出一点笑声，“但听我说，这些都是人们的流言，像乌鸦一样叽喳嚼舌。沙索大人的名字，图安人无人不晓，他的事迹是人们的炉边谈资。当然，人们仍会争论‘沙索的抉择’——争论太多，有人甚至因为争论丧命，于是老图安王下令禁止谈论这点，否则就是犯罪。”

布瑞奥妮摇摇头：“沙索的……抉择？”

“是。”伊迪特转向其他图安女人，用图安语说了一些话，布瑞奥妮从中听出了沙索的名字。女人们全都严肃地点点头，有些人说“赛萨，赛萨”。布瑞奥妮知道这是“对呀，对呀”的意思。

想到沙索也有自己的历史，甚至自己的传奇，这种感觉很奇怪，虽然布瑞奥妮知道他在鼎盛时期是一个很受人们尊敬的战士。“什么抉择？伊迪特？我是说，现在你当然可以谈论，不会犯法。他跟我们只隔了几个房间。”

伊迪特大笑起来：“我在想图安国王。在马林沃克没有法律。”这个名字从她口音浓重的嘴里发出来，变成了马赫-里恩斯-奥-沃克，一个充满异域色彩的名字。有一刹那，布瑞奥妮还以为这是一个外国地名。“但有风俗，它们的力量有时像法律一样强大。他的抉择是履行自己在战场上对一个外国国王立下的誓言，离开自己的祖国，流亡异国。甚至当独裁者袭击我们时，沙索也不被允许回来保护我们。有些人说没有他的力量，没有他领导军队时的那种震慑力——图安王根本不可能抵抗西斯。”

布瑞奥妮过了一会儿才明白过来：“你是说他怎么效忠我父亲吗？他怎么来到南境的？”

“是的，当然——我差点忘记了。”伊迪特举起双手，表示自己的尴尬，“您是奥林的女儿。”她发出的音是“奥里伊恩”。“我没有任何冒犯之意。”

“我没被冒犯，我只是……告诉我，告诉我跟这个问题有关的事情。”

“但……您肯定全都知道了。”

“这件事对你们的国民来说意味着什么，我不知道。”现在轮到布瑞奥妮感到羞愧了，“在这以前，我从没仔细思考过沙索的生活。当然，部分原因在于他的嘴巴太严实了。直到几个月以前，我才知道他有一个女儿。”

“啊，对，哈娜德。”伊迪特摇摇头，“非常令人悲伤。”

“我听说她死去是因为……达瓦特毁了她，先糟蹋了她，然后又抛弃她。是真的吗？”

伊迪特看起来稍微有些受惊。她们用布瑞奥妮的语言谈了很长时间，其他女人要么感觉百无聊赖，要么感觉很困惑，看起来似在祈求有人能翻译一下。伊迪特摆摆手让她们安静下来：“我不知道事实如何——我只是一个商人的妻子，谈论丹 - 赫兹和丹 - 法尔超过了我的本分。他们就像星辰一样高高在上——就像您一样，小姐。”

“啊，我不在你或任何人之上。我穿借来的衣服快有一个月了，而且此时我非常感激你们能让我来这里。”

“不，这是我们的荣耀，布瑞奥妮-兹萨亚。”

“你们……你们的国民恨我父亲吗？因为他对沙索做的那些事？”

伊迪特看着她，柔和的棕色眼睛里充满了精明的智慧：“我会跟您说实话，公主，因为我相信您是真心想知道。是的，我们的国民中很多人都恨您父亲，但就跟大多数事情那样，一切要比单纯的痛恨更复杂——混乱？他迫使自己的贵族赦免了沙索的性命，有些人因此很敬重他，但让丹-赫兹成为他的臣下，在我们看来仍然是一件不光彩的事情。您父亲赐予沙索土地和荣誉，人们对此感觉惊讶，因此很多人认为您父亲是一个非常智慧的人，但人们又因为他不允许沙索回来抵抗老独裁者(希望他必须两次穿越七层地狱！)而火冒三丈。甚至一直到现在民众还会讨论这些事情，您父亲既被看作一个英雄，也被认为是个坏蛋。”伊迪特垂下头，“希望我没有冒犯到您。”

“不，不，完全没有。”布瑞奥妮感慨万千。她痛苦地想到，虽然沙索对父亲和自己那么重要，但她对他的了解少得可怜，而她对其他许多曾帮助、保卫自己或建言献策的人同样一无所知。艾文·布罗纳、查文、城堡总管老奈纳——除了最表面的东西外，她对其中每一个人又知道些什么呢？即使只有一刹那，她又怎么敢将自己看作一个统治者呢？

“您看起来很悲伤，小姐。”伊迪特对其中一个稍年轻的女人挥挥手，示意给客人的杯子倒满花香四溢的茶——布瑞奥妮一直没有培养起对图安佳瓦的热爱，并怀疑自己永远都喜欢不起来。“我说得太多了。”

“你让我思考了一些东西，只是这样。没什么好道歉的。”布瑞奥妮吸了一口气，“有时候只有在离开很远以后，我们才能看到事情的真正面貌，是不是？”

“如果我在您这个年纪就明白这一点，”伊迪特说，“那么我肯定能拥有深刻的智慧，而不是像现在这样变成一个愚蠢的老妇人。”

对伊迪特习惯性的自我贬低，布瑞奥妮选择了忽视：“但世界上所有的智慧都无法让时间倒流，去改变一个自己曾经犯下的错误，是吗？”

伊迪特笑了：“但还会有其他方法弥补。来，喝点茶，让我们说点高兴些的事情。法努和他姐姐有一首歌要唱给你听。”

布瑞奥妮在丹 - 莫赞家的房子里醒来的第十三天，她发现女人区一片繁忙景象。她仍然没有像其他人那样培养起早起的习惯，她们似乎在太阳升起来之前就起床了。即便如此，看到眼前的热闹程度，她还是大吃了一惊。

“啊，她醒了！”年轻漂亮的法努喊道，然后又用图安语说了些什么，布瑞奥妮觉得自己在那一连串快速而含糊的话中听到了伊迪特的名字。

布瑞奥妮慢吞吞地脱下睡衣，穿上自己的外套，但女人们围到她身边，挥手大笑着。

“不要！”法努说，“等一会儿，等伊迪特来。”

让布瑞奥妮感到庆幸的是，在伊迪特到来之前，她至少被允许洗了脸，刷了牙。伊迪特打扮得非常漂亮，穿着一件洁白无瑕的丝织长袍，腰际装饰着一条暗红色的流苏腰带。

“她们不让我自己穿衣服。”布瑞奥妮抱怨道，在伊迪特的耀眼的衣着下感到有些自惭形秽，比以往任何时候都觉得自己在这座房子里显得身形太高大，皮肤太白了。

“因为我们会给您穿。”伊迪特解释说，“今天是特殊的日子，必须格外用心，尤其是对您，布瑞奥妮 - 兹萨亚。”

“为什么？有人结婚吗？”

伊迪特大笑起来，将她的话复述了一遍，其他女人也咯咯笑起来。伊迪特以前跟她说过，这些女孩大多数是一些富裕家庭的子女，她们不是埃菲尔的妻子，更接近于布瑞奥妮的宫廷侍女，只有少数才是真正的仆人，还有一些，例如法努，是伊迪特或她丈夫的亲戚。虽然埃菲尔·丹-莫赞不是图安贵族，不是布瑞奥妮理解的那种贵族，但显然也是一方势力人物，这座房子也是一个很重要的地方，人们乐于将女儿送到这里来，跟从受人尊敬的伊迪特学习。

“不，没有人要结婚。今天是神日，就像你们会去自己的神殿一样，我们也会去。”

“但上次你没带我去。”她清楚记得上次自己在女人活动区独自待了一个早上，希望能看看书，甚至做些针线活儿打发时间也好，虽然她根本不喜欢做这个。

“我们这次也不带您去。”伊迪特友善地说，轻轻拍着布瑞奥妮的手，“您会受到欢迎，但对伟大之母来说，您是一个陌生人，我的丈夫丹-莫赞说教给您一些礼仪是不合适的，因为您是一个客人。”

“那我为什么还要特别打扮？”

“因为做完礼拜后我们会去镇里。”伊迪特说。站在她身后的女人全都在窃窃私语，轻声笑着。“自从来这里后，您还从没出过哈大的门。我丈夫也认为您今天应该跟我们一起出去一会儿。”

布瑞奥妮觉得自己有点儿不喜欢“应该”这个词，这让她感觉自己就像一个小孩子或囚犯似的，不过想到除了这座房子内部的景象，今天还能看到一些其他事物，又让她感觉很兴奋。但一个谨慎的念头突然从她脑海中闪现出来。“沙索大人？他说这样能行吗？”

“他也会去。”

“但我怎么出去啊？许多人都认识我，至少某些……”

“啊，那就是我们现在得给您打扮一番的原因，国王的女儿。”伊迪特带着一丝淘气的语气笑了，“您一会儿就会看到。”

当太阳渐渐爬上院墙，早晨真正到来时，布瑞奥妮独自一人坐在女人区，等待其他人做完祈祷归来。祈祷在院子里进行，由一个图安祭司来哈大主持。她举起伊迪特给她的那面漂亮的莲花小镜子，对女人们在她脸上弄出的变化感到吃惊。布瑞奥妮的皮肤苍白，有一些雀斑，至少在夏天时如此，此时则涂满了伊迪特从一个小罐子中取出的淡棕色脂粉，因此她现在只比沙索的肤色白一点点了。她眼睛上画着浓重的眼影，金色的头发扎到后面，全都拢到了紧包起来的白头巾下面。只有她的眼睛没有变，是跟她哥哥肯德里克一样的绿色，像阿卡利斯翡翠般晶莹。伊迪特和其他女人感觉这种反差很好笑，她们说在黑皮肤的衬托下，绿眼睛让布瑞奥妮看起来像个西斯巫婆，要是再有一头红头发就更完美了。这让她想起了红头发的巴瑞克，接着她吃惊地发现自己竟突然哭了起来。玩笑停止了，女人们帮她擦干眼睛和脸颊，重新补了妆，眼影又全部重新涂了一遍。照着镜子，布瑞奥妮发现有个小黑块从下巴处掉到了手腕上，于是用手拂去了。

他在哪儿？她的弟弟现在在哪儿？

刹那间，一阵真切而剧烈的痛苦席卷了她的全身，让她几乎无法呼吸，不得不紧紧闭上眼睛。在这座房子里，人们的种种善意只会让那种失落感变得更强烈，那种已经渐渐远去的生活带来的失落感。没有南境的王位，甚至没有南境本身，她都可以活下去，虽然这么想让人感觉奇怪而孤独，但如果再也见不到父亲或弟弟，她觉得自己肯定会死去。

巴瑞克，你在哪里？你去了哪里？你安全吗？你有没有想起过我？

突然，像被某种无法理解、几乎难以察觉的东西刺了一下，她睁开了眼睛。镜子中，在她自己悲伤的面孔后面，仿佛透过水面的倒影看到池塘底部一样，浮现出了她同胞弟弟那面无血色的脸庞，眼睛紧闭。他的胳膊放在胸前，手腕上戴着锁链。

“巴瑞克！”她尖叫起来，但片刻之后他就消失了，只剩下她自己此刻变得陌生的脸庞在望着镜子。她想：我失去理智了。盯着镜子里那个脸上满是恐惧的黑皮肤陌生人又一次哭泣起来，这一次她已经顾不上伊迪特和其他女人费的辛苦功夫了。

当他们沿着兰德港口蜿蜒的狭窄街道向前行进时，布瑞奥妮内心稍微平复了一些，但仍然很受触动，看到这个地方仅仅在开阔而清冷的天气中就如此美丽，她内心感觉很惊讶。虽然脸上化着夸张的浓妆，从头到脚裹着袍子，但在陌生人中间她仍然有种近乎赤身裸体的感觉，每当注意到有人在看自己时，她就必须拼命抑制住一种转身迅速逃回房子的冲动。她第一次真切地感受到了那句沙索说了无数遍的话：“如果被某个不恰当的人看见，那极有可能意味着死亡。”她使劲儿往下低着头，但在房子里面待了那么久，控制自己不去东张西望真的很困难。

街上还有很多其他行人，大部分跟布瑞奥妮所在的一群人一样，朝同一个方向前进。当他们小小的队伍开始朝滨海区行进时，行人的数量更多了，大多数看起来是赞德人，跟埃菲尔一家的装扮相仿，女人们穿着长长的袍子，戴着头巾和面纱，男人的白袍外面是颜色鲜亮的长马甲，金线闪闪发光，显得颇有节日气氛。埃菲尔·丹-莫赞走在他们这个小团体的最前面，对其他穿着长袍的男人郑重地点头招呼，甚至还有一些普通的马林沃克人向他问好。他的侄子泰利波跟在他身后，走在其他女人前面，头昂得高高的，就像一个率领珍贵羊群的牧羊人。甚至连沙索都来了，不过他的脸被堆得高高的围巾遮了起来，一顶四角图安帽拉得很低，盖住了眼睛。

女人们跟在后面，发出窃窃私语声或大笑声，尽管布瑞奥妮乔装打扮过了，她们仍把她围在中间，好尽量将她同好奇的目光远远隔开。布瑞奥妮能看出来，这是她们被允许走出房门的一天，虽然有家里重要的男性成员在场，但她们看起来就像单独待在家里女人区一样自在快活。

兰德港似乎比布瑞奥妮记忆中大了不少，不过自从那天夜里筋疲力尽、饥肠辘辘、浑身湿透地到达这里之后，她还没有机会好好观察它。它坐落在一个山坡上，旁边是一个宽阔的浅水湾。一座四面高墙的庄园主住宅和一座灰色的石头庙宇在上面的山峰上俯瞰着港口。沙索曾告诉她庄园属于一个名叫伊莫尔的男爵，这个人她显然见过，但回想不起来了。这个身形矮胖的地主对果树和养猪的兴趣远远大过对南境宫廷生活的兴趣，这或许是为什么很少有人知道他的原因。

城镇的贫民区位于山坡南侧，靠近山脚，远离海洋和地主庄园，丹-莫赞的房子就像少量珍珠中的一颗那样点缀其中，因此他们此行不需要经常爬坡或下坡，而是绕着山体行进。富人住在高处，穷人住在低处，跟远境王国的其他许多城镇一样，他们不是从穷人区去往富人区，而是从大部分居民为黑皮肤或水鸥族的穷人区去往居民的皮肤跟布瑞奥妮一样白的穷人区。

或至少像我脸上涂满这些脂粉之前的皮肤那样白。

被人们注视，不是因为她是谁——这种感觉她在过去这么多年已经习惯了，却从未喜欢过——而是因为她同一群棕皮肤的人走在一起，这感觉既有趣，又让人稍微有些不安。有些人仅仅用一种好奇的目光望着他们，但还有其他一些人，出于某种布瑞奥妮不知道的原因，毫不掩饰地用一种仇恨的目光盯着他们。一些喝醉的男人甚至从门里探出身来，对他们大吼大叫，但看到图安男人腰带上别着的刀时，他们似乎一下子失去了兴趣。

布瑞奥妮发现被自己不认识的人注视时感觉很煎熬，不过她足够聪明，知道这是硬币的两面，另一面是人们仅仅因为她是奥林国王家族的一部分而朝她欢呼，铺天盖地地倾洒祝福。但不论这是不是硬币的正反面，被陌生人喜爱是一回事，被他们仇恨则完全是另外一回事。

*所以沙索在这里就是这样的。*周围同时发生那么多事，此时她无法进行任何思考，但她把这一切像一封信一样折了起来，以留待稍后仔细查看。

很快，当他们在鳞次栉比的房屋中间沿着蜿蜒的狭窄小路穿行，逐渐接近海边时，布瑞奥妮发现现在可以看到越来越多的棕色面孔，以及大眼睛、嘴唇紧闭的水鸥族人了。海湾的气息也变得越来越强烈，一种略微有些腐坏的气味似乎沾上了每一次呼吸，每一缕思绪。*不知道自己能不能再次穿越布伦湾的宽阔海面，安全而光明正大地回到家乡？不知道自己的家庭能不能再次团圆？*看到巴瑞克那副模样出现在镜子里时她被吓到了——这是不是某种征兆？神灵是不是在试图告诉她某些事情？但她知道有时候人们会梦到让自己忧心的事情，不管这种白日梦境是不是神灵带给她的，巴瑞克和他的命运肯定是让她最忧心的。

他们来到一排沿通往布伦湾的运河而建、乱七八糟的仓库建筑旁，从建筑间的空隙中能看到海湾就在前面不远的地方，十几艘船的桅杆在屋顶上轻轻摇晃着。

埃菲尔 · 丹 - 莫赞带领队伍穿过其中一栋体积稍大建筑的门。进屋后，布瑞奥妮发现这里根本不是什么仓库。第一个房间长而低矮，墙壁上挂满了美丽的壁毯，上面是一些陌生的图案——鸟、小径、奇形怪状的树木。一个比埃菲尔还要矮胖的男人站在房子中间，张开双手，满是胡须的脸上绽放出一个大大的笑容。“兹亚丹 - 莫赞！您和家人的到来，真是让敝处蓬荜生辉！”

“不敢当，巴达拉。”商人回答说，微微鞠了一躬。

“来，来，我为你保留了最好的房间。”巴达拉拉着莫赞的手，带他朝房子后面的一扇门走去，一边做着夸张的手势，一边语速飞快地谈论船舶和佳瓦的价格。埃菲尔家里其他成员跟在他后面。

布瑞奥妮慢慢靠到沙索身边：“他为什么说我们的语言？”

“因为他不是图安人。”老人声音低沉地说，“他来自塞尼亚，在那里人们说一种不同的语言。在南方大陆，西斯语和米罕语是通用语言。在这里你们的语言是通用语。”

他们被领到一个放满桌子的大房间中，很多桌子旁已经坐满了人，里面既有南方人打扮的，也有北方人打扮的，其中几个人带着一种显而易见的尊敬表情跟埃菲尔 · 丹 - 莫赞打招呼，同样明显的还有他接受这些敬意时的那种坦然。沙索则使劲儿低着头，不跟任何人的视线接触。布瑞奥妮突然意识到，长着一双非图安人眼睛的自己也应该这么做。巴达拉带他们进入一个私密房间，这个房间的墙壁上挂着更多的壁毯，布料闪闪发光，用一种布瑞奥妮不熟悉的式样织成，上面是一些打猎场景和航海场景。那个小个子男人对几个年纪稍大、长着胡须的男人大声发号施令一番，很明显后者是这里的侍应，然后，他慎重鞠了一躬，匆忙从房间走了出去。

虽然此时房间里只剩下自己人，但布瑞奥妮不无恼怒地发现，图安人的礼仪观念仍在起作用：她和其他女人坐在桌子一头，男人坐在另一头，桌子两侧的两群人之间各空一个座位。不过这仍然是一个机会——除了哈大内部，还能看到其他一些事情，她努力享受这种变化。至少那些壁毯看起来非常赏心悦目，似乎由真金做成的金线使其显得异常华丽，每块壁毯在色彩和细节方面都极尽精致之能事——事实上，这些壁毯是那么引人注目，布瑞奥妮过了一会儿才注意到这个房间没有窗户。这些编织图案本身呈现出来的场景，似乎比望向小海港所能看到的任何景象都更令人舒心欢悦。

巴达拉的仆人端进来几盘食物，一些水果块和奶油状浇汁，以及面包、奶酪、腌肉。女人和男人都喝了酒，不过布瑞奥妮根据分开的酒壶和自己杯子里酒的口感判断，女人喝的酒里面应该掺了更多的水。不管是不是掺了水，美酒加上这种不同寻常的自由，让她的同伴们都兴致极高，讲话声音虽低，但女人之间的玩笑和打趣变多了，法努和其他一些年轻女人更是如此。

与此同时，一盘盘食物进进出出，来自赞德和埃昂的男人从外面的房间蜿蜒而入，恭恭敬敬地接受埃菲尔 · 丹 - 莫赞的会见，一些人显然是水手，还有一些是身穿精致长袍的商人和银行家。布瑞奥妮能看出来，沙索虽然没有跟任何人讲话，并尽量让自己显得不引人注意，但他在非常仔细地倾听这些谈话。她暗地里想：*不知道丹 - 莫赞是怎么介绍他的——亲戚？陌生人？还是商人？*她甚至在思量这些男人的谈话内容。自己不得不在一群被人忽视的女人中这么坐着，与此同时，还听着别人谈论关于远境王国的重要问题，这让布瑞奥妮有些生气。

沙索在聚精会神地倾听商人们的谈话，丹 - 莫赞的侄子则不然。泰利波对布瑞奥妮更感兴趣，他的视线紧紧盯着她，让她感到焦躁不安。一开始她努力躲避他的注视，每当看到他在朝自己这边瞥，她就将视线转到其他地方，但过了一会儿，他那种肆无忌惮的态度激怒了她。他只是一个小毛孩儿——一个长相还过得去的蠢小孩！他有什么权利那么盯着她看，她为什么要让自己被迫转移视线？这激起了亨顿 · 托利在宫中当众羞辱她的回忆，旧伤的刺痛再一次袭满全身。

后来，当她发现泰利波又在看自己时，就冷冷地反盯着他看，直到他最终移开视线，脸色暗淡下来。她希望那是因为尴尬，甚至羞愧。

无礼的小毛孩。一下子，她发现自己对房间里的每个人都很生气，沙索，丹-莫赞，伊迪特，其他女人，所有人。她是一个公主，一个埃顿人！为什么要像犯人一样东躲西藏？为什么要对那些只是履行自己义务的人心存感激？如果托利家族是她的不幸的积极导致者，那么所有那些没起来反抗篡位者并将他们赶出南境城堡的人，甚至这些图安商人，就是他们消极的同谋。他们全都有罪！

现在轮到她感觉脸颊发烫了，她低头盯着自己的碗，想让自己平静下来。她应该享用美食——巴达拉的后厨手艺相当不错，很多食物陌生而美味——而不是在这里沉思。

她深吸了一口气，重新抬起头，努力恢复常态，却甚为恼怒地发现商人的侄子又在盯着她看了，而且这一次的表情比以前更加难以捉摸。

不管怎么样，希望神灵诅咒他。她觉得心情很糟糕，举起杯子，挡住他的视线。*诅咒所有的男人，不论老的还是少的。当然，还得诅咒托利家族——诅咒他们一千遍，一万遍！*

他们吃完饭，穿过小镇回到哈大后，布瑞奥妮被通知去跟沙索和埃菲尔·丹-莫赞谈话。她来到院子中的花园，前一天她还在这里练习怎么将一把真刀刺入——虽然刀刃包在刀鞘里——沙索·丹-赫兹的肋骨中。她想到自己藏在床底下的伊斯特刀，心里感到一阵愧疚，沙索曾跟她说应该随身携带它们。她希望他不会要求查看刀。

但穿着这些可笑的衣服——没有腰带，袖子飘飘洒洒，怎么能带刀啊……

沙索正站在院子里，像一个果农那样仔细查看着橘子树，埃菲尔·丹-莫赞则从椅子上抬起圆滚滚的身子迎接她。

“谢谢您能过来，布瑞奥妮公主。我们今天了解了很多事情，心想您肯定希望尽快知道。”

“谢谢你，埃菲尔。”她望着沙索，思量着他是不是并不像商人说的那样，迫不及待地想把消息告诉她。他脸上的表情像吃了某种又酸又涩的东西一样难看。

“首先，一队来自南境的士兵曾在兰德港打听消息，不过，他们似乎没获得什么有用的情报，大概一两天前就往其他城镇去了，所以我想您可以稍微放下心来。”

“是，是的。”今天的这次外出让她意识到自己有多不喜欢去会被人看到的地方，但同时她也知道自己不可能永远躲在商人家中。

“还有，”丹-莫赞说，“几乎每个从南方来的人都认为独裁者在努力加快造船的速度，他似乎在准备对赫若索尔发动攻击。赞德大陆的其他大多数国家都已经被平复，而还在负隅顽抗的国家，势力最大的在南部山区。那里应该不需要强大的海军。”

“但赫若索尔……那是我父亲被囚禁的地方！”

“当然，殿下。”丹-莫赞鞠了一躬，似乎在承认一个悲伤却无可改变的事实，一种古老的悲剧，“不过，我仍然认为您不必过于忧虑。即使独裁者苏列佩斯能指挥三百艘战船下水，他也无力攻克赫若索尔。”

“为什么那么说？”她想让自己相信这一点。想到赫若索尔将遭受攻击，而自己却被困在这里，这太可怕了。这些天，她一直有一种愚蠢甚至可能致命的冲动，那就是偷出能应对几天的食物，然后从这里偷偷溜出去，赶往南方，她现在唯一能做的就是拼命抑制住这种冲动。

“因为赫若索尔的城墙是两块大陆上最强大的防御工事。近两千年的时间中，从未有人用武力征服过它们。而且赫若索尔本身也拥有一支非常强大的舰队。”

“话虽这么说，赫若索尔也被征服过好几次。”沙索吼道，他刚才一直沉默不语，盯着那棵光秃秃的树看，似乎以前从没见过这么吸引人的东西。“一般是通过内部叛变。而且苏列佩斯也利用这种方法完成过多次征服——难道您忘了泰伦诺和优洛斯？”

埃菲尔·丹-莫赞笑了，挥挥手，似乎在驱赶某种极小的飞虫：“不，我向您保证，卢迪思·德拉卡瓦肯定也没忘记。要知道，他的追随者对独裁者取胜后的情形不抱幻想，但向西斯变节的优洛斯人则没有这种觉悟，他们也为此付出了代价。要知道卢迪思和他的手下是闯入者，除了城市本身，在其他地方没有任何权力。护国公的追随者中不会有人认为同苏列佩斯交易能有什么好下场。”

“没错，但许多被卢迪思及其同党取代的人——赫若索尔的旧贵族们，则可能会这么想。”

商人又摆了摆手：“我们的这些谈话会让布瑞奥妮公主感到无聊的。她想要的是保证，我们却在这里争论不休。”他锐利的目光转到她身上：“殿下，我向您保证。正如神谕教给我们的，只有笨蛋才会说‘永远’，但我向您保证，今年——甚至明年，独裁者都不会攻占赫若索尔。我们有足够的时间把您父亲救回来。”

沙索轻声嘀咕了一些什么话，但布瑞奥妮没听清楚。

“你今天还了解了什么事情？”她问，“有没有什么关于我弟弟和南境城堡的消息？”

“除了那些我们已经知道的，没什么新消息了。在那些事情中，唯一还有点儿意思的就是南境城堡有了一个新的城堡总管——一个叫海弗莫的人。”

沙索骂了一句，但布瑞奥妮一开始没认出这个名字。“等等——是布罗纳的管家吗？”她突然感觉内心升起一阵愤怒，“如果他将自己的管家任命为城堡总管，那么艾文·布罗纳肯定在托利家族的荫护下飞黄腾达了。”他父亲最老的朋友，最亲近的参谋、王室总管，一直都跟他们一伙吗？但如果是这样，他为什么要跟她和巴瑞克说独裁者同夏土王宫之间的协议？“这一切太令人费解了。”她最后说。

“至少从某一方面看没那么难以理解。”沙索的表情看起来就像希望游回南境，用自己巨大的手掌紧掐住某人的脖子，“迪尔南·海弗莫人如其名。他一直是个很有野心的人。如果有人能从托利的掌权中获益，他肯定是其中之一。”

沙索和埃菲尔进屋去了，只剩布瑞奥妮一个人留在院子里，思考着从南境和其他地方传来的大大小小的最新消息。她慢慢踱着步子，拉紧披巾，裹在宽大的外套上。海弗莫升任城堡总管，托利的手下伯坎·胡德成为王室总管，这些变化并不特别让人惊讶，这只是一些证据，说明亨顿正在巩固自己的权力。没人知道布瑞奥妮的继母阿妮莎，以及那个新生婴儿的情况，但有人见过他们，至少见过阿妮莎和一个婴儿在一起。

*亨顿·托利似乎连一个真正的继承者都不需要。*布瑞奥妮悻悻地想，*那个婴儿可能那天晚上就已经死了，谁都不会知道。只要阿妮莎发誓孩子是真的，那么她声称是自己孩子的婴儿就会是继承人，托利家族则会保护继承人——也就是说由托利家族进行实际上的统治。*她想到那个孩子如果是真的，那就等于是自己同父异母的弟弟，这种感觉显得异常古怪。

她的心中突然一阵刺痛。*或许他看起来会很像父亲，或肯德里克，巴瑞克。对我来说，这已经足够成为去保护他的理由。*刹那间，她没有意识到自己已经对自己和神灵做出了又一个承诺，但她确实这么做了。*如果那个孩子真是我父亲的，佐睿雅女神，请倾听我的祈祷——我会把他从托利家族的魔掌中救出来！毕竟，他是埃顿家族的成员。我不会让他成为他们的傀儡。*

她陷入了深思中，因此没注意到院子另一头还站着一个人，后者正在渐浓的暮色中望着她，最后朝她这边走过来。

“你在思考。”商人的侄子泰利波说。他那卷曲的头发打湿了，梳得服服帖帖，身上穿着一件非常干净的白袍，在昏暗的院子里几乎闪闪发光。“你在想些什么，小姐？”

她努力压制住自己的怒火。怎么才能让他知道她想自己一个人待着，静静想事情？“关于我家的事。”

“啊，对。家非常重要，所有智慧的人都这么说。”他一只手放到下巴处，这个姿势中想要模仿智者思考模样的意图太过明显，布瑞奥妮忍不住咯咯笑了出来。他眼睛睁大了，然后又眯了起来：“你为什么笑？”

“对不起。我想到了一些好笑的事情，没什么其他原因。什么风把你吹到院子里来了？我很乐意给你腾地儿，让你安静散步——我该去和其他女人一起吃晚饭了。”

他盯着她看了一会儿，脸上带着一种类似挑衅的表情：“你不想离开。这不是你的真正想法。”

“什么？”

“你不想走。我知道。我看到，你看我了。”

她摇摇头。他努力用她的语言表达，只是一些简单的词语，她根本听不明白。“你是什么意思，泰尔？”

“不要那么叫我。那是小孩子的名字。我叫泰利波·丹-莫赞。你看我了。我看到你看我了。”

“看你？”

“一个女人除非对一个男人感兴趣，否则是不会看他的。如果不想得到他，一个女人不会用那种令人羞耻的目光去看男人。”

布瑞奥妮不知道该大笑还是朝他大吼。他疯了！“你……你不知道自己在说什么。是你在盯着我看。自从我来这里之后，你就一直盯着我看。”

“你是一个漂亮的女人，作为一个埃昂人。”他耸耸肩，“更确切地说，是一个女孩。看起来还算顺眼。”

“你好大的胆子！你怎么敢用对一个……一个乡下女仆那样的口气对我说话！”

“你只是一个女人，而且没有丈夫来保护你。你不能对男人们抛媚眼，你知道。”他用一种非常平静的语气说道，就好像只是在描述天气，“其他男人会占你便宜的。”他往前走了一步，试图把她拉过来，先是拉她的双手，然后——她把他的手打下去了——更往前靠近一些，用胳膊抱住了她。

佐睿雅，救我！她震惊得几乎无力反抗。他想吻她！她大脑中一个非常小的理智部分庆幸自己此时没带刀，否则她肯定会一刀捅进他的心脏。

她使劲儿推他，但很困难。他盲目地往前拱，就好像决意去做某种他明知可能会很疼，但必须完成的事情。由于惊讶甚至是恐惧，布瑞奥妮感觉自己膝盖发软。她非常害怕，却不清楚为什么。他只是一个小毛孩，沙索和其他人离这里只有几步之遥——只要大喊一声，他们就能过来帮她。

她的胳膊挣脱出来，朝他脸上扇了一巴掌，但没扇到脸，狠狠打到他脖子上。他惊讶地住了手，接着又一次朝她走过来。她用沙索教给自己的方法，一把抓住他的胳膊，将他推到一边，然后飞速逃离了院子，回到女人们待的地方，愤怒和羞耻使她眼里充满泪水，几乎看不清眼前的东西。

“你会来找我的，”他在她后面喊，声音没有丝毫异样，就像他在市场上买东西时提出的价格被人拒绝了一样，“你知道我是对的。”过了一会儿，传来他的最后一句话，这次他的声音里有了一丝愤怒，“你不能耍我！”

第十三章

音 信

为什么被命令如此？为什么两个心灵旋律的交缠会导致初生神灵和精灵族的毁灭？最古老的声音也说不出个所以然来。当歪神说到这个问题时，他把它称为“道路的渐窄”，并将其比作刀尖，用最锋利的地方切割，除非将“可能存在的”同“已经存在的”区分开来，否则就不能让血流出来。

——引自《忏悔之书·百种思索》

查文用缠着绷带的手端着蓝根茶，喝了一些，气色看起来稍好了点，但身子仍像一个发高烧的人那样颤抖着。

“这一切是怎么回事？”燧岩问，“请原谅我这么说，但我们在你家里时，你的举止就像个疯子一样。发生了什么事？”

“不，不，我不能告诉你。我太羞愧了。”

“至少你得把这些告诉我们。”燧岩说，“我们把你——一个被通缉的逃犯——带到自己家里。如果托利的人发现你在这里，我们都会被抓进大个头人的城堡里。你觉得被某个邻居发现需要多长时间？要在夜里偷偷溜进溜出几乎是不可能的。”

“燧岩，别逼他。”欧珀吼道，虽然她看起来也很害怕，医生和燧岩进门时，脸上慌张的表情就像是在被狼追逐。“落入那些可怕的人的对立面并不是他的过错。”

“啊，但是信任一个不该信任的人则是我自己的错。”查文从摇摇晃晃的杯子中抿了一口茶，“但奥科罗斯是怎么知道的？我从没跟他说过这件事——没跟任何人说过！”

“那件事是什么？”燧岩从没见过医生这副模样，就像一个小孩子一样发抖哭泣——甚至从阿妮莎宫中的死亡恐怖中逃出来时，他都没有像这样。

“不要那么大声，”欧珀说，声音低而严厉，“你们会把孩子吵醒的。”

我们的麻烦已经够多了，燧岩在心里想，**家里有两个大块头，其中一个是成年人，两个人都处于半疯状态。不用等城堡卫兵发现我们，光是要养活他们就会要了我们的命了**。更不要说为了让查文和他那习惯了地上生活的眼睛能舒服一些，还必须一直在家里点着灯，那种明亮感觉让他们陌生而不适。“你应该给我们一个解释，先生。”燧岩固执地说，“我们是你的朋友——而且不是那种背叛了你的朋友。”

“你说得没错，当然。”查文又呷了一口茶，眼睛盯着地面，“你们为我冒着生命危险。哦，我真是卑劣——真卑劣！”

燧岩嘶嘶地呼出一口气，他正在失去耐心。就在他生气地起身准备走出房间时，查文抬起一只受伤的手。

“平静些，朋友，”他说，“我会试着去解释，虽然我想听了我的故事后，你就不会再这么关心我了。不过，这一切都是我自作自受……”

燧岩坐下来，同欧珀对视了一眼。她前倾着身体，给医生的杯子倒满蓝根茶：“说吧。”虽然很好奇，燧岩还是希望医生的故事不要太长。他在地面上待了半夜，此时已经疲倦得眼睛都快睁不开了。

“我有……以前有……一个……东西。一面镜子。你听到奥科罗斯谈论法术了——一个不怎么贴切的词，指镜子占卜。这是一种技艺，一种有众多深奥之处和诡异玄机的技艺，有着漫长而神秘的历史。”

“镜子占卜？”欧珀问，“你是指预知命运？”她把自己的杯子满上，手肘放到桌子上，仔细听着。

“远不止那些——还有很多。”查文叹了口气，“有一本书，你们可能没有听说过，虽然它在某些圈子里很有名，被称为《西曼德之书》，但那些见过它的人说，它只是一部更大著作的一部分——一本被称为《忏悔之书》的东西，由精灵族写成——他们将自己称为加尔人。西曼德是一位曼蒂斯，他生活在古老的赫若索尔帝国时代，是治愈之神库比拉斯的祭司，据说他从一个死在神庙里的流浪者那里得到了这些著作。”

燧岩焦躁不安地动来动去。这些事情或许让查文深深着迷，但对他来说则难以理解：“是吗？就是这本书教会了你镜子占卜？”

“我从没见过它——它已经丢失了许多年。但我的导师，卡斯帕·狄罗思年轻时见过它或它的副本——他从没跟我说过——他教给我的很多东西都来自那些邪恶的篇章。《西曼德之书》说神灵赐予我们三种伟大的礼物——火，肖玛和镜子的智慧……”

“肖玛？那是什么？”

“一种喝的东西——有人把它叫作‘神灵的甘露’，能使人产生幻觉，但有些也会导致疯狂，甚至死亡。许多世纪以来，肖玛一直被用于神庙及埃昂宫廷的特殊仪式中，给那些想更接近神灵的人们使用。正如酒会让凡人喝醉，据说肖玛则会让神灵喝醉。它的力量太过强大，现在已不再使用了，至少现在的祭司只会在庆典酒中掺上极少的一丁点儿。有些人说那已经不是真正强大的肖玛了，制作它的知识也已经失传了。在古代，曾有许多年轻的祭司因在授职仪式上饮用了肖玛而在狂喜中死去……”他声音减弱了一些，“原谅我。我一生都在研究这些东西，却忘了并非所有人都像我一样对此感兴趣。”

“说些镜子的事情，”欧珀语气坚决地提醒他，“你刚才说的。镜子。”

“是，当然。虽然我的思绪看起来四处漫游，但那才是我此时最关心的事情。神灵伟大礼物中的最后一种——镜子的智慧法术。

“我不会讲太多关于镜子的传奇。很多似乎只是一些民间传说和寓言故事，为的是帮助最初的人们记住复杂的仪式——至少我是这么认为的。但无可争辩的一点是，经过恰当的训练和准备，镜子可以不反射前面的事物，而是成为通向另一个世界的入口——窗口，有些人甚至将其称为大门。”

燧岩摇摇头：“那是什么意思——另一个世界？什么另一个世界？”

“在古代，”医生说，“人们认为神灵跟人类一同生活在尘世之中。据说佩林的大城堡就在赞德山的山顶上，科涅奥斯则住在南方的山洞中。不过，我想还有其他一些智慧说法宣称他住得更近，是吗？”他严肃地看了燧岩一眼。

他这是什么意思？他知道关于秘境的事情吗？燧岩看着欧珀，但她正用一种让燧岩感到不安的若有所思的神情望着医生，似乎她的大脑中正盘旋着许多危险的新想法。但为什么欧珀——芬德林镇中最不浮躁的一个人，燧岩全部人生建立其上的基石——会对查文这种似是而非的研究如此感兴趣？

“过了一些年，”查文继续说，“勇敢而虔诚的人们终于登上了云雾缭绕的赞德山，但没有发现任何关于佩林城堡的迹象，于是新的说法产生了。赫若索尔一个名叫菲尔萨斯的智者开始谈论‘多世界’的学说，认为神灵的世界跟我们的世界既相互连接，又互不相干。”

“那是什么意思？”燧岩问，“相互连接又互不相干？这毫无道理。”

“不要打岔，老头。”欧珀说，“如果你好好听，接下来他会解释的。”

查文·马卡洛斯看到两个人因为自己而出现矛盾，脸上现出一丝惭愧的表情。虽然他已经在这里住了好几天，但仍没意识到这其实正是燧岩和欧珀的讲话方式，尤其是欧珀的表达方式，假装严厉，以掩饰内心真正的、更温暖的感情——它们逃不过燧岩的眼睛，不过外人可能看不大出来。

“我是不是说得太多了？”医生问，“已经很晚了……”

“不，不。”燧岩摆摆手，让他继续往下说，“欧珀只是提醒我是个笨蛋。请继续——我听得入迷了。在我们家里，谈论这种话题还是第一次。”

“我知道这很难理解，”查文说，“我用了很多年跟我的老师学习这一点，却仍不能完全领会，不过这是看待宇宙唯一可能的方式。菲尔萨斯学派认为，错误在于将我们的世界或神灵的世界看成实在的东西——泥土和石头做成的巨大实体。但事实上，菲尔萨斯学派认为，世界的形态——他们宣称世界不仅有两个，还有更多——更接近于水。”

“但那毫无道理……”燧岩开口说，欧珀瞪了他一眼。“抱歉。请继续。”

“那么说并不意味着世界是由水做成的，”查文解释说，“我解释一下。在我故乡优洛斯南部的海洋里，有一种寒流在海里流淌——一种能用手感觉到的寒意，甚至它的颜色都同希斯佩里安海的其他部分有细微差别。这股寒流发源于塞特兰北部的禁地，流经佩里卡尔和优洛斯海岸，然后回头再次入海，最后消失于遥远的赞德大陆西面的海域中。这股水流是不是在一条用黏土做成的管道中流淌，就像赫若索尔的水道将几百英里外的水源带到城市之中？不是。它在其他海水中流淌——它本身就是水——与此同时仍保持自己的温度和颜色特征。”

“而这，正是菲尔萨斯学派所说的世界的性质，我们的世界，神灵的世界，以及其他世界。它们相互接触，相互穿越，却仍保持各自的本质属性。它们几乎位于同一个地方，但不是同一个事物，而且相互之间也很少有交叉。大多数时候，一个世界甚至感觉不到另一个世界的存在。”

燧岩摇摇头：“奇怪。但是镜子跟这些又有什么关系？”

在这次谈话过程中，欧珀似乎第一次觉得他似乎还有点儿用。“是的，医生。镜子呢？”

他们的客人不舒服地耸耸肩。查文虽然已经来了好几天，但看到他待在前厅中，仍让燧岩感觉很奇怪。燧岩知道在大个头人中，查文的身形并不算特别巨大，但在眼前这种环境中，他看起来仍像一座高山一样俯视着一切。“不用叫我‘医生’，蓝石英夫人。”

“欧珀，叫我欧珀就行。”

“好，那叫我查文就可以了。”他微微笑了一下，“很好。《西曼德之书》说关于镜子的知识是第三个伟大的礼物，因为它能让人类瞥见那些像影子一样紧跟着我们的其他世界。正如一面普通的镜子能反射出它面前的形象，通过建构和利用，一面特殊的镜子也能反射出……其他地方的形象。”他停了一会儿，似乎在仔细考虑自己接下来要说的内容。在一片沉默中，欧珀开口了。

“必须是一面……特殊的镜子吗？”

“在大多数情况和镜子占卜中是这样。”查文惊讶地看着她，“你听说过关于此类的事情吗？”

“不，不。”欧珀摇摇头，“请继续往下说。不，等等，让我看一眼孩子。”她站起身，走出房间，剩下燧岩和查文呷着茶。蓝根茶稍微有些效果，燧岩不再感觉自己随时都要趴倒在地了。

欧珀回来了。查文吸了一口气：“正如我刚才所言，我不会说太多关于镜子的知识，那会让你们感到无聊。那些知识非常复杂，而且充满争议——只是学习和了解菲尔萨斯学派与特希斯镜子学会之间的争辩就要花上数年的时间。当然，很多世纪以来，三神教会一直将这整个学科都视作一种亵渎。在一些糟糕的年代，人们因为镜子被烧死。”查文说到这里时，燧岩的身体微微抖了一下：“也许现在我知道为什么了。”

“你朋友——我想应该说是曾经的朋友——对你做了什么？”燧岩问，“你说他从你这里偷走了某样东西。是镜子吗？”

“啊，你看我跑题到哪里去了。”查文几乎是感激地说道，“是的，是一面力量非常强大、非常古老的镜子。我想这是一面在古代精心制作出来，用于在不同世界之间进行观察甚至交谈的镜子。”

“你是从哪儿得到的？”

查文的表情变得愈发奇怪了，羞愧和某种鬼鬼祟祟，几乎像是意图犯罪的表情混杂在一起：“我……我不知道。我之前已经说过了，我不知道。我去过很多地方旅行，我想是在某次旅行中把它带了回来。即使所有神灵都能作为我的见证者，我也不能肯定。”

“但如果它是一种力量那么强大的东西……”燧岩开口说道。

“我知道！不要逼问我了。我说了我很羞愧。我不知道它是怎么来到我这里的，但我就是拥有了它，使用了它。而且我……到达……并触及了另一面的某种东西。”

医生脸上那种受到折磨的表情以及他所说的话都让燧岩寒毛直竖，他几乎觉得自己能感觉到房间里有某种动静，仿佛两盏灯的火苗正在一阵无法察觉的风中闪烁起舞。

“触及了某种东西？”欧珀问，早先的那种兴趣似乎变成了恐惧和厌恶。

“是的，但那是什么……是什么……我不能说。那是……”他摇摇头，几乎就要哭出来了，“不，有一些事情我不能说。那是一种美丽而可怕的东西，无法用语言描述，而且它只是我一个人的——那是我的发现！”他的声音变得粗砺起来，似乎体内更深的地方获得了力量，马上要去打人或逃走似的，“你们不明白的。”

“但这种东西对奥科罗斯有什么用——或对亨顿·托利？”燧岩觉得他们似乎离题有点儿远了。

“我不知道，”查文可怜巴巴地说，“我甚至自己都不知道它是什么！但我……我唤醒了它。它拥有巨大的力量，每次我触摸它的时候，都能感觉到任何人都没感觉到的东西……它发出了很响的呜咽声，我唤醒了它！却让奥科罗斯偷走了它！我永远都摸不到它了……”

他发出的声音让燧岩感到很惊慌，但让他感到安慰的是欧珀站了起来，后者走到正在哭泣的医生身边，轻轻拍着他的手，抚摸着他的肩膀，就像他是个小孩子一般——仿佛他的身体并没有她的两倍大似的。“你现在在这里，一切都会好起来的。等着看吧。”

“不，不会的。只要……只要……”又是一阵大声的呜咽，他很长一段时间都说不出话来。燧岩发现他的软弱简直令人不忍直视。

“有没有什么东西……你想不想……再喝一些茶？”欧珀终于问道。

“不，不，谢谢你。”查文试图挤出一个笑容，头却像无风天的旗子一样垂了下来，“我的这种愧疚没有任何治疗方法，甚至你的茶都不行。”

“什么愧疚？”欧珀皱起眉头，“你的某种东西被偷走了，那不是你的错！”

“但它对我那么重要——是我的错，这一点毫无疑问。它找到了我，就像橡树上的槲寄生一样在我这里扎下根来。不，我永远成不了天空之父佩林的橡树那样高贵的树。”他断断续续地大笑起来，“但这无关紧要。我没跟任何人说。我让它成了我的秘密情人，那面镜子和它所包含的一切。我到它那里去时，心里燃烧着羞愧和快乐。我没告诉任何人，因为我害怕自己会不得不放弃它。现在太晚了，它已经没了。”

“这对你有好处，”燧岩说，“如果像你说的那样，它是一种疾病，那你现在可以康复了。”

“你不明白！”查文转向他，两眼睁得圆圆的，脸色苍白，“即使失去它我也活了下来，但它是一种可怕的、有着强大力量的东西。你不会认为亨顿·托利和那个狗杂种背叛者奥科罗斯偷走它没有任何原因吧？他们想要获得它的力量！他们会用它做什么事情，只有神灵才能知道。实际上，也只有神灵才能帮我们了。”他垂下头，绑着绷带的双手交叉放在胸前——他在祈祷，燧岩意识到。“无所不见的库比拉斯，请用你那铜和象牙的手将我抬升，请让我远离自己的愚蠢。神圣的三神，慷慨的众神，请看护我们所有人……”他的声音慢慢减弱，变成一种含糊的咕哝。

“医生……查文，”欧珀最后说，“你能……你能用任何镜子……做那些事吗？”

燧岩惊讶地张大嘴巴看着她——她在说什么？但查文动了动身子，抬起头来，眼神空洞，稍微恢复了一些常态：“对不起，夫人。您是什么意思？”

“你可以帮帮我们的火石吗？帮他重新恢复理智。”

“欧珀，你在胡说些什么？”燧岩站了起来，感觉身体的每个部位都疲倦到了骨头深处，“你没看到他都快要垮了吗？”

“现在我的确累得什么忙都帮不上，”查文说，“但在许多方面受到了你们的善待，也确实有一些事情我能……探索一番。但我们没有镜子。”

“有我的镜子。”欧珀露出她一直握在手里的一面小梳妆镜，这是燧岩的姐姐给她的结婚礼物。此时她把它递给查文，像一个小孩子那样骄傲而焦急：“你可以用它来帮我们的男孩吗？”

他只握了一下就还给了她。“对受过训练的人来说，任何镜子都有用处，夫人。等到早上的时候我会看看可以做些什么。”他眼中现出一种奇怪的光芒，“或许我还能了解一下奥科罗斯做了什么事情。”他用一只手捂住脸，“但现在我太累了……”

“去躺下吧。”欧珀说，“睡觉吧，你可以到早晨再帮他。”她咯咯笑了：“我的意思是，你可以试试。”这种笑声同查文的哭闹一样让燧岩惊恐不已。

医生摇摇晃晃地朝起居室一角的小床走去，伸开四肢，脸朝下，就像一个从悬崖上跌落下去的人那样沉入了睡眠。燧岩心烦意乱，不知所措，只好跟着欧珀走进他们那一片漆黑的卧室中。

乌塔点上最后一根蜡烛，低声说着拒绝时刻的祈祷词，正在这时，她看到了那个女孩。

她几乎忘了自己说到哪里了，但她一生都在做对佐睿雅的祈祷，所以她一边观察那个耐心站在壁龛处，为了御寒把脸都蒙了起来的孩子，嘴里一边继续说着那些近乎无声的词语。

正如您没有将自己的美德献给任何男人，我也要保有我的美德，奉献给您。

那个孩子在那里站多久了？

正如您不会用自己的舌头做出错误的夸赞，我也只说您接受的话语。

正如您赤脚走入黑暗，回到父亲家中，只要对您保持真心，我也会毫无畏惧地完成自己的旅程。

啊，乌塔知道她是谁了。是小埃丽丝，梅若兰娜公爵夫人的女仆。她的脸色可真苍白。如果天气一直这样，春天还要很久才能到来。

正如您最终回到父亲家的慷慨丰盛中，我也会的，在您的帮助和陪伴之下，找到通往神灵祝福之地的道路。

她亲吻了自己的一只手掌，抬头看了一眼高高的窗户，由于多云的天气，今天的光线很昏暗。光辉的宽恕女神脸庞朝下望着她，提醒她佐睿雅的慈悲是无穷无尽的，但乌塔仍忍不住觉得自己不知怎么让女神失望了。

为什么祈祷没能给我带来平静？带着一颗不安的心来到您的祭坛，这是不是我的错，亲爱的佐睿雅女神？

没有回答。在一些深感悲伤和困惑的日子里，乌塔几乎可以听到神灵的声音，近得就像自己的心跳一样，但今天佩林的女儿似乎离她很遥远，连污迹斑斑的窗户都没了往日的光芒，围在处子女神周围的鸟儿也不再飞翔，只是盘旋着，无精打采，一筹莫展。

乌塔吸了一口气，转向那个穿着厚羊毛大衣的女孩："你在等我吗？"

孩子无助地点点头，似乎被抓到了在做什么违法的事一样。她睁大眼睛，露出一种困惑的表情，然后将手伸到大衣里面，掏出一个带有公爵夫人印章的信封。乌塔接过来，惊讶而伤心地注意到，交接一完成，女孩便立即将手缩了回去，就像害怕沾染某种疾病似的。

*是什么事？*乌塔想，*难道我又成为某种恶意流言的对象了吗？*她叹了一口气，但没让自己发出声音："她是现在就要答复，还是我待会儿送过去？"

"她……她想让您现在就读，然后跟我一起过去。"

乌塔不得不抑制住又一声叹息。她有很多事情要做——教堂需要清扫，这是其一。教堂屋顶上的大碗需要重新放满食物，这样鸟儿才有吃的，到那上面得爬不少楼梯。之后，她还有一些信件需要写。城堡里最老的一个修女，佐睿雅的修女病了，几乎能肯定她将不久于人世，需要告知她的一些亲戚，以防——不论这个可能性有多小——他们想见她最后一面。不过，她仍然不可能拒绝公爵夫人，尤其是在一个因变化而陷于动荡中的城堡里，佐睿雅教堂的保护者已所剩无几了。亨顿·托利对乌塔和其他佐睿雅的修女表示了公开的蔑视，把她们叫作"白蚂蚁"，还清楚地表示过他觉得教堂很占地方，将其改造成他亲戚和门客的住所将是更好的用途。不，乌塔需要梅若兰娜夫人继续表露善心，她是教堂仅剩的几个同伴之一了。

或许公爵夫人又病了。乌塔突然感到一阵揪心的担忧，虽然她们之间存在许多不同，但她喜欢公爵夫人，而这些日子在城堡里让她感觉有共同之处的人越来越少了。

"我当然会去。"乌塔对女孩说。她打开信，看到里面写的不外乎就是女仆说的那些内容，除了公爵夫人用微微颤抖的手写下的结尾有些奇怪。"如果你有眼镜，一起带过来吧。"

乌塔没有眼镜，就挥挥手示意女孩往教堂门口走，自己跟在后面，但她忍不住思量公爵夫人要让她做什么事，为什么会需要眼镜这种东西：梅若兰娜是一个受过良好教育的女人，读写水平都很高。

她跟在埃丽丝身后，穿过近乎空荡荡的大厅，里面似乎跟外面的天气如出一辙，一半火把都没点着，昏暗的灰影子似乎将走廊全遮了起来，甚至连门后的人声也像被某种厚厚的雾捂住了。路过的人不多，大多是仆人，看起来像幽灵一般苍白沉默。

精灵族过河了吗？现在已经过去一个月了，他们没有任何动静，但每天晚上睡觉时很难不想起他们。双胞胎失踪了吗？还是有其他事情——祈祷苍月女儿一直保佑我们——什么更隐秘的事情，将这个地方变得像一个废弃的海滩般荒凉寒冷？

到达公爵夫人府邸时，埃丽丝让乌塔留在前厅中央——被一群贵妇人和仆人围着，她们几乎全都沉默不语，大多数在做针线活——她则上前敲敲内室的门。

“乌塔修女来了，夫人。”

“哦。”梅若兰娜的声音微弱而坚定。乌塔心里感觉好了些，如果公爵夫人生病了，她的声音不会这样。“让她进来。你跟其他人留在外面，孩子。”

乌塔惊讶地发现公爵夫人全副盛装，头发盘得非常整齐，脸上化了妆，打扮得一丝不苟，就像是准备出席什么国家盛会，却像一个沮丧的小孩子那样坐在床沿上。梅若兰娜手里拿着一张纸，心不在焉地挥舞着，示意她去坐那把又高又宽，可供穿着盛大宫廷服的女士就座的椅子。乌塔坐了下来。由于她只穿着简单的便袍，所以椅子两侧空出一大片，让她感觉自己就像一粒豌豆在一个大碗里晃动。“有什么我可以效劳的，夫人？”

梅若兰娜再次晃动着那张纸，这次感觉像是要赶走某种恼人的昆虫一样。“我感觉自己要疯了，修女。好吧，或许不是疯，但我不知道自己是不是神思颠倒了。”

“什么，夫人？”

“你把眼镜带来了吗？”

“我不用眼镜，夫人。我的视力还可以，虽然大不如前了。”

“我没有眼镜几乎没法阅读——是查文给我做的，非常漂亮的镶金边眼镜。但我把它们弄丢了，该死的，他却不见了。”她带着一种愤怒和痛苦交织的表情环顾卧室，仿佛查文是故意失踪，只是为了让她看不清东西。

“您想让我帮您读什么吗？”

“你自己读——但小声点！来，坐到我身旁。虽然没用眼镜，但我也把它稀里糊涂看完了。我想看看你读的内容是不是一样。”

梅若兰娜拍拍床。

乌塔不用香水，并不是因为修女生活不允许，而是她本人不喜欢。她发现梅若兰娜夫人身上那种甜丝丝的脂粉香让人感觉有些不舒服，味道还非常浓烈，把她呛得差点打喷嚏。她把双手放到膝盖上，端正姿态，试着不要呼吸太深。

“这个！”梅若兰娜说，再次晃着那张纸，“我不知道我是不是要疯了，就像我刚才说的那样。好几个月来，整个世界都天翻地覆！几乎感觉像是世界末日。”

“神灵肯定会带领我们安全度过的，夫人。”

“或许吧，但到目前为止他们并没伸出援手。可能睡着了，或者只是离开了。”梅若兰娜哈哈大笑起来，笑声短促而尖利，“我吓到你了吗？”

“没有，公爵夫人。在现在这种日子，很难想象有人不生神灵的气或陷入彻底的怀疑。我们所有人——尤其是您——都失去了太多心爱之人，目睹了太多可怕的事情。”

“正是如此。”梅若兰娜呼出一口气，就像为了听到这些话已经等了太长时间，“我看起来像疯了吗？”

“一点也不，夫人。”

“那么这里或许是一些解释。”她把那张纸递给乌塔。这是一页信，笔记工整而紧凑，字母紧挨在一起，似乎纸张非常珍贵，一点都不能浪费。

乌塔斜着眼睛看着：“没有开头或结尾。还有其他部分吗？”

“肯定有，但我只有这些。那是奥林的笔迹——国王的笔迹。我想是肯德里克在被害之前不久收到的信。”

“您想让我念出来吗？”

“稍等。首先你必须明白我为什么……为什么怀疑自己的神智。那张纸，那张纸，今天早晨就那么……出现在我房间中。”

“您是说有人给您留下来？放在您门下？”

“不，我不是那个意思。我是说它……自己出现在我房间里。当时我在另一个房间里跟夫人们和埃丽丝在一起，谈论早晨在小教堂中举行的仪式。”

“您参加仪式时它出现在您房间中？”

“不，当我坐在另一个房间的时候！众神啊，我还没那么小看自己的神智，仅仅因为有人给我留了一封信就认为自己疯了。当时我们刚参加完仪式回来，仪式由新来的神父主持，那个看起来很容易生气的家伙。你也知道，托利家族把我亲爱的提摩伊德赶走了。”她的声音很尖刻，充满恨意。

“我听说他离开城堡了，”乌塔小心翼翼地说，“听说他走了，我感到很遗憾。”

“但现在那些都不重要。正如我说的，我们刚从仪式中回来。我来到这里，换下了在教堂里穿的衣服。当时这里没有信。你会认为我是一个笨女人，只是当时没注意到而已，但我对所有的神灵发誓，这里没有信。然后我走了出去，来到会客厅，跟其他人坐在一起，我们谈论了仪式及那天要做的事情。火盆烧尽了，我打算去加一件披肩，然后就看到信躺在这张床中间。”

“没有人进来过？”

“我们中甚至没人离开过起居室，一次都没有！”

乌塔摇摇头：“我不知道该说些什么。我可以读一下吗？”

“请吧。这真是让我坐立不安，不知道这种东西为什么会被放在这里。”

乌塔在膝盖上展开那片羊皮纸，大声读出来。

“……乌鸦之门的守卫非常松懈。我们强大古城墙的魔力似乎不但对敌人起作用，也影响了我们的士兵。那个年轻卫队队长的名字我想不起来了，我不知道他是不是从穆里那里继承了这个问题，并且现在无力或无心解决，还是他本身对卫兵的管理较为松懈，但这一点必须改变。我要提醒你，对城内和城外的敌人都要小心防范，这意味着要有更高的警戒性。

“我还要恳请你告诉布罗纳，夏之塔外面旧城墙和新城墙交界处下面的岩石必须进行检查，或许应该在那里建造一些其他形式的防御工事，比如一堵突出来的城墙，并加设一个岗哨。有人可能从这个地方爬上城墙，直接进入内城堡。我知道对你来说这显得有些太麻烦了，儿子，但我担心长久以来的和平很快就要结束了。我在赫若索尔这里听到了一些让我感到担心的流言，是关于独裁者和其他事情的流言，而我在开始这次凶多吉少的寻访时就已经非常担忧了。

“刚才提到了夏之塔，我还要告诉你一些事情，但这些事情只能你一个人知道。如果你把这封信读给布瑞奥妮和巴瑞克听，下面这部分就不要读出来。

“如果有一天，你非常确定地知道我已经死了，那么有一些东西你必须看到。在夏之塔，我图书室的书桌里有一本书，普通的黑布封面，封面或书脊上没写任何东西。这本书被锁在书桌里，钥匙可以在桌子侧面的一个隐蔽小洞里找到，就在埃顿家族的狼头雕像下面。但我请求你，甚至以父亲和国王的身份命令你，除非你百分之百确定我再也不会回来了，否则不要碰它。

“这就是我要告诉你的全部事情。如果你需要同其他人商量那本书的内容，不要告诉你弟弟和妹妹，也不要相信任何人，除了沙索。在我的所有参谋里，只有他从背叛中得不到任何好处，反而会失去一切。对他来说，我或我的继承者的垮台将意味着流亡，贫穷，甚至可能是死亡，所以我想你可以把他当作亲信，但只有在你感觉自己无法独立承担的时候才能这么做。

“好了，这个不愉快的话题就说这么多，我相信我会健健康康地回到你身边——卢迪思想要得到金子，或者至少是一个活着的新娘，而不是一个死去的国王。在我回来之前的这些日子里，一定要确保城堡防御安全。我们在很多地方都有弱点，如果继续沿用和平时期的那种松懈防卫方式将会后悔莫及。还要告诉布罗纳，城堡下面的地道有一百年没检查过了，芬德林人像鼹鼠一样在那里挖掘地道，而且在南境城堡的地下室里还有那么多漏洞……”

“到这里就没有了，”乌塔说，“另外边上空白处有一个奇怪的补充，用一种非常不同的笔迹写成。”

“我看不清楚——请读给我听。”梅若兰娜说。

佐睿雅修女斜眼看了一会儿，试着理解其中的内容。这些字用一种看起来像是古体的笔法写就，比国王的字小很多，字体也更笨拙，为了适应信纸边上的狭窄空白，字母相互缠绕在一起，但墨水看起来很新。

“如果你想要知道更多的内容，我们会跟你交谈。只要说‘好的’我们就能听到。”

乌塔抬起头看看公爵夫人，脸上一副困惑不解的表情。“我不知道这是什么意思。”

“我也不知道。一点儿都不明白。如果有人在听，那么我就说了，好的！”这个词她几乎是吼出来的。

“瞧，这是不是疯了？我在同幽灵说话。在这该死的年代，这不会是第一次。”

乌塔没有回答，在房间里四处张望，试图发现有人可能藏匿并监视他们的地方。这个房间没有窗户，而且公爵夫人的住处在顶层，上面除了屋顶什么都没有。难道有人躲在那里，蹲在卧室的小烟囱旁边偷听她们谈话？但如果那样，她们肯定能听到动静，而且卫兵也会看到他们。

两个女人相对无言地坐了很长时间，等着看这个奇怪请求和梅若兰娜的回应是否会有结果。最后，公爵夫人从床上摇摇晃晃地站起身来："不论发生什么，我实在不能把你留在这里一整天，虽然见到你令人感到安慰，乌塔修女。对于我身边的这些人，我谁都不信任，那些站在托利家族一边的人也是，那些可恶的背叛者。"

"夫人，请不要这么大声，即使在您自己的房间里。"

"你认为他们会审判并处死我吗？"梅若兰娜哈哈大笑起来，语气中听起来甚至有一丝快乐，"啊，但我会先把他们烧死，不是吗？说句心里话，我会把他们全身烧焦！躲在那样一个婴儿背后，声称保护奥林的王位，但每个人都知道自从那个婴儿的可怜哥哥死去后，他们就一直在垂涎王位。"她厌恶地摆摆手，"够了。我送你到门那里。我也该离开这个房间了，趁我还没看见同我交谈的幽灵。"

梅若兰娜同乌塔道了别，让埃丽丝送她回去，但她礼貌地谢绝了。她想自己走回去，思考一下刚才发生的事。

她沿着大厅的楼梯往下刚走了十几步，门就又开了，梅若兰娜用一种带着恐惧的嘶哑声音在背后叫她。

"乌塔！乌塔，快来！"

她回到屋里，梅若兰娜用颤抖的手引她走进卧室。床铺正中央躺着一张纸，这次是一片撕下来的羊皮纸，但用同样潦草的古体字写成：

明天日落之后，到夏之塔顶部来见我们。

第十四章
被追捕

后来祖米奥斯和他的兄弟姐妹重新出现，对天空之主佩林和他的兄弟统治天空的权力提出了质疑，但对于他们的嘲讽，三兄弟反应平静。有很长一段时间，他们生活在一种不稳定的联盟中，直到科尔斯遇见了佐睿雅，佩林的处子之女。科尔斯对她垂涎不已，于是把她从她父亲家中偷了出来，带到自己的城堡中。

——引自《三神之书·万物之始》

有什么东西在拉扯他的头发。

费拉斯·范森在梦境中迷失了，那是一个关于阳光明媚的草地的梦境，但即使在那个晴朗明亮的地方，草丛里也潜伏着某种黑暗的东西，他的心脏猛跳了好几下才挣脱那个可怕的梦。

“主人。”斯科恩用嘴巴衔住范森的一缕头发，猛地一拉，乌鸦臭烘烘的呼吸正对着他的脸，“醒醒，有什么东西在那里。”

醒着，还是做梦，没有什么区别——恐惧和痛苦无处不在。范森翻了个身。乌鸦从他身上跳下去，笨拙地扑扇着翅膀，跳到地上。“什么？”他问，“是什么？”

“咱不知道。”它低声说，“闻起来像是皮革和金属。那里还有一些动静，声音很小。”

一个颇具威胁性的高大影子落到范森身上，挡住了篝火忽明忽暗的微弱光亮。他一下子醒了过来，一把抓住自己的剑，把剑和身体用夜里当作毯子的斗篷裹了起来，但影子没动。

是基尔，他伸出手，做出索要的姿势。毫无特征的脸上，那双眼睛紧紧盯着范森，神情急切，几乎像在燃烧。

给我。范森几乎能听到这个词语，虽然这个无脸生物没有说出声。**给我**。

“他想要自己的剑。”巴瑞克王子低声道，坐了起来，“把剑给他……”

“给他……”

“他的剑。他了解这个地方，我们不了解。”

范森有一会儿没动，视线在王子和逐渐逼近的红眼精灵之间转来转去。最后他翻了个身，从斗篷底下拉出插在鞘中的剑。精灵用手指握住剑柄，把它从中抽了出来，只剩范森拿着空空的剑鞘，然后基尔转过身，消失在他们搭在山坡上的小营地周围的灌木丛中，像一阵风一样迅疾无声。

“这真是疯了……”范森喃喃自语，“他会偷偷溜回来，把我们两人都杀了。”

“他不会。”巴瑞克脱下靴子，用他那件破破烂烂的脏斗篷边擦擦脚，然后重新穿上靴子，“他很生气，但不是对我们生气。”

“您是什么意思，生气？”

斯科恩忧心忡忡地抖动着羽毛，嘴巴和胸脯上有一些粘兮兮的蛋壳碎片。不管多么惊慌，看来乌鸦找到猎物并吃了午餐。“他们全都疯了，高等精灵，”乌鸦轻声说，“在黑塔中住了太久，盯着他们的镜子，倾听死者的声音。”

“那是什么意思？难道你们都疯了吗？”

“基尔生气是因为乌鸦在他之前听到了声音。”巴瑞克镇定地说，“他在责怪自己。”

“但为什么应该……”范森没问出后半句。山坡上很远的地方传来一些响动的回声，跟他以前听过的任何声音都不同，是一种响亮的尖叫，像破喇叭发出的巨大声音。“佩林神，”他倒抽一口冷气，“那是什么？”

“哦，主人，是长头颅或更糟的东西。”乌鸦粗声粗气地说。

“不论乌鸦闻到了什么，基尔找到了它们。”巴瑞克仍然在穿靴子，神态平静，就像在准备穿过内城堡回家一样。

范森挣扎着站了起来：“我们难道不应该……去帮他吗？”这种想法令人感到不安，但他毫不怀疑在此地有比基尔更坏的东西。毕竟，他曾眼睁睁地看着自己的同伴克勒姆·戴尔被其中一个怪物抓走了。

“等等。”巴瑞克举起手，竖起耳朵听着。这个年轻人仍然带着一种不假思索的命令语气——王室童年不可分割的一部分——虽然映着微弱的火光也能看到他浑身破烂不堪，就像一个贫穷牧民家的淘气鬼一样。他头发湿漉漉的，上面粘着几片树叶，像斯科恩参差不齐的羽毛一样怪异地伸出来，他的衣服如果不是黑色的，现在不知得有多破烂，多肮脏。“是基尔，他想让我们过去。”

“为什么？他……他……”

“他没受伤——但他仍然很愤怒。”巴瑞克露出一丝勉强的笑容。

“殿下，如果他在骗我们呢？我知道您不怕他，但想想，他拿回了武器，现在正是杀死我们的最佳时机——天很黑，他对这片森林的了解远远超过我们。”

“如果他想杀死我们，前几个晚上就动手了。他不只是愤怒——他还很害怕。他需要我们，虽然我不能确定是为什么。”巴瑞克皱起眉头，“我听不到他了。我们必须去找他。”

巴瑞克从山坡上起身，开始朝叫声传来的方向赶去，连个火把都没带。范森骂了一句，俯身从篝火中拿了根树枝，然后匆忙跟在他身后。

重新开始下起的雨冲散了笼罩在天空中的烟，但基尔口中所说的那种永远存在的“天幔”依然如故，甚至在深夜，一丝暗淡的光亮仍会从他们头上密密的树枝中漏进来，就像昏暗的天空紧紧抓住一线终日不散的暮光，像油一样将它吸收进去，好能在夜里四下喷溅出来。但即使在夜光和那个可怜的临时火把的映照下仍然很难看清路，范森赶上王子时，王子已经被树枝划伤了好几处，摔倒了两次。范森第二次摔倒时，巴瑞克转身扶他站了起来。

“快点。”王子说。

难道我像是在享受大好时光，惬意溜达，欣赏美景吗，殿下？范森心里有些不是滋味。

斯科恩不一会儿就赶上了他们——上坡时，乌鸦跳着前进，比他们的速度要快，有时笨拙地飞上几码。这只老乌鸦身上似乎总有一种湿土和微微腐坏的气味，听到它在身后跳动之前，范森就能先闻到它的气味。

“低头，主人。”斯科恩发出嘘声。范森差点迎面撞到一根低垂的树枝上，勉强躲了过去。这之后他发现乌鸦的气味相对容易忍受一些了。

从正前方的一片杂树林中走出来时，范森倒抽了一口冷气。精灵的剑正往下滴着黑色的液体，短外套和戴着手套的手上也有液体溅落下来。

基尔指指他身后的杂树林。范森走进去查看，仍然忍不住担心这个无脸生物随时可能对他们发动攻击。他回头张望着，想在一片漆黑中确定基尔的位置，脚下差点踩到一具尸体。他颤抖着双手，放低火把，离近一些，想弄清楚自己在看的是什么。

不知怎么回事，这具尸体看起来没有一点正常的地方——骨头折成一种非正常的角度。一个骨骼突出的长头颅，前面和后面都突出来，坚硬、粗糙的皮肤让这种非人的形状更加明显。这个已死生物的手臂很长，可能多出一个关节——很难确定，既由于眼前一片漆黑，也因为基尔把尸体弄得一片血污狼藉。不过最让人不舒服的还是它的头，尤其是那骨骼突出、鸟喙一般的长口鼻，虽然这种死去生物的前额很像人类，但深深凹陷下去的眼睛又很像蜥蜴。

它穿的衣服也让人很不舒服。这头怪物竟然穿着衣服——不是全套战服，锁子甲下面是一件油腻腻的短皮上衣——光是这一点就让范森胃中翻涌起来，一股酸酸的滋味从他喉咙后面泛起。

几步之外躺着第二具脸部口鼻突出的尸体，满是骨骼的头几乎被砍成两半，鲜血淋淋的爪状双手仍然伸开，似乎想挡住致命一击。

“佩林神啊，这些……东西是什么？”范森问，“它们在追我们吗？”

“不知道，但基尔说它们是长头颅。”巴瑞克说，“那正是他如此生气的原因之一。他身上由追随者造成的伤还没完全好，他说，否则他会把它们三个都杀了。”

“长头颅，”斯科恩呼哧呼哧地说，“而且不是通常那种四处游荡的长头颅。它们属于某个人，肯定是这样——根据它们穿的衣服能判断出来。”

基尔弯下腰，用剑刃将这个生物难看的头翻了过来，在骨骼突出的脸上能看到一个烙印标记——一个标志，几个相互重叠的楔形标记，看起来像一丛荆棘。

“吉库因，”巴瑞克缓慢地说，“我想基尔会这么叫它。”

乌鸦发出一阵惊慌的嘎嘎叫。“锁链杰克？它们真属于锁链杰克？”它笨拙地飞到范森肩膀上，差点让他失去平衡，“我们必须赶紧逃，逃得远远的。快逃！”

“你之前说的那个？”范森望望一言不发的基尔，又瞅瞅巴瑞克，“我以为我们已经远离了它的地盘。”

王子有一阵没回答。“基尔说从现在开始，我们必须轮流在睡觉时值班，”他最后说，“而且武器必须放在近旁。”

道路仍然杂草丛生，路面上几乎长满了奇怪的植物，还有很多树根和因为水淹造成的坑洼不平，但树木开始渐渐变得稀疏了，零星的灰色天空出现在地平线上，在树干之间延伸，就像世界上最老、最脏的亚麻布正挂在那里晾干。雨势也减缓了，变成一种漂浮的蒙蒙细雨，但巴瑞克并没有因此而感到放松。

我们在逃离什么？他问基尔，**不是这些骨骼突出的东西吗？**

小心。精灵伸出一只苍白的手，指着前面的一点，路从那里变成了一些表面光滑的石头和灌木丛。巴瑞克勒住马，那匹名为飞龙的怪马绕着这片荒废区域走了几步，然后又恢复了小跑。基尔沿着长长的马脖子再次俯身向前，看起来就像一个怪异船头上的装饰人像一般。

我们在逃离什么？巴瑞克又问了一遍。

死亡，或更坏的事物。其中一个长头颅逃掉了。精灵人的想法下面涌出一阵厌恶，就像某种强烈的气味一样明显。

但你自己一个人杀死了两个。范森是一个士兵，我也能打斗。对那个逃掉的长头颅，我们应该没什么好害怕的？

它们不会独自狩猎，甚至不会三个一群行动，阳光大陆的凡人。基尔似乎在努力抑制一阵狂怒，一种如果发泄出来将难以控制的愤怒。**它们很胆小，喜欢成群结队活动。**

狩猎?

它们作为奴隶贩子或收割者为吉库因效劳。不论是哪种，这三个都是出来狩猎的。它们是一个更大部队的侦察兵——这一点我可以确定。就像我确知白色之根就在我们头顶的天空中一样。最后一句在巴瑞克的脑海里表现为一道亮光透过雾气照射下来。基尔越不安，就越不会花工夫选择一些巴瑞克容易理解的概念。你是想成为奴隶，还是被吃掉?很难选，是吗?

谁是吉库因?你一直在说他，但我仍然不知道他是谁。

就是乌鸦口中的锁链杰克。他是一方势力，古老的势力，而库-纳-加尔失去了如此多的……——又是一个巴瑞克无法理解的观念，某种是“亮光”，又是“语言”，甚至可能是“音乐”的东西，一种不可表达的混合体。很明显，如果他敢将自己的歌声在自由之地传播得这么远，说明他对自己的力量很有自信。

巴瑞克几乎完全不明白他的话。他的胳膊疼得很厉害——这地方湿漉漉的天气对他一点好处都没有——在跌落中伤到的那根肋骨也在隐隐作痛。但基尔善谈的情形非常罕见，他不愿意放弃这个机会。

他是哪种势力?一个国王，就像你谈论的那个盲国王一样?

不。他是一种古老的势力，神灵的私生子之一，我之前跟你说过。我们在“血战年代”将它们中的大多数都打败了，但有一些太聪明或太强大，躲到了一些很深或很高的地方。吉库因就是其中一个。

某种神灵?他在追捕……我们?巴瑞克突然觉得自己要从鞍上跌下去了——一阵头晕目眩，刹那间四周的森林变成了一股混乱的绿色急流。当这股急流结束时，他发现基尔的胳膊正抓着自己的腰带，扶着他。

“我没事，没事……”巴瑞克大声说，接着意识到范森和乌鸦正盯着自己。他确定刚才他们还落后自己几十步远，此时却几乎跟他平行，仿佛他在晕眩中失去了一段时间似的。

我们难道不应该掉头，如果这个……生物，这个锁链杰克在搜捕我们？

我想不是搜捕我们。他不会只派长头颅就来抓我这样的精灵。这个想法中有傲慢和自豪，但也不乏懊恼。**他不可能知道我……受伤了。**

受伤？

现在那种懊恼的感觉更接近羞愧。巴瑞克不用去看基尔的脸，就能理解他的糟糕情绪。不过他的脸上也从来不显露什么表情。**追随者，当他们攻击我时——我摔倒了。他们在我头上打了好几下，然后我又一头撞到一块石头上。我现在……瞎了。**

这个词语似乎不正确，不过巴瑞克的反应仍然非常震惊。**你是什么意思，瞎了？你可以看见啊？**

只能用眼睛看见。

巴瑞克正对此感到困惑不解，费拉斯·范森再次赶上了他们——或者说是范森的凡马敢靠近的距离。虽然两匹马一起赶路十多天了，但被拴在一起时，凡马仍然会把缰绳扯得远远的，尽可能同精灵马保持一定距离。“殿下，您病了吗？”范森问，“您几乎从马鞍上摔下来……”

“我什么事都没有，别管我。”他想继续跟基尔谈话，而不是跟这个……农夫啰里啰唆。

一个本来不必跟你来这里的农夫，内心有个声音提醒他。他第一次听到了自己的声音，而不是基尔的声音。**一个对这里的情形如何知道得一清二楚，却仍跟你一块儿来到这个让人难以忍受的地方的农夫。**

巴瑞克吸了一口气。“我不是那个意思……我很好，范森队长。”

他拉不下脸来道歉，“我稍后再跟你聊。”

士兵点点头，稍微拉住缰绳，让巴瑞克的马再次在前面带路。他们落到后面时，脏兮兮的黑乌鸦蹲在范森肩上，用一双令人不安的敏锐眼睛望着王子，就像王室医生查文透过巴瑞克的怒气，看穿了他下面掩盖的真正情绪。有那么一会儿，王子感到极度孤独，他想念南境，想念熟悉的面庞和熟悉的事物。

你说你瞎了，为什么？他问，你的眼睛可以用，不是吗？

基尔很长时间没说话。我是防风灯，他终于说，天生能在黑暗中看到东西，看到光后面的东西，看到非常遥远的东西。我有一只内眼，在头里面。以前这些长头颅根本不可能靠近我。以前我根本不需要从一只乌鸦那里知道这一点，但现在我瞎了。

这些想法中有那么多痛苦，那么多愤怒，当这些感觉向巴瑞克袭来时，他觉得自己几乎要吐了。他一只手抓住马鞍，稳住身体——他不想让范森再赶上来问东问西。

由于你头上的那些伤口？

是。是的。现在我处于完全无助的地步——不得不在自己的国家心惊胆战地东躲西藏，偷偷摸摸地前进，就像一个在阳光大陆的光天化日之下被白焰捉住的森林元素一样。

巴瑞克不知道基尔是什么意思，但他听到这句话时能了解其中的那种愤怒和绝望——他太了解了。会好起来吗？

我不知道。伤口已经痊愈了，至少肉已经长上了。我怎么知道呢？

巴瑞克吸了一口气。同神灵行下的事抗争没有好处，他告诉基尔，重复着这句话，丝毫没意识到这是布瑞奥妮经常对他说的话。或许我们应该找个地方躲一下，等一等，看看你的伤口能不能最终痊愈？那样不是要好过穿越这个你认为那么危险，另外还有那些东西在外狩猎的地方？

你不明白，基尔说，我们没那么多时间了。也许现在已经太晚了。

太晚了，什么太晚了？

我……我带了一些东西。女主人交给我的，我必须把它带到库-纳-加尔那儿去，要快。如果到得太晚——或根本到不了——的话，很多生灵会死去。

你在说些什么？

你们人类中的很多人和精灵族的许多成员将会死去，小小的阳光大陆人。这些无声的话语中有一种冷酷的确定。——至少你们城堡中留下的那些人，以及无数的其他人——我们两个种族都是。我的任务就是同厄运赛跑。

⚜ ⚜ ⚜ ⚜ ⚜

他们已经连续骑了好几个小时，中间根本没休息。“我不明白，”范森的腿很疼，“我们在逃离什么？”

“长头颅。”斯科恩紧紧蜷缩在马脖子上，看起来就像一块难看的肿块，“就像您之前看到的那些尸体。”

“你已经说过了。它们为什么要来追捕我们？”

“不是追捕我们，而是追捕任何它们能找到的东西——为锁链杰克寻找肉和奴隶。”

“你总是谈论他？他是谁？”

“不是他，不是你以为的那种意思。一个古老生灵。谈论他没什么好处。省省力气吧。”

“但我们现在在哪儿？我们在往哪儿去？”

“这不是咱能回答的。”乌鸦再次合上眼睛，垂下头去，靠到马一起一伏的肩膀上，不愿再多说什么了。

范森知道，对于这次凶多吉少的旅程，即使他曾有一丁点儿控制权，现在也早已消失了。基尔重新拥有了武器，他们在逃离某种范森无法理解的东西，现在实际上是精灵在带领着他们前进。所有这一切都发生在一个范森曾打算一辈子都不再涉足的地方——一个早已让他丧过一次命的地方。但他们此时就在这里，沿着一条古老、树木丛生的道路前行，朝哪儿？深入暮光之地，那就是他所知道的一切。所以，即使他能迫使自己抛弃王子，他也回不去了——他自己一个人永远找不到回阳光大陆的路。*命中注定的，注定的。我为什么要对那些该死的、迷失而疯狂的埃顿家族的人立下誓言？*他忧伤地想。

当他们最终停下来让马饮水的时候，时间似乎已经过去了半天。范森站着，他的马正从一条流经道路的污浊小水流中喝水。这里的树木要稀疏一些，前面的地方山坡比较多，但稍微开阔了一些，即使在这种永无休止的暮光中，能看清一些距离也是一件好事。

斯科恩也在喝水，但它在远远的下流处，因为刚才它扑扇着翅膀落到范森的马旁边时，后者有些受惊。在离它们几码远的地方，巴瑞克的灰色战马全神贯注地默默喝着水。范森的马仍有些气喘吁吁，肚子一起一伏，但精灵马看起来就跟刚开始时一样精神。

*它是变得更强壮了吗？*范森想，*或许只是因为它在自己的故土，而我的马不是？*他意识到同一个问题也可以用在基尔身上，马匹喝水的时候，他正不耐烦地站在那里等待。巴瑞克甚至懒得下马，就坐在马背上望着前面的道路。那比小径稍宽一些，两边各有一排幽灵般的白树。范森从没见过这种树，它们缠结在一起，在路两旁延伸开来，就像玻璃上结下的霜花。小路本身看起来则远没那么神奇：泥土和白草形成的坑洼地面，古老的人类道路遗留的石头，道路很久以前被水流冲刷掉了，或因为故意偷盗而被破坏掉了。

“殿下。”范森喊——但没太大声，这些树木很容易让人感觉它们像一些冷酷而好奇的幽灵，在倾听陌生人类的说话声。“我们什么时候停下来扎营？现在应该又到白天了，如果可以这么说的话，即使那个精灵不用吃东西，你和我也要吃东西。事实上，我们鞍袋里的食物已经见底了，所以我们得先找些吃的。”

“基尔说现在确实是白天了，但他不想停下来，等我们跨过那个……那个……悄语瀑布再说。”

“那是什么地方？”

“一条河。他说长头颅不喜欢水，它们不能游泳。”

范森自顾自地大笑起来：“佩林神哪，这是一个什么世界啊！好吧，那么我们就在河边扎营，但在那之前我们得先吃些东西，殿下。”

“咱会给你们抓些东西。”斯科恩献殷勤地说。

“不用，我们自己会找吃的。”他见过太多在斯科恩看来可以吃的东西了。迄今为止，他和巴瑞克挣扎着勉强吃了一些看上去很陌生的鸟和一只受伤的野兔，这些都是范森徒手去抓的，不过如果乌鸦不帮忙，它们还能多活一会儿。“除非你能给我们找一些完整的东西——蛋，或许。”他看着这只浑身斑点的老乌鸦，觉得自己需要说得更具体一些，“鸟蛋。”

但我们还能挑三拣四吗？范森想，**此时我没有弓箭，连一只松鼠都不一定抓得住，更别说鹿或其他真正的美味了。**实际上，现在他想起来了，除了追随者和基尔杀死的长头颅，进入雾影之地后，他们还没见过比斯科恩更大的动物。他把这一点告诉了巴瑞克，后者只是耸耸肩。

“那个精灵吃什么？”范森突然问，“我们一起走了十余天了，我从没见过他吃东西。即使没有嘴，不管怎么着他也得吃东西吧。”

“我小时候，”王子说，“保姆告诉我精灵族饮花蜜，食星尘。”

他的笑容很悲伤，“基尔说他吃什么不关我们的事，我们必须重新开始赶路。”

那天他们找到的用来填饱肚皮的食物少得可怜，只有几把白色的软浆果，斯科恩和基尔一致同意两个阳光大陆的人吃这些东西可能无害。它们比范森想的要更甜，但仍然有一股奇怪的烟熏气，跟他吃过的任何东西都不一样。在乌鸦的建议下，他还尝试了一块长在他们所路经树木上面的蘑菇，斯科恩说这能稍微减轻一些饥饿。这是范森有生以来吃过的最恶心的东西，对于一个身经百战的老兵，以及一个在獾皮靴酒馆吃过很多次饭的人来说，这很能说明问题了。蘑菇的表面由于淋了雨水很黏滑，放到嘴里时感觉就像在咬某种从池塘里拔出来的东西，里面则是干粉末，像尘土一样没有任何味道。不过他还是努力咽了下去，虽然微微感觉头晕，但这确实让他胃部的不适感减轻了一些。他掰了一块递给王子，王子跟基尔进行了一番无声的交谈后，带着一种非常明显的厌恶表情吃了下去。

他们继续往前赶路，中间只短暂停下一会儿休息，冰冷的细雨偶尔停一阵，这就是唯一能让他们开心的事了。森林继续变得稀疏，范森有时能在远处看到一些很像平地、更加开阔的地方，有一次他甚至看到一条铅灰色的闪光。基尔看后，确认说那就是“悄语瀑布”，但仍在离他们非常遥远的地方。

“看起来前面的路要好走一些了。”范森对斯科恩说。

乌鸦动动身子，拍打着翅膀：“遥远的悄语瀑布那里是一些更加空旷的地方，不过一定要非常小心。那里有树虫。”

“树虫，是什么？”

“非常危险，非常大，主人。有人把它们叫作‘恶龙’，但看起来很像树——像倒掉的……呃，树干。啊，它们会站在那里，等着什么东西慢慢靠近。然后它们猛扑下来，就像蜘蛛在网里捉住猎物一样。”乌鸦瞄了一眼范森的表情，“您听说过它们吗？听说过它们很可怕吗？”

“听说过……哦，神灵啊，我想我曾见过一个。”卡勒姆临死前的尖叫仍留在他脑海中，并将永远存在。“那种东西……那种可怕的，树枝一样的东西……”

“我们只能走那条路吗？”

“很坏，那些树虫，但它们数量很少。锁链杰克要更可怕，所有人都这么说。”说完这些令人不快的话之后，斯科恩抖抖羽毛，重新蜷缩起来，靠在鞍角处。

又过了一小时左右，他们还是看不到悄语瀑布。带着明显的不情愿，基尔最后总算同意他们在一个山坡上停下来扎营，山坡下面是一个浅峡谷。斯科恩找到了更多阳光大陆人可以食用的浆果以及一些深蓝色的花朵，花瓣发出一种强烈的刺鼻气味，但可以吃。当范森蜷缩在斗篷中入睡时，他的心情虽然算不上轻松，至少也没前一天晚上那么沉重了。

他像前一天晚上那样被人晃醒了，不过这次是巴瑞克。“起来，”王子悄声说，“他们就在我们后面的山脊上。”

“谁？”但范森已经明白了。他抓起剑，站起身，拍拍马身，让它保持安静，抬头看着长满茂密树木的山坡。他看到山顶上有一些火把，火光在半明半暗的夜里呈现出一种奇怪的红色，树木间有影子在穿梭，朝山下他们这里移动。“我们的精灵在哪儿？”范森悄声问，心里怀疑他们被背叛了，所有友谊的伪装都是为了此时这一刻。

“这里，在我身后。”巴瑞克说，“他说一路下山，到达山谷底部时朝下游方向转。走出森林时就会到达一个通向悄语瀑布的山坡。他说如果可以到达河流那里，就直接冲进河水中央——到那里我们就安全了。”

他们上面有某种东西发出一种嘎嘎的吼叫声，不像狗叫，听起来更像某种嗓门嘶哑的巨鹅，更别说人声了。范森的皮肤早因恐惧而寒毛直竖，此时似乎浑身绷紧，皱缩起来。

“跑！”巴瑞克朝他的马快步跑去。基尔已经上了马，他协助王子跨上马。*他们来了——他们知道我们已经醒了！*

那些是他们的猎犬吗？狼？

范森爬上马时，有什么东西从树林中猛地冲了出来，落到他身上。“不要忘了咱，主人！”斯科恩一面嘎嘎地说，一面躲开范森惊慌失措的拍打，“带上咱！”

“那就到我后面去。”在马背上他必须压低身体，他可不想看路时还得越过乌鸦的屁股。

那种嘎嘎的叫声再次响了起来，范森踢了一脚马，跟在王子的马后面往山下飞奔而去。透过树木和雾影之地的永恒昏夜，王子的马若隐若现，树枝发疯似地打在他身上。

“它们不是猎犬，主人，”斯科恩尖声说，紧紧蜷靠在范森背上，爪子深深嵌进他的腰带里，“它们是‘嗅探者’。不需要什么猎犬，它们本身的嗅觉就非常灵敏。”另一声嘎嘎叫声撕裂了黑夜，此时离他们更近了。“也更响了。”小乌鸦毫无必要地补充道。

那种粗哑的叽叽嘎嘎声似乎从山坡上至少五六个不同的地方传来，范森转过头去，看到那种奇怪的火把在很多不同的地方，全都稳定地朝山下移动。

现在唯一能做的就是祈祷马不要在黑暗中绊倒，折断腿，他在心里想。“它们跑得怎么样，这些长头颅？”他回头问斯科恩，“在平地上能赶上我们吗？”

“哦，主人，咱想不能，但它们可以一直追着我们。它们能嗅到高树顶部鸟巢的气味。”

“向左转！”巴瑞克在下面某个地方大声喊。

范森刚要张嘴问他是什么意思，突然发现自己正前方升起一个巨大的阴影——一块小房子大小的岩石，山脉沉重的石头骨架中一处突出来的骨头。他猛地一拉缰绳，转了方向，下面的山坡倾斜得更厉害了，他差点迎头往前栽下去。

不一会儿，他们冲出了最茂密的树林，进入一块长满草的斜坡。范森在心里感到一丝希望，即使只有非常微弱的一丁点儿，骑在马上，他们肯定能将这些嘎嘎叫的怪物击落到水中，如果基尔关于他们厌恶水的说法没错的话……

那些口鼻突出的东西正从各个方向穿过树林，朝山下冲来，火把摇晃着，喧嚷的叫声越来越大了。他脑子里想着拔剑，身体却在马脖子上俯得更低了，开始将注意力集中于坐在马鞍上前进，树枝抽打着他的脸颊。巴瑞克和基尔在前面不远的地方，但那匹黑色精灵马比他的马个头更大，虽然载着两个大块头，仍然渐渐跟他的马拉开了距离。范森的脚后跟使劲儿夹着马的肋骨，生怕自己在这片漆黑而陌生的地方落下太远。

他冲出一小片灌木丛，却发现不知怎么回事，自己正前方的山坡上出现了一些火把。一些追捕者已经穿出树林，来到山坡更下面的地方，他们错过了巴瑞克的马，但堵住了范森。他用手握住剑柄，祈祷能把剑顺利抽出来。天空之父佩林或其他神灵听到了他的祈祷，只一抽，剑就迅速而顺利地滑了出来，范森朝离自己最近的火光挥舞着剑，甚至连举着火把的那些动物是什么都没看到。

剑砍到一块硬得像石头一样的头骨上，发出一阵撞击声。那个东西应声倒地，火把在空中飞舞。另一个发出嘎嘎叫声的形体在他前面站起来，但他那匹身经百战的灰色战马脚下的步伐几乎没有放慢，直接从上面踏了过去，发出一阵低沉的骨头碎裂声，然后范森前面的道路就又畅通了。一队拿着火把的影子紧跟在他身后，但他同他们慢慢拉开了距离，跟王子之间只剩下一小段路了。

他正沿着一条像是小溪的水流前进，现在快要到达平地了，马匹步伐灵巧地绕过石楠丛生的茂密灌木丛，朝山谷尽头飞奔而去。现在可以看到山谷的入口了，还有一块三角形的灰色天空，他回过头，看见最近的火把也有几十步远，慢慢落到后面去了。他张开嘴巴，正准备对巴瑞克喊一些话，却突然发现前面的山谷尽头处出现了更多的火把，就像几十颗燃烧的星星从天上掉到了地上。

“陷阱！”他大叫，“他们包围了我们！”但他知道巴瑞克不会放慢速度或掉头，基尔也不会让他这么做。现在他们唯一的希望就是这群新冒出来的军队不会太强大，让他们能冲出重围，逃入山谷，然后继续朝那条遥远的河流前进。

他们和那片火把之间原本相距约一百码，但这段距离片刻间就缩短了。范森最后才突然意识到这次诱捕准备得是多么精心——这些叽嘎乱叫的生物手中有矛吗？他们是不是先挖好坑，然后躲在里面等待，就像人类军队会做的那样？火把迅速逼近，就像被一支支扔过来似的，那种怪异的嘎嘎叫嚷声越来越大，他觉得自己的耳朵都快要被震聋了。

它们手中没有矛，但队列从举着火把的群体后面延伸出去，至少有三四排。他看到巴瑞克的战马冲进黑压压的群体中，听到尖利的叫声和大喊声，还有听起来像是王子愤怒吼叫的声音，接着范森自己也陷入一片混乱，只要看到有东西移动，他就用剑砍过去。

其中一些动物手里有盾牌。范森奋力砍杀，只能在长头颅的重重包围中前进很小一段距离，接着又重新被逼退回去，对着从四面八方指向自己的尖头不断挥舞着剑。在一片混乱中，他看到这些骨骼突出的生物手里没有矛或剑，但有很多斧头、短刺枪以及棍棒。一个生物尖叫着，手里挥舞着一个用两根树枝绑在一起，看起来很像镐的东西朝他冲过来，虽然范森一剑把它砍断了，但挥击的力量差点将他从马鞍上震下来。

无法突出重围，费拉斯·范森使劲儿拉紧缰绳，他的马在混战中不断后退。他试图找到另一条冲出去的路，但这就像在黑屋子里进行的某种小孩子的游戏，到处都是半明半暗的影子。王子在哪里？他被打倒了，还是同精灵一起冲出去了？

过了一会儿，范森看到基尔正站在地上，将巴瑞克从一群进攻者的包围中拉了出来，精灵马丢失了或死掉了。范森策马朝他们那里赶去，突然意识到斯科恩正挤在他拉缰绳的那只胳膊下面，恐惧地吱喳乱叫。这只笨手笨脚的大乌鸦只会给他的前行添麻烦，而且如果发生什么危险，让它一起送命也毫无意义。于是他松开斯科恩，把它扔进小溪边那片正迎风晃动的漆黑的灌木丛中。

山谷中回荡的叫喊声突然变大了，剩下的部队，那些曾追逐范森和其他两人下山的部队，开始朝空地冲来，挥舞着手中的火把，那种奇怪的动作比任何梦魇都更怪异。

范森在王子和基尔身旁勒住马。巴瑞克抬起头，用一种呆滞、无望的眼神看着他。基尔的剑往下滴着黑色的血滴，他越过范森看着两侧的长头颅。

“我们被包围了！”范森拉住缰绳，试图阻止焦躁不安的马受惊暴跳起来。山坡上的追逐者从全速奔跑放慢到了更接近步行的速度，但仍在继续前进。山谷入口处的部队现在也逐渐靠近，范森和另外两人发现他们正处于一个逐渐缩小的包围圈中。范森努力从包围圈中寻找哪怕一个细小的口子——他会抓住王子，拼命冲出去——但包围者在移动中没有丝毫推搡或混乱，根本不可能产生缝隙。

他们被几倍于自己数量的群体包围了——或许几十倍，甚至更多——范森用一种绝望的想法激励自己：这样死掉总比像一头筋疲力尽的野猪一样，被在一场拉力狩猎中抓住要好。

不，不，他们……停了下来，他意识到。长头颅们没有直接杀死他们，而是用一种平静的、饶有兴趣的眼神望着这三个人，小小的眼睛在浓密的眉毛下闪着微光，有些像鱼一样，突出、无牙的嘴巴一开一合。基尔昨天晚上杀死的那两个长头颅，比这些举着棍棒的生物中的大多数穿得都要好，后者身上只穿着一些破布，几片锁子甲和皮革，但装备上的任何不足都能够被数量上的众多弥补。

基尔口中发出声音，这是范森第一次听到他开口，一种嘶嘶声，像蛇的警告声，非常响，甚至盖过四周长头颅的叽叽嘎嘎声。精灵举起剑，范森心里毫不怀疑，知道他是要冲进最近的包围圈中，以生命为代价刺破敌人的血肉，砍断他们的骨头，但范森同样清楚地知道，即使是基尔这样一个勇猛的战士，也很快就会被对方的数量打败压倒，而他和巴瑞克也将步其后尘丧命。

“基尔，不要！巴瑞克，阻止他！”他大喊，“他们没准备杀死我们。”

精灵往前迈了一步。范森身体下倾去抓基尔。他抓住精灵的斗篷领口，使劲儿拽住。防风灯的力气大得让人吃惊，范森双腿紧紧夹住马身，一只手抓住鞍角，但还是差点被从马鞍上拖下来。“该死的，停下来！”他低声对精灵说，“他们想留活口！看看他们！”

巴瑞克犹豫不决了一会儿，突然往前走来，抓住基尔的另一只胳膊。精灵战士浑身颤抖，回头用一种近乎仇恨的目光望着年轻的王子，眼睛是他脸上唯一有生命气息的部分，在象牙般的面具上形成两道燃烧的裂口。但是过了一会儿，他垂下手中沾满鲜血的剑。长头颅又靠近一些，发出轻声的呵斥，开始解除俘虏的武装。

“看起来我们似乎是猎物，”范森对王子说，“投降比毫无必要的死亡要好，殿下。只要活着，总会有希望。”

“也可能是酷刑。”巴瑞克说着，被粗暴地搡倒在地。王子的声音单调，死气沉沉：“如果幸运，我们会成为奴隶，也可能成为他们的腹中之食。”过了一会儿，范森也被推倒在地，跪在他身旁，长头颅给他的胳膊戴上沉重的锁链，喉咙上缠着坚硬粗糙的绳子，接着巴瑞克和基尔也受到同样的处理。

其中一个长头颅走上前，发出粗暴的嘎嘎声，拽住王子脖子上的绳子，强行将他拉了起来。基尔也同样被拉着脖子上的绳子站了起来。有那么一会儿，他看起来似乎要气疯了，但范森伸出一只手，于是基尔安静下来，乖乖被带走了。长头颅群中发出一种像是哄笑的叽嘎声。这些生物身上有股沼泽泥和其他什么东西的味道，一种像醋一样刺鼻而酸涩的味道。

他们在一片漆黑之中，步履艰难地往山上爬，刚刚他们还从这里飞奔而下，接着范森听到他的马在他们身后的山谷中发出一阵令人揪心的凄厉叫声——长头颅们将它砍成了碎片。

成为奴隶或被吃掉，他心想，心里感觉像一棵被闪电烧焦的树一样空荡荡的。*我的马被吃掉，我们则成为奴隶——但仍然活着，至少此时还活着。*

第二部分

窃窃私语

MUMMERS

第十五章
镜中男孩

扎法里斯变成了一个目无法纪的暴君，欺骗自己的亲人。我的孩子，他们私底下开始表达对他及其权威的不满。这其中最激烈的是舒萨耶姆的三个儿子，但实际上他们全都非常害怕自己的父亲。

后来，“雷鸣者”阿戈尔对他的兄弟们说：“我听说，在距离赞德很遥远的地方有一座山，山上住着一个名为努沙什的牧人，他是有史以来最强大的一个人。”这是真的，因为努沙什和他的兄弟姐妹是扎法里斯真正的初生子女，虽然他们长期生活于隐蔽之中。

——引自《努沙什启示录》（卷一）

清风吹散了云朵，虽然太阳仍在剩下的云朵中躲躲藏藏，但天空第一次放晴了。城堡里的人们陆续现身，渴望在脸上感受雨水以外的气息。

十几个年轻的女人进入王宫花园中。马提亚斯·廷莱特刚才一直垂头丧气，他在努力寻找与“误解”押韵的词语，却一无所获，但此时站在那里，他挺直了身体。他的情绪突然变好了，不仅仅因为他可以向一些漂亮女孩展示自己优美的双腿和新胡子，更是因为她们像一群迁徙的候鸟一样快活而富有生机，感觉就像春天的报信使者一样，虽然离冬天结束还有好几周的时间。他看着她们在花园里四处散开，有的擦干净长椅坐下，有的则在花园中间的草坪上围成一个圈，投掷一个里面塞满羽毛的布球，此情此景几乎让廷莱特认为南境的一切也许能够再次恢复正常，虽然所有的证据都指向相反的情形。

他摘下软帽，用手指捋着头发，思量着是直接参与这种游戏更有意思，还是再等一会儿，先用一种友善却有些居高临下的微笑观看她们嬉戏。但过了一会儿，关于投球游戏的所有念头都被他抛诸脑后。

她在慢慢行走，体态就像一个非常年迈的妇人，年轻的女仆在旁边搀扶，看起来就像是一个寡居的富孀——尤其今天，其他所有人都穿上了略微鲜亮一些的衣服，她却仍然身穿一身丧服似的黑衣。但那张苍白而坚定的脸始终没变，小巧而稍显锐利的下巴，缠在念珠中的长手指。不过至少她今天摘掉了面纱。

一次临时兴起的投球游戏，以及同游戏者看似偶然的触碰已经不能满足他了。廷莱特停下脚步，提起自己的长筒袜，从胸口拂掉一些面包屑——他刚才一边思索人生的不公，一边在吃面包和硬奶酪——然后沿着小路往下走去，眼睛紧紧盯着一旁的植物，似乎注意力完全被冬日花园的萧条美感吸引了，没注意到几个年轻女人的到来，她们在脖颈和胸脯处露出了比前几个月更多的皮肤。他像一只觅食的蚂蚁一般，沿着一条非常迂回曲折的小路在树篱间穿梭进出，踩在一条自从去年秋季就没再耙过的碎石小路上，脚底发出吱吱嘎嘎的声音。最后，他来到长椅附近，他此番花园探寻的目标正同女仆坐在这里。

伊兰·麦克里正在一个用木箍撑起来的东西上缝着什么，他停下脚步，站在那里，等了很长时间，但她连眼睛都没抬。他的勇气正在迅速消失，最后，他轻轻咳了一声。“伊兰小姐，”他说，“下午好。”

她终于抬起眼睛，但目光中似乎什么都没看见，异常心不在焉，一时间他竟胡思乱想起来，不知道自己是不是认错了人，或者伊兰·麦克里还有一个盲眼或痴呆的姐妹。接着某种类似普通人性的东西进入她的眼睛，一个不算微笑但非常接近的表情在她唇边浮现。

“啊，诗人……廷莱特大师，是吗？”

她记得他！他几乎在想象中听到一阵喇叭声，仿佛王宫的传令官被叫出来，开始庆祝他此刻明显而毋庸置疑的存在。“没错，小姐。我很荣幸。”

她的视线又落到手中的针线上：“您在享受下午的美好时光，马提亚斯·廷莱特？”

“因您的存在而更加快乐，小姐。”

她又抬头看了他一眼，被他的话逗乐了，但神情仍然淡漠：“啊，因为穿着春天华服的我是一道亮丽的风景线？或者包围我的这种欢乐氛围就像赞德的香水？”

他大笑起来，但笑得不是很自信。她很聪明，他不知道自己对此怀有什么样的感觉。他通常不擅于跟这种类型的女人打交道，在同她们的交往过程中，当自己得到恭维时，他会忍不住怀疑自己是否真正理解了这些恭维，这些恭维是否出自真心。但是她身上仍有某种东西吸引着他，就像他在诗歌中经常引用的那些扑火飞蛾一般。啊，就是这种感觉！所有的诗人都应该去感受一下他们所写的事物，廷莱特认为这是理解诗歌中人物的一种最新颖的方式，也许能让这门技艺发生翻天覆地的变化。

“您走神了，大师？请您解释一下那种将您带到这里来的微妙魅力。”

他目瞪口呆地站在那里，为自己的愚蠢感到羞愧万分。每当他被提问时，不论遇到什么讽刺的问题都会如此。“我因为您美丽而忧伤，伊兰小姐，”他不知道自己是否越界，只能耸耸肩，太晚了——话已经说出口了，“我希望我能做些什么，让您不这么……”

“不这么美丽？”她说，抬起一根眉毛，但在嘲弄下还有另外一种东西，让他听了感觉异常心痛——一种直率而悲惨的心绪。

“小姐说得很对，我笨拙的话语让自己出丑了。”他鞠了一躬，“我应该离开，让您继续自己的工作。”

“我讨厌自己的工作。我像一个农场工人一样缝纫，在手工活儿方面，我更像一个刽子手，而非外科专家。”

他不知道这是什么意思，但她没同意他离开。他内心感到一阵雀跃，但还是努力掩饰，不让这种心情表露出来：“我肯定您低估了自己，小姐。”

她盯着他看了很长时间：“我只喜欢您说真话的时候，廷莱特。您可以这么做吗？如果不行，您可以去继续自己的事情了。”

她要求的是什么？他咽了一口唾沫——希望这个动作很小心，说：“那么我只说实话，小姐。”

“您保证？”

“以佐悉蒙，我守护神的名义保证。”

“啊，那个酒鬼神灵——也是罪犯的守护神。我想这是一个绝好的选择，当然适合于同我的任何谈话。”她转向身边的年轻女仆，后者一直在惊讶地望着他们，听他们说话。“莉达，你走吧，”她说，“跟其他女孩儿一起去玩吧。”

“但是，小姐……”

“我没事。我就坐在这里，要是有什么危险，廷莱特大师会保护我。诗人正以无所畏惧而著称。对吗，廷莱特大师？”

廷莱特笑了：“可能只有诗人了解这一点，并不包括这个女孩。

不过，我想你的小姐不会有任何危险，孩子。”

莉达只有八九岁的样子，因被人称作孩子皱起了眉头，但她还是不失尊贵地拢起裙子，从长凳上站起身。她不高兴地一路拖沓脚步走了下去，稍微破坏了一些此刻的气氛。

“她是个好女孩，”伊兰说，“跟我从娘家一起来的。”

“夏土？”

“不，我娘家住在离城市很远的地方。我们的领地叫威洛伯恩。”

“啊，所以您是一个乡下姑娘？”

她望着他，脸上的表情突然再次变得淡漠起来：“不要跟我调情，廷莱特大师。我正要让您坐下呢，我是不是该后悔这个决定？”

他垂下头：“我无意冒犯您，伊兰小姐。我只是有些好奇。因为我自己在城市长大，所以经常会想每天都能呼吸到乡下的空气会是一种什么感觉。”

“真的吗？好吧，有时空气很好，但有时跟城市里最肮脏的地方并无二致。如果您没跟猪打过很长时间的交道，廷莱特大师，那也不是多大的损失。”

他哈哈大笑起来。她比一般的女人都聪明，她的谈话也比他认识的大多数女人都更吸引人——甚至也包括男人。“明白了，小姐。我不会试图过分美化乡村生活的乐趣了。”

“您说您是在城市长大的，在哪里？”

“就这里。更精确地说，是在海湾的另一边，市郊地区，一个叫作码头区的地方，不是一个很美丽的地方。”

“啊，那么说来，您家里很穷吗？”

他有些犹豫。他想肯定这种说法，以尽可能让自己显得令人敬佩。既然不能假扮贵族，至少可以相反，做一个凭自己的勇敢和才华脱离可怕悲惨境地的人。

“说实话。”她提醒他，看出了他的犹豫。

“码头区的大部分人都很穷，没错，但我们家比大多数人家的情形要好。我父亲是一个家庭教师，教一些商人的孩子学习。我们本来可以生活得更好，但我父亲他……不善理财。但他很擅长把钱花到喝酒上，而且一些雇主认为他在表达自己的意见方面过于直率。”廷莱特回忆着，虽然现在老人已经过世多年，但这些回忆中仍然不乏怨恨。“不过我们从来不缺少食物。我父亲曾在东境大学学习，是他教会我热爱语言。”

这并不像他刚才承诺的那样完全符合事实——柯尔恩·廷莱特实际上教他热爱的是那种能帮自己脱离困境，并让事情朝有利于自身方向发展的语言。

“啊，是的，语言。”伊兰·麦克里沉思着说，“我以前曾经相信它们，但现在不了。”

廷莱特不知道自己是否理解了她的话：“您是什么意思？”

“没什么。没什么意思。”她摇摇头，刹那间，那种脆弱而快活的正常社交表情破碎了，她低头看了一会儿手中的针线活儿，“我占用您太长时间了，”她最后说，“您必须去处理自己的事情了，我也得继续糟践自己的针线活儿了。”

他从中听出了遣离之意，但即使这样他就已经非常感激了，不敢奢望对自己渴慕的对象再做出进一步的举动。“我很喜欢同您聊天，小姐，”他说，“能不能奢望以后有机会再同您谈话？”

玩球女孩们的尖叫变得大声起来，充斥了他们之间漫长的沉默。她谨慎地看着他，仿佛退到了一堵高墙后面，从城垛上往下窥视他。“或许吧，”她最后说，“希望你别抱太多期望。跟我谈话没什么值得期待的。”

“现在是您没说实话，小姐。”

她皱起眉头，思索着，却没反驳：“或许在某天下午吧，不下雨的时候，你可能会在这个花园见到我。”

他站起来，鞠了一躬：“我盼望这么一天。”

她露出那种忧伤的笑容：“去加入那些快活的人群吧，马提亚斯·廷莱特。或许正如你说的，我们还会见面。也许我们还应该见面。”

他再次鞠了一躬，走开了。他用尽全力努力控制自己才忍住没回头，至少不要立刻回头。当他转头去看时，她刚才坐过的长椅已经空了。

门在她们身后嘎吱一声关上了，梅若兰娜公爵夫人站在塔楼阶梯底部犹豫了：“哦，我真是一个笨蛋。”

门合上时，“砰”地发出一声低沉的震动。震动产生的微风让支架上的火把摇晃起来。“您是什么意思，夫人？”乌塔问。

“我把我们两个人带到这里，身边连一个卫兵都没有。如果是一些刺客怎么办？”

“但您希望这一切可以保密。不要过于担心了，公爵夫人——我身体相当强壮，如果必要，我能用这些火把保护您。”乌塔伸出胳膊，将其中一个火把从支座上取出来，“即使是刺客，被这个迎面打到脸上也没好结果。”

梅若兰娜大笑起来：“我是在担心您，乌塔修女，而不是我自己。你不应该因为我的这些古怪举动受到伤害。我不在乎自己身上发生什么。我老了，身边所有的孩子不是死了，就是逃走或失踪了……”有那么一会儿，她的脸色变得异常严肃，嘴唇微微发抖。“啊，好吧。啊，好。”公爵夫人吸了一口气，挺直身体，隆起硕大的胸脯，突然变得像一艘体积虽小却令人望而却步的战船，“站在这里像两个担惊受怕的小女孩一样窃窃私语没什么好处。来吧，乌塔。你拿着火把，在前面带路。”

她们沿着蜿蜒的楼梯拾阶而上。第一层没住人，房间没有隔开，是一个大通间。里面摆着几张大桌子，上面放着城堡的石膏模型，有些栩栩如生，有些则有待改进，这是奥林国王其中一个热忱兴趣的成果，但现在它们就像躺在门口的那个浑身尘土的老鼠干尸一样，被人们遗忘了。

梅若兰娜用一副厌恶的表情瞄着那具小小的尸体：“得有人来处理一下啊。猫如果不吃老鼠，而是任由它们到处腐烂，那么要猫又有何用？”

“猫并不总会吃掉它们抓到的猎物，夫人，”乌塔说，“有时候它们只是玩弄老鼠，为了好玩杀死它们。”

“恶心的东西，我从来没喜欢过猫。我宁愿要一只猎犬，蠢笨但忠实。”梅若兰娜四处张望，寻找窃听者——这是一种条件反射，因为这里除了她们以外根本没有其他人。不过她重新开口时，声音依然很低：“这也正是为什么盖伦·托利虽然犯了许多错，但我仍然喜欢他多过他兄弟。如果打比方，亨顿·托利就是一只猫，你能看到那种残忍——他把它像一件想象中的外套一样骄傲地穿在身上。”

乌塔点点头，她们返回楼梯，离开那些布满蛛网的模型。她很肯定，即使是佐睿雅女神也会觉得很难对亨顿·托利仁慈。

第二层和第三层的门稍小一些，而且锁上了。她猜测上面一层应该有一部分是奥林国王的著名藏书室。这座塔楼一直是他的个人隐休地，即使他离开了那么久，她仍感觉未经允许而在这里闲逛非常不敬。

但我跟梅若兰娜一起——国王的婶母，她提醒自己，*如果这种允许都不算充足，还能怎么样？*

通往占据了整个顶层房间的门是开着的，不过乌塔有种奇怪的确定感，在正常情况下它应该像下面几层一样是锁上的。房间里面没有点灯，在她们站的楼梯顶部平台处，火把的亮光几乎照不进门里。乌塔走近一些，房间里面的阴影弯曲延展着，她突然感觉有些喘不上气来。**佐睿雅，请保护我远离各种已知的和未知的危险**，她祈祷，**请保护我远离身体的险境和灵魂的险境**。“夫人？”

梅若兰娜皱皱眉头，似乎对自己感到恼怒，她还没有离开楼梯顶端：“好的，我这就来了。”她又犹豫了一会儿，然后走到乌塔身旁。她们一同迈进门，两人都屏住了呼吸。乌塔举起火把。

如果塔楼底层堆满模型的房间显得凌乱不堪，这里则全然是另外一番景象。地上四处堆着一摞摞看起来摇摇晃晃的书，很多书打开了，胡乱摊在两张长桌上，还有很多则卷起书背放在桌上或书堆上，看起来就像一只只笨拙的鸟儿栖息在那里，它们可能自国王消失以后就一直保持这种姿势。很多书页都有缺失了，一片片皱巴巴的羊皮纸覆在地上，就像飘落的片片树叶。在乌塔接受的那种清俭修女教育中，书籍是一种非常珍稀而昂贵的资源，只有得到阿德尔法的允许才能阅读，因此这种丰富和漫不经心既让人兴奋，又让人震惊。

“太杂乱了！”梅若兰娜说，“而且这里有种让人恐惧的寒意，我身子在发抖，乌塔。你能不能看看这里有没有木头来生堆火？”

“不要生火，伟大的夫人们！”一个尖细声音说道，“我恳求您，否则那会将我们亲爱的夫人‘噼噼啪啪’烧焦的！”

乌塔被吓得跳起来，手中的火把掉了下去，万幸的是掉落的地方正好是地板上少数几处没被散落书页覆盖的地方。她捡起火把，口中不停地感谢自己没把整个塔楼都烧掉。“这是……”

听到这种神秘的声音，梅若兰娜发出一阵低声尖叫，然后伸出双手，死命地抓住乌塔的肩膀，力度大得让修女也忍不住要叫出声来。“就在这里！这个房间！”她大声说，嗓音嘶哑而颤抖，“你是幽灵吗？恶魔的鬼魂？”

“不，伟大的夫人，我不是幽灵。我一会儿就现身。”乌塔几乎要以为那个微弱而尖厉的声音可能来自楼下那只死去老鼠的魂灵。过了一会儿，乌塔看到桌子上面有什么东西在动。一个长着四肢的弯弯的东西从两摞斜靠在一起的书堆中爬了出来。他站起来时，乌塔发现原来是一个比自己手指高不了多少的人，惊得她差点再次将火把掉到地上。

“哦，仁慈的佩林之女，”乌塔说，“这是一个小人。”

“不仅仅是人，”这个陌生人尖声说道，“而是屋顶族人的侦察兵。”他鞠了一躬，“弓箭手比特唐。让您受到了惊吓，还请原谅。”

“你也看到了，”梅若兰娜说，再次紧紧抓住乌塔，直到后者不舒服地蠕动起来，“乌塔，你看到了。我没疯，是吗？”

“我看到了。”她现在只能这么说。此时此刻乌塔也不能确定自己的理智是否存在。“你是谁？”她问这个小人，“我是说，你是什么？”

“他说自己是屋顶族人，”梅若兰娜说，“很明白了。”

“屋顶族人？”

“你难道不知道那些故事？啊，你来自范特群岛，不是吗？”梅若兰娜盯着乌塔看了一会儿，接着突然记起了她们正在谈论的内容，于是转向桌上那个让人吃惊的小幽灵，“你想要什么？你是那个……那个在我房间里留下信的人吗？”

比特唐鞠了一躬。因为他太小了，所以很难看清他脸上的表情，但他似乎略微有些害羞：“是我的同伴，是的，比特唐也参与了其中，是这样。我们把信带过去，然后再带回来。但更多的事情就不是由我来说的了，您必须等待。”

“等待？”梅若兰娜声音颤抖地大笑起来。乌塔很担心公爵夫人会突然晕倒或尖叫着逃走，但梅若兰娜似乎下定决心证明自己非常坚强，“等待什么？等小精灵过来，给我们演奏一首曲子？还是等精灵国王过来带我们参观黄金宝库？哦，神圣的三神啊，所有的故事都变成真的了吗？”

“伟大的夫人，这一点仍不是我所能说明的。但她过一会儿就来了。”他歪歪头，“啊，我听到她的声音了。”

他指着那个很长时间没有使用的巨大壁炉。一列人形从炉台旁边的一堆书后面鱼贯而出——跟比特唐一样大小的小人，穿着用坚果壳和啮齿动物骨骼做成的盔甲，携带着同样迷你的剑和矛。这个微型军队在地板上无声地行进（不过有人会抬头紧张地看看乌塔和梅若兰娜），然后在壁炉前面排成一队。一个平台从烟道中缓缓下降，落到壁炉开口处，两侧用线悬吊着，发出微弱的吱嘎声，像雏鸟的尖叫。平台降到距离布满灰尘的壁炉半英尺高时停了下来，微微晃动着。平台中央有一个部分看起来像用镀金松果做成的美丽王座，上面坐着一个手指大小的红头发女人，戴着一顶小小的金丝王冠。她用一种平静的好奇眼神看着两个体形巨大的客人，然后露出了笑容。

“神圣庄严、至高无上的‘尖塔蝠女王’陛下驾到。”比特唐用极为热忱的语调宣布。

“我们应该给你们一个解释，梅若兰娜公爵夫人，乌塔修女。”小小的女王说。壁炉的石头形似一个剧场或庙宇，让她尖细的声音比之前那个小人的更容易听清。“我们有一些消息，我们认为你们会觉得很有价值，反过来，我们也需要你们的协助——在降临到我们所有人身上的重大事件方面。”

“协助你们？”梅若兰娜摇摇头。公爵夫人此时恢复了常态，看起来甚至有些疲倦：“众神啊，我发誓我一点都理解不了，古老故事中的小人物。我们能为你们做什么？你们又能给我们什么消息？”

“其中一个，公爵夫人，”女王温柔地说，似乎是在对一个焦躁不安的孩子说话，而不是面对一个比自己大许多倍的女人，“我们可以告诉你在你儿子身上发生了什么。”

“你确定吗？”欧珀问，“也许你还是太累了。”

燧岩注意到他妻子似乎有些犹豫。

“不，夫人，”查文说，“我恢复很多了。事实上，昨晚我有些失态了，对此我感觉很愧疚。”他看起来确实很尴尬，“感谢您的善意，能在如此糟糕的情形中仍然纵容我，你们成为我更好的朋友了。”

“但你真的……”欧珀看着医生，然后又看看她丈夫，似乎想让他介入。但燧岩只是优哉游哉地坐在那里，脸上带着一丝酸酸的笑容。毕竟，关于镜子这桩麻烦事是她的主意。“你准备好在这里进行了吗？在我们家里？”

查文微微笑了：“欧珀夫人，我要做的不是某种伟大而危险的试验，只是法术中最微弱的一小部分。不会有任何事情伤害到您的儿子或您的家。”

儿子。燧岩仍然无法肯定自己对此是一种什么样的感觉，但他将自己的想法埋到心底。火石来家里才仅仅几个月，就长高了一手掌的距离，现在已超过了燧岩。你怎么能将一个一开始就不属于自己，父母可能还活着并住在附近，而且不几年就可能会有自己两倍高的人看作自己的儿子呢？

啊，我想问题不在于身高，而是心，他想。他望着男孩，后者此时正睡眼惺忪地坐着，脸上有一丝微弱的怀疑神情，披着毯子蜷缩在他当成自己小窝的角落里。**至少他起床了**。这些天火石就像一个年迈的亲戚——白天大多数时间在睡觉，几乎不说话。当然这个男孩一直不善言谈，但从秘境的古怪冒险经历中醒来之后，他身上的活力就像一只狗身上的水一样被甩掉了。

“你需要什么，医生？”燧岩忍不住有些好奇，“特殊的药草？欧珀可以到市场上买。”

“要去你自己去，老刺猬。”她说，但她的心思并不在此。

“不，不。”医生摆摆手。经过一夜的睡眠，他的气色看起来好一些了，但燧岩非常了解他，能看到他正常外表下的那种空洞。查文·马卡洛斯不是一个快乐的人，一点都不是，这让燧岩更加焦虑不安。“不，我只需要欧珀夫人的镜子和一根蜡烛，还有……”查文皱起眉头，“你们可以让这里暗一些吗？”

燧岩大笑起来：“我们可以吗？你忘了，你现在在芬德林镇。我们平时生活的环境在你看来就是极深的黑暗，而你认为正常的光线则会让我们感到头痛。”

查文看起来有些受打击：“真的吗？你们一直在因为我而受折磨吗？”

他摇摇头：“我故意夸张的。但当然可以，我们能让这里变黑。”

燧岩站到一个凳子上，熄灭了火炉上方壁龛里的灯光。欧珀离开房间，回来时手里端着一个盘子，盘子里放着一根蜡烛，然后她将盘子放到查文身边的桌子上。将灯光换成这个小小的蜡烛，环境就从清晨变成了某种怪异的、没有时间感的黄昏，燧岩忍不住想起海湾另一侧南境城堡的黑暗，永无休止的滴水，那些从阴影中走出来……穿着盔甲的东西。他一开始并没怎么在意欧珀对在他们家里做这些事情的担忧，认为她只是担心会把家里一尘不染的地板弄得一团糟，但现在他意识到她内心有某种更深刻的担心。她从点燃蜡烛这个动作，知道了将会发生更多的事情，他们的生活以及房子本身已被变成了某种非常不同、几乎令人恐惧的东西。

“现在，”查文说，“我需要用某种东西把这面镜子支起来——啊，那个杯子就很合适。我想把蜡烛放在这里，这样它可以被反射出来，但不是在他正前方。那个孩子的名字叫火石，是吗？火石，过来，坐在桌子旁。坐到这张凳子上，对。”

头发乱糟糟的男孩站起身，往前走来，此时他看起来没那么忧虑不安了，脸上更多的是困惑不解。**当然会了**，燧岩心想。对父母来说，不论是养父母还是亲生父母，这都是一件古怪的事情——将自己的孩子交给查文这样一个戴眼镜的怪人，一个在自己民族中个头可能算是小的，但在这里他同任何家具相比都是一尊庞然大物，然后让他对这个男孩做鬼知道的什么事情。

“没事，儿子。”燧岩冲口而出。火石看着他，然后坐了下来。

“现在，孩子，我想让你稍微移动一下，这样你除了蜡烛以外什么都看不见。”男孩往一边斜了一点儿，身体其余部分按照医生温柔的指示移动着。查文站到他身后。

“也许你们两个人应该站到他看不到的地方，”医生对燧岩和欧珀说，“站到我身后就行。”

“这么做会不会伤害他？”欧珀突然问。男孩往后缩了一下。

“不，不，我再重申一遍，不会。没有痛苦，没有任何危险，只是问一些问题，少量……交谈。”

欧珀找到一个位置站好，用一种以前从未有过的力度紧紧抓住燧岩的手。查问开始轻声说话：“现在，看着镜子，小伙子。”想到仅仅几个小时之前，查文还像一个被岩石崩塌击中的人一样厉声尖叫，此时却变得如此温和，燧岩感觉非常古怪。“你看到蜡烛的火苗了吗？你看到了。它就在你前面，是唯一明亮的东西。看着它。

不要看其他任何东西，只看火苗。看到它怎么移动了吗？看到它怎么发光了吗？蜡烛两边的黑暗在逐渐扩展，但烛光只会变得越来越明亮……”

当然，燧岩看不到火石的脸——镜子的放置角度让他看不到——但他看到男孩的姿势开始变得松弛。那瘦骨嶙峋的肩膀以前一直蜷成一团，仿佛在抵御寒冷，此时则垂了下来，他的头朝镜子里燧岩看不见的蜡烛倾斜。

查文继续用柔和而严肃的语气说话，说着蜡烛和它周围的黑暗，直到燧岩感觉自己也陷入了某种魔法中。桌子上的亮光、蜡烛、火石和镜子，仿佛全都在一片朦胧的空虚中飘浮。医生的声音慢慢减弱，最后归于寂静。

“现在，”停了一会儿后，查文又说，“我们将一同进行一次旅程，你和我。对看到的任何事情你都不要害怕，因为我会跟你在一起。你看到的任何东西都看不见你，也不能用任何方式伤害你。**不要害怕。**”

欧珀使劲儿捏着燧岩的手，让他不得不使劲儿扭动将手指挣脱出来。然后他将手放到她胳膊上，让她知道他仍然在这里，同时也是为了避免她突然一时冲动，又一次掐住自己的手指。

“你现在又成了一个孩子，只不过是一个非常小的孩子——一个婴儿，或许还在襁褓中，几乎不会走路，”查文说，“你在哪里，看到了什么？”

一阵漫长的停顿，接着是一个古怪的声音——火石的声音，但是一种燧岩从没听过的新声音，不是把他带回家时，一个近乎疯狂的男孩不同寻常的成熟声音，也不是在秘境的旅程后出现的那种焦虑不安的消沉声音。此时的火石听起来就是查文所描述的那种状态——一个非常小的孩子，刚学会站立。

“看到了树木。看到了妈妈。”

燧岩竭力躲避，但欧珀还是再次抓住了他的手。不过，虽然她仍死命抓住，但这次他没心思把手抽出来了。

“你父亲呢？他在那里吗？”

“不在。”

“嗯。你叫什么名字？”

他等了很长时间，回答说：“孩子。妈妈叫我孩子。”

“你知道她的名字吗？”

“妈。妈——妈。”

查文陷入了思索，又是一阵漫长的沉默，随后问道：“很好。现在你稍微长大了一些。你住在哪里？”

“在家里。森林附近。”

“你知道它的名字吗？那片森林？”

“不知道。只知道我不能去那里。”

“其他人跟你妈妈讲话时，他们叫她什么？”

“没有。没有人来，除了一个城里人。他来的时候会带钱，每次四个银贝壳。她很喜欢他来。”

查文转过身，用一种燧岩不能理解的眼神看了一眼他和欧珀：“他怎么叫她？”

“夫人，或好太太。有一次他叫她奶妈夫人。”

查文叹了口气：“够了。你现在……”

“她情况不是太好，”火石脱口而出，声音颤抖，“她说，不要出去，我就不出去。但她在睡觉，乌云沿着地面进来了。”

“他很害怕！”欧珀说。燧岩不得不拦住她，但他自己也不知道这么做是对还是错。“放开我，老头子——难道你没听到他说的话吗？火石！火石，我在这里！”

“我向你保证，欧珀夫人，他听不见你的声音。”查文的声音中有种古怪而生硬的东西——一种燧岩从未听过的语气，“我的导师卡斯帕·狄罗思将这种技艺教给了我，我学得很好。我向你保证，除了我他谁都听不见。”

“但他很害怕！”

“所以你必须保持安静，让我跟他说话。”查文说，“孩子，听我说。”

“那些树！”火石说，声音抬高了，“那些树……在移动。它们有手指。它们在房子四周，乌云也包围了房子！”

“你是安全的，”医生说，“你是安全的，孩子。你看到的任何东西都不会伤害你。”

“我不想出去。妈妈说不要出去！但门开了，乌云正在房子里……”

“孩子……”

火石的话一阵阵冲口而出，好像他在费力奔跑。“不……那……不想……”他在长椅上左右摇摆，像一个布偶一样柔弱无力，头在脖子上晃来晃去，像有人在抓着他的肩膀晃动。

“眼睛都在盯着我看！妈妈在哪里？天空在哪里？”他开始哭泣，“我的家在哪里？”

“停下！”欧珀尖叫，“你在用你那可怕的魔法伤害他！”

“我向你保证，”查文说，他自己也有些上气不接下气，“他可能想起了一些让自己害怕的事情，他没有危险……”

火石在长椅上的身体突然变得僵直。“他不在石头里了，”他用沙哑的声音低声说，喉咙紧绷，似乎被一双强壮的手扼住了一般，“他不仅在石头里——他在……我的身体里！”男孩陷入沉默，身体像一根杆子一样静止不动。

“我们现在结束了，孩子。”经过一阵令人目瞪口呆的长时间沉默后，查文说，“回到你的家里。回到这里，回到蜡烛这里，镜子这里，回到欧珀和燧岩身边……”

火石猛地站起来，将沉重的长椅绊倒，长椅砸到查文脚上，医生单脚往后跳了一步，嘴里骂着一些令人费解的话，接着摔倒在地。

“不！”火石大喊，小房间中充满了他的声音，声音碰到石墙发出回音。“女王的心！女王的心！那里有个洞，他正在里面爬！”

接着他的身体变得柔软无力，像一个被切断绳子的提线木偶一样倒到地上。

“他只是睡着了。”查文柔声说，里面有种无声的歉意，但欧珀丝毫没有注意，她脸上的表情生硬得几乎可以粉碎石灰岩。她气愤地挥挥手，把查文和她丈夫从卧室中赶了出去，继续用一块湿布擦拭男孩的额头，好像仅仅他们的存在就会妨碍她的治疗能力——或者仅仅看到这两个没用的男人站在那里就让她感觉不舒服。燧岩认为后一种理由更有可能。

“我不知道发生了什么。”查文对燧岩说，他们把长椅翻过来，坐了上去。燧岩从水壶里给两人各倒了一杯苔藓酿。“我从没……”他皱起眉头，“那个男孩身上发生了某种事情。或许是在雾影线后面。”

燧岩大笑起来，不过笑声并不快乐。“不用镜子的魔法，我们也知道这一点。”

“是的，是。但还有比我之前想的更多的事情。你听到他说的话了，他不仅仅穿越了雾影线，他还被抓走了。在那里他身上发生了某种奇怪的事情，对此我很肯定。”

燧岩想起了几天前找到那个男孩时的情形，当时他躺在芬德林秘境正中央的闪光之人脚下，手中攥着那面小镜子。但接着那个可怕的精灵女人就从燧岩那里将小镜子拿走了。这一切是怎么回事？她就是男孩大喊的女王吗？他说了一些关于洞的东西，燧岩断定“心里有个洞”描述的正是她。

“我不明白，”查文说，“一点儿都不明白。但我还是感觉自己应该理解这些。”

“好了。”燧岩站起来，因膝盖的疼痛而忍不住龇牙咧嘴，“我有更紧迫的事需要担心，比如我们去哪里，怎么在不让人注意到你的情况下找到吃的。”

“你在说些什么？”查文问。

“因为今天欧珀不会给咱俩做饭，”燧岩对他说，“而且我觉得，她出来时我们最好不要在她眼前晃悠，这样做对咱俩都有好处。”

“啊，”医生说，迅速喝光了杯子里的东西，“是的，我明白你的意思了。我们走吧。”

第十六章
夜火

苍月之女告诉她父亲雷电之神自己看到了一个英俊的神灵，浑身穿着饰有珍珠的盔甲，头发就像雪上的月光一样银白，她的心现在被他带走了。雷电之神知道那是他同父异母的兄弟银光之神，微风之神的孩子，因此便禁止她走出家门。父女之间的心灵之乐失去了最纯洁的音调。雷电之神家上面的天空中笼罩着重重乌云。

——引自《忏悔之书·百种思索》

经过那么多世纪，雅萨梅兹已经很难适应真正的白天了。连躲躲藏藏、笼罩在乌云中的冬日太阳都给她这样一种感觉——仿佛从升起时就开始在她眼睛中燃烧，直到落山时才能结束。她不喜欢它，但同时也感到惊叹，以前是这样吗？行走在南方的土地上，每天在“白焰球”明亮的光线下活动，阴影则变成一个个漆黑的条纹？她几乎记不起来了。

她攻占了凡人的城市，但没有城堡一切都毫无意义——甚至比毫无意义还要糟糕，时间在跟她对着干。雅萨梅兹做好了面对流血和火焰的准备，做好了迎接早有预感的死亡的准备，做好了接受毫无意义的胜利或溃败结局的准备，但她从没做好面对这种……等待的准备。这种拖延的僵局仿佛会永远持续下去，直到那陌生的太阳烧尽，世界变得漆黑。她诅咒“镜子之约”，诅咒自己曾愚蠢地同意这一约定——她永远不应该让自己受到约束。即使这个约定发挥作用，也只能让她心爱之人的生命延续几个月的时间而已，还会让最终的失去变得愈发令人心碎。

跟往常一样，那个叛徒正在大厅外面的台阶上等她，这个大厅以前可能是个市集会堂或法庭，是凡人在短暂而忙碌的生命中进行无意义日常生活的地方，现在则被她用作自己的房间。她走近时，那个被阳光大陆的人称为“酒倌吉尔”的人抬起头来，露出一个迟缓而悲伤的笑容。他的脸现在变得跟凡人如此相像，她几乎认不出他曾经的模样了，像一个面团一样木讷而没有表情。

“早上好，女士，”他说，“您今天会杀死我吗？”

“你还有其他计划吗，凯因？”

国王对他做的某种事，让她仍不能用思想同他交流，因此他们重新开始使用库 - 纳 - 加尔的宫廷语言——上百个不同种族之间的通用语言。雅萨梅兹，一个连无声语言都不愿多说的人，忍不住觉得这是国王伊尼尔阻挠自己的又一种方式——剥夺自己思维的平静。

凯因站起身，跟在她身后走了进去，双手藏在袍子里。两个卫兵看着她，等她下令把这个奇怪的生物拦在外面，但她什么手势都没做，他尾随她身后进了门。

“我今天不想跟你谈话。”她警告他说。

“那我就不说，女士。”

他们的脚步声在大厅中回响。两三个一身黑衣的沉默卫兵在上面的走廊里站岗，高大的木质房间空荡荡的。雅萨梅兹喜欢这种感觉，她的军队有一整个城市可栖息，这个地方是她的，因此这个背叛者的在场愈发令人厌恶。

豪猪女士雅萨梅兹将身体蜷缩到坚硬的高背椅子中，那个不受欢迎的来客两腿交叉坐到她脚旁。一个跟她一起从“兮痕”来的仆人似乎凭空冒了出来，在她身边等候，直到她轻弹一下手指示意他离开。她什么都不想要。什么都不是她以前拥有的。她的谋划略逊一筹，被人超过了，此时她正在为此付出代价。

“我今天不会杀死你，凯因，”她最后说，“不论你让我多生气。走开吧。”

“有意思……”他说，就像没听到她后半句话似的，“那个名字对我来说似乎仍不完全真实，虽然好几个世纪以来那一直是我看待自己的方式。但在凡人土地上生活的这段时间，我真的变成了吉尔，虽然从某些方面来说，这些年来我一直处于睡梦中，那种感觉就像在努力摆脱一个强有力的梦境。”

“所以你一开始就背叛了我，现在又要彻底抛弃你的人民？”

他笑了，毫无疑问是因为他引诱她开口讲话了。即使在他们关系很亲近的那些时间，在雅萨梅兹允许的范围内能最大程度接近她的时候，他也一直很喜欢玩这种诱导她开口讲话的游戏，活下来的人里根本没人在乎这些事情，这也正是看到他发生变化、此时显得陌生的脸庞让她心里充满不安的原因之一。“我没有抛弃什么，女士，您知道这一点。我是受人利用的——一开始是被您利用，后来是被国王利用——如果我不够忠诚，那也不是我的错。直到一个月之前，我甚至不知道真正的自己是谁。那样的我怎么能算是一个叛徒呢？”

“你知道我信任你。”

“您说您信任我？您仍然很残忍，女士，无论时间带来了其他什么变化。”他露出笑容，但嘲讽中混杂着真正的悲伤，“国王比您猜想的还要聪明，也更强大。他把我变成了自己人，他派我到凡人中生活，现在这一切得到了回报，不是吗？此时，没有人死去。”

“本来只有阳光大陆的凡人会死去，而我们赢了。”

“赢了什么？精灵族更光荣的死亡？很明显，国王还有其他野心。”

“他是一个笨蛋。”

凯因举起一只手：“我无意调解统治者之间的争端。即使您提拔了我，也没提拔那么多。”他用眼角瞄着她，或许在想这种小小的嘲讽是否让她感到惭愧，但雅萨梅兹的脸就像石头一样，什么表情都没有，冷酷的石头。凯因的父亲同她一起对抗乌玛迪·斯瓦的私生子时，她就已经很老了，他在战栗平原上被痛苦地烧死时，死在了她怀里。如果她会因为某个人的死亡痛哭流涕，那时的她就会哭了。不，她心中没有任何惭愧——没有任何跟凯因有关的惭愧，一点儿都没有。

一阵漫长的沉默，接着背叛者大笑起来：“您知道，在阳光大陆的人中间生活感觉很奇怪。他们并不像您认为的那样跟我们有那么多不同。”

对于这种肮脏的话语，她不屑回答。

“我回到您身边之后想了很多，女士，我想我能理解国王的部分想法。也许他不像您那样想要毁灭凡人，因为他认为错并不完全在他们。”

她盯着他。

“或许我们的国王，利用他那迷宫般的智慧，在他祖先——当然也是您的祖先——想法的支持下开始相信，我们对于自身的悲惨状况难辞其咎。”

在一阵失去理智的狂怒之下，雅萨梅兹从椅子上站了起来，她的脸突然开始剧烈颤动，暗色的尖钉闪闪发光。这一刻，凯因比任何时候都更接近自己早已注定的死亡。但她只是举起一根冰冷而颤抖的手指，指着门。

他站起来，鞠了一躬："是的，女士。当然，您需要独处，您承担了那样的重担，理应如此。我会等待我们的下一次谈话。"

走出去时，他身后的房间里再次充满了闪烁摇曳的影子。

奇怪而灼热的太阳已经落山很长时间了。雅萨梅兹坐在黑暗中。

她脑中响起一个柔和的声音：**我能同您谈话吗，女士？**

她应允了。

远处的门打开了。来客像一片从溪流上漂来的树叶一样滑了进来。她很高，几乎跟雅萨梅兹一样高，像一棵幼柳一样苗条。行走时，她身上的带帽白袍似乎跟不上她的步伐，像某种水底生物似的在她身后起伏波动。

事情发生变化了吗，艾希瓦？雅萨梅兹问。

女人在椅子前面停了下来，伸开双手，做了一个例行的遵从姿势，同时抬起奇怪而平静的脸庞，面对着雅萨梅兹。她那淡蓝色的眼睛像穿透彩色玻璃的阳光一样闪耀着，给脸上增添了一丝生机，但她那灼灼的目光看起来又像一尊古老的雕塑。**女士，事情发生了变化，但变化很少。不过我觉得仍然要跟您说一声。**

如果不是雅萨梅兹，如果不是以冷静而著称的豪猪女士，此时肯定会唉声叹气了，但她只是点点头。

她的隐士长再次摊开双手，做出一个准备说实话的姿势。艾希瓦有"无梦人"血统，不过这一血统被她的加尔人遗传淡化了。除却那种月石般的目光，她至少还从古老的先人那里继承了另外一个特征，她对谎言或政治话语极端厌恶，这也正是她在所有隐士中最受雅萨梅兹器重的原因。**接触国王的镜子让他变得焦躁不安。**

他已经醒了吗？

不，女士。她的脸色非常平静，声音却不是，**但他在动来动去，有些事情似乎有些异样，不过我不知道是什么。他像一个发高烧的**

人一样——焦躁不安，做着各种慌乱的梦境。

听到这些，雅萨梅兹本来会变得愁容满面，但她早已失去了如此赤裸表露自己情绪的习惯。我们对他的梦境一无所知。

正是这样，艾希瓦垂下头，但他的睡眠看起来就像那种高烧中的睡眠，而且更重要的是，他的焦躁不安也惹得其他入睡者心神不宁。

她正要问隐士长还须多久一切才能好转，另外一个声音在她脑中响起，像一阵消逝的风一样微弱。

你在哪里……你听到我说话了吗？你……认识我吗？

我当然认识你，我的心肝。一阵恐惧抓住了雅萨梅兹的心，但她努力将它从自己的想法中驱逐出去。你怎么能怀疑这一点呢？

她的爱人消失了一会儿，接着又回来了，唉声叹气，声音断断续续。那么……冷。那么黑。

雅萨梅兹做了一个“会面结束”的手势。艾希瓦的表情没有任何变化，她摊开双手，然后像一艘在月光下航行的幽灵船一样滑出了房间。

跟我说话，我的心肝，雅萨梅兹说。

我担心……不久我就要进入……那种更深的睡眠之中去了。

不会的。力气很快就会回到你身上了。我派人把镜子带去了。

它在哪儿？我害怕它永远都不会来。这个想法非常怯懦，像小孩子的想法一样幼稚。对雅萨梅兹来说，这是最糟糕的一种折磨。

基尔带它去了，她保证说。他年轻而强壮，头脑清晰。他会及时找到通往你那里的道路的。

但是……如果他没能……

永远不要这么想。雅萨梅兹在这个想法中耗尽了自己的全身力气。他会来的，你会重新变得强壮。我会用阳光大陆人居住的城市烧焦的石头，给你做成项链。

但即使这样……即使这样……

安静下来，我的心肝。甚至连神灵本身都不能完全恢复事情的原状。休息吧。我会陪着你，直到你睡着——不是更深的睡眠，而是更浅的。不要害怕。基尔会来的。

然后她紧紧抓住那丝微弱的想法，给它安慰，虽然它像一只濒死的鸟一样在黑暗中拍打着翅膀，恐惧和疲倦交替出现。阴影再次在大厅中摇曳闪现，在这个真正的夜晚中移动、伸展。她的脸上再次出现了形态，但这次要更柔和一些——不是尖钉，而是卷须，不是那种乱挥乱舞的黑色死亡之爪，而是柔软的抚慰手指，豪猪女士在努力安慰这个她唯一真正爱过的生灵。

天气非常寒冷，灰蒙蒙的，飘着细雨，虽然埃菲尔·丹-莫赞家前厅的门仍像往常一样向院子敞开着，但里面烧着一个大火盆取暖。布瑞奥妮走进来，商人身体前倾，向她鞠了一躬——对他那富态的肚子来说这绝非易事——戴满戒指的小手伸到炭火上取暖。

“啊，布瑞奥妮-兹萨亚，”他说，“您是不是还没吃饭？我不想打扰到您。”

“我吃好了，丹……埃菲尔大人。谢谢你。仆人说你和沙索想同我谈话。”

“是的，但丹-赫兹大人还没来。不要拘束，请随意自便。”他指着围着火盆排成半圆的一圈椅子中的一把说，“今天天气又湿又冷，但我受不了把门关着。”他大笑起来，“我喜欢看天空。看到天空时，就像回到了故乡。”他的笑容有些失落，“但今天不行。图安的天空不是这样的，下雨时，我们会去神庙，感谢神灵。但在这里，我想情形正好相反。”

布瑞奥妮笑了：“我从来没见过这样的房子，屋顶低矮，花园在正中央。在图安人们都这么住吗？”

“差不多。漂亮一些的房子都是这样。虽然我很想让您参观一下我在达加达的房子，比这里大得多，装修也更精美——但后来被老独裁者的军队抢掠后烧毁了。不过我不该有什么抱怨，对流亡生活来说，远境王国已经很好了。”

“这座房子也非常漂亮。”

“您心地真好。您出于礼貌没问的是，一个富有的人为什么要住在兰德港这么破败的地方，是吗？”

她有些脸红，这个问题她想了许多遍：“在更高的地方，视线似乎……确实要更好一些。”

“啊，是的，公主。但人们也会忌妒住在那里的人。我这样的人在其他黑人中间建一座精美的房屋，没有人会感觉有什么不妥。但我向你保证，如果我把房子建到其他地方，某个会被伊莫尔·慕斯文这种贵族或当地商人天天看到的地方，那么很快我就会发现周围的环境还不如现在这里愉快呢。”他的笑容中有一丝扭曲，“在这里生活，重要的不仅仅是知道自己是谁，更是身处何方。”

沙索走了进来，身上的打扮好像刚从外面回来，围巾和低垂的帽子遮住了脸。他把斗篷上的雨水抖掉，然后搭到椅子上。埃菲尔·丹-莫赞看到水洒到地毯上，表情有些不大高兴。

沙索脱掉帽子，坐了下来。“有一艘从赫若索尔来的船，”他用解释的语气说，“水手们在喝酒聊天，我在旁边听了一会儿。”

“您了解了些什么事，大人？”埃菲尔问，神情重新恢复了常态。

“赫若索尔正在备战。几艘等待维修的德里蒙——这是他们对战舰的叫法，公主——正匆忙通过干船坞。德拉卡瓦召回了各大船长，后者本来正在克雷斯边界惩罚那些不愿交税的人。他似乎在对围攻进行防备。”

“我父亲呢？”

沙索摇摇头：“这些消息我是从水手那里听到的，公主。他们知道得很少，对政治或囚犯不怎么关心。就像他们说的那样，没有消息就是最好的消息。现在我们唯一的担心是，当德拉卡瓦意识到自己从南境得不到任何赎金时会发生什么。”

“这是什么意思？”她语气激烈地说，但过了一会儿，她意识到沙索是对的，亨顿·托利现在最不希望发生的事情就是奥林国王回来。“啊，这些……猪猡！卢迪思·德拉卡瓦会不会伤害他？”

“我想他不会。”沙索摇摇头，但视线没有接触她的眼睛。他对欺骗并不在行，做得也不像。“那么做得不到什么好处，相反会失去很多东西——例如若被西斯攻击，从北方国家得到支援的机会。”

埃菲尔似乎感觉到了布瑞奥妮的怀疑和担忧，他突然拍了一下手掌：“来，让我们喝些热饮吧！像今天这种寒冷的天气，如果不小心一点，寒气就会侵入骨髓。泰尔！啊，不，等等，他今天不在家，他去处理一些个人私事了。”他又拍了一下手，最后一个年纪非常老、步履蹒跚的仆人走了进来。打发完老仆人去拿香料热酒后，埃菲尔搓搓手，开始滔滔不绝地说起来，似乎是为了确保谈话不会再次绕回刚才那种不确定的话题上去。“我们让您来这里，是因为现在是该制订计划的时候了，公主。”

“什么计划？”

“这样……”埃菲尔转向沙索，“大人？”

“你和我不能永远待在这里，”老图安人说，“这也是你自己跟我说过的，殿下。”

“我们要去哪里？”她的心似乎膨胀起来，重量变轻了，“去找我父亲？”

“不。”他的脸上露出了愤怒的表情，“不，不，布瑞奥妮。我跟你说过了，我们为他做不了什么，尤其现在独裁者似乎在考虑进攻赫若索尔，那更是一种愚蠢的做法。我们需要的是盟友，但我们能信任的人很少。”

“肯定还有一些仍相信荣誉的人。”布瑞奥妮握紧拳头，“神圣的三神啊，难道他们全都袖手旁观，眼睁睁看着我们的王位被偷走吗？布伦呢，或塞特兰——我们向他们那里送去的支援几乎多得数不清！”

“跟你同级的统治者只是在做有利于自己——和他们人民的事情。我给你的建议跟他们的做法也并无不同。”他举起一只手，提前阻止了她愤愤不平的打断，“事情没有听起来的那么糟，殿下。对于我们能够联合的任何盟友来说，只要我们不夸夸其谈‘荣誉’这样的话语，他们就会更直率。只要我们能给自己的新盟友带来某种好处，他们就会一直做我们的盟友——一种简单而清晰的安排。而且情形并不像我之前描绘的那样无助，我们并不需要一支完整的军队来收复南境。我们需要的只是足够的力量，阻止托利的党羽抓到你，把你直接杀死，或宣称你是一个冒充者——做到这一点只需要很少的力量。然后，如果能避免被立刻打垮，我们就可以向南境的人们公布你的存在，宣布托利那伙人是杀人犯和篡位者。那是第一步。”

布瑞奥妮皱起眉头：“为什么那只是第一步？如果能策划这种事情，我们当然就能解决整个问题。”

沙索对她咂咂舌头：“想一想，殿下。即使亨顿·托利这个最差劲的篡位者被揭穿，你认为他会乖乖投降吗？不，他和他的兄弟卡拉顿知道，他们必须紧紧抓住自己偷来的东西，否则后果就是死在绞刑架上。亨顿会像躲在洞里的獾一样转入地下，而卡拉顿则会给他提供支援。任何想要赶走亨顿的人都会发现自己被困在城堡的城墙和夏土的军队之间。”

“所以我们不需要一支军队，但我们又需要一支军队？你说的根本讲不通。”

“仔细思考这个问题，殿下。”沙索对她说。

布瑞奥妮讨厌年长的人那么讲话，那意思似乎是说，**我已经知道答案了，因为我是成年人，了解很多事情，但你还需要学习如何思考，那样你才能变得像我这么智慧。**

“我不知道。”

“我们真正需要的是什么？——不多也不少？”

与此同时，埃菲尔·丹-莫赞睁着两只亮晶晶的眼睛，饶有兴趣地望着两人交谈，好像正在观看某种极为吸引人的比赛。这让布瑞奥妮想起了某种事情。“我父亲在玩‘国王广场’游戏时总会说的那些话是什么来着？”她问沙索，“我想是一些古老哲学家的格言。”

“啊，是的。‘人们在安逸时会更谨慎，而非勇敢——取得胜利后则相反。’换句话说就是，如果你过于谨慎，活下来的可能性更高，而不是获胜的可能性。这是他最喜欢的格言之一——这也是我崇拜他的原因之一。”

“是吗？”听到某个人——尤其是沙索——像谈论一个还活着的人那样谈论她父亲，而不是像讨论一个已经死去的人一样，让她感觉异常高兴，于是在心里原谅了老人讲话时的那种说教方式。

“是的，他是我见过的人中最深思熟虑的，但必要时亦无惧，能迅速而果决地去行动，去冒险。他正是用这种方式在赫若索尔打败了我。”

“跟我说说。”

“现在不行。我们需要考虑眼下的情形，而不是去回顾久远的战役。”他脸上的表情是一丝隐秘的笑意吗？“想想，什么是我们真正需要的？”

“我想是做出一些勇敢的举动，将城堡夺回来。”

“是的，只有托利家族不在城堡里了，或死掉了，你才能重新获得它。但正像我说过的，我们不一定非得需要一支军队。如果我们能保护你一直活着，就可以从远境王国，甚至是南境内部募集军队。”

“所以我们需要一个至少拥有少量军队的盟友。但谁可以？你说我们不知道谁能信任。”

“我们必须自己制造信任——必须找到一个愿意同我们交易的盟友。而且我们必须做出一些大胆的举动，好找到那种盟友。亨顿肯定在通往布伦和塞特兰的路上布满了密探和刺客，在远境王国的各个宫廷中肯定也有各种眼线耳目，或许是以尚处于襁褓中的王子特使的身份作为伪装。”

“我要杀了他。”

“当心你的愤怒，殿下。但我想，我们应该采取一个亨顿根本不会预料到的举动。就像我之前说过的，我怀疑跟你平级的什么统治者会出于善心而为你做什么事情。

“我想希安是我们最大的希望。首先，埃南德国王对夏土本来就没什么好感，以前，老公爵林顿·托利曾试图把他妹妹嫁给你父亲。后来你父亲选择了你母亲，但林顿下决心一定要同远境王国的统治者建立关系，于是就将埃南德国王的侄子冷落一边，把他妹妹伊恩娜嫁给了你父亲的弟弟哈迪斯……”

布瑞奥妮摇摇头：“请神灵赐予我们力量吧，这些家族故事你记得的比我还多。”

沙索目光严厉地看了她一眼。“这不是什么‘家族故事’，你应该很清楚——这是关于合作……与背叛的故事。”他皱了一下眉头，思索着，“无论如何，希安的埃南德国王或许会对你的遭遇表示同情——他一直没有完全原谅托利家族——但他会提出一个价格。”

“价格？什么价格？神灵啊，难道《冷灰沼泽条约》什么都不算吗？安格林救了他们所有人，希安和其他王国承诺会永远协助我们。”她把涌到嘴边的几句粗话咽了回去，训练的时候沙索就听过她说了，但在埃菲尔·丹-莫赞面前说粗话，还是让她感觉有些羞愧。“而且，除非能把南境夺回来，否则我们根本没什么好给这些贪婪之徒……”

“希安的埃南德并不特别贪婪，但那份条约无论在远境王国多受尊重，也已经有好几百年的时间了。我们把你的王位夺回来时，他可能会要求金钱回报，但他还有一个处于适婚年龄的儿子，据说是个挺不错的年轻人……”

“所以我必须得把自己卖了，才能夺回自己的王位？”她感觉脸颊发烧，离火炉远了一些，“嫁给卢迪思·德拉卡瓦也行！”

“我想，你会发现希安的王子是个相当不错的丈夫，但让我们祈盼还能有其他办法。”沙索皱皱眉，又点点头，“事实上，如果您允许，殿下，也许埃菲尔和我就可以开始去希安打探了。无论要做什么，行动都要迅速。”

“当然，我会为了拯救家族的王位而结婚……如果这是唯一的方式。”布瑞奥妮站在那里，心里既愤怒又痛苦，但她努力不让自己表露出来。

“我明白，殿下。”沙索看着她，如果她不是知道他对表达爱意避之唯恐不及的话，几乎要把他脸上的那种表情当作父爱了。“如果可以避免，我不会出卖你的自由，因为我为了保护自己的自由，曾那么艰苦地战斗。”

⚜ ⚜ ⚜ ⚜ ⚜

在悲伤和震惊之中，布瑞奥妮喝了比平时更多的甜酒，这是一种伊迪特和其他人非常喜欢的甜酒。结果，当她晚上醒来时感觉头非常沉重，用了很长时间才明白自己在哪里，更不要说想起发生了什么。

一个稍年轻的女孩正站在门口，从头到脚包着毯子，看起来就像一个沙漠里的流浪者。

“伊迪特夫人，门外有些人要求进来！”她大喊，“您丈夫丹-莫赞正在同他们争论，但他们说如果不让进就强行闯进来！”

“伟大之母啊，他们是什么人？强盗？”伊迪特虽然明显很害怕，却努力让自己的声音保持平静，就像她们平时讲故事的夜晚那样。

站在门口的女孩开始摇晃：“他们说自己是伊莫尔男爵的人，他们说我们包庇了一个危险的逃犯！”

布瑞奥妮刚从床上爬起来，膝盖发软地往前走，差点跌倒在地。逃犯——除了她还会是谁？还有沙索，她想起来了。他仍会被称为一个杀人犯。

“穿上衣服，女孩儿们——所有人！”伊迪特抬高声音，试图让众人恐惧的窃窃私语声安静下来，“我们必须为麻烦做好准备！如果有陌生人闯进来，我们的穿着至少要得体。”

布瑞奥妮更关心的是怎么保护自己，而不是怎么表现得体。她犹豫了片刻，接着穿上从埃菲尔的侄子那里借来的束腰外衣和裤子，抓起一双伊迪特给她的便鞋，一双如有必要，至少能让她逃跑或进行打斗的皮质便鞋。她将伊斯特刀塞进束腰外衣的布腰带中，然后在外面套上袍子，盖住下面的男装和刀子，这样至少可以有机会混到其他女人中。

愤怒的喊声变得越来越大，在房子里回荡，布瑞奥妮看到伊迪特想让女人们躲起来，期盼一切能完满解决，而无须她们跟男爵的手下有所接触。但布瑞奥妮不愿被动地等待厄运到来。女人生活区只有很少几个出口，如果情况变糟了话，她将无异于瓮中之鳖。

她从年轻的法务身边挤过去，后者想拽住她的胳膊，但只是徒劳，布瑞奥妮走了出去，来到走廊里。

“回来！”伊迪特喊道，“布瑞……小姐！”

朝房子前面跑去时，布瑞奥妮在心里暗自庆幸，还好伊迪特比较理智，没有喊出她的名字。门厅里充满了吵闹声和闪烁的光，在令人头晕目眩的一刹那中，布瑞奥妮似乎跌入了某种时间之流中，好像回到了王宫中肯德里克被害的那个可怕夜晚。

到达正屋时她的脚步有些趔趄，于是停下来倚在门框上稳住身体。这里烟雾更浓重，人声更喧嚷，男人们在用粗粝的声音争吵。她朝那个奇怪地挤满人的房间里偷偷瞅了一眼，发现至少有十几个全副武装的男人，正在推搡大约五六个埃菲尔·丹-莫赞的仆人，朝他们大吼大叫，仿佛仅仅通过暴力，他们就能让这些人理解一种陌生语言似的。士兵脚下，几具穿着袍子的尸体正躺在地上。

正当布瑞奥妮害怕地盯着这一切，想要看清人群里面是否有沙索时，一个穿着盔甲的士兵踢翻了一个火炉，正在燃烧的炭火四处飞溅。即使面对武器的威胁，赤着脚的仆人们仍然发出厉声尖叫，跳着躲避炭火。

“如果你们不招，”其中一个长着胡子的士兵吼道，“我们就把这整个叛徒的老巢全都烧掉！”他弯下腰，举起一个正在名贵地毯上焖烧的火把，举到其中一幅挂毯处。当火苗沿着古老的挂毯一路向上燃烧，开始舔舐屋子的木椽时，仆人们发出阵阵哀泣悲鸣声。

布瑞奥妮把手伸到袍子下面摸索刀子，虽然她也不知道自己能做些什么，突然有人抓住了她的袍带，把她从门口拉了出去，一直拉到走廊里。

她的心一下沉了下去——被抓住了！手里甚至没有可以反抗的武器就被捉住了！但抓住她的并不是男爵的士兵。

“你在做什么？”埃菲尔的侄子泰利波问，“我在四处找你！你为什么离开了女人生活区？”没等她回答，他就抓住了她的胳膊，沿着走廊把她朝房子后面拖去。

“放开我！你难道没看到吗？他们在杀死仆人！”

“那就是仆人的用处，蠢女人！”走廊里很快充满了烟雾，走了几步，他就弯下腰咳嗽起来，但没等她挣脱出去，他就恢复了呼吸，重新抓紧了她。

“不！”她奋力将胳膊挣脱出来，“我必须找到沙索！”

“你这个笨蛋，你以为是谁派我来的？”泰尔的脸上同时充满了暴怒和恐惧，看上去就像马上要哭出来一样，“房子里都是士兵，他让我把你藏起来。”

“他在哪儿？”她犹豫了，但身后那些正像动物一样被屠杀、手无寸铁的人们发出的尖叫声让她不寒而栗。

“他会过来找你，我保证——快点！不能让那些士兵找到你！”

她让自己被拉着离开了走廊。和仆人的尖叫声几乎同样可怕的，是正在不断蔓延的火焰发出的那种贪婪而低沉的呼呼声。

当他们到达远离正屋的花园另一侧时，她再次从他手中挣脱出来。“你婶母和其他女人怎么样了？”

“仆人会带她们出来！该死的，小女孩，难道你从来不按别人告诉你的去做吗？沙索在等你！”他走到她背后，抓住她的双肘，把她跌跌撞撞地往前推着，沿走廊又往下走了十几步，然后出了门，来到房子后面一个开阔的庭院里，这里是驴棚、菜园和厨房垃圾堆所在地。他把她往驴棚那里推，差点就把她从门里推进去，但她猛地伸出胳膊，挣脱出来。她往一旁走了几步，这样她身后就变成了墙壁，而不是敞开的门，接着把手伸进袍子中。

“你在做什么？”泰利波几乎尖叫起来，他那略有些孩子气的英俊脸庞上面表情极为夸张，就像一张节日面具似的。此时，布瑞奥妮能看到房子上方的火焰正在屋顶上贪婪地燃烧着。在房墙远处，四周的房屋里面开始点起火把和灯，埃菲尔·丹-莫赞的邻居们在深夜中带着恐惧醒过来了。

“你刚才说沙索在等我，但一开始你说的是他会过来见我。他在哪里？我觉得你在说谎。”

他用一种奇怪而受伤的愤怒表情看着她，好像她在故意找麻烦，破坏他为她准备的某种惊喜：“啊？你这么认为的？”

“是的。我想……”她没说完，泰利波把双手放到她胸前，开始推她，把她从墙上推开，拥进门里，然后又搡了她一下，她跌跌撞撞地往后退去，跌倒在驴棚的泥坑里。

“闭上嘴，婊子！”他大吼，“按我说的去做！我会回来！”

他正摸索着出门，布瑞奥妮沿着潮湿的地面朝他悄悄爬过去。她抓着他的腿站立起来，当他转过身时，她开始用自己的身体去挤他，一直挤到驴棚粗糙的板条壁上，把伊斯特刀弯弯的刀刃按在他脖子上。**近到可以亲吻**，沙索曾这么教她，**近到可以杀死对方**。

“再也不许碰我，听到了吗？”她朝他脸上呼着气说，“而且你要把沙索跟你说的一切，已经发生的一切以及你看到的事全都告诉我。如果你说谎，我就会割开你的喉咙，让你在这些驴粪泥坑里失血死去。”

泰尔细长的眼睛张大了。他的脸色变得苍白，即使在驴棚中唯一一根蜡烛——难道有人为她的到来做准备？——发出的昏暗光线下也能看到这一点。他的身体瘫了下去，布瑞奥妮稍稍放松了一下自己的肌肉。沙索在哪里？埃菲尔的侄子真在说谎吗？到处都是士兵，他们怎么能逃走——另外，士兵是怎么找到……

此时泰利波突然照她的脸猛地一击，虽然他的手掌是张开的，但这一击力度还是非常大，完全出乎布瑞奥妮的意料，她向后倒去，手中的刀飞到了黑暗中。一时间她什么都做不了，只能呼呼喘气，无助而愤怒，嘴巴里都是鲜血，发出咯咯的声音。她往外一遍遍吐着唾沫，但似乎身体里的每一滴血都在从鼻子和嘴巴里流出来。商人的侄子靠近她，她四处摸索着丢掉的刀，但它不在她的触及范围内，不在她的视线之内——丢了，就像她……

“贱人，”他咆哮，“女魔头，竟然把刀架在我脖子上。我该……我会……”他往她脚边吐了一口唾沫，“为此你要苦苦哀求我一个月——一年。”

她想开口说话，但下巴好像碎了，只能发出哼哼的声音，她又吐出一口鲜血。她把手沿着腿往下滑，伸到靴子中，但刀鞘是空的——另一把刀在扭打中不知掉到什么地方去了。她感觉自己的五脏六腑正变得冰冷。她没有武器了。

“沙索，你伟大的沙索，他死了。”泰利波说，“我看到士兵把他杀死了——像包围一头野猪一样把他围了起来，用矛刺了一下又一下。当然，是我告诉他们哪里能找到他的。”

她咳嗽着，用手背擦着破裂的嘴巴：“你，你……”

“还有我叔叔，他是我解决掉的。他再也不能对我直呼其名了——不论是说我被宠坏还是懒散。他将在死亡之地的阴影中腐烂，而我将成为这里的主人。我的船舶，我的商人，我的房子……”

“你背叛了……”说话非常疼，但沙索被杀的想法在布瑞奥妮体内像一团火一样烧了起来，就像刚才在埃菲尔·丹-莫赞房间地板上弹起的一块火炭一样，但此刻，那件事又像过去了几生几世一样遥远。这不可能是真的——神灵不可能这么残忍。“你背叛了……我们所有人？”

“不包括你，贱人，虽然此时我希望自己曾那么做。但我会把你留给我自己，你会学着恭恭敬敬地对待我。”他喘着气，朝她走了几步，俯下身，虽然她已经丢掉了弯刀，但他仍跟她保持着一定的距离。听到这句话，布瑞奥妮内心生出一种阴郁的快乐，无论如何，他渴望尊重，但他，背叛者泰利波，反倒要学会尊重她。在烛光中，他的脸上闪过各种表情，贪婪、欲望、残忍中的狂喜，而与此不相符的是他的脸庞年轻得可笑。“如果你是一个行为得体的女人，本来可以一直安全地待在这里，直到一切结束。但现在我要像杀死一匹马一样杀死你。我会教你如何举止……”

布瑞奥妮用脚勾住他的脚踝，将他绊倒在地。她没有站起来逃跑，他正在湿滑的地上扑腾，挣扎着想站起来，她将自己的身体压到他身上，把他撞了回去，但他用两手环住了她的脖子。某种坚硬的东西按到她背上，她几乎没有察觉到。商人的侄子虽然瘦，却很强壮——比她强壮——片刻，随着他手指逐渐收紧，那支蜡烛孤零零的烛光开始晃动，接着变成一束束放射状的火花，就像她父亲和阿妮莎举行结婚庆典时南境城堡上空绽开的烟花一样。她的手摸到了插在自己背上的东西。

泰利波的双手如此有力，甚至当她将另一把稍小的伊斯特刀从自己身上抽出来，用尽全身力气狠狠捣进他下巴下面时，他的手都没有立即松开。他的身体挺直，像渔船底部的一条鳗鱼一样摇摆扭动着，起先他的垂死挣扎似乎像要将她撕成两半，但最后他的双手终于垂了下去。

她在原地躺了很长时间，拼命喘气，咳嗽，吐出鲜血，最后喉咙终于畅通了，她站了起来，身体摇摇晃晃，两腿颤抖。她小心翼翼地朝商人的侄子弯下腰，以防他在装死，但他确确实实死了。她把刀从他喉咙中抽出来，刀口喷出一股鲜血，他的身体甚至没有抽搐。她往他那年轻而英俊的脸上吐了一口唾沫——一口混着鲜血而变红的唾沫——然后转身去寻找另一把刀。

她走出驴棚时，埃菲尔·丹-莫赞的整座房子都在着火。布瑞奥妮眼神空洞地盯着大火看了很长时间，仿佛变成了一座石头雕塑，然后她一瘸一拐地走过宽阔的院子，来到院墙阴影处。她找到一处可以攀爬的地方，抬起发颤而无力的双腿爬了上去，然后让自己的身体垂落到一个冷冰冰、臭烘烘的垃圾堆上。

清晨时，布瑞奥妮找到一桶冰水，努力将颤抖而疼痛的脸颊上的血迹洗掉，然后在男式衣服——就是被她杀死的那个男孩的衣服——外面套上自己的袍子。她回想着，心里没有一丝波澜。她拉低斗篷的帽子，混入正围在埃菲尔·丹-莫赞房子灰烬外面的人群中。男爵的一些士兵仍在那里看守，所以她不敢站得太近，人群中有许多人说赞德语，因为这里是兰德港最穷的地方，凭着能听懂的内容，她了解到至少房子里的女人们逃了出来，正在另外一个知名的图安人家躲避。她曾短暂想过去找伊迪特，但随即意识到这是一个愚蠢的主意：她们已经因为她失去了一切，为什么要再次将她们置于危险之中？似乎没有人确切知道发生了什么，但很多人听说某个重要的罪犯被抓住或杀死了，丹-莫赞曾一直包庇他，并因试图保守秘密而惨遭杀害。

房子里只有一个男性成员活着逃了出来。听到这儿，有那么一会儿，布瑞奥妮心里感到一阵希望，但接着有人指指那个幸存者——一个弯腰驼背的瘦弱老仆。她认得他，但记不起名字了。他站在人群外面，眼睛直勾勾地盯着还在冒烟的黑色灰烬，那里曾是他的家。他孤零零地站在人群中，眼神就是布瑞奥妮想象中自己在斗篷下的眼神，震惊，困惑，空洞。

对她来说，这里什么都没有了——除了危险，或许还有死亡。男爵的士兵似乎并没有想尽量活捉沙索，而他对托利家族的危险性远不及她。布瑞奥妮肯定亨顿·托利的爪牙就在这里的某个地方——不然伊莫尔，一个对政治关心甚少的人，为什么会用这么迅速而致命的方式发动袭击？

她努力鼓起勇气，混入白天出城的人群中，一直低头盯着地面，不接触任何人的视线。这似乎很管用，她没被询问，不到一个小时，她就孤身一人来到兰德港下面的悬崖小道上了。布瑞奥妮沿着小路往前走，一直走到一个两旁树木非常茂密的地方，然后跌跌绊绊地进了树林。她找到一个被灌木丛围起来的地方，那里有一颗光秃秃的橡树，树下是湿漉漉的落叶，她就蜷缩在树底下，完全避开路人的视线，然后哭着睡去了。

第十七章
私生子神灵

科尔斯的兄弟祖米奥斯，知道佐睿雅的父亲和她的叔叔们会反对他们的宗族，因此就组建了一支军队，等待时机偷袭他们。但聪慧之神佐悉蒙变成一只欧椋鸟飞到伟大的神灵佩林那里，告诉他祖米奥斯和科尔斯以及祖丽雅布置了一个陷阱，因此佩林和他的兄弟将天上忠实的神灵召唤出来。他们声势浩大地降临到月亮之神的城堡之上。

——引自《三神之书·万物之始》

当他们经过长途跋涉，筋疲力尽地穿过一片黑暗森林，到达长头颅的营地时，费拉斯·范森发现他们并不是这种脸上口鼻突出的生物的唯一俘虏。长头颅看起来好像对他们一点兴趣都没有，虽然他们中有十几个被范森和其他人杀死了，大多数丧命于防风灯基尔的长剑之下。

如果有俘虏从队列中出来了，其中一个长口鼻的守卫就会朝他嘎嘎大叫，甚至用尖尖的木棒去戳他们裸露出来的皮肤，但除此之外并不会对他们多加干涉。

基尔虽然是我们的同伙，但他对我和其他凡人表现出来的仇恨

比这些动物对我们表现出来的还要多，范森想，*如果他们对我们如此漠不关心，为什么要把我们抓起来呢？*

他悄声询问巴瑞克这个问题。王子去询问基尔，然后传递他的话："就像我们看到的那样，这些长头颅相对于人来说更接近于动物。它们在做自己被训练做的事情，别无其他。如果我们伤害了其中一个，它可能会进行反击，但除此之外，它们所接受的训练只是将我们带到主人那里。"它们的主人是吉库因，也就是乌鸦口中的锁链杰克——那时就是一个令人不安的名字，此时则显得愈加不祥。

"这个锁链杰克想要对我们做什么？"

巴瑞克停了下来，再次聆听，然后耸耸肩。基尔的眼睛就是两道血红的缝隙。"他说除非它们把我们带到他那里，否则我们不会知道，"巴瑞克说，"但我们不会喜欢的。"

长头颅的狩猎营地看起来像是用古老的赫若索尔庙宇改造成的——或许是地下世界的前厅，或者是神灵的垃圾堆。这里有各种费拉斯·范森在最恐怖的噩梦中才能想象出来的畸形动物——斜眼尖牙的精灵，猴子一样的追随者，甚至还有被称为"黑暗精灵"的畸形小人，他们看起来就像是发育不良的芬德林人。另外还有一群长着动物脑袋、身体却像人的东西，一些爬来爬去或直立的东西，甚至还有一些动物蜷缩在阴影中，唱着悲伤的歌曲，流出看起来像是鲜血的泪水。范森忍不住浑身颤抖，既因为看到这些同是俘虏的动物的悲惨情形，同时还因为它们的古怪外形。其中很多动物的胳膊或腿上锁着锁链，另外一些的翅膀则被残忍地绑了起来，少数动物除了头上放着一些皮革袋之外再无其他枷锁，好像根本不需要其他更多的东西来防止它们逃脱一样。

"佩林神啊！"他声音嘶哑地说，"这些可怕的东西都是什么？"

“雾影之地的生灵，”巴瑞克对他说，然后将头朝基尔那边歪了一会儿，“奴隶。”

“什么的奴隶？这个锁链杰克是什么人？”

基尔虽然不能直接跟范森说话，但能听明白他的意思。他摊开手指长长的双手，似乎在试图展示某种有着令人难以置信的尺寸和力量的东西，但接着摇摇头，垂下了双手。

“一个神灵，他这么叫他。”王子说，“不，一个神灵的私生子。一个私生子神灵。”巴瑞克垂下头，“我不知道——我无法记住他说的所有东西。我累了。”

他们被单独推到营地中间的一个地方，在现在这种环境中，范森对此已经甚为感激了，他们蜷缩在那里，头顶上的天空颜色就像湿漉漉的石头一般。范森和巴瑞克在布满落叶的潮湿地面上挨在一起坐着，为了取暖——至少对范森来说如此——以及获得同类的陪伴。那些古怪的俘虏围在他们身旁，总共得有几十个，看起来有种奇异的安静，只有偶尔几声咩咩叫，或少量陌生的“咯哒咯哒”的讲话声打破沉默。范森不禁注意到，它们的举止看起来就像那些已经感觉到屠刀就要降临的动物一样。

他凑近王子的耳朵：“我们必须逃走，殿下。如果逃出去，我们必须试着重新找到返回凡人国度的道路。在这种永无休止的夜晚中再多待上一段时间，被这些可怕的东西围着，我们会发疯的。”

巴瑞克叹了口气：“你会的，或许。我想我很久以前就已经疯了，队长。”

“请不要说这种话，殿下……”

“拜托！”王子朝他转过头，似乎暂时忘记了疲倦，“不要跟我说这些令人心情愉悦的小想法，队长……我好像会给自身招来某种不好的东西。看看我，范森！你觉得我为什么要到这里？你觉得我一开始为什么要跟着军队一起来？因为我大脑里有个地方溃烂了，它在一点点地侵蚀我！”

“您是什么意思？”

“没什么，不是你的错。虽然我很希望你能去操心别的事。”巴瑞克把膝盖缩到下巴下面，用胳膊环住它们。

“您知道我为什么要跟随您吗，殿下？”阴郁的环境似乎渗入了范森的血液中，他的想法变得像寒冷的雾气一样。不久我也会变得像王子一样悲哀而疯狂。“因为您的姐姐请求我这么做——不，是央求我这么做。她央求我要保证您的安全。”

巴瑞克的脸上再次浮现出了怒火：“什么，她认为我一无是处吗？一个孩子？”

“不，因为她爱您，巴瑞克王子，不管您是不是爱自己。”他咽了一口唾沫，“而且，我想您是她仅存的一切。”

“你又知道什么——区区一个士兵？”虽然胳膊上戴着锁链，但巴瑞克看起来就像要去打他似的。正坐在几步外的基尔转过头来看着他们。

“我什么都不知道，殿下。对于身为王子以及为此感到痛苦是一种什么样的感觉，我一无所知。但我确实知道失去父亲和其他至亲骨肉是一种什么样的感觉。我家里本来有五个孩子，现在只剩下两个姐姐，我母亲和父亲已经离世数年了。我也失去过卫队中的朋友，其中一个在我第一次来这片土地时被一个恶魔猛兽吞噬了。我对此有足够的感受和了解，所以我要说，有时对自己的生命毫不在意其实是一种自私。”

此时巴瑞克看起来非常震惊，既愤怒，似乎又被逗得哭笑不得：“你在说我自私吗？”

“像您这种年龄，殿下，如果不自私倒奇怪了。但我们出发前我见到了您姐姐，看到了她恳请我保护您安全时脸上的那种神情。她告诉我如果连您也失去了，那对她来说将会意味着什么。您说我只是‘区区一个士兵’，巴瑞克王子，但如果我不迫使您照顾自己，我将会成为一个最坏的坏蛋，即使只是为了她我也要这么做。在我看来，那不是负担——而是一项重大而光荣的使命。”

巴瑞克沉默了很长时间，脸上愤怒和好笑的表情都不见了，恢复成了那种令人费解的冰冷注视。“你喜欢她，”他突然说，“是不是，范森？跟我说实话。”

范森意识到，即使在此处——暮光之地的黑暗心脏地带，在通往几乎可以肯定是死亡的路上，他还是有些脸红：“我当然喜欢，殿下。她……你们都是我的主人。”

“如果在王宫里，你这样回避我的问题是会受到鞭刑的，范森。如果我问你我们是否正遭受入侵，你难道会说，‘每年这个时候，我们的客人都比平时更多’吗？”

范森张大了嘴巴，接着自顾自地大笑起来，他已经好长时间没这么笑过了，几乎感觉有些疼。基尔那毫无特征的脸上扭曲了一下，几乎像在皱眉，然后就把视线从他们两人身上转走了。“但是殿下，即便……即便如此，我怎么能说出这样的话来呢？那是您的姐姐！”他感觉自己的脸色变得严肃起来，“但我可以这么对您说——为了她，我可以毫不犹豫地付出自己的生命。”

“啊。”巴瑞克抬起头，“看来他们要给我们吃饭了。”

“什么？”

王子用那只正常的胳膊指了指。“看，他们抬着一个桶在四处走。我肯定里面会是某种罕见而美味的东西。”他沉下脸来，突然间又好像变成了一个十四五岁的年轻人，“你有没有意识到，这种事情不会有结果？”

“什么？”

“不要再装傻了，队长。你知道我什么意思。”

范森吸了一口气：“我当然知道。”

“你就喜欢这些注定没有结果的事情，是吗？还有不会有回报的恩惠？我看到你帮那只恶心的乌鸦逃走了。”巴瑞克对他笑着说，那种笑容近乎是善意的，“我发现我不是唯一一个学会不抱希望活着的人。这样的生活并不是那么令人满意，是不是？但一段时间之后，你会对此产生某种骄傲感。”他再次抬起头，“而且说到不那么令人满意的事——我们的主人来了。”

两个长头颅站在他们面前，在范森看来他们就像两只巨大的蚱蜢，虽然他们身上还有某种跟狗很相像的古怪之处。他们的双腿跟人的腿很相似，但脚后跟很长，不接触地面，就像直立的老鼠一样只用前脚掌站着，眼睛深陷在骨骼突出的长头颅中，里面没有灵智的闪光，但显然他们也不仅仅只是野兽。其中一个发出一些急促的嘎嘎声，用长柄勺从另一个长头颅抬着的桶里舀出一些东西。他用勺子指指范森的手，然后又发出嘎嘎的声音。

我住在一个传说故事的世界中，范森突然想到，记起了父亲讲的那些古老的海洋故事，以及母亲讲的山中精灵的故事。*我们被困在了某个忧郁孩子的梦境之中*。

他伸出胳膊，把手上的枷锁给看守看。“我什么东西都不能拿。”他说。但长头颅只是把长勺翻过来，让一坨冷掉的燕麦糊掉到他手上。然后对巴瑞克也是一样，接着他们继续向下一组移动。

最后，范森发现自己只能把沉重的枷锁撑在地上，伸开双手，身体蜷成一团，像狗从碗里吃食一样，舔食那种淡而无味的糊状物。

所有俘虏都吃完稀菜汤后，长头颅守卫回到火堆旁，开始吃他们的饭，是一种放在钎子上烤的东西。范森看不到他们吃的是什么，但过了一会儿，俘虏被拉着站了起来，他注意到长头颅把一些空枷锁挂到那辆巨大的马车上，车上装着俘虏的一些简单行李，随着马车开始前进，枷锁也晃动起来，发出叮叮当当的撞击声。

⚜ ⚜ ⚜ ⚜ ⚜

如果巴瑞克以前曾对这片暮光之地感觉压抑的话，那么现在这种被迫行进的每一步都在将他带入更深的忧郁之中。不仅仅是因为每前进一步，他们以为已经脱离的烟幕都变得愈加浓重，将这片土地变得像午夜一样漆黑，让呼吸变得无比痛苦，甚至也不是因为他们所处困境的可怖。某种比这些事情更沉重的东西在折磨他，虽然他也说不清到底是什么。他们走的每一步，甚至当他们来到一条很古老的路上，行进变得更容易了时，那种东西仍在将他们往一种更深的、古怪的恶意中拽，他能从自己骨髓深处感受到这种恶意。

他向基尔询问这个问题。精灵战士看起来几乎同巴瑞克一样沮丧，他说，是的，虽然我的眼睛因为受伤看不见了，但我能感觉到，不过我不知道是什么原因导致的。吉库因是部分原因——但不是全部。

巴瑞克突然冒出一个想法：你这种看不见的情况能好转吗？那种病或什么，能痊愈吗？

我不知道，以前我身上从没发生过这种事。基尔用修长优雅的手指做出一个巴瑞克不认识的手势。不管怎么样，我觉得我们也活不了那么长时间，看不到最后的结果了。

我们为什么被俘虏？吉库因同你们的国王发生战争了吗？

只是因为他不臣服于他。只是因为吉库因年老且残酷，而我们的国王则没那么残酷。但我们成为俘虏，我想只是因为我们被抓住了。看看我们身边的这些……他指指两侧慢吞吞行进的俘虏队列，在他们身后和前面一直延伸到很远的地方。我们在这里或许很罕见，基尔用他那种无声的方式对他说，但其他这些动物就和树木和石头一样平常。不，我们都是被带往同一个地方，但我思考得越多，就越不认为这是因为我们被单独挑出来了。他的眼睛张得很大，巴瑞克现在知道这种神情意味着决心。我认为，当这些动物的主人看到我们时，他会注意到我们。即使没有别的，他也会想，凡人又一次来到他的土地上是要做什么。

又一次？我从来没听说过他。

很久以前，凡人尚未在这里游荡并建立北境王国的时候，吉库因就第一个将这个地方据为己有了。但他在一次很大的战役中受伤了，因此“血战年代”之后他沉睡了很长时间，等待伤口痊愈。除了极少数古老的故事，在大多数生灵的记忆中，他的名字都消失了。在他回来之前，我们将凡人从北境王国驱赶了出去。根据我们的纪年，这一切仅仅发生在很短时间之前。他们逃跑之后，我们让天幔笼罩下来，防止人类再次进入，从而将他们从这土地上永远地驱逐出去。

你们为什么要那么做？

为什么？因为你们跟以前一样从各个方向偷偷爬回我们国家，就像蛆一样！基尔眯起眼睛，变成两条暗红的缝隙。你们杀死了我们中的大多数精灵，偷走了我们古老的土地！

不是我，巴瑞克对他说，是我的同类，没错。但不是我。

基尔盯着他，接着视线从他身上转开了。请原谅，我忘了自己在同谁说话。

队列刚刚从两座山之间现身，进入一个浅山谷，一个巨大的石头投影横跨在路上——一扇荒废的巨门。

“三神的圣书！”巴瑞克倒吸一口气说。

不要说那种诅咒——不要在这里说。基尔严厉地提醒他。

但……但这是什么？

慢吞吞行进的俘虏队列停了下来。仍有一些力气的俘虏抬起头，望着道路两侧的两个巨形柱子，一块块爬满藤蔓的灰色石头虽然碎了，但仍比树还要高。甚至在他们头顶上延伸的较小一些的过梁，都和十家区的谷仓一样长。长满植物的巨大墙壁一半竖立，一半坍塌了，围在破败的大门边上，像是某个神灵头巾上的翅膀。

比我担心的还要糟糕。精灵的思绪突然变得像某种不祥的窃窃私语一样微弱，巴瑞克很难理解其意义。*吉库因离开了他在北境王国的巢穴，在大深渊里……给自己建了一处新的居所，这就是它的外门*。

“这处新的悲惨之地是什么？”费拉斯·范森显然也感觉到了这个地方的奇怪，不仅仅是因为它的庞大和古老，而是那种隐藏的东西，正在像冰冷、沉重的手指一样更使劲儿地压着巴瑞克的思维。

“基尔说是一个叫大深渊的东西，或至少是它的第一道门。”

“大深渊？”范森皱起眉头，“我想我知道那个名字。在我还是小孩子的时候……”

长头颅发出愤怒的嘶嘶声，往队伍后面走来，又戳又刺，最后连那些最不情愿的俘虏也被赶到了巨大的过梁下面。过梁上面刻着一些非人类的奇怪面孔，他们从下面穿过时，这些面孔就从上面俯视着他们——有的眼睛太少，有的又太多，没有一个看起来令人感到舒服。

而前面的东西同样令人感到不安。散落着碎裂圆石的宽阔道路落入一个山谷，山谷几乎完全被笼罩在一片厚重的烟雾中，道路在两排巨大的石头雕塑之间蜿蜒。有些雕塑是一些体积巨大的普通事物，例如大如房子的砧台，或者是十几个人也抬不动的大锤子和其他工具。其他一些雕塑形状则不怎么好辨认，是一些巴瑞克从没见过的机械装置形象，用途更是难以猜测。所有的雕塑都很古老，经过风吹雨打，再加上爬藤和其他植物的作用显得破败不堪。很多雕塑倒塌了，部分被泥土和落叶掩埋住，因此这里给人的印象是：曾经住在这里的那些体形巨大的居民一夜之间突然打包离开，任由这条巨大的道路在他们走后日渐荒废。

这里虽然明显空荡荡的，但或许正是因为这种空落，在他们费劲儿往前行走时，巴瑞克的压迫感变得更强烈了。连那些长头颅看守都变安静了，他们在俘虏队伍中前后巡视，而在驱赶他们前进时嘴里则发出窃窃私语般的含混声音。

这是什么地方？他问基尔，**大深渊是什么？**

神灵第一次打破地面的地方，寻找……

十天以前，巴瑞克并不怎么相信神灵。但现在，在这样一个地方，仅仅是这个词语就让他的心脏猛烈跳动起来，皮肤上渗出湿黏的汗水。**寻找什么？**

基尔摇摇头。巴瑞克感受到的那种重量，那种像铅网一样罩在他头上、令人绝望的厚重感，似乎更重地压在精灵头上。基尔的头垂了下来，躬着背。他走路的样子就像一个正在走向绞刑架的人，挣扎着呼吸着呛人的空气。精灵的思想也很沉重，像石头一般，仅是接收它们就让巴瑞克感到疲倦不堪。**我现在不能……跟你说话，**基尔对他说，**我必须理解所有这一切意味着什么，为什么……我必须思考……**

巴瑞克转向费拉斯·范森："你说你好像记得，队长。你知道关于这个大深渊的什么事情吗？"

"有记忆，但非常模糊。某种东西——我想是小时候孩子们讲的用来相互吓唬的故事。"他表情痛苦地皱起眉头，"我记不起来了。精灵说什么？"

巴瑞克用眼睛快速瞟了一眼精灵，然后又转向范森。"一些神灵打破这里地面的事情，但我很难理解，而他也不愿多说。"王子用手摩擦着脸庞，好像他能将不舒适擦掉似的，"这里是个很糟糕的地方。你能感觉到吗？"

范森点点头："一种沉重感，好像空气被毒气污染了——不仅仅由于烟雾。不，不是有毒，而是很糟糕，就像您说的——厚重，令人不舒服。说实话，这里让我的心感到畏缩，殿下。”

“很高兴不仅仅是我自己有这样的感觉，”巴瑞克说，“我们身上会发生什么事情呢？你认为我们会被带到哪里？”

“我们早晚会知道，我想。但我们现在应该考虑的是怎么逃跑。”

巴瑞克举起枷锁，虽然对于他这般个头的正常人来说枷锁并不算大，但对于他那条残疾胳膊来说则无比沉重。“你有凿子吗？如果有，那么我想还有些可说的。”

“我们的脚没被系住，殿下，”范森说，“我们可以跑，之后再考虑怎么去掉胳膊上的枷锁。”

“真的吗？看看他们。”巴瑞克指指离他们最近的两个长头颅，正用它们奇怪而有弹性的步伐在队列中走着，“我觉得即使腿上没有镣铐，我们也跑不过他们。”

“但《三神之书》教导我们要带着希望活下去，巴瑞克王子。”范森说这些话时，脸上带着一种令人不解的庄重神情——或许在这种环境下也没那么令人不解。“祈祷神圣的圣徒在天上护佑我们——神灵或许会找到拯救我们的办法。”

“坦白说，”巴瑞克说，“此时此刻，我最害怕的正是神灵本身。”

王子看起来稍微正常了一些，这是一整天来范森看到的唯一一件充满希望的事情。或许是因为防风灯基尔停止了同他讲话。

*根据他和我通常的运气走向判断，就在马上要被捕获者处死的时候，他可能就会恢复正常状态了，*范森带着一种阴郁的乐趣想到。*至少我可能也会被杀死。不管怎么样，都比带着她弟弟死亡的消息回去面对巴瑞克的姐姐要好。*

*她在哪里？*他突然想到，*在城堡里，或许被包围了？基尔的精灵族把我们打得惨败，不可能只是在城市外面的田野中停下来……*想到布瑞奥妮公主被同这些动物相似的怪物威胁，甚至可能成为俘虏，他感到一阵恐惧，比他为了自己产生的任何感觉都要糟糕。他不敢顺着这个想法继续想下去——太恐怖了。*或许她逃跑了，跟那些为她出谋划策的人一起跑了。不论她在哪里，请佩林神保佑她的安全。*公主自己经常祈祷发誓的那个神灵是谁来着？*哦，是佐睿雅——佩林慈悲的女儿。*他以前从没想过向这个处子之神祈祷，但现在他努力在脑中回想她那苍白、和善的脸庞。*是的，神圣的佐睿雅，请用你的手保护她，不要让她受到伤害。*

布瑞奥妮想过我们吗？当然，她肯定一直都在想她弟弟——但她有没有想过我？甚至——她能不能记得我的名字？

他努力将这种愚蠢的想法从脑海中驱逐出去。出神地想念一个自己无法得到的公主，一个就像神灵高居人类之上一样高高在他之上的年轻女人，如果还有比这更悲惨的事情，那就是身为暮光之地的俘虏，一边被迫走向神灵才知道的厄运，一边还在那里出神了。

你想得太多了，费拉斯·范森。老穆里就是这么说你的，他说得没错。

随着行进，满是破碎石头和巨大倾斜雕塑、不规则向前伸展的道路变得越发荒凉，大多数石头底座都是空的，石头本身数量很少，相互之间离得很远，好像拾荒者把他们抬开了似的。甚至这里的树木都被清理掉了，山谷的地面在两侧向上延伸，布满了短而粗的断桩，看起来就像一张胡子拉碴的脸。

范森也越来越能感觉到烟雾之外的一种气味了，一种强烈的硫黄气味，像雾一样罩在山谷上面。最强烈的气味来自道路两边的地洞里，范森忍不住想知道地底下是什么，会散发出如此强烈的臭气。

“矿井。”范森说出自己的疑问时，巴瑞克说：“基尔说这是他们精灵族建立的第一批矿井，很久以前建的，虽然这里的采挖从更早以前就开始了。它们一直深入到地下数英里的地方。”

“他们为什么要在这里开采？”

“其他我就不知道了。”巴瑞克用他那只正常的胳膊指指无脸精灵。基尔的眼睛几乎闭上了，就像站着睡着了一样。“他还是不说话。”

随着山谷地势的上升，那条范森认为肯定是古老河床流经之地的道路也开始上升。他们往上爬的时候烟雾仍然非常浓重，使断桩和碎石组成的荒凉景象变得更加令人气馁。他们快接近山谷末端了，虽然道路一直在上升，但很明显，除非道路结束的地方有个半英里高的梯子，否则照这么下去，他们永远不可能爬到某个高度，高到可以俯瞰山谷四周参差不齐的岩石。

巴瑞克沮丧地望着高高在上的山顶：“从这里哪儿都去不了。或许我们根本就不会成为奴隶，也许他们准备在这里杀死我们。”

“如果只是为了杀死我们，那我们也走得太远了，殿下。”为了让他安心，范森说，“可能前面有某种秘密通道——一条在山中穿行的道路。”但其实他心里也充满了疑问，恐惧也再次开始毒害他。很快他们就会被按到石头悬崖上，前面无路可去，长头颅会将尖利的矛刺入他们的身体……

在又宽又高的台阶上，如果不是有其他动物在他前面走，范森肯定第一步就绊倒了。他们前面的俘虏一步步往前爬着，范森跟在后面，虽然王子脸上露出一副极为厌恶的表情，但范森还是转身去帮他往上爬。巨大的梯级一个接着一个，疲惫的步伐一个接着一个。

“这……真是一个……该死的……梯子。”巴瑞克说，挣扎着喘气。他们已经连续行进了好几个小时，期间从未休息，每迈一步都像跨越一个巨大的障碍。“像南境三神圣堂前面的台阶——但大得可怕。”他陷入沉默之中，发出断断续续的喘气声，跟在范森身后费力爬上两个梯级。在他周围，其他所有俘虏也都在拼命挣扎——其中一些太矮了，在没有帮助的情况下根本爬不上去。长头颅在队列中进进出出，用手中的棍棒又戳又刺，发出愤怒的嘎嘎声。“基尔说那里就是。”巴瑞克终于说。

“是什么？”

“大深渊。通往古老矿井的入口。”巴瑞克眼睛闭上了一会儿，倾听着那种无声的话语，“他说我们必须相互抓着手，因为在这里被分开的话可能比死亡还糟。”

“一种令人愉快的想法。”范森尽可能语气轻快地说，但其实，他的心此时就像一块石头。他们继续沿着巨大的台阶往上爬，这些梯子看起来似乎比特希斯的“灯笼大道”还要宽，梯子顶部裂开了一扇大门，有一幢数层高的房子那么高。同山谷和梯子上的暮光相比，大门里面像夜晚一样漆黑。

“我敢说这里势必要有一番挣扎反抗，看我说得对不对吧！”范森悄声对巴瑞克说。他握住这个男孩的手，竟然奇怪地感觉非常自然，就好像这片颠倒混乱的土地把他的一个弟弟还给了他。“没有任何生灵会毫无反抗地被赶入那种地方。”

但事实上并没有什么挣扎，至少不是很多。当俘虏排成一列进入大门时，有的动物发出呻吟声，扑倒在地，有的则试图转身返回，长头颅朝这些动物冲过去。他们对此已经做好了准备，此时像一支军队一样跃到梯子顶部，推搡，踢打，用棍子戳，甚至张嘴大咬，直到所有反抗的动物都站了起来，跌跌撞撞地进了大门。很多动物被踩倒在地，当范森和巴瑞克被赶到黑暗中时，范森还在心里想，不知道从长远来看，那些浑身是血躺在台阶顶部，被人踩来踩去的动物是否反倒是幸运的。

“我们是不是应该试着逃跑一下？”巴瑞克悄声问，“趁他们还没将我们赶进去？”

“不，除非您的基尔说我们必须这么做。我们不知道里面有什么，但也许稍后能找到更好的逃跑机会。”范森希望自己也能相信这一点。

他们在长长的俘虏队列中被驱赶前进，走出了最初的黑暗，进入歪歪斜斜的木头隧道，隧道里点着火把，一直向下延伸，进入山脉的心脏地带。

范森一开始并没有注意到，但在潮湿而闷热的隧道中跋涉了一会儿之后，他开始意识到其他一些俘虏不见了。他们现在所属的俘虏群数目可能只有一开始被赶进大门时的一半，他看了一下，发现两个长头颅正将一个有十几个俘虏的群体粗暴分开——在晃动的阴影中很难看清具体数目，因为那些俘虏有着各种古怪的体形和大小——然后将他们赶进一个十字形通道中。他把这一发现悄声告诉巴瑞克，王子的眼睛警觉地张大了。

“是不是他们对我们有不同的处理方式——杀死我们，而不是让我们成为奴隶？”

“我想更有可能是因为他们以前没见过多少人类，”范森安慰他说，“这些长头颅看起来不是那种未经命令而擅自行动的类型。他们可能需要有人告诉自己把我们安置到哪里。”其实他并不想说话，光是试着记住他们拐了哪些弯，位于最开始入口的什么方位就已经够困难的了。如果之后有逃走的机会，他可不想像没头苍蝇一样四处乱撞。

很快，他们身边就只剩下几个俘虏了，一个看起来跟人差不多的动物，长着飞龙一样的翅膀，比范森要高，但比他瘦得多，两个皮肤鲜红的小怪，还有一个干瘪的仿芬德林人——一个黑暗精灵。最后这个俘虏就走在范森前面，所以他虽然不是很想去看，但还是有了一个机会可以好好观察一下眼前这个跟人类有些相像的小生灵：它头很大，往一边歪着，身体粗短，双手几乎有范森的两倍大，虽然这个生灵从整体上还不及他一半大。

剩下的长头颅驱赶最后这批俘虏进去。范森不得不小跑起来，手上戴着镣铐跑并不轻松，有时还得在王子跌倒时扶他起来，而他又经常跌倒。范森知道，王子那条残疾手臂戴着镣铐肯定很疼，虽然巴瑞克拒绝主动提起，但不是医生也能看出，他那苍白的皮肤，紧紧皱起的眉头，以及过去一个小时都不怎么说话意味着什么。

他们来到通道中一处宽阔的地方，其他通道从这里分支出去。守卫强迫他们走进其中一个分支，没走几步就进入一个大而开阔的地方，在另一扇巨门前停了下来，这扇门由一些长得很像猴子的动物看守着，可能是追随者，但大小和人差不多，穿着脏兮兮、胡拼乱凑的盔甲。长头颅对这些守卫说了一些急促而含混的话，然后往前走了几步，用矛敲敲门，虽然他们的动作很恭敬，但每敲一下，门上都会发出一声空洞而响亮的锵啷声。然后门缓缓打开了，看守嘴里发出低沉的嘎嘎声，一边将俘虏推搡进去。

门后是范森见过最疯狂的情景，一个巨大的洞穴，像南境的三神圣堂那么大，但装饰却似乎是由一个疯子完成的。曾矗立在山谷两侧的那些雕塑的碎片四处散落在这个巨大的地方——这儿有一个战士蜷伏在破裂地板的中央，那儿是一只驴车大小的巨手。苔藓和藤蔓这儿一块那儿一块地长在雕塑上，墙壁和地面上长着很多，一个瀑布从洞穴一侧的高洞里倾泻而出，雾气使空气变得潮湿，瀑布流经巨大的岩石一路向下，四处飞溅开来，最后进入一个占据大半个房间的巨形水池中。

在水池一侧，同门相对的地方，矗立着另一座巨大的石像，是个坐着的无头战士，像城堡一样高大。一个范森见过最大的人——应该说是最大的生物——正坐在石像膝上，脚边或跪或躺着各式各样的生灵，就像一张活地毯。他的体形有正常人两倍，不，得有三倍高，像一个铁匠一样身材高大，肌肉发达，如果不是有非常明显的迹象表明这个怪物是个活物，范森连一秒钟都不会怀疑这只是一座雕塑。他的头发卷曲，垂到肩上，胡子垂到腰际，跟那些神灵的石雕像一样美丽，似乎他同样也是被某个能工巧匠雕刻出来的，只除了一点，他巨大脸庞的一侧被毁了，皱巴巴的，一只眼睛没了，脸颊和前额的皮肤皱成一个坑，从中可以看到凌乱的牙齿，就像散落在珠宝盒中的珍珠似的。

在他们脚下某个很深的地方，有什么东西发出巨大的响声，仿佛震耳欲聋的隆隆鼓声，一阵巨大的震荡撞击着范森的耳膜，让整个石头房间都短暂颤动起来，但房间里似乎没人注意。

各种尺寸的锁链缠在那个可怕的、神灵一样的东西的腰上，从他的脖子和肩膀上垂下来，所以即使他还穿了其他衣服也根本看不到，成百上千个奇怪的圆形物体从锁链上垂下。当眼睛逐渐适应了这里的光线，范森意识到，每一个垂下来的东西都是一个被砍下来的头颅，有些是赤裸裸的头盖骨或干瘪的皮质，还有一些头颅是新砍的，脖子参差不齐，仍然鲜血淋漓——人类、精灵，甚至动物的头颅，各种各样的头颅。

整个童年的记忆突然从范森脑海中浮现，其他孩子为了吓唬年龄更小的孩子的恶作剧——**戴着铁链的杰克！戴着铁链的杰克从大深渊中过来抓你了！他会把你的头砍掉！**

戴着铁链的杰克，锁链杰克。原来他是真实存在的。

这个魔怪举起一条像树干一般粗大的胳膊，锁链摇摇晃晃，发出“叮叮当当”的撞击声，那些头颅像贵妇人手镯上的珠子一样荡来荡去。私生子神灵咧开嘴笑了，他那美丽的脸庞几乎像是裂开了一样，露出盘子大小的牙齿，像荒废的石头一样满是裂缝，破碎不堪。

“我是吉库因！”他咆哮，声音非常响亮，让人无比痛苦，范森不由地跪倒在地，然后趴到地上，双手捂住耳朵，徒劳地想要躲开这种让人震耳欲聋的声音。当巨人再次开口时，范森才意识到，这种声音不是他用耳朵听到的，它们是在他的大脑里面回荡。

接着，他的头骨中又发出一阵雷鸣般的巨响，在这种巨大的声音中，一切正常的想法都消失了。

“欢迎！凡人——啊，我看到了，还有一个高等精灵。欢迎来到地下世界。我保证会让你们死得其所，你们死后，我甚至可能戴上你们那小巧而美丽的头颅，向你们展示这种至高无上的荣誉！”

第十八章

没有答案的问题

因此在那场伟大的战斗中，无人能敌的努沙什最后将太阳从天空中扯了下来，一直拽到古老夜之王子扎法里斯的面前，把他的胡子烧着了。他被烧成了灰烬，而那，我的孩子，就是他统治的终结。

努沙什和他的兄弟霄释将骨灰撒到夜之沙漠中。然后他慷慨地邀请他的几个同父异母兄弟跟自己一起，在赞德山上建立一座新的神灵之城。阿戈尔和其他几个兄弟感谢了他，并发誓效忠于他，但其实他们已经开始谋划背叛他，自己登上神灵的宝座。

——引自《努沙什启示录》（卷一）

虽然她也说不出为什么，但佩拉亚发现自己去花园的时间比以前多了，即使是像今天这种天色阴沉、海风凛冽的日子也是如此。部分原因是她父亲佩里沃斯伯爵最近非常忙碌，比她见过的任何时候都要忙，根本没有时间陪孩子。有时他为了检查城市的防御情况要忙到深夜，于是干脆睡在资料室里，回家只是换换衣服。但她对花园的兴趣，很大一部分只是出于对囚犯奥林的兴趣——国王奥林，虽然他可能会语带嘲讽地否认自己的称号。两人见面的时候，佩拉亚一直很喜欢同他聊天，虽然感觉再也没有第一次时那么奇怪而刺激了。那时的他还是一个完完全全的陌生人，她向他介绍自己的时候，同伴们惊恐地望着她，仿佛她决定要从城墙上纵身跃入大海，一直游到赞德一样。

但她仍然很喜欢他们交谈中那种成年人的感觉，他看起来也很喜欢，虽然他经常因为她能告诉他的那些关于他家乡的消息少得可怜而感到失落。她知道他的一个儿子死了，女儿和另一个儿子失踪了，他的国家正处于某种战争之中。有时当奥林说起自己的孩子时似乎在掩盖一种极为强烈的感情，几乎马上就要哭出来，但过了一会儿，他就又恢复了平时那种冷酷的样子，让她忍不住怀疑刚才那种情景只是自己的想象。即使作为一个国王，他也有些奇怪，情绪变幻无常，又总是那么彬彬有礼，但对佩拉亚这样的女孩来说，他有时会有些可怕，她父亲虽然非常智慧，但相对来说是一个更简单的人。她有时会想，奥林 · 埃顿的真实感情跟他本人一样，被痛苦地囚禁了起来。

他不是经常被允许进入花园，每周只有几天时间。佩莱亚觉得城堡的护国公不太厚道。她不知道自己敢不敢向父亲说这件事——毕竟他是整个城堡的管理者——不过虽然同这个北方国王之间的友谊没什么见不得人的地方，但她还是不想太引人注意。佩里沃斯伯爵是一个严肃的人，他很少思考没有目的性的事情，她不知道父亲是否能理解同奥林的交往对她所产生的那种无害的吸引力。毫无疑问，对于这种奇怪的友谊，她父亲听到了一些风声，但到目前为止，他还没跟她谈过这个问题，或许是泰洛尼帮他打消了疑虑，因为她认定整件事不过是佩拉亚的一种无聊消遣，也就不再对此大惊小怪了。佩拉亚觉得这样最好，还是不要去考验神灵。

她高兴地发现奥林国王今天也到花园里来了，就在离长椅不远处，一块突出的装饰石头顶部，眺望着城墙另一边。爬到那上面，可以俯瞰城堡塔楼之间的整个库洛安海峡。他双腿交叉，坐在石头上，手撑着下巴，看起来更像一个小男孩，而不是成年人，更别说君王了。她站在石头下面，等他注意到她。

“啊，奥库尼斯小姐，”他面带微笑地说，“你又来了，这真是我的荣幸。我刚才正在想，一个人能不能做出海鸥那样的翅膀——也许用木头或羽毛。不过我想，每片羽毛都得分别系在恰当的位置，这将是一项极为浩大的工程——然后就能像鸟一样飞起来。”

她皱皱眉头：“为什么会有人想那么做？”

“为什么？”他笑了，“海鸥在风中飞翔的那种自由，我想此时对我来说，比对你有更多的意义。”他从上面爬下来，双脚轻轻着地，“我只是在沉思——我看到鸟儿在飞翔，思绪也开始游荡。我请求你不要把我对飞翔的兴趣告诉你父亲，否则我可能会失去待在花园里的这种优待。”

“我不会那么做的。”她诚恳地说。

“啊，你真好心。”他点点头，结束了这个话题，“今天过得怎么样，小姐？自从我上次见到你，神灵对你还好吗？”

“我想简直有些好过头了。老师给我安排了你能想象到的最沉闷枯燥的课程，而且我永远永远不会成为一个在针线活儿方面心灵手巧的人，不论尝试多少年，结果都一样。母亲说，我的针线活儿看起来就像一只醉醺醺的蜘蛛织出来的网。”

他轻轻笑了：“听起来你母亲是个非常聪明的女人，她说过的话不止一次把我逗得哈哈大笑了。或许那正是你的聪明和好奇心的来源。”

“我？”她只能想到利萨斯修士教她的课程，阅读长长的《三神之书》……*让自己变得谦卑的女儿和妻子受到神灵的宠爱，她们只听从天堂*……“我才不好奇呢，不是吗？”

他再次笑了：“孩子，你简直跟一个泉眼一样，‘咕嘟咕嘟’

往外冒问题。我能做的就是不把自己的整个人生全都打开，让你像翻拣一箱旧衣服一样在里面翻翻拣拣。”

“那么你肯定认为我很烦人，是一个无法保持安静的孩子。”她垂下头。

“一点也不，好奇是一种美德。谨慎也是，但谨慎这种美德通常要在年龄稍大时才能学会。来，戴上你的围巾吧，有点儿冷了——对此我正好有事相求。”他递给她一条精致的希安围巾，却没有立即松手。她很吃惊，刚准备张嘴说话。“拿走，但不要展开，”他轻声说，“我在里面放了一封信。不要害怕！不是什么违法的事。实际上，这是一封给你父亲的信。请转交给他，好吗？”

她从他手里接过围巾，感觉到一个小而方正的信封形状：“是……是什么？”

“就像我刚才所说，没什么好害怕的。这是我对于西斯独裁者威胁围攻此地的危险的一些想法——是的，我听到了那些传言，除非耳朵聋了才会听不到。不管怎么样，对我的建议他可以任意处置。”

“但为什么？”她把折起的围巾放到膝盖上，“我们把你囚禁起来，你为什么还要帮我们？”

奥林笑了，但看起来似乎有些痛苦：“首先，我也处于危险中，这是当然。其次，面对独裁者，我们是天然的同盟，无论德拉卡瓦怎么想，我相信你父亲会认识到这一点的。最后——好吧，让一个像你父亲那样的人对我怀有好感没什么坏处。”

佩拉亚有些喘不过气来。一封机密信件！就像关于塞拉斯和精灵克星兰德的古老故事中的那些东西一样。“如果你保证里面没有什么不好的事，我就交给他。”

他低下头：“我保证，尊贵的小姐。”

他们又聊了一会儿其他一些无关紧要的事情，像她弟弟的坏脾气，或关于泰洛尼同北方某个国家年轻贵族之间婚姻的旷日持久的商谈。这让佩拉亚感到很痛苦，因为她父亲说过待长女出嫁之后，他才会为小女儿寻找丈夫，但她迫不及待地想成为一个成年女人，拥有自己的家庭。

“不要那么心急，”奥林和善地说，“婚姻对女人是神圣的，但也可能充满痛苦和危险。”他低下视线，“我妻子在生育时去世了。”

“神灵肯定是需要她才这么做的。”佩拉亚说，接着意识到这是母亲经常挂在嘴边的一句话，她对自己的鹦鹉学舌感到有些气恼，“我很遗憾。”

“有时我会想，这对孩子来说，要比我更艰难。”他轻声说，然后有很长时间没说话。他的视线在佩拉亚身后的某个地方游荡，所以她以为他又开始眺望海鸥了，梦想赫若索尔的城墙渐渐在自己身后隐去。

“奥林国王，您刚才说的是？”

“什么？”他强迫自己的视线转到她身上，“啊，请原谅！我……走神了。看，可不可以告诉我——那个女孩是谁？”

佩拉亚在心里感到一种刺痛，之后她才意识到那是忌妒，她转过身，视线越过花园，但什么人都没看到。“谁？我姐姐和其他人都进去了。”

“那里。两个人，正抬着衣服。”他用手指着，“一个瘦些，一个胖些。那个瘦些的——那里，看，就是头发从头巾里掉出来的那个。”

“你是说……那些洗衣妇吗？”

“是的，我说的就是她们。”佩拉亚想起来这是他第一次听起来对她有些生气，“因为是仆人，她们就不存在了吗？她们是除你以外花园里唯一的女孩。”

她感觉有些受伤，但努力没让自己表露出来："我怎么知道她是谁？一个洗衣妇——一个女孩，像你说的，一个仆人。为什么？你觉得她很漂亮吗？"她第一次仔细打量起那个年轻女孩来，发现那个女孩比自己大不了多少。从波浪状的袖子中露出来的那部分胳膊是棕色的，从头巾下面散落出来的那部分头发，就像奥林所说的，是黑色的，只有一小缕是奇怪的火红色。那个女孩的容貌很有魅力，但佩拉亚从这个瘦弱的年轻女孩身上看不到任何能吸引奥林国王注意力的地方。"在我看来，她很像赞德人，南部的人，我敢说——他们生活在沙漠中，皮肤要黑一些。有很多赞德女孩在这里的厨房和洗衣房里工作。"

奥林望着那个年轻的女孩和比她矮胖一些的同伴，直到她们在带顶走廊的黑暗中消失。"她让我想起了……她让我想起了某个人。"

现在佩拉亚心里确确实实感到了一阵刺痛："你曾说我让你想起了自己的女儿。"

他转过身，似乎自从那个女仆出现以后，现在他是第一次看到她。"是的，小姐。就像我说的，你身上有某种特点，真让我想起了她，你的好奇心是其中一部分。不，那个女仆让我想起了另一个人。"他皱起眉头，摇摇头，"我家族的一个成员，去世很久了。"

"你的一个亲戚？"似乎不大可能。佩拉亚觉得，国王是因为自己偷瞄女仆被发现了而感到羞愧。

"是的，我的……"他的声音减弱了，再次望着那个仆人消失的地方。"这很奇怪——而且是在这里，远离……"他又停了下来，然后说，"你能把她带到我这儿来吗？"

"什么？"

"把她带到我这里来。这里，花园里。"他大笑起来，笑声短促而刺耳，"我当然不能到她那里去，但我需要在近处看看她。"

他看着佩拉亚，眼神变柔和了，“善良的奥库尼斯小姐，拜托了。我发誓我绝不是出于什么无聊的原因才让你帮忙的。你能帮我这个忙吗？”

“这样你一天就让我帮两个忙了。”她试着让自己的声音听起来严厉一些，“我……我想我可以。可能吧。”她无法理解自己的感情，也不确定自己是不是想去理解它们，“我会试试。”

“谢谢你。”他站起来，鞠了一躬，突然变得面无表情，“现在我必须得走了。我有很多事需要思考，今天我占用你太多时间了。”他朝拱门走去，那里通往他在塔楼里的房间——他曾跟她说过，那里足够舒适，如果不在意门上的窗户带有铁栏，而且被从外面锁上了的话——没有回头。

佩拉亚坐在那里，感觉非常奇怪，仿佛想要大哭一场。自从他们见面以来，奥林还是第一次先离开花园。那个被囚禁的人宁愿回到自己的牢房里，一个人待着，也不愿继续跟她待在一起。

她仍坐在长凳上，试图理解自己身上发生了什么，直到开始下雨了，她才不得不走回室内。

“谁会住在这种地方啊？”雅姿问，眼睛睁得老大，“去一趟厨房就要累瘫了。”

“住在这种地方的人不用自己去厨房，”契妮坦说，“你和我这样的下人会把食物端给他们。”她皱皱眉毛，试图记住她们在里面转了哪些弯。在几个世纪的时间里，历代统治者往赫若索尔的城堡里逐渐增加房间、走廊，让这个地方变得就像由巴祖·杰夫写的她最喜欢的一首诗中描写的珊瑚一样。契妮坦在脑海中幻想着，有一天她可以带着鸽子在海滩上散步，不用担心自己被认出来，看看那些曾让诗人如此着迷的神秘事物，比珠宝还要精美的螺旋形贝壳被打磨得像雕塑一样光滑的石头。但是她要干活，即使不用干活，也不能光明正大地四处闲逛。

“但看看我们啊！”雅姿来自同西斯接壤的边境国家伊拉米什，所以能说很流利的西斯语，她是一个好心肠的姑娘，但动作有些磨磨蹭蹭，经常出错。“我们迷路了。在这么大的地方，绝对没人能找到路。这里肯定是世界上最大的房子！”

契妮坦忍不住想说自己就曾住在世界上最大的房子里，只为了看看雅姿会是怎样的表情，虽然她跟洗衣房主管索尔亚萨说了自己曾是蜂房神殿的侍祭，但也没必要告诉每一个人，尤其像雅姿这样天真得口无遮拦的人。契妮坦曾住在王室隐宫之中，曾是那幸运的极少数人，食物由手脚麻利、默不作声的仆人端上来，这种事她当然也不会提，但此刻对话中的反讽意味仍在她心里流连。

“我知道这么走能回去，”她说，“还记得我们穿过那个花园后，沿着一条挂满图画的大厅一直往前走吗？”

“什么花园？”

“没有吗？你能在哪里看到大海和一切？”她叹了口气，“没事了。”这么看起来雅姿就像一只狗——一直在说个不停，说自己做过的一个梦，或想做的一个梦，却连花园都没注意，就是那个她们今天从城堡里外出时看到的花园。当然，契妮坦注意到了。她像一只夜莺一样被长时间关在柳条笼中，因此无法忽视这种在神灵伟大天空下自由自在的极乐时刻。“没事，”她又说了一遍，“跟我走就行”。

“苏黎伽丽神啊，你们两个去哪儿了？”索尔亚萨站在那里，两手放在屁股上，那样子好像要提起其中一个巨大的洗衣盆，将里面的滚烫热水一股脑全浇到偷懒者身上。“你们应该把这些拿到楼上的小房间，然后马上回来。”

“我们确实马上就回来了。”契妮坦用西斯语说。她现在基本能听明白赫若索尔语了——这种语言同她的母语在很多方面很相似——至少能明白人们对她说的大多数话，但她仍觉得自己说得太笨拙，所以不怎么愿意主动开口说。“我们迷路了”。

“那里太大了！”雅姿说，“我们没做错什么，夫人。以圣母起誓，我们没做错！”

索尔亚萨从鼻子里发出“哼”的一声表示怀疑，然后往潮湿的地板上吐了一口痰：“好吧，回去工作。还有，要说赫若索尔语，你们两个都是。你们现在不在南方！”

洗衣房女主管昂首挺胸走开后，另外几个女人悄悄贴过来，看看这里发生了什么。契妮坦已经知道大部分人的名字了，但其中两个人刚来不久，她只见过她们，还没说过话。

“她总是这么怒气冲冲吗？”其中一个新来的佣人问，这是一个神情焦虑不安、身体骨瘦如柴的年轻女人，眼睛里布满红血丝，鼻子不停抽搐着——其他人已经给她起了一个“兔子”的外号。

“总是这样，”雅姿说，“她脚疼，背也疼。”

“哼！”其中一个女人说，“她已经那么说好多年了。但当她抓到那个叫格里高利的男孩在晾干室睡觉，疼痛似乎也没妨碍她一把揪起他扔到门外面去，或妨碍她在心情不好时踢翻一两个洗衣盆。”

“尼拉，有人说你在西斯是女祭司，”那个叫“兔子”的女孩突然对契妮坦说，“是真的吗？”

对自己的假名，契妮坦总有些反应迟钝，不过已经好多了，而且说赫若索尔语进一步减慢了她的反应速度，因此过了好一会儿她才慢慢理解了这个问题。反应过来时，她心里感到一阵寒意。**黑暗女王保佑，难道每个人都知道了吗？诅咒这个庸人群聚的老窝，诅**

咒索尔亚萨——她肯定跟谁说了。

她大声说："我……不是女祭司，只是……"她试图寻找一个合适的词，但她对这门语言的掌握仍然很浅薄："只是一个助手。"

"在神殿里吗？"兔子问，"有人说是在神殿。我听说过那个地方，是不是像他们说的那样——祭司去那里……你知道吗？跟女祭司一起？"

"够了，姑娘。"另外一个新来的人说，这是一个老妇人，脸上满是日晒留下的疤痕，嘴里牙齿缺失形成的黑洞比剩下的坏牙还多。她瞪了一眼兔子："不要问那么多问题。她也许不想说话。"她的赫若索尔语说得比契妮坦要好，但仍能明显地听出她也来自南部大陆。

"我只是想知道……"兔子尖声说道。

"圣母啊，你们这些懒惰的小婊子在干什么？"索尔亚萨的声音在潮湿的房间中震天响。她巨大的身形在水雾中俯压下来，女人们一下子四散开来。"下一个被我抓到站在这里说话的，不如去港口那里，在伐尼亚街上跟其他妓女一样找个位置，因为我这里一刻都不会留你了。"

"雅姿，为什么这里有那么多新来的人？"当她们又一次来到洗衣盆旁时，契妮坦问。新面孔让她感觉很不悦，人们对她在西斯的历史问东问西，更让她烦不胜烦。

"新来的人？"脸蛋圆乎乎的雅姿哈哈大笑起来，"你自己也才来了不过十天。"

"但有那么多人！兔子，还有那个没牙的老妇人，那个长着一双肥腿的……"

"哦，瞧你说的！不是所有人都像你那样瘦得皮包骨，尼拉。索尔亚萨告诉我说是因为战争。"

"战争？"

“你没听人说吗？战争就要来了，每个人都在这么说。独裁者将会派舰队过来。当然，他们永远不会攻占这里——任何人都没成功过。但护国公从克雷斯，还有……还有其他地方召集了军队。”她脸红了，那种权威语气一下子减弱了，“所以，我们会有更多的活要做。”

契妮坦突然感觉浑身发冷，她的家族把这种感觉叫作“被鬼摸了”。那些传言她听说了，但没怎么当真——作为这片大陆上最大的海港，赫若索尔像呼吸空气一样呼吸着流言，像提供肉类一样供应着流言：在西部海域发现了一块新大陆；有人说在优洛斯附近的一个岛屿上发现了很多黄金，船只因为超载在回程的路上沉没了；精灵军队正在北方行进；西斯的独裁者正准备攻占整个埃昂大陆。谁知道哪些是真有其事，哪些只是人们的想象？

“独裁者？”她说。关于他那苍白而疯狂的记忆一刻都未从她的脑海中逝去，现在它们重新浮现出来，历历在目。*是因为我吗？*她想，*为了找到我，因为我的逃跑而惩罚、折磨我？*即使只是这么想想，她都觉得自己很愚蠢，这里面有种令人难以忍受的自大，但她无法将这种想法从脑海中驱逐出去，对苏列佩斯，她见识过太多，知道他是一个有着各种令人费解的冲动的人。

不，她对自己说，*他和他的父亲，以及他的祖父多年来一直想踏足埃昂大陆，尤其是赫若索尔。*她在隐宫时听过很多议论。*如果这是真的，只是同一件事变本加厉而已。如果他真来了，城墙会挡住他的。如果它们没能……*

*那么我会逃走。我已经从他那里逃走一次了，我会再逃走一次。*虽然很害怕，但她心里有种微弱而坚定的炽热感觉，就像一块燃烧的炭火正在发出热量。*或者死去。无论是哪种结局，他都不能得到我……*

“尼拉？”雅姿在拽她的袖子，“打起精神，姑娘！如果索尔亚萨看到你那么发呆，她会用鞭子抽我们两个的。”

契妮坦俯身蹲到洗衣盆旁，但现在她很难将思绪集中在床单和肥皂水上。

傍晚时分，当契妮坦和雅姿穿过宽广的回音厅时，她突然有种自己在被人观察的感觉，就像一只昆虫在离她头很近的地方飞，让人感觉很不舒服。她回头去看，一开始只看到其他一些洗衣妇，还有城堡里的普通工人，他们正四散开来，往外城门或城堡里狭窄的住地走去。但接着，她用眼角余光瞥到一个动作——其中一个柱廊两边有新点起的火把——她转过身来。那是一个微微向一边躲避的动作，跟其余人群显得格格不入，吸引了她的注意力。她敢肯定有人在她回头去看的时候退到了柱廊后面。但即使是这样，这又意味着什么?

“尼拉，别看了，”雅姿说，“我的脚累得就像正在火上烤。继续走，好吗？”

契妮坦往前走去，但走了十几步她又转过身来。一个男人正沿着柱廊边往前走，虽然他没在看她，但她觉得自己看到他好像犹豫了一下，脚步几乎有些趔趄，似乎知道此时已经来不及往后躲开了。

契妮坦用手指着回音厅高墙上方被落日最后一抹余晖染得通红的天空说：“是不是很美丽，五彩斑斓！”假装赞叹胜景的同时，她在暗地打量那个男人。他穿着毫不起眼的破旧衣服——任何下人都可能会穿的那种衣服——面貌看起来像是北方人，头发是那种毫无光泽的棕色。契妮坦知道，在赫若索尔北方，这种发色就像黑头发在赞德一样常见。他一边往前走，一边刻意避开她的视线，所以契妮坦转回了身。

“你说什么，落日？”雅姿问，“如果你的思绪还是继续四处游荡，那你得给它们装上铃铛了，就像山羊那样！”

契妮坦再回头去看的时候，那个男人已经混进了人群中。她一下子不知道该想些什么。突然之间，她甚至觉得连雅姿都有可能心怀鬼胎。

她们来到寝室时，鸽子蹦蹦跳跳地出来迎接她，兴奋得就像一只小狗。他先用胳膊抱住她，然后一只手拽住她的手，把她拉到他们睡觉的床前，另一只手兴奋地挥舞着。他曾经教了她一些他在果园宫同其他哑巴仆人交流时用的手语，但像现在这种时候，他根本不愿费力去用微妙的方式表达自己的思想，也不需要这么做。当他拉着契妮坦穿过小木床之间的空当时，有的女人抬起头望着他们，一些人可能是想起了自己的弟弟或孩子，脸上带着宠溺的微笑，但更多人则是一副恼怒的表情，因为结束了一天繁重的劳动后，她们不想再被迫看到孩子那种无休止的活力。又一次跟这么多女人住在一起的感觉很奇怪，仅仅这个寝室就有近一百人，城堡这一侧还有好几处类似的建筑。里面的氛围出奇的熟悉，同样都有迅速发展起来的友谊和竞争，甚至还有敌意，就好像有人将独裁者隐宫中的妃嫔带走，给她们穿上肮脏的工作服和汗渍斑斑的裙子，然后扔到了这个巨大而压抑的寝室中——这里曾是赫若索尔某个去世很久的国王的马厩。这些女人长相没那么标致，也没那么年轻，很多人已经是祖母辈了，但在其他方面，这里跟她以前住的地方，甚至再之前住过的神殿似乎没什么不一样。

牢笼，她想，**为什么男人那么害怕我们，要把我们全都圈到一个笼子里，好同他们隔开？**赫若索尔的情形比西斯要好一些，但即使是这里，也有男人不得入内的严格规定，甚至那些已婚的洗衣妇也不例外。索尔亚萨同寝室主管打了招呼，鸽子才得以在这里住下。除他之外，这里还有其他十几个小孩子，大多数是还在襁褓中的婴儿，白天就被放在这里，由两个老得无法劳作的洗衣妇有一搭没一搭地照顾一下。每天早晨，这两个干瘪的老婆子会在寝室里找到一处阳光最明亮的地方，然后像蜥蜴一样坐下来，开始咕咕哝哝地聊天说话，所以小孩子基本上是在自己照顾自己。

“索尔亚萨说她又有活给你做了。”契妮坦突然想起来，跟鸽子说。他曾因挡路碍事而被禁止进入寝室，在洗衣房主管看来这是比谋杀还要严重的罪行。“你明天跟我一起来。”

鸽子似乎对这个消息并不怎么感兴趣，而是起劲儿地拉着她朝几步开外的床走去。在床中间的一堆碎木片和木屑里面，端坐着一个稍微有些不规则的小鸟木刻，像是传说中的凤凰——一只鸽子，她看了一会儿才认出来。鸽子指着木刻，然后从木屑中掏出一把他从阿卡萨米斯·多兹家中偷来的小刀，骄傲地向她展示着。

“你做了这只鸟？很精致。”但她忍不住皱起眉头，“但我多希望你不是在床上做的。今晚要在碎木片中睡觉了。”

他带着一种非常受伤的表情望着她，她俯身拿起木刻，仔细打量着。她把木刻倒过来，发现他在底部用西斯文字费力地刻上了她的名字(或者说是用孩子气的笔迹刻出来的一个很接近的名字)——“契纳坦”。看到自己的真名写在某种东西上，即使只是一个孩子的粗糙木刻,一股对男孩的爱意夹杂着一阵恐惧涌上契妮坦的心头。雅姿和索尔亚萨不是这里唯一会说西斯语的人，其中一些人也可能会认识字。她的麻烦已经够多了，人们老是对她问东问西。

“很漂亮，”她悄声说，“但你得记住，我在这里的名字是‘尼拉’……不是另一个。而你叫诺内姆，记住了吗？”

这一次他看起来不是受伤，而是对自己的错误感到非常懊丧，她不得不把他拉到自己怀里，紧紧抱住他。“不，它很漂亮，真的。我把它拿走一会儿，还有小刀。”她在他额头上吻了一下，闻到一股男孩子的奇怪汗味，然后向四周环顾了一下，两边几个女人正在望着他们。她露出笑容，举起小鸟给她们看看，然后带着它朝寝室尽头的厕所走去。她在其中一个小隔间中坐下来——这里很像牲口的畜栏，她觉得以前肯定就是——确定没人在看后，拿出小刀，迅速把小鸟木刻底部男孩刻下的稚嫩字母刮掉了。

回去的路上，她停下来，从另一个女仆那里借了一面镜子。作为借用镜子的回报，她给了那个女人一块圆肥皂球，那是她把洗衣房中被扔掉的碎肥皂屑收集起来做成的。镜子和契妮坦的手掌差不多大小，镜框稍有缺口，用光滑的龟壳做成。

“请在睡觉前还回来。”那个女人提醒她。

契妮坦点点头。“只是……梳一下头，”她用赫若索尔语磕磕绊绊地说，“很快就拿来。”

回到自己床边，她发现鸽子已经把白天做木刻时剩下的木屑尽量清理干净了。她把小鸟木刻放在同对床共用作桌子的一个空木桶上，并从睡在对面床上的女孩那里借了一把梳子，幸运的是这次她没要任何回报。

契妮坦把镜子放在膝盖上，盯着里面自己的映像。让她感到绝望的是，她看到自己那不服帖的头发又从头巾里散出来了，露出来的刚好是一缕红色的头发，好像她还没在城堡里留下足够踪迹似的！她现在没法获得隐宫里那些女人用的化妆品和染料，因此她费尽心思，用蜡烛燃烧后剩下的煤灰掩盖那缕异色的头发，但在洗衣房那种潮湿闷热的地方干活，煤灰的作用持续不了太长时间，她得找一块更大的头巾或把头发全都剪掉。这里一些年纪较大的女人头发就剪得很短，尤其是过了生育年龄的。如果她也那么做，或许没人会觉得太过奇怪……

“是尼拉吗？”一个刺耳的声音问。

她被吓了一跳，抬起头来，迅速把头发塞到头巾下面。是洗衣房里的那个老妇人，那个脸上有晒伤，牙齿缺了很多的女人，她来这里工作刚没几天。“是不是？是我，罗莎。刚才我看到你从房间里走过去，我想那可能是你。这是你弟弟吗？”

鸽子用一种不信任的神情看着老妇人，这是他面对陌生人时常有的表情。契妮坦回答道：“是的，他的名字叫诺内姆。”

“啊，真可爱。我不是想打扰你，孩子，我只是……”

就在此时，给这种莽撞涌现的气氛更添混乱的是，雅姿往这里走来了，后面跟着一个穿精致裙子的年轻女孩——洗衣妇被叫到城堡上面的房间中打扫时才能见到那种裙子。

“尼拉，我……”她看到了老妇人，“罗莎！你在这里干什么？”

老妇人笑了，然后又迅速抿上嘴唇，想要掩饰自己一口缺失的牙齿。“哦，我从城门出不去了，没法回家。各种各样的士兵正涌进来，一片混乱！马车，牛群，人们都在大吼大叫。有人说他们是被护国公雇佣的塞索人。我想问问自己今晚能不能住在这里。”

“我们会跟寝室主管说一声，”雅姿说，“不过我肯定她不会介意。”如果是平时，雅姿一定会穷根究底地问个没完，这还将成为整个寝室夜谈的话题，但此时她显然有某种更令人兴奋的事情要处理。“尼拉，有人想要见你。”

契妮坦感觉自己快要招架不住了。她转向那个穿着漂亮蓝裙子和天鹅绒衬裙的年轻女孩。一群女人聚拢过来，人们想要看看到底是什么事情把这么一个奇怪的人带到了这里。

“怎么了？”

“我来带你去见小姐，”女孩说，“你是……尼拉？”

契妮坦的困惑迅速变成了不安，不过她没能很好地掩饰下去。她费力地用赫若索尔语组织着语言：“小姐……是谁？”

“她自己会告诉你。请跟我来。”在表面的正式礼节下面，女孩自己看起来也有些紧张。

“哦，真是太不巧了，”罗莎说，“我还想跟你聊聊天呢。”

“你最好去吧，”雅姿对契妮坦说，“我们今天迷路、四处游荡的时候，或许某个英俊的王子对你一见钟情了。要不要我跟你一起去，以防你听不懂他向你求婚时说的话？”

“别说了，雅姿。”契妮坦只希望每个人都能走开，并且忘掉这一切，但很显然，这件事将成为整个寝室议论的中心，甚至可能持续好几天。

“她一个人去。”穿蓝裙子的女孩说。

“但我弟弟……怎么办？”契妮坦问。

“我来照顾他，”雅姿说，“我们一起玩，怎么样，诺内姆？”

鸽子挺喜欢雅姿，但他明显不想让契妮坦跟一个陌生人一起走掉。不过契妮坦朝他使了一个眼色，他只好点点头。契妮坦站起身，把梳子和镜子交给雅姿，拜托她将它们物归原主，然后跟那个女孩走出寝室，走进点着火把的寒冷夜晚中。

她把手伸进外套的口袋里，摸到鸽子的木刻小刀，用手紧紧攥住，一边穿过巨大的回音厅。

“你……小姐是谁？”她又问了女孩一遍。

“她自己会跟你说。”蓝裙子女孩回道，然后就不愿再多说什么了。

“我很不高兴。”她父亲说。佩拉亚知道他说的是实话，佩里沃斯伯爵不是那种喜欢惊讶的人，但现在这件事明显让他感到很吃惊，“在我忙得焦头烂额的时候，一个外国囚犯通过我女儿向我转达消息，把她作为……一个中间人，这已经够糟糕的了。更有甚者，他甚至还希望她给他安排某种约见……”

“这不是约见，而且他也没贿赂我。”佩拉亚摩挲着他的衣袖。袖口需要修补了，这让她对父亲感到有些心疼——他工作得多么辛苦！“求您了，爸爸，不要那么执拗。在他给您的信中，难道有什么不好的地方吗？”

她父亲抬起眉毛：“爸爸？我上次听到这个叫法还是你想得到什么东西的时候。不，他的想法至少还挺有意思，甚至可能很有用，他所要求的回报，也不过就是任何关于他故乡或家庭的消息。信件本身并没什么问题，除了他知道的有些太多了。一个外国囚犯对我们的城堡防御怎么会有那么多好说的？”

“他跟我说，他在二十年前曾在这里跟图安海盗打过仗。他还是神殿委员会的座上客之一。”

“我记得那些日子。但他能记得每个塔楼楼梯的位置以及每个楼梯有多少个梯级，我发誓！他的记忆力简直像一座图书馆。”佩里沃斯伯爵皱起了眉头，“不过，他的一些提醒和建议仍显示出一定的智慧，我也愿意相信他的这些想法是出于好意。但关于这个女仆的愚蠢念头，又是从何说起？”

“我不知道，爸爸。他说她让他想起了某个人。”佩拉亚看到她的女仆正穿过花园朝这里走过来，那个黑头发的女孩慢吞吞地跟在后面。“看——她们来了。”

“真是疯了。”她父亲说，叹了一口气，似乎自己只能做些虚弱的反抗。

看到那个洗衣女仆慢慢靠近，佩拉亚松了一口气，同时又感到有些不解。不知道为什么，看到那个女孩只比自己大一两岁，虽然绝对不丑，但也算不上非常漂亮，她有些放下心来了。不过这个洗衣女仆身上有某种其他东西，让她有些戒备，但佩拉亚也说不上来那是什么——那个女孩警惕神情中的某种东西，打量点着火把的花园时那种冷淡而克制的方式，不是她想从一个整天在洗衣房做事的女仆身上看到的。

此时，女孩的眼睛转向佩拉亚和她的父亲，像打量周围环境那样仔细打量他们，这种打量本身就非常奇怪：她难道不应该先去看召她过来的国王吗？佩拉亚发现这种眼神让人感觉有些不安。

“你的名字叫尼拉，对吗？”她问女孩，“有人想要见你。你明白我的话吗？”

女孩点点头：“是，尼拉。明白。”她要么是在赫若索尔待的时间还不够长，要么就是比表面看起来更愚蠢，因为她的口音听起来很粗鲁野蛮。

那天佩拉亚忍不住不止一次地想，自己到底卷入了什么样的事件中，一种简单的友谊变成了某种更大的东西，变得不那么令人舒服了。她确定父亲和他的卫兵会在这里，保证囚犯和这个女仆之间没有传递什么，没玩什么把戏。

佩里沃斯往前走了一步。他像尼拉刚才打量所有东西和所有人一样，仔细打量了一会儿这个女孩：“就是她？”

“是的，父亲。”

“我希望奥林·埃顿能快一些，我还有其他事情要做……”

“是的，父亲。我知道。”她吸了一口气，“请您对他客气一些。”

他转向她，脸上带着一种吃惊和恼怒的表情：“这是什么意思，佩拉亚？”

“他是一个好人，父亲。爸爸。他对我一直都很有礼貌，言语得当，总是坚持让卫兵待在一旁——还有我的女仆。他说我让他想起了自己的女儿。”

她父亲从鼻子里哼了一声，表示自己的怀疑：“看来有很多年轻女人让他想起自己的女儿。”

“父亲！请和善一些。您知道他女儿失踪了，两个儿子都死了。”

伯爵摇摇头，但她看得出他的态度软化了。她的性格比姐姐更柔和，知道怎么温和地让他顺从自己的愿望，而有的时候，他甚至像在有意促成自己的妥协似的。“不要来烦我，”他说，“我会给他一定的隐私空间，毕竟他是一个国王。但我不喜欢这样，如果发生了什么麻烦事……”

“不会的，父亲。他不喜欢那样。”佩拉亚·奥库尼斯太淑女了，连小声诅咒发誓都做不到，而且她也不知道什么样的诅咒真正有用，但奥林要求的帮助让她付出了比他所知更多的代价。她不能经常向父亲提出这样的请求，得等好几个月，她才能再次在任何重要的事情上顺遂心意。**同某个堕落的洗衣妇谈话，我希望这对他是值得的。**但即使在现在这种闷闷不乐的心境中，她也知道这么说并不公平，在这个女孩尼拉身上毫无疑问还有更多的东西，虽然佩拉亚仍猜不出可能是什么。

北面的天空中传来一阵隆隆的雷声，奥林和看守卫兵到了。一场暴风雨正在来临。佩拉亚的父亲往前走了一步，对被囚禁的国王低头示意。

“奥林国王，您是一个很有说服力的人，否则我们不可能在风雨即将来临，晚饭还没吃的情况下，全都站在这个花园里。我的女儿为了把您和这个女孩带到这里，用她的父爱作为冒险代价。”

奥林露出了微笑：“从您女儿谈论的关于您的事情中，我想那可能是种夸大，佩里沃斯伯爵。我也有一个非常固执的女儿，所以我理解您的立场，谢谢您在并不非得这么做的情况下，还如此纵容我的无理要求。”他压低声音，因此站在十几步之外的卫兵听不到他的谈话。“您收到信了吗？对您有帮助吗？”

佩拉亚的父亲不会如此轻易就被动摇：“或许吧，我们会再找时间谈论这个问题。现在您进行自己的谈话吧……条件是您要以自己的荣誉向我发誓，谈话内容中不能有任何有违赫若索尔利益的事情，另外也不能有任何猥琐或不道德的东西，这一点更是毋庸多说。”

“是的，这当然不用说，”奥林略带一丝粗暴地说道，“我向你发誓，佩里沃斯伯爵。”

佩拉亚的父亲鞠了一躬，稍微往后退了一些。

“不要害怕，孩子，”奥林对洗衣女孩说，“我听说你叫尼拉，是吗？”

她点点头，用一种跟打量花园、佩拉亚或其他事物时不一样的目光望着这个长着胡须的男人，似乎认出了他——他们以前好像见过，女孩试着回忆在哪里，什么时间。有那么一会儿，佩拉亚心里感到一阵寒意。她是不是做了一件非常错误的事情？她是不是在不知不觉中助成了一项逃跑计划，某种会让她父亲身败名裂，甚至付出生命代价的事情？

“是的，”女孩慢慢地说，“尼拉。”

“我只想知道一些关于你家庭的事情，”奥林温和地说，“你那缕红头发——我想在这个地方很少见，是不是？”

女孩只是耸耸肩。佩拉亚感觉自己有必要说些什么，即使只是为了提醒国王她还在这里，仍是谈话听众的一部分。“不是那么少见，”她告诉他，“北方人来赞德大陆有很多年了——雇佣军以及那种类型的人。我父亲经常说起独裁者的白猎犬队。他们是埃昂大陆臭名昭著的叛徒。”

奥林点点头。“但我仍觉得这种颜色不是很常见。”他微微笑了笑，转向洗衣女孩，“你家族中有谁是埃昂大陆的雇佣军吗？浅发的北方人？”

女孩犹豫了一会儿，似乎在理解他的问题。她的手指往上移动着，移到又一处从头巾中散落出来的卷发上，往后推了推，把头发掖进污迹斑斑的手织头巾中。“没有。全都……跟我一样。”

“我在你身上看到了某个我很熟悉的家庭的影子，尼拉。勇敢一些——你什么都没做错。能告诉我你的家族是不是来自北方吗？有关于这些事的家族故事吗？”

她看了他很长时间，似乎在试着确定整场谈话是不是某种玩笑。“不。一直都是西斯人。”她耸耸肩，“我想我的家族一直都是西斯人，一直到我都是。”

“直到你，当然。”他点点头，“有人跟我说你父母都去世了，我很遗憾。如果有我能做的任何事情——这不是说我有很多权力，而是我在这里交了一些很好的朋友——请让我知道。”

她再次盯着他，显然因为某种事感到困惑不解。最后她点点头。

“现在让她走吧，”奥林国王说，“她肯定还没吃晚饭，而且一整天都在辛苦工作。”他站了起来，“谢谢你，佩拉亚，也谢谢您，佩里沃斯伯爵，我的好奇心得到了满足。一定是光照和影子的原因，让我误以为看到了某种不存在的相似之处——不可能存在的。”

佩拉亚的小女仆把尼拉带回仆人的寝室，奥林和他的卫兵则返回囚室。当佩拉亚和她父亲穿过花园，朝他们的住处——华丽程度只比护国公的住处略逊几分——走去时，她抓住了父亲的手。

“谢谢您，爸爸，”她说，“您是最好、最善良的父亲，真的是。”

“但看在神灵的份上，那都是什么意思？”他说着，拉下脸来，“那个人失去理智了吗？他到底要在一个洗衣女孩身上找什么关联？”

“我不知道，”佩拉亚说，“但他们两人看起来都很悲伤。”

他父亲摇摇头：“你也是这么说那只流浪猫的，现在我每天早晨都会被它吵着要鱼吃的叫声弄醒。你的奥林国王和那个女孩都有住的地方，所以绝对不要想着把他们带回家。”

“不会的，爸爸。”但她同样也在想，是什么将这两个如此奇怪、如此不同的人带到了赫若索尔的花园中。

天空中再次响起雷声，第一阵雨水开始落下来。佩拉亚和父亲以及卫兵全都匆忙走进室内。

第十九章
森林中的声音

但苍月之女每天晚上都能听到银光之神的歌唱，她的心因他而疼痛，直到最后她逃离了父亲的家，跑到爱人那里。她是那么美丽，他无法忍受把她送走，虽然他的兄弟姐妹警告他说这一切都是由邪恶导致的。但银光之神娶了苍月之女为妻，他们共同孕育了一个孩子，两人的旋律产生了一首新的、更伟大的歌曲。从那以后，这首歌曲在整个历年记中回荡。

——引自《忏悔之书·百种思索》

虽然身上受了伤，但布瑞奥妮心里清楚自己应该尽量远离兰德港，她在突袭发生后的两天里一直待在城墙附近，寻找能藏身的地方，偷听其他旅人的谈话，试图确定沙索身上到底发生了什么。当然人人都在谈论那场毁灭性的大火，导致这个城市最富裕的商人之一丧生的大火，似乎所有人都认为，除了布瑞奥妮看见的那个男仆，丹-莫赞家里只有女人从那个夜晚的可怕事故中幸存了下来。

她最后一丝微弱的希望破灭了，布瑞奥妮意识到，如果伯爵的卫兵知道曾有不止一个逃犯躲在丹-莫赞家里，他们就会开始对她展开搜寻。年轻男人的衣服在掩饰方面起不了多大作用，尤其这还是一件年轻图安男人的衣服，而她现在已经没有工具让自己看起来像那个民族的一员了。她在自己脸上和头发上抹上灰尘，想让自己变得更不起眼一些，但她知道如果碰到真正的检查，自己的伪装马上就会原形毕露。她必须离开兰德港，这就是全部。如果她在城门附近闲逛而被抓到的话，那么沙索的死就将变得毫无意义——一个苦涩的想法，但现在是唯一能驱动她前进的想法了，她自己本身的欲望因悲痛和愤怒而变得奄奄一息。她非常想念那个老人，如果埃菲尔的侄子泰利波再次站到她面前，她会毫不犹豫地在一秒钟之内杀死那个小叛徒。

她曾愚蠢地认为自己已经失去了一切，但布瑞奥妮每天都在学到，如果神灵愿意，他们会从你那里拿走更多的东西。

很快她就发现自己并不适合亡命之徒的生活，事实上，她听过的所有那些关于山林大盗的浪漫故事，此时看起来就像是想象中最残忍的谎言。即使是现在这种天气温和的冬天，即使有那件神灵送给她的礼物——逃跑时从商人家里拿出来的羊毛斗篷——住在室外也不可能。布瑞奥妮每天都要花上很大一部分时间寻找无人看守的谷仓或仓库，好让自己睡觉时不被冻死。即使这样，经过几个晚上，她还是发现自己患上了严重的咳嗽。

咳嗽和溃疡的嘴巴（被泰利波打到的地方仍非常脆弱）让进食变得困难，她把面包在小壶酒中浸软，然后缓慢地仔细咀嚼一番，这样就能避免弄疼松弛的牙齿和撕裂的嘴唇。即使这样，没过几天，她身上的食物还是所剩无几了。

一开始拯救她的，是沿兰德港西岸一侧的山脉零星分布的小城镇和小村庄。她从其中一个去到另一个，寻找藏身之地，偶尔找到一些无人看守的食物。敌人现在肯定在搜查她，所以她不敢太引人注意，也就无法公开乞讨。虽然非常饥饿，但布瑞奥妮一直极力避免真正的偷窃——不仅仅是出于道德上的原因，更多的是出于实际考虑：刚躲过一场差点丧命的灾祸，却因为偷东西被抓住，并被囚禁于某个无名之地的小村庄里，这样做能有什么好处？

但没过几天，空空荡荡的胃似乎在咬噬一样，完全击垮了她。在她以前的全部生命历程中，从来没有饿过很长时间，所以布瑞奥妮痛苦而惊讶地发现，饥饿是如何打败了其他一切，把所有的想法都驱逐出去。咳嗽也变得越来越厉害了，撕裂着她的身体，咳得她头晕眼花。有时候，她会仅仅由于虚弱就一头栽倒到路中间。她知道除非变成乞丐或小偷，否则自己走不了多远。她决定，宁愿冒第一种风险——至少人们不会因为乞讨而被绞死。

她为了寻找救济而到的第一个地方，是一个无名小村庄外的农场，这个小村庄沿着从海岸路向南蜿蜒的卡拉尔斯路分布，但她发现这个地方对乞丐没什么同情心，没等她开口，站在小木屋门口的一个头发乱糟糟的男人就往一旁走去，放出一条硕大的斑纹狗。这个畜生朝她扑过来，就像同希里欧米蒂斯战斗的“怒兽”一般。布瑞奥妮赶忙后退到农场的矮墙后面，差点被它流着口水的血盆大口咬住。但她的救命羊毛斗篷还是在一块石头上扯坏了一处，看着衣服的伤口，就好像撕裂的是自己的皮肉一样，让她感到无比心疼。她退到树林中，依旧病恹恹的，伤口发炎，饥饿不堪，虽然不喜欢自己这么做，她还是忍不住啜泣起来。

她在村庄的远郊又尝试了一次，获得了一点小小的成功——但并不是由于修士们乐意庄严谈论的那种神圣慈悲品质。那天，这个摇摇晃晃的小木屋的主人碰巧不在，虽然这个空荡荡、被烟熏得发黑的小屋里没多少有用的东西，只有一张用包着树叶的粗布袋做成的床和一张破破烂烂的毯子，她还是在一个上面放着木碟子的桌子下面找到一只铁碗，碗里盛着半碗冷汤。她狼吞虎咽地吃了下去，直到全都吃完——胃塞得满满的，好像是挂在肚子里，而不是跟身体连在一起——她才意识到自己偷了东西，而且是从一个比她还要穷的人那里偷来的。有那么一会儿，可能只是因为暂时消除了饥饿，她感到一种内疚的痛苦，她考虑等小木屋的主人回来，再做出一些补偿，但她很快又意识到，自己除了衣服、伊斯特刀和处子之身——不管哪一样她都不愿放弃——没有任何东西可以给予别人。她还放弃了之前想把毯子也一同偷走的计划，这也让她感觉很糟糕。她踉踉跄跄地从小木屋里出来，凄惨地走入下午逐渐暗下去的光线中，天空中飘落着零星的雪花。

自从沙索死后，时间已经过去了一个十天，然后又一个十天，布瑞奥妮向西爬行，偷了能让自己活下去的足够食物，大部分是从那些无法保护自己东西的人那里偷来的。愧疚和饥饿如影随形，像一把锯子来回拉扯着她，一个变弱，另一个就变得更强烈。她的伤口和溃疡的下巴基本痊愈了，但咳嗽变成了常态，痛苦不堪，常常咳得惊天动地，让她感到惊恐不已。情形变得越来越艰难了，饥饿和疾病让思考变得困难，另外两种选择——投降或死亡，开始变得愈来愈有吸引力。

布瑞奥妮视线模糊地盯着那座桥，缓慢流淌的黑色河水，还有河流两岸的空地。天空看起来就像一块石板床。

孤儿日和年末已经过去了，但几天前，经过上一个小镇时，那里有一座教堂（其实在这个偏远地区，那更像是一个神社），人们刚刚敲响昂·扎卡斯日的钟声，说明二月刚刚到来——盖斯特里马迪节还没开始。这是一个可怕的想法——冬天至少还有两个月的时间，最糟的日子还没到！

她气喘吁吁，筋疲力尽，沿着卡拉尔斯路一直向前行进，仍然无法决定该去赫若索尔还是希安，不过她心里很清楚，以自己目前的状况哪儿都去不了。越往南，村庄就变得越稀疏——两天前，她被一群醉醺醺的男人赶出最后一个村庄，他们不喜欢她的相貌，喊她“瘟疫携带者”——在这里和希安边界之间的空旷土地上，人类的居住点会变得越来越少。她开始感到一种真正的绝望。

在她整个童年，布瑞奥妮都在为一种位高权重的生活做准备，但她真正学到了什么？没有任何有用的东西。她不知道怎么生起一堆火。本来可能用打火石或铁生火，但她把沙索给的最后一块钱币买了面包和奶酪，在那之后她才意识到，此时对她来说，温暖比填饱肚皮更重要。她不知道怎么打猎或诱捕，或哪种野生植物没有毒，可以食用，而这些事情连最无知的农村孩子都能轻易做到。相反，她的老师教她怎么唱歌、做针线活，以及阅读，但她读的那些书充斥着浪漫的诗歌，或关于神灵及他们冒险经历的无用知识，或关于温柔的佐睿雅女神及她那无端受难经历的寓言故事。

她站在一片荒凉得一无所有的土地上，凄惨地盯着架在浑浊的伊卢塞恩河上的桥。学习受难毫无用处——亲身经历更简单。学习怎么不受苦可能更实际一些。

布瑞奥妮想起了她弟弟学习的一些课程，以及父亲告诉她的一些事，知道伊卢塞恩河另一边被命名为“哭泣沼泽”。这片泥泞而危险的土地几乎一直向南延伸到希安北部的湖泊那里，泥浆寒冷乌黑，没有任何能抵御刺骨寒风和阵阵风雪的遮蔽之处。她没怎么想，就一路漫游到这么远的地方，现在她无路可走了，只有重新折回那个所获甚少的镇上，或向东去托利家族的故乡夏土，或向南沿着这条越来越窄的道路，穿过沼泽，然后绕过湖泊，越过山峰，去遥远的希安，甚至更加遥远的赫若索尔，祈祷在前面这片广阔而空荡的湿地上，能幸运地碰到一些人类定居点。

布瑞奥妮蹲下身子，蜷缩起来。有那么一会儿，她眼睛里除了周围的芦苇以外什么都看不见，被风吹动的芦苇茎秆相互摩擦着，发出沙沙的声音。她咳嗽起来，吐了一口痰。痰液上带着红色的血丝。希安，连想一想都毫无意义——她永远不可能安然越过沼泽和山峰到达那里。

除非我向西走……她迟缓地想着，斜眼往西望去，泥泞的地平线那里看起来像一片一望无际的黑色森林，她知道那里肯定是白木森林的最北部。如果她能活着穿过那里，就能到达远侧的弗斯特福德，银边最大的城市。弗斯特福德有一个很有名的教堂，会向来自整个远境王国的穷人提供吃的，甚至还能为病人提供床铺。

“银边”一词开始在她脑中一遍遍回响，就像“天堂”这个词一样令人感到安慰。

但当灰蒙蒙的清晨逝去时，她依旧筋疲力尽地站在桥边，旁边是汩汩流淌的浑浊的伊卢塞恩河，她仍然无法做出决定。在脑中哼唱“银边”感觉很好，但相对于哭泣沼泽上一望无际的漂积植物，死在去往银边途中树林里的可能性更大。白木森林是整个埃昂大陆上的第二大森林，森林深处居住着狼和熊，甚至传说还有一些更加奇怪的生物。毕竟，如果精灵族能从雾气笼罩的北方长驱直入，侵入远境王国，那么，在白木森林深处发现小精灵和食尸鬼也就没什么好奇怪的，就像故事中所说的那样。不，进入沼泽和森林几乎必死无疑，最好还是远离那里，向后折返，继续像一个迷路的孩子一样沿着马林沃克边界游荡。最好待在以前的地方，祈祷奇迹出现，而不是一头扎入森林和必然的死亡之中。是的，她疲倦地做出了决定，那样更明智。她要向后折返。

当太阳从空中落下，夜幕慢慢降临时，布瑞奥妮奇怪地发现，自己正在白木森林茂密的树丛中穿梭，道路和桥梁已经在身后某个地方消失了，而她根本没有自己是怎么来到这里的真实记忆。

在头顶上可以看到天空。那里——有一点儿。在树枝之间。那

是天空，不是吗？现在仍是白天，能看出来，所以某处肯定会有天空。

她蹒跚着往前走了几步，朝一个树木看起来分得比较开的地方走去，那里的树枝不会刮到她，她的斗篷已经被树枝扯得破破烂烂的了。

食物。太饿了。我能……

有什么东西拽住了她身上穿的男式裤子，是荆棘。她把荆棘从衣服上扯下来，茫然地注意到手上有一些新擦伤，带血的小伤口纵横交错。感谢所有神灵，寒冷让她的手指麻木了！她啜泣起来，意识到自己又一次忘了前进的方向。

“眼睛浑浊，满手伤口。”她这么形容自己，改编了那个著名的故事——并不完全是有意。她想大笑，但只能发出刺耳的嘎嘎声。巴瑞克会觉得这很好玩，她想，他讨厌学习这些故事。

但那个故事是关于她的。好吧，不，不是关于她的，是关于佐睿雅的，但那个马提亚斯·廷莱特，那个诗人，不是说她就是佐睿雅吗？一个处子公主？被从她父亲的家里非法偷了出来？

但我是逃出来的。被偷走的是我的家。

没有关系。她一直都对佐睿雅、佩林的女儿怀有很深的感情。在她还是一个小女孩时，就对佩林和月亮少女、埃瑞沃以及其他神灵的故事很感兴趣，但这其中最能激发她灵感的是慈悲女神佐睿雅的故事，纯洁、勇敢、带着盾牌的少女神灵。虽然她知道很多古老的故事和传奇，但只有关于佐睿雅的诗歌是她用心记住的。她大声背诵其中的片段——一开始有些迟疑不决，但接着就充满了力量。这让她在荆棘丛中穿行时获得了一种节奏，一种前进的节拍，持续不断地将一只脚迈到另一只脚前面。

★　★　★

……眼睛清澈，内心勇敢，她的思绪转向自己的荣耀将被再次称赞的日子，鸽子小姐走入黑夜之中，朝家里生火的地方走去。

布瑞奥妮没多少力气，说出来的词语只是一些嘶哑的咕哝，但听到任何说话的声音都让人感到快乐，即使这声音是她自己的，所以她再次背诵起来：

……眼睛清澈，内心勇敢，她的思绪转向自己的荣耀将被再次称赞的日子，鸽子小姐走入黑夜之中，朝家里生火的地方走去。

一阵咳嗽发作，身体剧烈晃动起来，她不得不停了下来。接下来的故事是关于行走和歌唱的，看起来很合时宜：她现在正在行走，而且认为自己也在歌唱，虽然唱得差强人意。树枝拍打着她，湿漉漉的树叶拂在她脸上，像一个个猛烈的亲吻，让思考变得艰难，不过最后她还是想起了接下来的句子：

她一边行走，一边歌唱，佩林的处子之女真正自由了，虽然她受了重伤，鲜血止不住地流下来。

想一些东西让布瑞奥妮感觉好一些了，而且想到佐睿雅女神也遭受了那么多磨难，很符合她此时自哀自怜的情绪。**慈悲的女神，**她祈祷，**请想到我，帮我度过这些悲伤的日子。**在希安诗人格里高利写的浪漫诗篇中，冰雪似乎覆盖了整个世界。布瑞奥妮仍能头脑清楚地想到，树林里没有积雪，这是一件值得感激的事情，不过天气仍然非常寒冷，让她忍不住簌簌发抖。滴滴答答的雨水此时变大了，从她头顶上树枝的空隙中猛烈落下来。当她艰难地向前跋涉时，这些雨水形成的小瀑布成为另一个需要竭力避开的障碍，同时还有最糟糕的荆棘和落叶。

有人帮助佐睿雅，她想起来了——另外一个神灵。被一个神灵拯救，多好啊！不过那个神灵并不是真的救了她，他……

协助者佐悉蒙，大地之神科涅奥斯的孙子，听到了佩林女儿平稳的脚步声，主动提出给她带路。但即使对于“猫头鹰之王”的孙子来说，夜晚的阴影也很漫长，让人迷惑，而且永冻荒原的黑暗魔法耽搁了他们。

因此，月亮王的命运带上了他伟大居所的神秘标记……

管那意味着什么，她的声音减弱了。

好像有一个影子从山上一棵树后面跳到了另一棵树后面。布瑞奥妮停了下来，心脏跳得很快。她斜眼瞅了瞅，但在纸一样白的桦树林中什么都看不见，只有微弱的阳光在树干之间形成一束束光柱，每个光柱都被落下的雨水穿透，因此它们看起来就像烟色的玻璃和钻石做成的根根柱梁。

会不会是狼？她摸摸别在腰带上的长伊斯特刀刀柄。她知道自己或许能对付得来一头狼，幸运的话甚至可能把它杀掉，但它们不都是成群猎食吗？她想象着黑夜降临时，自己在一片湿淋淋、荒无人烟的森林中被一群狼包围了，她被这个可怕的情景吓呆了，开始大哭起来。

大多数森林和田野里的野兽害怕你，甚于你害怕它们，父亲曾这么对她说，她现在努力让自己相信这一点。它们害怕我们是对的，当然——我们人类杀死它们的可能性更大，而不是相反。

“那就是我！”她大声说，尽可能让自己的声音听起来严厉，“你们的死神！”没有东西弄出动静，没有声音，她自己的回声散去以后，只有一些雨声打破寂静。布瑞奥妮又一次咳嗽起来，摇摇头，朝斜坡俯身过去，再次开始往上爬。当坡很陡的时候，她就抓住树根和藤蔓，手上很多地方被划破了。

当早晨的太阳升起时……

她大声唱起来，大到能让狼群听到，她努力让自己的声音保持平稳，好把它们吓走。

……万物之父佩林策马而行，后面跟着家族中的其他神灵，手中握着闪电，眼中充满愤怒。永冻荒原闪闪发光的塔楼高高耸立在结冰的土地上，苍白的闪光像薄暮，像骨头，周围有一条结满寒冰的护城河包围着它。

这个故事再次让她感觉寒冷。她意识到自己的帽子掉到后面去了，头发都被淋湿了。

★ ★ ★

在他门前站着月亮王，穿着象牙和琥珀金做成的闪闪发光的盔甲，苍白的头发随风飘动，手中握着那把伟大的银光剑。

布瑞奥妮到达山顶时，又一次看到了那个影子。在她前面几十步远的地方有一个黑影在移动。她不敢看得太仔细，害怕是某种猎食的野兽在前面，看见它会使自己的喉咙发僵，她把嘶哑的嗓音抬得更高了。

“从我门前离开，表兄，”科尔斯说，“你未经邀请擅自来到

月亮之地，在永冻荒原的道路上行走。你没有权利待在这里。这里不是神灵大本营所在地，广阔的赞德。”

“我有作为一个父亲的权利，”佩林咆哮道，“而你偷走了我的权利，因为你偷走了我的女儿！把她带到我面前，永远不要跨入我的领地，那么我就会饶你一命。”

在高地顶部，布瑞奥妮只能看到远处山脚下有一条鹿径或古老的河床，一条红泥土形成的蜿蜒路线。那根本称不上是条路，但至少是一个方向，这样她就不必每走一步都得把荆棘丛从脚下拨拉开。她开始小心翼翼地下山，朝那里走去，她在几个小时中第一次意识到，如果自己在这里跌倒或滑倒了，摔断了腿，绝对会死在这里。到达那条带状的铁锈色泥土路时，她再次抬高自己的声音，开始唱一首嘶哑的胜利曲调，一首献给这条新发现之路的赞美诗。

当你一败涂地时，她一边心烦意乱地想，一边爬到一个湿漉漉的巨大树干上，心里担心自己在上面时，树干会开始往下滚——当你一败涂地时，你必须抓住自己能找到的任何胜利。

“没有人可以在我自己的地盘上命令我，”科尔斯说，“而一个像你这样的自吹自擂者更是没有资格，暴风云之王，你的雷鸣像大暴风一样，但只会刮啊刮啊，除此之外就再也没其他什么本领了。她现在属于我了。鸽子小姐是我的。”

“小偷！骗子！”佩林大吼，“现在你自己来看看，这种暴风是不是全都是风，就像斯特里沃斯的马厩一样，里面都是狂风形成的神灵般的公马，还能带来闪电！”

★　★　★

她终于到了山脚下，浑身是泥，气喘吁吁，肺在胸腔内隐隐作痛，但现在有一条清晰的小路可以走了，她想在天色暗下来之前尽可能走远一些。

*然后呢？*一个无声的声音问她，她自己的声音，那个她以为在森林外面的某个地方早已丢失的理智部分。*之后再怎么做？你连一堆火都生不起来，而森林里到处都是湿漉漉的。你准备在一块湿石头上坐一整晚，用刀保护自己阻挡狼群靠近吗？下一晚呢？再下一晚呢？*

*不。安静！除此之外我还能做什么？前进。前进。*她又一次抬高了声音，就像万物之父佩林向自己女儿的绑架者抬高了武器那样。*跑吧，狼群！跑吧，所有的敌人！*

说完这些话，他举起自己巨大的橡树锤，策马朝科尔斯冲去，他金色的马车发出震天的巨响，整个世界都摇晃起来，山峰在马蹄的咚咚声中颤动。

科尔斯很害怕，但他还是骑上自己的白色战马往外冲去，挥舞着“银光剑”的强大剑刃，挥舞着父亲斯弗洛思给他的巨网，年老的神灵曾用这面网抓住了天空中的星辰。

两者相遇时，仿若雷霆震动，两支军队中的其他神灵本来应该朝对方冲过去，此时却都在努力保持自身平衡。有一些像雪神亚诺斯这样的神灵被摔倒在地，斯特里沃斯也是其中之一，当他摔到地上时，差点被翁依那一族的阿兹诺尔杀死，后者的攻击异常迅速，迫不及待地想去干掉父亲的敌人。

在永冻荒原所在的巨大冰封原野上，神灵们来来回回地战斗，从白天一直持续到夜晚，佩林和他的兄弟对战科尔斯和年老的夜晚之母的子嗣，双方势均力敌，战斗难分难解，胜负只悬于一挥矛、

一支箭、一弹刃，甚至溅满鲜血的眼睛的一个眨动上面。

白手尤维斯受到科涅奥斯巨矛的猛烈一击，受伤了，但夜雾之王比林，在翁依那一族的箭刺穿他的喉咙时，也迎来了自己的死亡。英勇的沃洛斯的马车被力大无比的祖米奥斯推翻了，战神被压在马车下面，折断了骨头，他大声呼喊着，让叔叔们为自己报仇。甚至巨大的霜迹河都被神灵们战斗产生的力量驱离了河岸，断断续续朝许多方向流去。

她现在正沿着鹿径往前走。这条小路看起来挺宽，仿佛不是由小鹿走动形成的，而是牛群轧出来的，就像它们在南境的山谷里和山坡上踏出了一条条宽阔的道路，从田地通向城里的集市。道路相对好走了一些，这让布瑞奥妮的情绪提高了一点，虽然雨水仍在不断落下来，她的脸和手依旧毫无知觉。如果有狼群在附近，那么她唱的《宽广的永冻荒原》阻止了它们靠近。

森林里，纯洁的佐睿雅在雪地里迷路了，布瑞奥妮大喊，但湿漉漉的树林吞噬了大部分回声。愤怒的‘古老冬天’将杏花公主从佐悉蒙的援手中拉走了，所以她连自己面前的手指都看不见了，只能听到一片茫茫白雪中的呼啸风声。不远处，她的家人正为了她的荣誉战斗并死去，而在其他地方，神灵的尖叫声甚至盖住了风暴之声。

她迷路了，在哀鸣的风声中闭上双眼，脸被雨雪吹打得血迹斑斑，她跌跌绊绊地往前走。迷路了，她在荒僻的黑暗中游荡，不知道在遮天蔽日、令人混乱的黑暗森林的另一面，战争正在进行，死亡正在蔓延，她的表兄弟们自相残杀，无穷无尽的白雪覆盖了一切……

布瑞奥妮沉默了，不是因为忘记了那些动人的词语，那些描述神灵的伟大战斗正酣时，佐睿雅怎么开始漫长漫游的词语，而是因为她前面的路上绝对有什么东西在移动。傍晚的光线开始减弱了，但她除了眼角的那个影子以外，什么都不能思考，那是某种黑色、直立行走的东西。

她抑制住自己一开始想向那个影子大声呼救的冲动，毕竟，谁会住在这样一个地方呢？一个善良的樵夫，把她带到他的小木屋中，并给她汤喝，就像小时候听到的故事中发生的那样？更有可能是某个半野蛮的疯子，会蹂躏她，甚至更糟。她抽出较长的那把刀，握在手中。那个影子正在离开，所以，不管那是什么人或什么东西，它都没听到她。但怎么可能呢？她刚才一直在大声喊叫，声音大得都能把树叶从树上震下来了。也许他是个聋子。

一个聋了的疯子。情形真是变得越来越好了，她悻悻地想。布瑞奥妮没怎么注意到，她一边大声背诵古老的诗歌，一边在森林中跌跌撞撞地往前走时，她过去自我中的某些东西回来了。

她顾不得腿上的疼痛，加快了脚步，而且叫喊不出更多关于佐睿雅的故事了。格里高利著名的诗篇刚才也许在一直帮助她前行，但现在诗歌时间结束了，至少停了一会儿。

又走了几百步远，她再一次看到了那个影子，这次看得更清楚了一些：很像人，两条腿走路，但似乎奇怪地弯着腰，背上隆起一大块，甚至超出了衰老变形的程度。她感到脊梁骨上掠过一丝不祥的寒意。那是什么？某种半人的东西，半人半兽？黑夜降临时，它是不是会俯身向前，四脚着地，开始奔跑起来？

虽然非常害怕，但她知道自己必须快点找到食物和住处，即使要冒着追逐某种森林恶魔的危险。她匆忙向前走，尽可能迅速而悄声地前进，想要更仔细地看看到底是什么在她前面行走。

最后，当她和那个东西之间大约只剩下一百步的时候，她看到那个影子并不像她一开始担心的那么古怪，它穿着一件黑色的斗篷，背上背着一捆柴火。她的心之前一直像一块石头一样压在她胸前，此时变得轻快起来。*至少那是一个人——不是某种有着尖爪獠牙的东西。*

她认为现在很适合大喊，他们之间有足够的距离，如果对方看起来很危险，她还有机会能逃跑。她停了下来，大喊："嗨！嗨，这里！能不能帮帮我？我迷路了！"

黑色的影子慢下了脚步，停了下来，然后转过身。当背着柴火的人形回头盯着她时，她好像在深深的帽子里面看到了一部分面孔，还有白色的头发和亮亮的眼睛，接着影子又转回身，继续快步走掉了。

"我向神灵发誓！"布瑞奥妮声音嘶哑地大叫，"我没有要伤害你的意思！"她开始尽自己那颤抖的疲劳双腿所能，一路小跑跟在影子后面。她本以为一个上了年纪的樵夫，加上还背着一捆木柴，应该不会跑得太快，但她怎么都无法缩小他们之间的距离。她吃力地往前走，但仍然不能离那个黑色的影子更近一些。"等等！我不是想伤害你！我很饿，又迷路了！"

宽宽的小路在树木之间穿行，起伏不定，在渐长的暗影中，影子出现又消失。布瑞奥妮的脑海里又一次涌现出各种古老的故事，关于恶毒的精灵，以及鬼火，它们将旅人从正确的道路上诱引到森林或沼泽的死亡中。

*但我已经迷路了！*她凄惨地想。"所以那么做又有什么大不了？"她甚至大声喊了出来，但她前面那个沉默的身影似乎没注意到。

最后，就在她准备屈膝投降，对那个神秘的身影放弃希望，在这寒冷、阴雨连绵的环境中再次孤身度过一个夜晚时，那个穿着黑斗篷的身影从路上转向离开了——慢慢地，似乎有意要让布瑞奥妮注意到——穿过灌木丛，在森林最茂密的地方消失了。到了那个地方后，布瑞奥妮仔细查看了一番，没发现什么异常。如果不是亲眼看到那个身影转向，她根本想不出它会去哪里。

陷阱，她心里有一部分在提醒自己，但那个部分还没强大到可以控制一个如此饥饿、孤单、心神不宁的大脑。她从小路上离开，转进又深又密的树林里，伸出刀子，挡在身体前面。没走几步，她发现自己来到一个非常陡峭的斜坡上，又走了几步，走下斜坡，穿过树林，来到一个长满青草的寂静小谷地上。空地脚下是一个露营地——一辆摇摇晃晃的马车，旁边拴着一匹背部凹陷的马，马正在啃食青草，旁边还有一堆火。火堆旁边站着那个她一直跟随的穿黑色斗篷的身影，那捆柴火躺在它脚边的地上。

那个身影往后掀开湿斗篷的帽子，露出一缕白发和一张面孔，这张面孔如此苍老，满是皱纹，布瑞奥妮一开始都没看出是男是女。

“你用的时间可真长，小姑娘。”这个年迈的生物说。声音听起来勉强算是女性——一种嘶哑的刺耳嗓音，半是咯咯笑，半是低吼：“我以为我得躺下来小睡一会儿，好给你时间赶上来。”

布瑞奥妮手里仍然伸着刀子，但此时，她似乎更应该弯下腰，双手扶着膝盖好好喘口气。接着一阵猛烈的咳嗽发作，胸部的疼痛让她忍不住呜咽起来。最后她终于直起身子。“我……赶不……上你……”

年迈的老妇人摇摇头。“我害怕野兽，”她只说了这么一句，然后开始往火堆里添新的柴火，“坐下吧，孩子。我看到你病了，我会处理的。你是不是也饿了？”

“你……你是谁？我是说，是的——哦，神灵，是的，我快饿死了。”

“很好。为了晚餐你得做些活。但我想你应该先休息一下，稍微恢复一些。”老妇人严厉地看了她一眼。那种感觉就像被一个野兽盯着一样。布瑞奥妮的心脏再次快速跳动起来。老妇人的眼睛不是蓝色或绿色，甚至也不是棕色，而是黑色的，像火山曜石一样闪耀。“我不会让你做的其中一件事就是唱歌。那种不成调的猫叫春一样的声音，我真是听够了。”

发生了这么多未曾料到的事情，布瑞奥妮心里感到一阵刺痛：“我在努力让自己保持前行。”她瘫倒在地，把刀插回刀鞘，发现自己还是有些喘不上气来。老妇人几乎不及布瑞奥妮的肩膀高，看起来就跟一只孤儿日的烤鸭差不多重。

“或许那是一首歌，小姑娘，”老妇人边说边弯下腰，在挂在马车前面的一只口袋里面翻找着什么，“我一直不怎么喜欢这个格里高利。他太自以为是了。一个糟糕的诗人，作品又臭又长。我也这么跟他说过。”

布瑞奥妮稍微恢复了一些力气，摇摇头。或许这个老人家的头脑有点儿不清醒——这么一个人住在森林里，肯定会这样。“他死了有两个世纪了。”

“是的，没错，保佑他——可能为时已晚了。”她挺直身子，“唔。如果我昨天知道今天要多个伴儿，就多采一些金盏花了，或许还有一些栗子。但我直到今天早晨才知道。”

“直到今天早晨才知道什么？”

“知道你要来。你花的时间可实在够长。”她耸耸瘦弱的肩膀，“不仅仅是格里高利，还有他那首歌——错的地方比对的多，你知道。‘协助者’佐悉蒙——真是好笑。那个蛇眼骗子擅自取用了一些材料，那就是他的全部功劳了。还有雪，纯粹是胡说八道。科尔斯的城堡不是用雪或类似东西做成的，它那么闪闪发光是因为上面覆盖了精灵琉璃——精灵闪光，他们以前这么叫这种材料。还有‘永冻荒原’！”她厌恶地咂了一下嘴唇，似乎吃了某种发臭的东西，“他把真实的故事跟鸟王子凯勒的故事杂糅到一起——这个关于神灵大战的故事，从根本上就是一个胡编乱造的大杂烩！”

布瑞奥妮眨眨眼睛。她希望老妇人能停止说话，开始做饭。此刻胃里的揪心疼痛才让她依旧保持身体挺直。“听起来……听起来你知道……很多……关于神灵战争的事情。”

老妇人偷偷笑了起来，然后这种窃笑变成一阵声音嘶哑的大笑。她笑啊笑，笑得喘不过气来，只好坐到布瑞奥妮身旁：“是的，小姑娘。我知道关于战争的很多事情。”她再次咯咯笑了起来，用手擦擦眼睛：“我应该知道，孩子。因为我就在现场。”

第二十章
月宫碎片

当战争开始时，天真无邪的佐睿雅从城堡中逃了出去，赤着苍白的双脚去寻找她的家人，虽然佐悉蒙发现了她，并试图帮助她，但他们被一场巨大的风暴分开了，所以佩林的处子之女在漫游之中远离了战场。

在科尔斯巨大城堡的城墙前面，大地之神科涅奥斯因祖米奥斯的背叛而被杀死了，但他兄弟埃瑞沃的眼泪让他又一次复活过来。从此以后，任何凡人或神灵都无法打败他了。

——引自《三神之书·万物之始》

乌塔用了很长时间才将堆在椅子上的书和羊皮卷清理干净，待她收拾好后，梅若兰娜夫人欣然坐了下去。她看到公爵夫人只是有些头晕，并没什么大的问题，她自己此时也感到有些头晕目眩了，于是也给自己收拾了一个地方，坐了下去。这项工作并不轻松，一队五十个微型士兵立正站在地上，此时又加入了至少同样数目的朝臣，因此乌塔几乎没有下脚的地方，想要把什么东西放到地上，得先等这些手指高的小人移开。奥林国王的书房此时看起来就像一个小女孩的想象中最宏伟、最精致的玩偶游戏场。在这一切中央，尖塔蝠女王优雅、泰然自若地坐在从壁炉上悬挂下来的平台上，那样子就像她是大小正常的人，而乌塔和公爵夫人则是让人感到迷惑的小矮人一样。

梅若兰娜夫人用一卷羊皮纸扇着风："你是什么意思，你可以告诉我关于我儿子的事情？你知道哪些关于我儿子的事情？"

乌塔不明白，她在城堡里住了二十多年，但据她所知，梅若兰娜夫人并无子女，因此她担忧地问道："您没事吧，夫人？"

梅若兰娜对她摆摆手："毫无疑问，我失去理智了，但在其他方面好得很。你跟我一起在这里，对此我无法用言语表达自己的感激。你看到和听到的事情都跟我一样，是吗？"

"小人？是的，我想我看到了。"

尖塔蝠女王举起胳膊表示支持，也许是表达歉意："我很抱歉我让你们感到震惊了，梅若兰娜夫人。我无法解释我们是怎么知道关于您儿子的事情的，但我可以向您保证，我们不是通过故意侵犯您的隐私而得知的。"女王露出一个比婴儿的手指甲还要迷你的微笑，"虽然我必须承认，在其他一些情况下，对其他一些人，我们曾这么做过。但我不能告诉您更多了，因为我们要同您进行一项交易。"

"什么交易？"乌塔问。

"这太荒谬了，"梅若兰娜说，"你不用跟我交易。告诉我你们想要什么，我会帮你们获得——食物？如果所有那些古老的故事现在看起来都是真实的，你们躲在暗处，肯定过着一种可怕的贫苦生活。你们肯定不会想要钱……"

屋顶族女王又一次笑了："我们吃的比您以为的要好，公爵夫人。事实上，我们的人数再增加三倍，这座房子里被扔掉或遗忘的食物仍不会怎么见少。我们想要的是某种不怎么明显的东西，而且这种东西我们不是为自己要求的。"

“拜托了，”梅若兰娜夫人说，语气中略带一丝愤怒，“不要跟我玩游戏。你让我产生期待，想知道关于自己儿子的事情，现在却又来捉弄我。如果你知道他存在，那你一定知道我会不惜一切代价。只需告诉我你想要什么就好了。”

“我做不到。我们不知道。”

“什么？”梅若兰娜站起来，接着又跌回椅子中，用手猛扇着风，“真是疯了——多么残忍的恶作剧……”

“夫人，请听我说。”尖塔蝠女王和善地说，但乌塔忍不住注意到，她的声音中有一种权威性的语气，“我们并非在跟您玩游戏。要由赋予我们存在的尖峰之神告诉我们做什么，以及对您说什么。”

“那是你们屋顶族人的国王吗？”乌塔从自己的座位上站起来，走到梅若兰娜夫人身旁。她把手放到公爵夫人的肩上，忍不住注意到她颤抖得异常厉害。

屋顶族女王摇摇头：“不是你们理解的那种意义。不，在这里由我统治屋顶族人。但‘至高之尊’统治着所有生灵，我们是他的仆人。”

“那是你们的神灵？”

她点点头：“您可以这么说。对我们来说，他就是神。”

梅若兰娜深深吸了一口气，乌塔可以感觉到她身体的战栗。“你想要什么？请告诉我，好吗？”

“您必须跟我们来。您必须听听尖峰之神说些什么。”

“你带我们……去见你们的神灵？”一会儿之前，乌塔还以为事情已经不能再奇怪了。

“在某种程度上可以这么说。不会对你们造成伤害的。”

梅若兰娜看看乌塔，脸上带着一种介于绝望和狂喜之间的狰狞表情。当她最后开口说话时，她的声音里同样有种无奈的困惑：“那么，就带我们去吧。去屋顶族人的天堂，或者不管其他什么地方。

为什么不去？”

身材微小的女王朝图书室后墙上的一扇门做了个手势，门被书架和一堆堆散落的书籍遮住了一半。“请记住这一个极为罕见的殊荣，我们已经有好几个世纪没邀请过你们人类进入我们的圣地了。”

“从那扇门进去？但那里被锁上了，”梅若兰娜说，“奥林一直说，塔楼顶部的这个储藏室自他曾祖父时代起就再也没打开过——钥匙丢了，除非把门砸开，否则根本没法打开。”

“是打不开，”女王说，语气中带有一丝得意，“门外侧塞了成百上千个小楔子，钥匙丢了——至少对你们来说是丢了。但现在尖峰之神召你们过来，所以我的民众工作了两天，把楔子和其他障碍物从里面移除了。”她挥挥手，三个小小的士兵从壁炉脚下的队列中走出来。他们举起看起来像用贝壳做成的喇叭，吹出长而尖锐的嘟嘟声。像在回应喇叭声一般，乌塔听到一种微弱的刮擦声，接着是金属碰撞的叮铃声，就像一个小小的锤子在击打一个同样小的铁砧。

“赞美‘至高之尊’，”尖塔蝠女王说，“用了足够的润滑油，锁变松了。就这个问题，讨论委员会不知道争论了多少遍。现在请拉开门——轻一些。我的臣民要花一点儿时间才能从路上让开。”

“你来做，”梅若兰娜低声对乌塔说，“这些小东西，哦，它们让我心惊胆战。”

乌塔把堆在地上的书清理到一边，然后使劲儿把书柜挪开，还得小心不能推倒了——这不是一项轻松的任务。接着又去拉门，但拉了一会儿还没拉开——不知道屋顶族人是不是给铰链和门闩都上了油——随着一声让她忍不住蹙眉的尖利声音，门朝外打开了。

“小心点！”身后传来尖塔蝠女王的尖声叫喊。其实不需要，乌塔已经惊慌地往后退了一步，她以为眼前有五六个巨大的蜘蛛正悬挂在门口，过了一会儿，她才意识到那是一些像高空作业工人一样挂在绳子上的屋顶族人，他们慢慢爬回门框上面。

那几个屋顶族人大都紧张甚至恐惧地看着她——这真是一个小小的奇景，她比他们要大十几倍，在他们眼里就像一座巨大神殿尖塔顶一样高大——其中一个看起来不过是个小男孩的小攀爬者踢了一下腿，对她行了一个礼，然后就消失在门上面的黑暗里了。

“再见。”当剩下的攀爬者也到达门框的安全地带时，乌塔悄声说。她朝女王转过身，后者仍站在壁炉的平台上，看起来就像神龛里的一幅佐睿雅画像。乌塔忍不住思量，不知道这是一种巧合，还是屋顶族人有意为之。“你的民众真是勇敢。”

“我们要跟猫、老鼠、鸟和海鸥作战，”屋顶族女王说，“我们的墙上布满蜘蛛和蜈蚣，我们必须勇敢才能生存下来。你们现在可以进去了。”

乌塔俯身进入门里。

“你……你看到了什么？”梅若兰娜夫人的声音稍微有些颤抖，但她在宫廷中生活了大半个世纪，即使在最极端的情形下也很善于掩饰自己的感情。“我们能做到吗？”

“这里很黑——需要一个火把。”

“如果可以，只用蜡烛吧，乌塔修女，”女王说，“如果您能把我的好手下比特唐放到您肩上，他可以帮您在圣地中间小心行走。”

那个小人刚才一直沉默地站在壁炉平台上，此时向她鞠了一躬。乌塔在一个盘子上放了一根蜡烛——这些蜡烛散落在房间各处，奥林国王似乎喜欢同时用十几支蜡烛——然后把手放低，让屋顶族人爬了上来。

梅若兰娜站在那里，嘴里发出呼哧呼哧的喘气声：“我会跟你一起进去。不论是什么，我想看一看。”

“我在里面同你们会合。”屋顶族女王举起手说。平台开始缓缓上升，重新缩进壁炉里的烟道中。

“就像我们之前跟您说过的，迈步时请小心一些。”比特唐说。他的声音离乌塔耳朵太近，让她感觉发痒。她举着蜡烛，引着梅若兰娜夫人走进门。

里面的房间宽度差不多有国王图书室一半大，但要高很多，乌塔举起蜡烛，看到塔楼顶部的木椽上纵横交错着许多她一开始以为是蜘蛛网的东西，但接着她意识到那是几十个，甚至几百个绳桥，而且都没有她的手掌宽。有些只有一英寸长，还有少数几条足有十几英寸或更长，垂成松垮的抛物线状，用细长的十字线支撑着。

“小心脚下！”比特唐叫道。乌塔低头看到，自己差点踩到一个斜坡，斜坡从门口通向一个不及她大腿高的古老红木柜。盖子被掀开了，生锈严重的铰链坏掉了，因此盖子不平稳地悬在那儿，一半靠在地上，但吸引她目光的是柜子里面的东西。里面建有一排小小的房子，沿着后排建有五六座简单却很漂亮的三层小楼。

“慈悲的佐睿雅啊！”乌塔说，“这就是你们的人住的地方？”

“不，”比特唐说，“只有那些照顾‘神耳’的人才住在这里。”

“照顾‘神耳’？”

“请小心脚下。也小心头上。”

乌塔抬起头，差点撞到一条悬在空中的绳桥。靠近一些后，她发现它比自己先前想象的要简单得多，编结整洁而雅致，木板显然由带着爱意和细心的手制作而成。她决心要走得再慢一些。如果由于自己的笨拙损坏了其中一条绳桥，那将是一件非常丢人的事情。

“你能不能想象到，这里竟会有这种东西，就在我们眼皮底下？”梅若兰娜夫人问。

“这座城堡一直充满了各种秘密。”乌塔说，听起来有种奇怪的悲伤。

她们往里面走得更深一些，这里曾经可能只是一个简单的仓库，但很久以前变成了一个古怪而充满魔力的地方：有许多小小的桥梁和梯子，由家具改造成的房子，小小的奇妙装置。乌塔瞥到里面有一些帷帐，小小的灯笼像萤火虫一样在窗户里闪烁。

“你的民众都在哪里？”她问。

“我们只有一少部分人住在这个地方——只有那些直接服侍尖峰之神的人，”比特唐解释说，“它们待在里面，这样才不会被巨人踩到。”他咳嗽了一声，就像鸟儿在打喷嚏似的，“请见谅，夫人。”

乌塔笑了：“不，听起来很合理。你们的人躲开我们这些粗笨的巨人，住在这里有多长时间了？”

“一直都在，夫人。从记忆存在起就在。尖峰之神创造了我们，赐给我们这个地方。好吧，或许不是这个地方——从我曾曾祖父时代起，我们开始将这个房间据为己有。但我们的土地，我们的城墙，我们的屋顶，我们一直都拥有它们。”

“你们的神灵为什么被称为尖峰之神？”乌塔问，“如果你们一直生活在这里，你们又知道哪些高山？”

“你们人类称为狼牙塔的伟大尖峰，”比特唐说，“那里就是神灵居住的地方。”似乎这是世界上最明显不过的事情——对他来说，毫无疑问是如此。

乌塔摇摇头，但为了不把小人甩下去，摇晃的幅度很轻。狼牙塔，城堡的中心塔楼，是屋顶族人的赞德山——他们神灵的所在地！他的世界和她的世界相比是一个什么样的世界啊！多么古怪而奇妙的世界！

女王从房间远处某个隐蔽门后面出现了，乘坐一辆由一群白老鼠拉的战车，身后跟着一个小方阵的士兵。她威严地挥挥手，引领乌塔和梅若兰娜夫人沿一条路往下又走了一些，这条路明显是阁楼房间的主干道，两边是一排排柜子和其他家具——乌塔肯定，每一个都被改造成了教堂、庙宇或修道院，全都服务于他们认为居住在附近一个塔楼顶部的神灵。

尖塔蝠女王的战车在走道尽头停了下来，她的老鼠蹲坐在地上，开始非常随意地梳理起身上的皮毛来。在靠墙的地方，一些家具被推开后，形成一个几码宽的广场，放着一个贵妇用的那种高梳妆台。梳妆台的抽屉被拉开了，底下的抽屉拉得最长，上面的拉得最短，密密麻麻的梯子和坡道把抽屉连到一起。更多蜘蛛一样的高空作业工人正在这里工作，但乌塔过了一会儿才看出来他们在做什么。一只看起来像被蜘蛛用蛛网包起来的昆虫似的东西，正被小心地从最高的抽屉那里降到地板上。

“可不可以请您屈膝跪下？”比特唐用高亢而平静的嗓音说，“我们要做一些非常细致的工作，如果您坐下或跪下，我们所有人都可以更安全一些。”

“这样好吗？”梅若兰娜嘟囔了一句，“这件裙子不是用来玩这种游戏的。如果之前告诉我要像一个玩陀螺的小孩子一样跪在地上，我就穿睡衣来了。”

乌塔不能责怪公爵夫人抱怨。虽然她自己的身体状况不错，穿着一件简单的袍子，相比之下方便得多，但其实她一把老骨头，也不怎么喜欢这种活动。

她们坐下后，一小队士兵和三个光头小人（从柔和的五官来看，乌塔觉得她们应该是女性）拿出一个铺有垫子的床，很明显，床是用旧珠宝盒做成的。上面抽屉中的包裹降到床上，然后打开，露出一个女屋顶族人，黑色的头发，苍白的皮肤，看上去像死去或睡着了。

“现在你们看到的是‘通灵神耳’，”女王说，“几个世纪以来，她的家族一直是我们同尖峰之神之间的连接人，今天，她将第一次直接同你们人类分享神的语言。”

那三个像是女祭司的小人往前走了几步，走到神耳头部和两侧胳膊处。她们举起一个碗，里面盛有某种冒烟的东西，然后她们把烟挥开，开始哼唱起来，声音轻得几乎听不见。这个过程持续了很长时间，乌塔能感觉到梅若兰娜夫人在自己身旁不耐烦地动来动去。安静的房间中，公爵夫人裙子的蠕动发出沙沙的响声，听起来就像遥远的雷声。

最后女祭司向后退去，低下头，继续沉默。乌塔开始想，不知道自己或梅若兰娜夫人是不是应该问个问题，但接着，躺在床里的女人开始动弹，一开始像高烧热梦一样抽搐着，接着虚弱地扑打起来。突然，她坐了起来，眼睛睁得大大的，但似乎没看到房间里的任何东西，也没看到两个巨人一样的女人。她用一种令人吃惊的低嗓音开口了，说出一连串含糊不清的话，就像蜜蜂在嗡嗡叫。女祭司的身体摇晃起来。

“她说什么？”梅若兰娜夫人问。

“她什么都没说，”屋顶族女王纠正她，“是尖峰之神本尊在讲话，他说：‘这些时日的终结将乘白翅而来，但它会像下蛋一样生出黑暗。古老之夜等待降生，但除非大海提早吞噬一切，否则星辰将会像燃烧的飞箭一样纷纷落下。’这就是尖峰之神的话。”

公爵夫人想要听到的不是模糊不清的天启预言。“问问关于我儿子的事。”她用尖利的语气低声说。但乌塔能看出来，他们在做一项交易，虽然她还不知道她们在同谁交易——屋顶族人和他们的女王？他们的神灵？还是这个屋顶族人的神谕者？

“我们听说，您知道关于这位女士的儿子的一些事，尖峰之神，”乌塔缓慢而清晰地说，希望屋顶族人的神灵像屋顶族人本身一样，跟她说一样的语言，“您可以告诉我们关于他的事情吗？”

女人的手脚再次开始踢打起来，几乎从床上跌下来。两个小小的光头女祭司走上前去，抓住她，她再次含糊不清地粗声说起来。

“高等精灵带走了他，已经过去了五十年，”女王说，将神耳低声的咕哝翻译过来，或只是大声说出来，“他被带到人类称为‘雾影线’的未知云雾后面去了，但他仍然活着。”

梅若兰娜发出一声微弱的尖叫，身体摇摇晃晃，瘫倒到乌塔身上，后者使劲儿努力扶着她。如果公爵夫人倒到地上，她的体形会把屋顶族人的很多宗教圣地都毁掉。“她会感谢您提供的这些消息——但我想不是今天。”乌塔说，有些喘不过气来。她弯腰靠近尖塔蝠女王。“您的神灵能不能再跟我们多说一些？”她低声说，“有没有什么方法可以找到她的孩子？”

很长一段时间，神耳就像一个死人一样躺在那里，梅若兰娜也一样，她似乎昏厥过去了。接着神耳小小的身体开始动起来，又一次开口讲话，但声音非常低，乌塔只能看到她的嘴唇在动，甚至女王也得侧身靠到马车扶手上，仔细倾听。

“尖峰之神说：‘世界的需求非常大。古老之夜叮啄着它的壳，迫切渴望呼吸时间的气息。这个城堡的‘光与星辰祭司’曾拥有一枚‘月宫碎片’，它古老而强大，但现在它被偷走了。找到那枚失窃的碎片，作为回报，神灵将会告知更多关于这个女人儿子的事情。’”

说完这些，神耳便沉入死亡一般的深沉睡眠中。情形明显表明，她不会再继续传达神灵的话语了，于是女祭司将她重新包裹起来。小士兵们走过来，像抬棺材一样把床整个抬进了阴影中。

乌塔扶着梅若兰娜，后者呻吟着，仿佛在做噩梦，回想今天发生的这么多超现实的奇妙事件，她在心里一遍遍惊叹。

公爵夫人在床上动了动，坐起来，伸出双手，似乎在抓某种被从她这里夺走的东西。

“他们在哪里？我在做梦吗？”

“您没在做梦，”乌塔告诉她，“除非我跟您做了一样的梦。”

“那个小神灵还说了其他什么事情？我想不起来了！”梅若兰娜去摸索放在床头柜上的杯子，被子里盛有兑水酒，她一口全喝了下去，粉色的酒液溢出来，沿着下巴淌下来。

乌塔跟她说了神耳说的其他话。“但我一点都无法理解。”

“我的孩子！”梅若兰娜向后瘫倒到枕头上，胸脯一起一伏，“我放弃了他，”她悲叹道，“现在精灵把他带走了。可怜的，可怜的孩子！”她用断断续续的话语，把那个孩子的秘密出生和失踪告诉了乌塔。乌塔很惊讶，但并不震惊——佐睿雅不相信人类能完美，他们只能被宽恕。

“如果小人的神谕者说得没错，那几乎过去了五十年，夫人，”她对梅若兰娜夫人说，“不过我们仍然得试着去理解神灵说的话——如果那确实是一个神灵在说。那个小女人说，‘一枚月宫碎片’，一种属于城堡‘光与星辰祭司’的东西。”

“祭司？他们是指提摩伊德神父吗？但他已经走了！”梅若兰娜像发烧一样，头摇摇晃晃，“为什么神灵要传达这种消息来折磨我？”

“或许他们是指塞斯尔大主教。”乌塔伸出手，握住公爵夫人的手，希望能让她平静下来，“他是所有教士中地位最高的，所以……”

“但他也走了，回乡下了。他告诉我，他实在看不下去托利党的所作所为了。”梅若兰娜试着让自己平静下来。“他能是光与星辰祭司吗？他是三神的伟大教士，是空气，水和土……”她再次悲叹起来，“啊，如果查文在这里就好了。他了解这些事情——他研究星星，对神灵古老故事的了解几乎跟塞斯尔一样多……”

“等等，”乌塔说，“或许那就是他们所指的人。查文是负责各种事物的修士——逻辑和科学修士，而且他专门研究光和星星，用他的那些镜片。或许查文拥有某种力量强大的东西，但现在丢了。”

“但查文本人也丢了！”梅若兰娜说，“他消失了！那意味着我将永远失去我的儿子了……”

“没有人会简简单单地就那么消失了，”乌塔说，“除非神灵带走了他们。至少屋顶族人的神灵似乎并不知道查文身上发生了什么，所以他可能仍活着。”她站起来，“我去看看能不能找到些什么，夫人。”

“小心些。”乌塔往门口走时，梅若兰娜夫人叫道。她再次伸出胳膊，似乎要把佐睿雅的修女拉回来：“我现在只剩你了！”

“我们还有神灵，公爵夫人。我会向高尚的佐睿雅女神祈求帮助，您也应该这么做。”

梅若兰娜往后瘫倒：“神灵，精灵……这个世界彻彻底底疯狂了。”

乌塔把小侍女埃丽丝叫了进来。“照顾好你的夫人，”她对女孩说，“小心服侍她。她受了惊吓。”

*但谁来照顾我？*离开梅若兰娜的房间时，乌塔在心里想，*在这种传说在眼前变成现实的疯狂时代，谁又来照顾我？佐睿雅，慈悲的女神，此时我比任何时候都更需要您的帮助。*

⚜ ⚜ ⚜ ⚜ ⚜

通常情况下，马提亚斯·廷莱特很难拒绝庆典或宴席，尤其由其他人付账时更是如此。但此时举行宴会，甚至在他看来都有些过分了。入侵军队就在河对岸——由怪兽和恶魔组成的入侵军队——所有这些宴席和集会都是一种浪费，甚至更坏，不是吗？

*或许亨顿大人只是想分散一下人们对麻烦事的注意力。*如果确是这样，那么他真给自己安排了一项艰难的任务，因为麻烦事实在太多了。海湾对面的那些生物还没攻击城堡，但他们切断了城堡西

面的供给，而那次短暂而可怕的战争也清空了通往西部和南部的山谷，所以现在没有从马林沃克或银边运来的牛或羊了，也没有从塞特兰运来的羊毛或奶酪，只有一些能用船运来的供给，船舶挤在南境城堡的海港里，仿佛停在防护堤旁的一块块漂流木。

虽然如此，欢乐仍在继续。今晚，为了庆祝盖斯特里马迪节第一个夜晚的到来，为了庆祝这个献给众神之母的节日，市集广场上将会举行公共市集，而在城堡里则会有一场伴有音乐和舞蹈的盛大晚宴和面具游园会。

自从精灵族上一次入侵以来，还从来没有比现在这个更黑暗的二月呢，有两百年了吧？

*很奇怪，*廷莱特想，*一个白天如此严肃而沉默的地方，到了晚上却会狂热地恢复生机，仿佛这些房间是一些墓穴，居住者在日落后才会出来，模仿活人载歌载舞，调情享乐。*

*这是一幅充满张力的景象，*他突然想，*自己应该把它们写下来。这里面绝对有某种诗意，夜晚，朝臣们从各自的石头密室中涌现，戴着面具，只露出一双双闪闪发光的眼睛。*

*但亨顿·托利和他的党羽不会喜欢这种诗的，在这种日子，这是一种危险的做法。奈纳大人被人听到批评托利的统治后，不是消失了吗？*不过，这个念头的诱惑力仍然非常强大。他决定可以先写下来，自己偷偷保留着，等形势好转之后再拿出来，那时他的远见将被人们承认，他的才智（还有勇气）将会受到推崇。

*诗人不是用来被绞死的，*他提醒自己。*他们应该被赞美。如果只能因为被绞死而获得赞美，那么我想，我宁愿选择默默无闻。*不，他会选择活下来。无论如何，在这种时日里，他还要为了其他事情活下去……

“哦，效果太好了，廷莱特大师。”帕佐尔赞赏地说。令人感觉好笑的是，得到亨顿·托利集团的提携之后，这个年老的小丑开始用一种响亮而热忱的语气说话了，让廷莱特感到颇为恼火。奇怪的是，他那满是皱纹的脸突然缩成一团，现出悲伤的神色来。“今晚你将俘获众多少女的芳心，那是肯定的。”

廷莱特低头看看自己草绿色的紧身裤，裤子在脚踝和胯部有种令人不安的扭曲倾向，因此每条裤腿的接缝看起来更像一条曲折的乡村小路，而不是笔直的王室通衢。颜色很讨人喜欢，虽然真正的吟游诗人从来不会穿这么华丽的颜色。这是一件聚会服装，曾属于帕佐尔故去的朋友罗本·哈里甘，此时老人看着他穿着这件衣服，已经泪眼婆娑了。

“他面容英俊，双腿修长，我的好罗本。”帕佐尔擦擦眼睛。为了面具游园会，他自己穿了一件黑色的修士袍，两者竟奇异地适合，他那张阴沉的长脸似乎第一次找到了恰当的搭配。“他也热爱女士们，女士们也爱他。”

廷莱特什么都没说。他以前就听过这种关于罗本的谈话了，知道无论自己说什么，老人都会自顾自地说下去的。

“他被强盗杀害了，可怜的家伙。”帕佐尔说，摇摇头。廷莱特本来可以跟他一同背诵诗篇——这种话他不知已经听过多少遍了。“但他还没迎来自己的好时候，就被科涅奥斯带走了。我跟你说过他吗？爱唱歌的好罗本啊。”

为了躲开老人的唠叨，廷莱特甚至想到了去圣堂参加仪式，但这种不光彩的命运却被一个小男孩的到来拯救了，这是一个小侍童，从亨顿·托利的护卫那里给帕佐尔带来了消息。

“啊，看来有人叫我了！”老人说，难以掩饰语气中的快乐，“护国公希望我在宴会中能和他坐一块儿，好让他乐一乐。”

护国公肯定是为了避免自己吃得太多，廷莱特想，当然没有说出来。他喜欢帕佐尔，虽然跟他待的时间太长了，让人感觉有些厌倦。最近得志受宠，让老人心情颇佳，不过这也让他变得有些爱吹嘘，而马提亚斯·廷莱特充满不确定的命运让他有时很难跟朋友一起分享胜利。“有提到我吗？”

“恐怕没有，”帕佐尔说，“不过，或许你可以跟我一起去。我可以向大人演唱一首你的诗歌，而且肯定……”

廷莱特想起了自己上次跟着帕佐尔一起去时，所遭受的那种令人难过的屈辱对待。不过这也让他想起了一件很肯定的事情，虽然这对一个追寻升迁的人来说没什么好处：他发现自己真心不喜欢亨顿·托利。不，甚于不喜欢——他害怕他。“不要担心，我的好朋友帕佐尔，”他大声说，“像你所说的那样，今晚肯定有许多青春美丽的面孔和年轻坚实的身体等待我去留意。希望你在护国公席上交好运。”他忍不住给了他一些建议，因为这些日子帕佐尔就像一个孩子一样天真无邪，毫无防备。“不过要小心那个海弗莫。他不喜欢任何人，是一个歹毒的家伙。”

“他是一个很不错的人，只不过有自己的行事方式，”帕佐尔说，忙不迭地为任何一个提拔自己的权贵辩护，“下次你跟我一起去，到时你就会对他有更好的了解了。”

“最好不要。”马提亚斯·廷莱特低声咕哝道。如果托利是一个捕食者，那么迪尔南·海弗莫就是一个食腐动物，一条墓地中的流浪狗，抓住任何自己能找到的东西，用臭烘烘的嘴巴紧紧咬住。“祝你一切顺利快乐，大叔。”

帕佐尔走了出去，廷莱特对他挥挥手，接着意识到自己忘了问，不知道身上这件从哈里甘那里借来的衣服背后的扣子是不是扣好了。他希望自己能有面穿衣镜，但只有富人——或至少是为富人写诗的人——才买得起那种玩意儿。

啊，布瑞奥妮公主，你去哪儿了？你的诗人需要你。至少你欣赏我的真正品质，而其他人绝少……如此……

城堡里挂着许多用羊皮纸糊成的灯笼，每个角落都有一个献给玛蒂·苏拉泽姆的祭坛，上面覆盖着绿色植物，菟葵花、火棘和冬青围着白蜡烛，每个布置都是一种无声的祈祷，祈求源雾之神腹中的种子能产生另一个庄稼茁壮成长的春天。

但有什么庄稼？廷莱特想，**谁去收割它们？精灵族的入侵，让西面和北面的大部分土地都荒废了。**他竟会为这种事情感到烦恼，这真是怪事一桩。他父亲曾说，他是布伦湾两面最懒惰、最以自我为中心的年轻人（廷莱特不得不承认，这里面只有一点点儿夸大）。此刻他望着脸戴面具、身穿精致华服的朝臣冲进花园，被雨淋湿，大笑着回到屋里，再冲出去，感觉自己就像一个绝望的父母。他想，自己之前那种想法不论多么诗意化，也许并没错：只有死人才能寻欢作乐，他们没有任何东西可以失去。他周围的人们看起来就像一个个小孩子，在一块摇摇欲坠的巨石下面快乐地嬉戏着。

有什么东西撞了他一下，差点把他撞倒。"唱首歌，乐师！"一个醉醺醺的声音大喊。一个人摇摇晃晃站在他面前，戴着一张面具，面具上有个粗俗的长鼻子，是达斯汀·克劳，托利最紧密的追随者之一，一个脸蛋红通通的年轻贵族。他这副模样出现在宴会中央的大盘子里，嘴里塞满柑橘，才显得更自然，廷莱特想。克劳跟四五个朋友一同站在走廊中间，其他几个人醉得也不比格雷洛克男爵轻。他浑身湿透，穿着一件裙装。"继续，"克劳说，用一根摇摇晃晃的手指指着廷莱特说，"唱首黄色小调！"他的同伴们大笑起来，但他们没有继续往前走。他们在克劳的语气中嗅出了一丝紧张气息，某种更有趣的事情或许即将发生。

"唱啊！"其中一人喊道，"听到了吗！让我们乐一乐，乐师！"

"这只是——戏服。"廷莱特说，往后退去。至少他们似乎并没认出来鸟面具后面的他是谁，有的时候，不被大人物注意到似乎是件好事。

“啊，但我的刀子是真的。”克劳从女式紧身胸衣中抽出一把刀刃细长的东西——他似乎扮成了一个酒馆女侍。“为了保护我珍贵的贞操，你瞧……”他停了一下，等待哄笑，他的朋友也都尽责地大笑了起来。“所以恐怕你得唱——否则我有办法让你唱。”他打了一个饱嗝，“乐师。”他的朋友又一次大笑起来。

有那么一会儿，按照他的要求去做似乎更容易——为这些醉醺醺的卑鄙小人挤挤眉，弄弄眼，扮扮鬼脸，唱一首关于爱情的哀伤歌曲，让他们来嘲笑他。他对克劳很了解，知道他在托利家族的荫蔽之下，曾至少打死了一个仆人，还打残了一个——所以如果他想要什么，最好满足他。

但我怎么知道他们就会仅仅止步于嘲笑？

“大人的命令，”他大声说，弯下膝盖，鞠了一躬，“我很乐意……以后某天……为您演唱。”

廷莱特转过身，朝花园跑去。趁克劳和其他人还没意识到发生了什么，他赶紧跑进了外面的冷雨中。

这部分计划我考虑得有些不周到，廷莱特对自己承认。此时他浑身湿透，蜷缩在一处高大树篱的背风处。寒风如刀子般刺骨，他觉得自己的皮肤几乎要开始结冰了。不过他还不能回室内。他很肯定，格雷洛克没认出他，所以只要能在今天晚上躲开他们就可以了。他考虑偷偷溜回他和帕佐尔同住的房间，但回去如果不经过王宫的主厅，需要在刺骨的寒风中绕很远的路。

最好等他们醉倒后过去。

他发现有好一阵没在花园里听到说话声或走动声了，不禁有些可怜起自己来。

如果他们没来这里找我，那么至少我可以找个稍微暖和干燥些的地方躲藏，他想。他把松松垮垮的帽子拉下来，盖住耳朵——在寒风中帽子有好几次差点被弄丢了——然后把薄披肩紧紧裹在肩膀上，心里很希望自己之前选了一件比这件更御寒的乔装衣服。

我本来可以扮成一个戴兜帽的修士——或戴毛皮边头盔的范特海盗！但不，那时我会希望自己能穿上游吟诗人的紧身长裤，向贵族女士们展示我的双腿。傻瓜。

他最后终于找到一处顶上加盖的凉亭，一边大声抱怨了一句，一边瘫倒到长椅上，此时才意识到那里已经坐人了。

“哦！请原谅，小姐……”

穿黑裙子的女人抬起头，眼睛红通通的——她刚才在哭。她膝盖上放着一个象牙色的面具，像一座提供食物的神殿。廷莱特的心猛跳起来，有那么一会儿几乎说不出话。他站起来，鞠了一躬，然后才想起来摘下帽子。

“廷莱特大师。”她转过身，拿起手绢，用迟缓而从容的动作擦干眼泪，她的声音很冷酷，“您在我很狼狈的时候找到了我。您在跟踪我吗，先生？”

“不，伊兰小姐，我发誓。我只是……”

“在花园里游荡？享受这种天气？”

他难过地大笑起来。“是的，正如您看到的，我在雨里淋透了。不，我……好吧，说实话。格雷洛克男爵和他的一些朋友不知怎么冒出一个主意，觉得我应该给他们逗趣一番，但我不知道我会为自己的艺术遭受多少折磨。”他耸耸肩，“于是我决定用一个捉迷藏的游戏来娱乐他们。”

“达斯汀·克劳？”她的声音变得愈发冷酷了，“啊，是的，亲爱的克劳大人。你知道吗，我第一次来这里时，他问亨顿能不能拥有我。‘我会帮你驯服她，托利。’他说——那语气仿佛我是一匹马。”

“您是说他想娶您？”

她第一次转过身来看着他，脸上带着一种哭笑不得的表情。“娶我？科涅奥斯的黑心啊，不，他只是想占有我。”她的脸扭曲成一种非常令人不安的表情，“他不知道亨顿对我还有其他计划。但是，我认识达斯汀男爵。”她让自己恢复平静，甚至试着露出微笑，“好吧，廷莱特大师，我原谅您的闯入。事实上，您可以独自待在这个凉亭里，我不会告诉任何人您在这里。现在我必须进去了。我的主人肯定正在找我。”

她站起来，脸上的面具戴了一半。现在，廷莱特的说话能力终于恢复正常了。

“他是您的什么人？”

“谁？”她听起来吓了一跳，“你是说亨顿·托利？我认为那再明显不过了，廷莱特大师。他拥有我。”

“您不是他的妻子，而是他哥哥的妻妹。他会娶您吗？”

“他为什么要这么做？为什么要买下一头牛奶已经属于自己的牛？”

她这么说让他感觉很恶心。他吸了一口气，试图找到一些平静的话：“至少，他是不是对您很好，小姐？”

她大笑起来，笑声嘶哑，令人不适，然后在脸上戴上白色面具，看起来就像一具尸体或一个幽灵。“哦，他体贴极了。”她肩膀垂了下去，身体再次转向别处，“真的，我必须得走了。”

廷莱特抓住她天鹅绒外衣的袖子。她试图拽走，接着某个地方被撕裂了。有那么一会儿，两个人就站在那里，一半在雨中，一半在亭子里。

“如果他让您不快乐，我会杀了他。”他说，一刹那他意识到自己确实是这么想的，“我会的。”

她吃惊地拿下面具：“神灵帮助我们，不要说这种话！甚至不要接近他。他……你不知道。你猜不到他身体里有什么样的邪恶。”

廷莱特仍然抓着她的袖子：“我……我不会那么对您，伊兰小姐。如果您是我的，我会爱您。我白天黑夜都在思念您。”

她盯着他，眼泪再次涌入她的眼睛：“啊，但您还很年少，廷莱特大师。”

“我已经成年了！”

“还得再过几年。但您的心灵仍然无邪。我很肮脏，会把您也弄脏的。就像我自己被玷污了一样，我也会让您变得肮脏，腐坏……”

“不，求您，不要说这种话！”

“我必须得走了。”她轻轻挣开他的拉扯，“您很善良——您不知道对我说这些话是多么善良。但您一定不要想我，我的良心无力再承担另一个人的灵魂。”

没等她转身，他往前走了一步，抓住她的肩膀，他感觉到她在颤抖。她是不是对他也有某种感情？她对他的举动看起来非常吃惊，非常害怕，就像自己要被打一样。因此他没有吻她的嘴唇，虽然此时此刻，他对此的渴望超过了自己对任何财富和名誉的渴望。他让自己的手沿着她的胳膊滑了下来。他的手指所经之处仿佛窃走了她的生命活力，她任由面具咔嚓一声掉到地上。他抓住她的双手，举到嘴边，亲吻她冰冷的手指。

“我爱您，伊兰小姐。看到您，知道您处于痛苦之中，这让我无法忍受。”

她的脸颊上满是泪水，眼睛明亮，充满惊恐：“哦，廷莱特大师，不能。”

“马提亚斯。我的名字叫马提亚斯。”

她看了他很长时间，然后拉起他的双手，放到自己嘴边，亲吻了它们。“您真的会帮我吗？真的吗？”

他身上浸透了雨水，但她流到他手上的泪水，像灼热的铅流一样烫人。“我会做任何事——向所有神灵起誓。告诉我吧。”

她转过身，望着外面的黑暗。当她再次转回来时，脸上有种奇怪的表情：“那么给我带些毒药，一些能够速死的毒药。”

马提亚斯·廷莱特有一会儿喘不过气来：“您……您要杀死托利？”

她松开他的双手，用衣袖擦擦眼睛。“您疯了吗？你明知我姐姐嫁给了他哥哥卡拉顿？托利家族会毁了她的。他们会把我父母的房子夷为平地，杀死他们。更不要说那么一来，南境城堡就会落入克劳和海弗莫，以及其他一些虽然和亨顿一样黑心，却没他聪明的小人手中。远境王国将会有半年时间浸于血泊之中。”她吸了一口气，“不。毒药是给我自己的！”

她后退了一些，俯身捡起面具。站起来时，她的样子再次变得宛若一个幽灵。“如果您爱我，就给我带来那种解脱吧。那是我能从您那里得到的唯一一种礼物，亲爱的马提亚斯。”

说完，她就走入了夜雨中。

第二十一章
守灵室

勇敢的努沙什骑马外出，看到了阿戈尔美丽的女儿黎明之花苏娅，他立刻知道她一定会属于他。他在她身边停下，伸出手，她也一下子爱上了他。此时心灵的声音超过了大脑的声音——甚至神灵也必须听从这种声音。她来到他身边，让火神把她举到马鞍上。接着两人就一同策马离去。

——引自《努沙什启示录》（卷一）

费拉斯·范森趴在地上，浑身颤抖，四肢无力，无法支撑起身体，而且他也不知道自己是不是想起来。那个可怕的声音仍回荡不止，仿佛有巨雷在他脑袋里轰鸣，但他也不知道那声音究竟是在大脑外面还是里面，或者两处都有。

“我说的话让你感到痛苦？还是我说话的方式？”

范森不由自主地呜咽起来。他感觉仿佛有一个巨大的海浪把自己举了起来，然后又重重抛到岩石上。他紧紧靠在地上，不知道如果自己把头狠狠撞到石板上杀死自己，是不是就能结束这种令人痛苦不堪的震动声。

那种声音汹涌而来，再一次在他脑袋里响起，不过这次说话和大笑声都轻了一些，虽然仍旧令人痛苦，但不那么撕心裂肺了。

好吧，那么，为了客人的舒适，我会说得温柔一些。有时我会忘记神灵声音所能产生的影响……

半个神灵。一个范森从没听过的声音说，但不知怎么回事，这个声音听起来有种怪异的熟悉感。这个声音没有单眼怪物的声音那么咄咄逼人，但听起来同样是从范森的大脑里面发出来的。半是神灵，半是怪物。

有什么区别吗？

我们在做合法的事情，你为什么把我们抓到这里来？

为了帮我做我的合法事情。但是什么风把一个恩科莱德精灵刮到我的第二故乡来了呢？你所说的合法的事是什么？那个轰鸣的声音说。

我们正骑马赶回精灵之家，但被迫离开了原来的行进路线。你为什么要来妨碍我们？

现在，“锁链杰克”说话时，声音不再震得范森的骨头嘎嘎作响了，于是他慢慢从地上爬起来。他浑身酸痛，就好像被人揍了一顿，但如果他就要死了，作为南境的一名士兵，他就算拼尽全力，也要站着迎接死亡。他身下满是尘土的石头地面上血迹斑斑，他抬起手摸摸脸，意识到自己的鼻子正在流血。

妨碍？你擅自闯入我的土地，小妖怪，然后说我妨碍你？单眼怪物懒洋洋地靠到石头王座上，伸开的双腿比范森还要高，被毁掉的英俊面庞像神殿鸣钟一样庞大。吉库因对站在自己面前的小小身影——防风灯基尔——露出了笑容。

我在执行国王的任务。基尔说。

三神啊，范森想，我能听懂他的话！这件事跟其他所有事情一样，让他感到无比震惊。我现在能在脑袋中听到他的声音了，就像王子能听到一样！

他转过身，想把这个发现告诉王子，却惊恐地发现他正侧身躺着，鲜血从鼻子和耳朵中流出来。范森冲过去，在他身旁蹲下，感觉巴瑞克的胸脯还在一起一伏，勉强松了一口气。

“他受伤了！”范森大喊，“帮帮他，不管你是神灵还是什么——是你震天响的声音把他变成这样的！”

吉库因响亮地大笑起来，笑了很长时间，笑声在范森的头颅中翻滚着，冲撞着，就像一个没拴好的木桶在一艘正在风暴中颠簸的船上左突右撞。**帮帮他！我喜欢你，小娃娃，你真好笑！但就像一只坐在马背上的苍蝇指挥马应该怎么走，你似乎高估了自己的重要性！**他把独眼转向基尔，**而对于你，焰华的奴隶，我不知道一个恩科莱德精灵怎么能让自己在毫无知觉的情况下被抓住，还是被这些长头颅……**神灵放声大笑起来，房间里其他几个俘虏也大笑起来，虽然也许笑得有些不由衷。**但无论如何，这并不能说明什么。你将成为我伟大作品的一部分。**吉库因咧开嘴笑了，露出毁坏的嘴巴和破碎的牙齿，情景极为可怖。他抚摸着自己胸前的锁链，断头颅晃动起来。**即使你不能起到重大作用，但像我保证的那样，至少会有一定的装饰作用。**

然后，巨人第一次站了起来，虽然费拉斯·范森以为自己已经见得多了，不会再对各种怪事感到不适了，但眼前的这幅景象还是太可怕，太让人震惊。吉库因如此之高，巨大的头几乎要够到像月亮一样坑坑洼洼的房顶了，最上面连火把和灯笼都照不到，脸大部分被罩在阴影中，只能看到下面损坏的一半。

把他们带走。他低沉地吼道。一群身影从这个大房间的漆黑角落中匆忙跑过来，是跟随者卫兵，他们的大小跟人差不多，身体比长头颅要重，尖利的骨骼从毛发丛生的皮肤上突出来，贪婪的小眼睛像火炭一样闪耀着。**把他们交给灰守卫，告诉他要保证他们的安全，到我需要他们的时候再说。**

基尔坚定地站在那里，红眼动物开始把他包围起来，很明显，他在准备反抗。但其中一个长得很像猴子的动物趁他不注意悄悄溜到他身后，用巨大的拳头打了一下基尔的后脑勺，接着他就被拽倒在地，并被拉走了。

范森太虚弱了，根本无力反抗。当他们被毛发丛生、浑身散发着恶臭的动物从吉库因的房间中带走时，唯一能做的就是用一只手紧紧抓住巴瑞克一动不动的身体。他们被粗暴地驱赶着，沿着一条似乎没有尽头的黑暗隧道往前行走。他在沉重的枷锁下面挣扎着，拼尽全身力气紧紧抓住王子，不让他和自己分开，就像一个和孩子一起落水的母亲，即使死亡已经带走了她的呼吸，一只手还在紧紧抓着婴儿的外衣。

即使是在自己房子的中心，在这座神灵亲手交给自己家族的城堡里，焰华守护者，风语者，盲国王伊尼尔，也不能轻易地走进守灵室中。首先必须请示元素精灵守卫，进行一番宛若战争的仪式，向他表示敬意，同时也是向他们所保护的对象表示敬意——骨刀礼，猫头鹰眼之歌（幸运的是，多亏伊尼尔的祖父颁布了一道法令，如今这些仪式短了一些，这些圣歌一度需要持续一整天），以及数箭礼。当结束了所有这些仪式，元素精灵守卫司令官拿掉头盔，敬礼完毕——即使看不见，伊尼尔也一直觉得这个过程非常难熬——国王就可以继续前行了。

夜母司仪无须履行什么官方职责，但他们被允许在守灵室外面搭建悲痛营地。只是在他们中间行走，听到他们的呻吟和哭泣声，感受到他们赤裸裸的悲伤，就像是在刺骨的寒风和针扎般的雨雪中行走。而苍月之女，腹中怀着一个小神灵，逃离了爱人的家，恐怕不会找到比此处更冰冷、痛苦的地方了。

经过这段度秒如日的时间，走出司仪尖叫着、使劲儿撕扯自身的房间，走进最后一个寂静的接待室，面对翠火之子部族年迈的首领赞-桑-西斯，真是一种解脱。赞-桑-西斯从他度过无数时光的地下水塘中回来了，他任命自己为守灵室的最后一个守卫，而镜子大厅外面只有他一个年轻的侄孙做守卫，这也说明了危机的严重程度。

“月光和日光。”国王说。

“因此，大溃败终将归于沉睡。”另一方说，完成欢迎仪式。“欢迎陛下的到来。”他的语气似乎比以往更加简洁，仪袍里光线暗淡，一片模糊，因此几乎看不到他帽子里的面具。国王一直很难辨识赞-桑-西斯的表情，似乎他本身的眼盲和翠火首领的银面具就像对凡人一样，于他也是一种阻碍。翠火之子很久以来一直赞同王后一方，虽然年迈的首领是其部落中最愿对双方进行调和的人。过去的这些日子，伊尼尔常常会想，如果赞-桑-西斯最终沉入水塘底部，再也不浮上来会发生什么，可能会由某个不那么愿意妥协折中的人来带领翠火之子。但现在，这个问题似乎不再重要了。

“她今天情况如何？”

“我还没过去，陛下。我感觉到她微弱的呼吸，但几近于无——像来自沉默之山的低语一样悄无声息。”他的思想和话语——因为对于国王来说它们是同一回事——笼罩着懊悔和无奈。“即使我们取得了胜利，陛下，她现在也无法远行。没等我们离开自己的土地，她就会死去。”

伊尼尔张开手掌，放到胸口，然后展开手指，这是一个名为“未完成意义”的手势。“我们只能耐心等待，古老神灵，再难都要如此。很多线索仍未断裂。”

“我不能以这种方式度过自己的最后几年，”赞-桑-西斯说，

“把已经断裂的聚集在一起，知道自己的后代将在没有光的水塘中繁衍。”

伊尼尔摇摇头：“我们所有人都只是在做自己能做到的事情，你做得比大多数人都多。这场溃败从时间开始时即以注定，我们只是不知道它何时到来而已。”

“有谁不会肯定地说，它将降临到我们头上？”

“我不会。”伊尼尔温和地说，让这些话语带着一些潜在含义传到老守卫那里，关于活力，关于希望，甚至关于死亡后的重生。“你也不应该。像你一直做的那样去做就可以了——像父辈教你的那样去做。我们必须勇敢面对它，而且谁知道呢？或许会有惊喜发生。”

赞 - 桑 - 西斯的目光黯淡了一会儿，接着更加炽热地燃烧起来。“你比你的父亲，或你父亲的父亲更像一个国王。”他说。

“我就是我的父亲，以及他的父亲，”盲国王说，“但还是谢谢你。”

他没有握住老首领的手——即使是国王，去触摸翠火之子也太不明智了——但他非常缓慢地点点头，就像是在鞠躬一样。他离开仍处于惊讶之中的守卫，走进守灵室。

他进去时，墙上的甲虫开始微微动弹，它们彩虹色鞘翅的移动，在整个房间里投下一缕变幻的色彩。然后它们再次安静下来，蓝色和浅绿色的闪烁被一种更加朴素的色彩替代了，这种色彩更能反映窗外被云彩笼罩的落日的灰色和桃色光泽。伊尼尔闻到大海的强烈气息，就像一个人在溺水时嘴里尝到的味道。他希望同时是自己妹妹的妻子也能闻到，并在渐浓的夜色中给予她一丝安慰。

他站在床边，看着她，如此苍白，如此安静。从她能在镜子大厅中坐起来，像一尊不堪入目的软塌塌的圣像那样，已过去整整一年了。那些令人屈辱的日子过去了，对此他几乎感到感激，她如此深入地沉进自身中，甚至无法被移动。

他在无声的沉思中盯着她，意识到自己没有看到一丝生命的迹象。他有些警觉，看着她的嘴唇，粉色变得更淡了，几乎变成了白色，他感到一阵彻骨的恐惧。以前，即使是那些最糟糕的日子里，她也总会在他开口前欢迎他。如此安静……

“我的王后。”他叫她，清晰地发出每一个字的音节，想象着它们像一块石头落入一个宁静的池塘，溅起一阵涟漪，在水下游动的各种生物四下散开，直到石头本身落入柔软的池塘底部。“你能听到我吗？我的妹妹？”

他们之间虽然发生了那么多事情，酸甜苦辣早已遍尝，当最终听到她的声音时，他的心还是快速跳动起来。她的声音非常轻，仿佛真的是从一个非常深非常深的池塘底的淤泥下面发出来的。

“亲爱的？”

“我在这里，就在你床边。你今天怎么样？”

“更虚弱了。我……我几乎听不到你说话。我给雅萨梅兹带话去了。”她脑中想的不是名字，而是一串想法——曾祖母绝美的姐妹，流血的荆棘和冒烟的眼睛。“我不应该那么做，我没有……力气……但我……”她对他说，几乎像是在道歉。

因为担心她会用尽自己仅存的一丝力气，他快速帮她完成了她的想法。

“你在想不知道她能不能成功。而她告诉你她成功了。”

“你的计划成功了。履行了条约。不是我希望的……”

“这对你没有任何帮助。相信我，妹妹，妻子。这么多年来，我们之间发生了很多事情。但将结出果实的或许会是我的妥协方案，就像果园角落里那棵被人轻视的歪脖子树一样。”

“有什么关系呢？现在做什么都没用了。我们爱的一切都将毁灭。”

她的想法如此黑暗，他几乎感觉自己在被它们往下拉，就像一个人的目光紧盯着山路下面环绕的云朵，然后俯身向前，向下坠落……

不。他把自己拉了回来，让自己从她那里解脱出来。“希望是我们仅存的力量，我不会放弃的。”

“什么希望？对我的希望？我……很怀疑。即使如此，那么你？”他感觉到了她的嘲讽，那种熟悉而苦涩的笑意，在过去漫长的世纪中，他有时感觉那就像一种药性缓慢的毒药。“你呢，伊尼尔？”

“我不会要求任何自己不能承受的东西。雅萨梅兹把那块镜子给了她最信任、最亲近的手下，基尔。”

“那个恩科莱德精灵？但他那么年轻……”

“他会把它带给我们。他不会因为任何事情而停步——他知道它的重要性。不要绝望，我的王后。不要陷入黑暗之中。事情可能会改变。”

“事情一直在变化，”她对他说，“这是事物的本质……”但她的声音渐渐变得微弱，变得疲倦，她需要睡眠提供的那种更深的黑暗，可能会持续数天。最后一个带着黑暗笑意的泡泡向上浮到他这里。“事情总在改变，但永远不会变好。我们难道不是精灵族吗？而那不就是我们全部故事的核心吗？”

接着她的思想就消失了，他独自站在床边，看着她那沉浸在睡眠中的静默躯体。墙上的甲虫再次动弹起来，轻轻展开翅膀，重新合上，在整个房间里面投下一缕缕带着落日余晖的光芒，最后它们又一次安静下来，沉入睡眠中。

他们回来了。

那些黑色的人，那些无脸人，再一次在后面追他，穿过正在燃烧的大厅，在波动的阴影中滑进滑出，好像他们本身也是一些影子一样。这是一个噩梦吗？另一个高烧中的梦境？他为什么醒不过来？

我在哪里？壁毯蜷曲起来，冒着浓烟。**南境**。他熟知它走廊的样子，就像熟知自己的血液在血管中流动的声音和感觉。所以其他一切全都是一个梦境？那些在雾影线后面湿漉漉的森林里度过的无穷无尽的时间，也是一个梦境？基尔和范森，以及那个大声咆哮的独眼巨人，他们全都是高烧中的幻觉吗？

他向前奔跑，气喘吁吁，步伐笨拙，一身黑的无脸人在他身后渗出，像某种融化后倾倒出来的东西，失去了身体的形状，在角落处流淌，沿着一侧墙壁蜿蜒行进，变成一滴滴，一块块，然后再次恢复形体，大约有十几个，在他身后突然冒出来，紧紧跟随他的每一个动作，手指张开，往前伸着。虽然他在拼命逃跑，虽然壁毯在燃烧，现在连屋梁也开始冒烟了，他却感觉自己的思绪在自由飘动，很轻，没有重量，像热风中的一缕缕灰烬，在他身边旋转。

我是谁？我是什么？

他在解体，在分崩离析，就像埃里尔之夜点燃的篝火里的一个科里玩偶，他扑打着自己的四肢，但一点用都没有，他的头好像是用稻草或干火种做成的，火花四溅。

我是谁？我是什么？

某种能抓住的东西——他需要一种像石头一样冰凉，像骨头一样厚重的东西，某种真实的东西，阻止他在燃烧中碎成一片片。他往前奔跑，但似乎每跑一步，他的身体就会变小一些。他在失去自己，所有组成他的一切都在燃烧，在消失。追逐中的无脸人发出的冲撞声在他脑中回荡，感觉就像在聆听自己的血液在血管中流淌，他肮脏而腐坏的血液。

我就像火神一样——还要更糟。火在我身体里燃烧——把我烧尽了！

非常疼痛，是他所能想象到的最可怕的一种感觉，就像针在皮肤下面扎，像滚烫发白的铁水在骨髓中流淌，而且随着他的每一个动作而不停晃动，一阵阵钻心的疼痛从一个骨节传到另一个骨节，向上冲进他头里，就像火焰从加农炮的炮筒里爆炸开来。他只想躲开它，但怎么躲开？你怎么能从自己的血液中逃离出去？

布瑞奥妮。如果南境城堡不再是他的家了，如果通道里充满了火焰和愤怒的影子，走廊里挂着眼神睥睨的陌生面孔，他的姐姐则不同。她会帮他。她会抓住他，记得他，知道他。她会告诉他自己的名字——他如此想念自己的名字！——把她冰凉的手掌放到他的额头上，然后他会睡去。如果他能找到布瑞奥妮，无脸人就不会找到他，他们会放弃，匆忙逃走，滑走，渗回阴影之中，至少暂时如此。布瑞奥妮，他的双胞胎姐姐，她在哪里？

"布瑞奥妮！"他大喊，接着他尖声叫起来，"布瑞奥妮！救我！"

他脚步趔趄了一下，然后倒了下去，撞到了受伤的胳膊，一阵猛烈的疼痛穿过他的身体——感觉如此真实，怎么可能是在做梦呢？他挣扎着从滚烫的石头地上爬起来，胳膊比手上正在燃烧的皮肤还要疼。他不能停下，不能休息，在找到姐姐之前都不能。如果停下，他就会死掉，他对这一点深信不疑。那些影子一样的人会把他从里到外全吃掉。

他站了起来，甚至在这个梦中的世界也不得不托着疼痛的胳膊，那个他从小一直像个生病的小孩一样托着的胳膊，他对它既恨又爱。他环顾四周，一个空荡荡的巨大房间向四面伸展，黑漆漆的，只有几根倾斜的光柱从高高的窗户中落下来，是肖像厅，他觉得里面除了自己以外空无一人。无脸人还没赶上来，但他能闻到烟味，能感觉到他们越来越近的窃窃私语声。他不能在这里停下。

他面前挂着一幅画像，以前曾见过，但几乎没怎么仔细注意过，是某个古老的王后，名字他想不起来了。布瑞奥妮会知道，她一直都很了解这种事情，他深爱的、喜欢炫耀的姐姐。但那个女人眼中的某种东西，她浓密的头发，吸引了他的注意……

追逐者的声音越来越大了，似乎就在肖像厅外面，但他就像被钉住了一样，因为现在那里的画像不是某个古老埃顿家族成员的脸，那个去世多年的南境的王后的脸，而是他自己的脸，因担心和恐惧而变得瘦削憔悴的脸。

他想：**一面镜子，一直都是一面镜子**。有多少次他经过这个地方，经过一排排皱着眉头的故人画像，却没有意识到，大厅正中央挂着一面镜子？

或者这是……我的……一幅画像？他盯着里面那个满头大汗的红头发男孩惊恐不安的眼睛。男孩也盯着他。接着镜子开始变得暗淡，似乎表面形成了一层云雾，似乎即使隔了这么远的距离，他呼出的热气也让镜子笼上了一层雾气。

雾气变暗了，然后消散了，现在镜子里面是布瑞奥妮在望着他。她穿着一件奇怪的带帽白裙，他从没见过这件衣服，一件更可能是佐睿雅的修女穿的，而不是一个公主穿的裙子，但他对她的脸比对自己的脸还要熟悉——熟悉得多。她的表情很不高兴，安静却忧郁，自从他们被告知自己的父亲被背叛且被囚之后，他就再也没见过的一张脸。

“布瑞奥妮！”他大声喊，“我在这里！”

他够不到她，知道她听不到他的话，但他认为也许至少她能感觉到他。看到她让他欣喜异常，但看到的如此有限，又让他感到残忍。即便如此，只是看到布瑞奥妮那无比熟悉而完美的脸，就让他想起了自己是谁：巴瑞克。他是巴瑞克·埃顿，无论他身上发生了什么，无论他身在何方。即使这一切是在做梦——即使他处于垂死边缘，这一切是进入另一个世界之前，神灵为他安排的某种奇怪幻觉——他也已经想起了自己是谁。

“布瑞奥妮。”他说，但声音轻了一些，雾气正在笼罩镜子。在它消失之前，他觉得自己看到了一张不同的脸，一张陌生人的脸，这让他感到非常震惊，一个像他一样黑头发中夹杂着一缕红发的女孩。他无法理解发生了什么——从一张最熟悉的脸变成了一张他以前从未见过的脸……

“你为什么在我梦里？”她惊讶地问，她的话像冰冷的雨水一样，滴滴答答落入他的脑中。接着，黑头发女孩也消失了，其他一切也几乎全都消失了——无脸人消失了，肖像厅消失了，那可怕的熊熊火焰逐渐变得像湿羊皮纸那样透明，城堡本身也渐渐不见了……

当恐惧稍微减退了一些，他被关于那张新面孔的记忆吓了一跳，心中充满了恐惧、困惑，甚至是兴奋——看到它，感觉就像在干渴的嘴中尝到冰水——但他暂时放下这个记忆，这样他才能紧紧抓住更重要的东西：布瑞奥妮触到了他，越过这个寒冷的世界和诸多障碍，这种巨大的仁慈把他留在了这个世界，否则他可能已经选择了离开。对于他所处的那个梦境，他仍然一筹莫展，困惑不已，但他明白，现在自己选择了留在离这个世界更近的一边，无论生活多么悲惨而痛苦。

就像一个在深水中挣扎着向上浮游的人一样，巴瑞克开始拼命朝亮光逆行而去。

范森刚给王子腾出一块地方，用自己破破烂烂、肮脏不堪的护卫斗篷把他裹起来，巴瑞克焦躁的喃喃低语就安静了下来，他那刚才一直像弓弦一样紧绷着的身体此时突然软了下来。一阵恐惧袭过范森全身……

我失去了王子！我让他死掉了！

……男孩的眼睛眨开了。它们飞快转动着，没停留在任何东西上，似乎他想看透这间长而低矮的洞穴的石头墙壁，去寻找自由一般。过了一会儿，年轻王子的视线重新集中起来，落到费拉斯·范森身上。士兵以为男孩想要对他说些什么——或许是谢谢他一路抬着自己，或许是因为同样的原因来咒骂他，或许只是问问现在是什么日子。但王子的眼睛里突然涌满了泪水。

巴瑞克一边啜泣着，抽噎着，扑打着手脚，从斗篷和范森阻拦的手臂中冲出去，然后从地上爬到墙壁连接处的一块空地上，把脸颊埋到手中，难以控制地哭泣起来。其他几个俘虏转头望着他，那些非人类的脸上表情各异，从饶有兴趣到不可捉摸的空白都有。范森站起来，跟着王子走了过去。

我想他不会感谢你。他大脑中基尔的声音仍然显得很陌生，而且一点都不舒服——就像一个陌生人未经允许就在你家里随意活动起来。**让那个男孩好好伤心一会儿吧**。

“伤心什么？我们还活着。仍有希望。”范森大声说——他不会那种不出声说话的把戏，也没心思去学。这个地方，这片雾影之地，已经在拼命夺走那些让他成为自己的东西了，他不能去主动加快这个过程。

为他意识到自己正在失去的一切而伤心。**跟你紧紧抓住的东西是一样的——关于自己是谁的陈旧观念**。

“你怎么……从我脑袋中出去，精灵！”

我没钻进你脑袋中，阳光大陆人。范森能感觉到基尔话里的恼怒——不，是某种更深的东西。那张毫无特征的脸，此时就像一个船头一样没有任何表情，但他的话里波动着阵阵愤怒，每个想法就像一只黄蜂一样嗡嗡响。**虽然现在我的能力极弱，但对于你最强烈的感觉还是能知道一些的**，基尔说。不知怎么回事，范森可以像理解话语一样理解他的想法。**就像如果你生病了或吓得要死，有人也免不了会闻到你汗水中的臭味一样**。从他那里又传来一波蔑视。**事实上让我感觉不幸的是，我也能闻到。你们阳光大陆人闻起来都有种腐烂和死亡之气。**

因为过于好奇，范森忽略了这里面的侮辱。“我到底怎么才能明白你的话呢？我以前做不到。”

我也是直到刚才才知道你能听懂。如果情况不像现在这么危险，这倒是个值得思考一番的谜题。

范森望着巴瑞克，他的啜泣减弱了一些。刚才被巴瑞克的突然举动吓跑的一些小俘虏，此时开始慢慢朝他周围的地方挪过去，但它们看他的眼神中，恐惧似乎大于兴趣。“他在那里会有危险吗？”

基尔瞄了一眼巴瑞克。**我想不会。这个房间里的大多数俘虏都害怕我。它们感到害怕是对的，虽然我现在残缺不全。**

范森发现精灵说的是实话，在这个巨大的地下囚室中，拥挤着至少十几种不同类型和大小的动物，总共有几十个，其中一些看起来非常凶猛，但他们三个周围仍被留出一大片单独的空间。“但他们还没害怕到会把你放走的程度。”

脸上几乎什么都没有的精灵盯着范森看了很长一段时间，似乎第一次开始考虑他的存在。**你跟我说话时也可以不用出声，费拉斯·范森**。范森在基尔无言的话语中感受到的不是自己的名字，而是自己的脸庞。那么清楚地看到自己的样子，感觉太诡异了，甚至还看到自己脸上突然出现了一种恐惧又厌恶的阴沉表情，就像有人在他的思想中放了一面镜子一样。

“停下！我不想跟这种……黑魔法扯上任何关系。”

即使那意味着你会让那个男孩——你的王子陷于危险之中，你还是不愿放弃出声讲话吗？如果一半谈话被出声说出来，那么我们将永远找不到逃走的办法。在这片土地上，依旧有人能听懂阳光大陆的语言，就像那只乌鸦一样。我毫不怀疑吉库因的奴隶中也有。

费拉斯·范森思考了很长一段时间，然后点点头，虽然跟这个没有脸的非人生灵分享自己的意图，这种想法让他感到恶心和害怕。“好吧，那么告诉我该怎么做。”

非常简单，山地之人。你只需要想象自己正在说话就行了——听到自己在讲话，但把声音局限在自己心里。我会指导你。

奇怪的是，精灵说得没错——很简单。一旦掌握了这种想象自己正在说话的正确方式，他发现，基尔可以清楚地听到他表达的话，就像他用空气、舌头和嘴唇把它们发出了声音一样。是不是半神吉库因声音的力量释放了他的这种能力？但为什么巴瑞克·埃顿从一开始就能做到？

*我为什么突然间可以听明白你的话了？*他问精灵，*我们能做些什么，好从这个地方逃出去？*

*如果我已经知道了我们如何才能把自己放走，*基尔说，语气中略带一丝嘲讽的意味，也或许是一种苦涩的自嘲，*我就不会在这里浪费时间，谈论那个男孩的情绪，以及你是如何掌握了“真语言”的技能，而是开始制订计划了。*现在范森能清楚地感觉到精灵的愤怒，就像水里的人能感觉到附近的另一个人正在无助地挣扎一样。*我也不喜欢成为俘虏——或许比你还厌恶。我们稍后再谈论逃跑的问题。*

接着，通过一番深思熟虑，基尔扫走了自己的愤怒，范森感觉仿佛一阵冷风吹过。*现在，必须弄明白我们为什么会被抓住，*基尔说，刚才那阵愤怒就像从来没有发生过一样，*那是我们的第一步——会*

为其他所有步骤确定方向。接着精灵停了很长一段时间，范森以一种从来没有过的方式感知着沉默。关于是什么让你能明白我的话，基尔最后说，我说这很有意思，是因为它似乎暗示着一个问题的答案，我的民族曾对这个问题讨论了很长时间——至少负责这项任务的深渊图书馆如此。这些话出现的形式是一连串含糊不清的想法，范森只能勉强理解，而且他敢肯定自己错过了精灵想表达的大多数内容。此刻我们能做的很少，除了……

有趣？我不明白你说的有趣。他再次看着巴瑞克，后者稍微恢复了一些。男孩的眼睛红通通的，脸颊上仍然满是泪水，但他似乎在倾听范森和基尔的谈话。我不明白，他重复道。

啊，但你能明白了，那才是问题的关键。一直蹲着的基尔终于坐了下去，背靠在被煤灰熏得乌黑的粗糙石墙上。看看你周围。看到这些动物了吗？黑精灵和波克勒斯，以及其他各种各样令人感到更难受的东西？这些都是普通精灵——都是我们土地上的生物，有些甚至同我们的种族有血缘关系，但他们不是血统纯正的精灵。范森能感觉到基尔说这个词时的强调，好像它是一种拥有力量的东西，一种能产生魔法的东西。更重要的是，它们不是高等精灵。在暮光族中，只有那些被称为高等精灵的，才拥有用心灵说话的能力，也就是我们所说的‘真语言’。这种语言不能说谎，也就是我们现在正在使用的语言。

所以，为什么我能做到呢？范森问。他对可能的答案感到害怕——家族里的某种污点，某种邪恶的血统，又一个耻辱的标志，降临到自己那安静、勤劳而窘迫的人民血统身上。

有人说，曾经所有的阳光大陆人都能用这种方式说话——至少是其中一部分，跟精灵族同属于一个伟大的血统分支，他们起源于精灵，却没有跟随精灵一同进化。或许吉库因只是通过某种方式，将真语言的能力强加到你身上——他的种族，古老神灵，是无形神的孙辈，拥有许多不为人知的力量。但也有可能是同你说话的时候，他声音的力量肃清了你的心灵，就像一场猛烈的洪水，将长久以来积满淤泥的河床清理干净了。也许他只是将你与生俱来的一种能力重新还给了你。

但是……但是巴瑞克王子……范森转过头，看到男孩正望着他，眼里似乎带着仇恨。他战栗了一下，用了好大一会儿才想起自己刚才在说什么，并在大脑中形成语言。巴瑞克早就可以同你讲话，而且能明白你的话，早在我们碰到这个被你叫作吉库因的东西之前。范森在自己脑子里形成的图像无法接近基尔说他们的捕获者名字时所使用的那种复杂图像，但他觉得，自己关于那个食人魔和他那张被毁坏的巨大脸庞的可怕记忆绝对足够了。

巴瑞克王子不同，基尔突然说，不然他早就死了，你也不会跟随他来到这里。我只能说这么多。

“不要谈论我，”男孩愤怒地擦着眼睛，“不要。”

为什么我不能在脑袋里听到他——巴瑞克——的声音？范森问。

也许到某个时候你就能听到了，基尔回答，或者你们两人只能分别用这种方法跟我说话。

范森想走到王子那里，带他回来，跟他们坐在一起，但男孩表情中的某种东西让他没有动身。我们为什么会在这个矿井里，或者是囚牢还是什么东西？我们为什么没有死掉？抓住我们的那个怪物到底是什么东西？他有没有什么弱点？你说他是一个古老神灵，神灵或神灵的私生子？

基尔在回答之前看了他好一会儿。关于我们为什么没死掉，我也说不上来，费拉斯·范森，但显然吉库因更想要奴隶，而不是尸体。精灵看起来好像睡着了一样，半睁着红通通的眼睛。他用奴隶做什么，我不知道，但这个地方有着悠久而冷酷的名声。关于他是什么，我跟你说过了——无形神的孙子。

那对我来说没有任何意义。我从来没听说过这样一个神灵。

你听过，但在你们的种族中，真正的知识几乎失传了。即使是在这里，在我们的土地上，史话也已经变成了小孩子的故事。你还记得乌鸦讲的关于歪神和他曾祖母空无之神的那个小故事吗？那个故事中隐藏着一些真实的骨骼，虽然皮肉是腐坏的。真实的核心是，无形神生出了空无之神和光之神，两者又生出神灵和怪物。锁链杰克正是其中之一——一个小怪物，不是神灵，而是半神。不过他仍然拥有强大的力量。

“我们就是他的俘虏？”范森问，他的头因为这些思维谈话开始疼起来，“我为什么从来没有听说过他们——一个都没听说过？”

“你听说过，”巴瑞克说，听起来好像嘴里含满了某种苦涩的东西，“你全都知道，队长——斯瓦，空无之神，佐，她的配偶，第一道光。所有那些修士啰里八嗦的无稽之谈……全都是真的。”他似乎马上又要哭出来了，“全都是真的！神灵是真的，他们将会毁灭我们，因为我们的不信。我们不能再假装那不是真的了。”

他们不会毁灭我们，基尔说，虽然你们种族和我们种族也许会相互毁灭，但神灵不会这么做。但他听起来没以前那么肯定了，范森突然想到，真语言确确实实不能说谎。他们现在全都离开了尘世，很久以前就离开了。只有少数像这个残废的半神一样力量稍弱的子孙留了下来。

范森不得不深深吸了一口气，被这个非人生物对神灵的亵渎刺痛了——神灵离开了？我还是不明白你的意思，斯瓦和佐？我听说过他们，但佩林和三神呢？那些我们知道的神灵，那些我们崇拜的神灵呢？

他们都属于同一个家族，基尔说，一个家族，同一种血统。很久很久以前，在你们种族和我们种族还不懂得穿衣遮羞之前，他们

就开始互相残杀了。

“毫无意义，”巴瑞克抗议道，用双手捂住耳朵，似乎这样做就能把那种无声的话语挡在外面似的，“这些谈话——所有这些谈话！什么都改变不了。”他的脸变得通红，似乎皱了起来。男孩又一次哭了起来，身体摇摇晃晃：“我以为那全都是修士的谎话。而我现在遭到了惩罚……因为我那可悲又可笑的肮脏傲慢，而遭到了惩罚！”

范森站起来，快步走到王子身旁：“殿下，这不是您的错……”

“不要管我！”男孩尖叫道，“不要跟我谈论你一无所知的事情！对于我所遭受的那种诅咒，你知道什么？”他猛地趴倒在地，用头撞着石头地面，就像一个在忙不迭祈祷的人。

“巴瑞克王子……巴瑞克，起来……”范森用胳膊抱住男孩的胸部，试图把他拉起来，但王子挣脱出来，一下子重重撞到他脸上。

巴瑞克似乎根本没注意到。“不！不要来碰我！”他呻吟道，“我很脏！浑身着火！”一星唾沫挂在男孩的嘴角和下嘴唇上，“神灵选择我遭受这种折磨，这种诅咒……”

范森犹豫了片刻，然后身体稍微后仰，猛地扇了王子一巴掌。巴瑞克脚步摇晃了一下，接着跪倒在地，震惊得发不出声来。他把手缓缓举到脸颊上，然后移开，盯着手掌，似乎想发现血迹，其实范森只是用张开的手掌打了他。“你……你打了我！”

“我道歉，殿下，”范森说，“但您必须让自己平静下来，即使只是为了您自己。我们不能把卫兵招来，也不能跟其他俘虏打起来。如果以后我们能重新回到南境，您可以因为我的罪行来惩罚我，甚至可以为此处死我，如果那能让您高兴……”

“死？”巴瑞克说，刹那之间，那个乱踢乱打的男孩消失了，取而代之的是一个看起来跟他很像，但出奇镇定的人。巴瑞克的愤怒片刻之前还非常炽热，现在突然变得冰冷了。“如果你认为这件事很容易就会过去，那么你就是一个笨蛋。如果发生了不可能的事情，我们活着回到了南境，我会告诉我姐姐你对她的感情，然后把你加入她的保镖队伍中，那样，你就不得不每天都看到她，并且知道她带着嫌恶回看你。她会和宫中的其他小姐一起嘲笑你这个傲慢、愚蠢而又可怜的白痴。”

王子的视线从他身上转开了。基尔似乎陷入了自己的秘密思绪中。费拉斯·范森没有其他选择，只好沉默地坐着，好像刚被踢过一样用手托着自己的肚子。

第二十二章
公会会议

作为结婚礼物，银光之神送给苍月之女一个木头盒子，上面刻着鸟形的图案，她在里面放了自己能想起来的关于亲人和故乡的所有东西。打开盒子时，它的音乐抚慰了她的心灵。但她的父亲雷电之神无法制造出音乐来平静自己熊熊燃烧的怒火。他大声喊来自己的兄弟，说自己备受折磨，正在死去，他的心就像一块正在焖烧的石头一样压在胸前。他们来到他这里，他把自己的鸽子，自己的女儿被偷走的事情告诉了他们。

——引自《忏悔之书·百种思索》

“我不喜欢这样，”欧珀说，“告诉别人不会有什么好处。”

“恐怕这次我不能同意你的看法。”燧岩环顾了一圈前厅。过去几天的忙乱留下的证据四处可见——没有清理的工具，桌子上的尘土，没洗的碗和杯子。“我不是英雄，老婆子。我已经达到了自己能力的极限。”

“不是英雄——这是你说的话吗？但你表现得就像你以为自己是英雄一样。”

“不是我自己愿意那样的。亲爱的，说正经的，你肯定知道。”

她对此嗤之以鼻:“我把水壶放到炉子上。你知道烟道堵了吗?我们如果不被浓烟呛死就算是走运了。”

燧岩叹了一口气，身体更深地陷入椅子中：“稍后我再去处理烟道。事情得一件一件来。”

他太累了，门铃响的时候他都没反应过来那是什么声音。半梦半醒间，他把门铃声想成了公会大厅的钟声，公会大厅的房子正沿着某条地下河流漂走，沉入芬德林镇下面的黑暗中。

“是我们的门铃响了吗？”欧珀大叫，“我在沏茶。”

“对不起，对不起！”燧岩爬起来，试图忽略膝盖和脚踝处传来的抗议般的刺痛感。不，他绝对不是一个英雄。

我应该重操旧业，刻刻皂石，照看照看孙子。但我们没有孩子。直到目前为止都如此，我想。他想起了火石，奇怪的火石。

朱砂巨大的身体堵在门口：“嗨，蓝石英。我刚从采石场回来，我说过会过来。”

“请进，大师。您真是太好了。”

欧珀正在家里最好的一把椅子旁等着，手里端着一杯蓝根茶：“家里这么乱，客人来访，真是太丢人了——尤其还是您，大师。您的到来真是让我们受宠若惊。”

朱砂摆摆手：“拜访芬德林镇最有名的居民，似乎我才是荣幸的一方呢。”他呷了一小口茶，试试温度，然后噘起嘴吹吹凉。

“有名……”燧岩皱起眉头。朱砂有种随意而粗枝大叶的幽默感，但他说这话的方式听起来不像在开玩笑。

“你先是发现了那个男孩，后来他跑走时，你又把他找了回来，还有一个焕华共修会的人拿着什么东西？大个子人在这里进进出出？我听到传言说甚至还有屋顶族人，古老传说中的那种小人。燧岩，如果现在镇子里有人没在谈论你和欧珀，那么他们肯定像一个瞎眼鼩鼱一样无知。”

“天哪，天哪，亲爱的，”欧珀说，不过她语气中带有一丝近乎自豪的情绪，“您想不想再来一些茶，大师？”

“不，家里还等着我吃晚餐，欧珀夫人。工作到很晚是一回事，而如果妻子在厨房里忙碌了一下午，你回到石灰岩的家中后却说自己没胃口，那简直是自找麻烦。我这不是催促，燧岩，但也许你可以跟我说说现在心里的打算？”

燧岩笑了。这个人与自己同为大师的兄弟是多么不同啊：岩核·蓝石英在芬德林镇的地位没朱砂那么重要，但从他表现在外的那种气势上，你根本看不出来这一点，而朱砂——谁都会喜欢一个平易近人、没有任何架子和等级观念的人。燧岩对自己要做的事感到有些不舒服。

“那我就开门见山地说了，大师，”他说，“是关于我们的来访者。我需要您的帮助。”

“那个男孩有问题？”朱砂看起来有些关切。

“不是男孩——或者至少，我们说的来访者不是指他。”他声音抬高了一些，“你现在可以出来了，查文！”

医生不得不弯下腰，从卧室里面走了出来，他刚才一直坐在那里，跟火石待在一起。他虽然低下头，好让自己不要碰到天花板，但个头仍有两个朱砂高。

“晚上好，大师，”他说，“我想我们见过面。”

“哦，天哪，”朱砂显得非常吃惊，“查文·马卡洛斯，是吗？你是那个医生——那个人们以为已经死掉的医生。”

“确实有很多人希望我已经死了，”查文说，脸上露出悲伤的笑容，“但到目前为止，他们的愿望还没达成。”

朱砂转向招待他的主人：“你又一次让我吃了一惊。但这跟我有什么关系呢？”

“这跟我们所有人都有关系，现在我开始这么认为，”燧岩说，

“我再也承受不了这么多秘密了，大师。我需要您的帮助。”

石灰岩家族的首领抬头望望医生，然后又看看燧岩：“我一直都认为你是一个善良而诚实的人，蓝石英。跟我说说。至少我可以保证自己会仔细听。”

赫若索尔的护国公卢迪思看到自己的来客到了，于是做了个手势，示意自己的军事将领们退下。身穿黑袍的官员卷起标示城堡防御的图表，鞠躬，然后退出，同时用一种奇怪的眼神瞟了几眼来访的囚犯。

当然，房间里并非只剩下卢迪思和他的客人两个——除了黄金护卫，那二十五名士兵从不离护国公左右，甚至在他睡觉时也是如此，此时他们正警觉地沿觐见室墙壁一溜排开。另外，护国公还有自己的保镖，两个身形巨大的克雷斯摔跤手，双臂交叉放在胸前，表情漠然地矗立在绿宝座两边。（据说赫若索尔这个巨大的绿宝石王座属于屠龙者希里欧米蒂斯，面积非常大，足以容纳一个半神。最近一些世纪，人类统治者将宝座较低的底座部分去掉了很多，这样他们入座时，双脚可以接近地面，从而更好地展示威严。）

卢迪思，本身曾是一名雇佣军，胸脯和肩膀十分宽大，所以坐在绿宝座上时不至于看起来像个孩子。他曾经也像一座英雄雕塑般精瘦，肌肉发达，但现在即使穿着轻盔甲，而非贵族袍子——或许是为了提醒会见者他依靠武力夺取了宝座，无论如何都不会放弃——也仍然不能掩盖他的大腹便便，铁铲似的胡子也不能完全遮盖逐渐松弛的下巴。

卢迪思一边坐到没铺垫子的绿宝座上，一边示意囚犯走上前来。“啊，奥林国王。”他的声音粗哑，一听就是那种常年在混战中大声嘶吼、发号施令的人，“很高兴见到你。我们不应该做陌生人。”

“那我们应该是什么？”囚犯问，不过并没有什么明显的敌意。

“平辈。因环境的阴差阳错而聚到一起的统治者，对统治意味着什么都有一定的理解。”

“你是说，我不应该因为你把我囚禁起来而鄙视你。”

“是为了赎金而将你留下。一种再常见不过的做法。”卢迪思拍拍手，一个仆人现身，他穿着德拉卡瓦家族的号衣，一件紧身外套，上面有一幅红眼公羊的图画，这种纹章同其他家族饰章一样已经多年没挂在报信官大厅中了。**某日你或可称帝**，一句赫若索尔的古老谚语有云，**但获得尊重却需要五个世纪**。“拿酒来，”卢迪思命令道，“你也来一些，奥林？”

他耸耸肩：“好吧。至少有一件事可以肯定，我知道你不会毒死我。”

卢迪思大笑起来，用手抓着胡子：“不，绝对不会！毒死你，那是浪费了，我要给你一种珍贵的奖赏！”他对仆人挥挥手：“你听到他说的了，去吧。”他重新坐好，把毛皮斗篷往肩膀上裹紧了一些：“这海风真是冷，我们这种从平原来的人永远无法适应。你的房间够暖和吗？”

“在一个门窗全装有栏杆的地方，我很舒服。”

“在我的餐桌上你一直受到欢迎。在餐厅里没有栏杆。”

“只有带武器的卫兵。”奥林微微笑了，“请原谅。我还做不到勉强自己同一个在我的国家陷入危险时把我囚禁起来的人共进晚餐。”

仆人回来了。卢迪思·德拉卡瓦伸出手，从餐盘上拿起一个酒杯：“或者你先选？”

“我之前说过的，你不会害死我，”奥林拿起另一个酒杯，呷了一口，“赞德酒？”

“米罕酒。最后一批库存。我想他们会把酒酿坏的，现在是甜美的西斯酒了。”卢迪思一口饮尽，擦擦嘴，“你可能会看不起我的邀请，因为你是一个国王，而我只是一个篡位者——一个统领军队的农民。”他的语气仍然愉快，虽然里面有某种东西发生了变化，“国王们，如果一定要被勒索赎金的话，宁愿被其他国王勒索。”

奥林盯着他看了很长时间，然后回答：“为了获得赎金让我的国民沦为乞丐已够坏的了，德拉卡瓦。但你还想占有我的女儿。”

“其他婚配选择对她来说可能更糟。但我已经知道她的下落了……具体位置目前还不清楚。你缺少继承人，奥林国王，虽然我听说你的新妻子成功生下一个孩子，不过他仍然是一个婴儿，被无助地控制在……他们叫什么名字来着……托利家族的手中？”

“如果我之前还没有理由用剑刺穿你的身体，”奥林平静地说，“现在你正好给我提供了好几个。你永远不会得到我的女儿。希望神灵原谅我，但她死了都比成为你的奴隶好。如果那时我对你有现在这样的了解，那么我宁愿上吊自杀，也不会听你提出这样一种要求。”

护国公的眉毛挑了起来：“啊？真的吗？”

“我听说了被带到你房间里的女人发生了什么——不，女孩们。年轻的女孩。”

卢迪思·德拉卡瓦大笑起来：“是吗？在咒骂我是个禽兽的时候，或许你能跟我讲讲你自己对小幼女的兴趣，南境的奥林国王。我听说你跟佩里沃斯伯爵的女儿……建立了友谊？”

一直站着的奥林此时弯下腰，将酒杯放到地上，一些酒洒了出来，溅到大理石地板上。“我想我现在要回自己的房间，回我的牢房了。”

“我的问题一下子击中要害了吗？”

“所有的神灵都诅咒你，德拉卡瓦，佩拉亚·奥库尼斯只是一个孩子，她让我想起了自己的女儿——你这种人不会明白的。她对我很好，我们偶尔会在花园里聊天，卫兵和她的女仆都会在旁边，即使是你那肮脏的想象力也不能将那一切变得猥琐。”

“啊，可能，可能吧。但没解释那个西斯小女孩是怎么回事。”

“什么？”奥林看起来吓了一跳，甚至往后退了一步。他一只脚碰翻了酒杯，残酒泼到地板上。

“你肯定不会认为你能在我不知道的情况下跟一个女仆，或洗衣妇会面吧，不管那个小东西是干什么的，更别说还有我的城堡管家。如果这种事情发生了，我会把自己的密探像老鼠一样全都毒死，然后重新再来。”他粗鲁地大笑起来，“我不是你认为的那种笨蛋，南境的国王！”

“只是因为好奇。”奥林深深吸了一口气，再次开口时，他的声音非常平静，“她跟某个人很像，或者我这么认为，因此我要求见见她。但我错了，她没什么问题。”

“或许。”卢迪思再次拍拍手，叫来仆人，后者拿着一个盛酒的敞口壶走进来，把他的杯子重新满上。仆人看到了地板上的酒杯，面带责难地看看奥林，但没上前清理。“告诉卫兵把使者带来，”卢迪思命令他，然后转向奥林，“或许一切就像你说的那样，或许。不管怎么样，我觉得你会发现这件事很有意思。”

一个男人在另外二十五个黄金卫队士兵的护送下走了进来，他非常肥胖，两条大腿在华丽的丝绸袍子下面相互碰撞摩擦，行走时就像一头负载了太多东西的驴子一样摇摇晃晃。他的头发和眉毛刮得干干净净，胸前带着一块喷火眼睛状的金奖章。走到王位脚下时，他停了下来，带着一种漫不经心的怀疑神色看着奥林，就像一个大半生都靠以前的人生经验做出迅速决定的人，不喜欢看到任何不能被迅速归入自己大脑里各种清单中的人。

"不用在意我的……参事，"卢迪思·德拉卡瓦对胖男人说，"再读一遍你的信。"

使者弯下亮晶晶的胖头颅，举起一个用绸带系住的牛皮纸卷，开始用小孩子般的高亢嗓音读了起来：

"信件来自苏列佩斯·比沙克·阿姆-西斯三世，努沙什的选民，神佑者，圣帐鹰座的主人，四海之滨之王。愿他永生。收件人卢迪思·德拉卡瓦，赫若索尔和克雷斯领土的护国公。

"我们近来注意到你将奥林·埃顿，一个叫作'南境'的北方国家的国王囚禁了起来。我们在神圣智慧的统领之下，想同这个人谈一谈，邀请他成为我们的客人。如果你能把他送到我们这里来，或安排他跟我们的使者巴兹利斯一同回来，我们会给予你们丰厚的回报，将来亦会友善地对待你们。如果某一天赫若索尔成为我们永生王国的一部分(这正是伟大神灵努沙什显示的愿望)，你，卢迪思德拉卡瓦将会收到安全保证，并在我们的伟大帝国中享有崇高地位。

"而如果你拒绝将他交给我们，那将会引致严重的不悦。"

"本信由独裁者神圣之手亲笔签字，并盖有太阳之子的伟大印章。"使者读毕，手臂大挥，收起了牛皮卷，"您对我们的永生之主有答复了吗，护国公？"

"明天早晨我会给你一个答复，不要担心，"卢迪思说，"现在你可以走了。"

体型巨大的胖男人严厉地看了他一眼，就像在看一个企图逃避责任的孩子，不过他仍然任由自己被士兵带了出去。

不久，觐见室再次变得空荡荡的了，只剩下奥林、卢迪思和保镖。"所以，你会给他想要的吗？"奥林问。

卢迪思·德拉卡瓦再次生硬地大笑起来。他脸颊通红，眼睛只比脸颊稍浅一些，似乎他下午大部分时间一直在喝酒。"他准备好了战舰，独裁者——那个道德败坏、喜欢宦官的孩子，他很快就会朝这里进攻过来了。唯一的问题在于，他为什么想得到你？”

国王耸耸肩：“我怎么知道？他们说这个苏列佩斯是一个比他父亲帕纳德更疯狂的疯子。”

“是的，但为什么是你？而且，他怎么知道你是我的……客人？”

“这不算什么秘密，”奥林表情狰狞地笑了起来，“你让整个埃昂大陆都知道我成了你的俘虏。”

“是的，但你同那个西斯女孩谈话之后那么短的时间，这封信就来了，这倒是很有意思。你那清白的会面是不是一个……用来传达消息……的机会？”

“你疯了吗？”奥林往前朝绿宝座走了一步，两个身形巨大的保镖张开胳膊，盯着他。他停了下来，握紧拳头。“我为什么想把自己交到那么一个疯子手中？我和他以及他父亲打了多年的仗——如果不是你和那个该死的海茨帕在杰隆串通一气，把我囚禁了起来，我现在还在跟他们战斗。”他愤怒地拍着手掌，“另外，我几天之前才同那个女孩说过话——什么消息能那么快被带到西斯，然后再带回来？”

护国公歪歪头：“你说的似乎挺有道理。”似乎只是把奥林激怒了这一事实本身就让他感到很满意。“但这不意味着事情确实如此。你应该很清楚，现在是一个不可理喻的时代，你自己的城堡就被怪物和精灵袭击了。”他抬起头来，红通通的眼睛盯着奥林，“让我来告诉你——你属于卢迪思，我买了你，我会留着你。如果我把你卖了，只有我一个人会获益。如果西斯的独裁者用什么方法攻克了城堡的城墙，即使只剩下一口气，我也要确保他不会得到你。不管怎么样，不能让他得到活着的你。”说完，赫若索尔的首领挥挥手，“现在你可以回自己的房间去了，埃顿，读读书，跟女仆们调调情。”他拍拍手，看守奥林的卫兵从觐见室门外现身。“带他出去。”

⚜ ⚜ ⚜ ⚜ ⚜

覆盖芬德林镇的洞穴，其精美绝伦的雕刻屋顶在整个埃昂大陆都声名远扬。在形势好一些的时日，人们甚至会从一些遥远的国家，像佩里卡尔和德沃尼斯岛，专门赶过来观赏这些充满梦幻色彩的石头森林，这些经过至少十几代芬德林人精心打磨的作品。

石匠公会的天花板没那么有名，当然也没那么大，但自有独特的魅力，其本身亦是一件令人惊叹的艺术作品。在南境城堡地基石板下面的一个天然凹面上，石灰岩、云石英、古老的黑铁木横梁，经过芬德林人那无与伦比的技艺，被制作成一种连神灵亦会妒忌的作品。

当然，燧岩已经看过很多次了——他的祖父是对其进行最后重大修缮的团队成员之一——但即便如此，每次看到它仍会让他赞叹不已。从他所站的仪式岩石露头的位置抬头望去，天花板看上去就像一扇窗户，穿过石英晶体和石灰云朵，通往某处遥远的天堂，支撑这些云朵的是巨大的铁木圆材，厚重，制作精细，不可能仅仅是装饰性的。只有当观看者的眼睛适应了黑暗之后（随着空荡荡的空间向上延伸，黑暗反而会变得愈加浓重），他才会看到那个穿着袍子、戴着面具的人形，被一些穿着袍子、戴着面纱的更小的人形包围着，所有这些人形都倒立坐在顶部，从拱顶上面往下望。他意识到这个情景并非是某个人在向上观看，而是在向下观看土地深处——一个巨大的通道，向下通往杰兹卡尔深坑，“湿热石王”的领土——那些大人类把他叫作科涅奥斯。

不过，这个房间的真正精巧之处是在观看者的脚下——当燧岩说完话，等待人群发出的吵闹声慢慢减弱时，他正好有时间来好好欣赏一下这些绝妙的设计。围成半圆形的大师长椅和他们面对的四把石椅，围坐在一个由镀银云母做成的巨大镜子边上，因此上面的一切都被反映在下面的镜子中。燧岩和其他人似乎围坐在巨坑边缘，向下望着神灵的眼睛，而为了接近神明，宗主们似乎行走在空无之上，下面就是造物主逼真的深渊。

即使在燧岩状态最好的时候，看到这种景象也令他感到不安。今晚，整个公会聚集到一起来评判他的行为，更是令人感到彻头彻尾的恐惧。

“你做了什么？”他的兄弟岩核不出所料带头向他发出质问，“你想象不到我感到多么羞耻，我们家族的成员……”

“大师，拜托，”朱砂说，“这里还没人肯定有什么做错了，更别说燧岩让蓝石英家族蒙羞了。”

“是对整个石英分支！”血石·烟水晶大喊。他身体肥胖，眼睛突出，是诺尤迪勒的同盟，在大多数事情上都会迅速支持燧岩的兄弟，他看起来同样被燧岩所做的事吓坏了。不止他一个人这样，燧岩出现在岩石露头上时，黑石英、乳石英和玫瑰石英家族也一直在抱怨个不停。

看到我的家族赶忙过来帮我，这可真是好。燧岩只希望，石英大宗族其他成员的沉默能预示着更开放一些的想法。

“陌生人闯入神秘领地？”血石带着一种非常明显的惊异表情摇摇头，“大个头人为了躲避他们合法的统治者而藏在芬德林镇？你给我们这里带来了什么样的疯狂事，燧岩？”

“你的关切我们知道了。”朱砂说，听起来他的意思似乎正好相反。作为他所在的水银家族的大师和整个金属处最重要的领导者——大多数人认为他有一天将会取代年迈的生石灰家族的白镴，成为四个高级大宗主之一，这是芬德林人最崇高的荣誉——他是一个很好的盟友。除此之外，最重要的是，他还非常公平，通晓事理。“或许吧，”他说，“在我们大喊羞耻和传统之前，我们应该看看其他大师和我们四位尊敬的宗主是否有什么问题要问。”

火山渣站了起来，自从他父亲升任宗主之后，他就成为片麻岩家族的大师了，他瘦弱的脸上充满了焦躁的愤怒：“我想知道，你为什么把这个生活在地面上的人带来了，燧岩·蓝石英。其他事情超出了我的理解，但这件事看起来再简单不过了。他是一个罪犯，国王的摄政王正在搜寻他，如果被谁发现他在这里，我们所有人都会受到牵连。”

“我心怀敬意地说一句，大师，”燧岩说，“就像之前我说过的，查文医生是一个好人，也是奥林国王最受尊敬的参谋之一。他曾发誓说托利党人为了夺取王位而杀人，而且为了让他息声也会杀死他——好吧，我只是一个作业班长，一个工人，但在我看来，事情似乎要更加复杂，不能简单地把他称为罪犯。”

“但那并不能改变我们所处的危险，”孔雀石家族的红锆石说，她是少数几个女大师之一，“燧岩，我们中的很多人都认识你，知道你是一个好人，但出于自己的一片善心做出某种举动，同将整个芬德林镇都拖入同城堡统治者的纷争之中，是有区别的……”

一阵像是湿沙在石头上摩擦的声音打断了她的讲话，水晶家族中的红玉髓·翡翠在清喉咙。跟大师不同，宗主讲话时不用站起来，年迈的红玉髓仍瘫坐在自己的椅子上，就像一袋碎石子和石头样品。他头上方的墙上，高挂着芬德林镇的印章——伟大的阿斯提昂就像一颗掩埋在石头中的星星一样闪闪发光。“有太多问题需要考虑，我们的进展太缓慢了，”红玉髓粗声粗气地说，“哪个问题最重要，我们必须先回答哪个，然后再一步步向下挖掘，一层接一层，最后抵达整个问题的核心。”他挥挥一只瘦弱的手臂：“焕华共修会有什么看法？这……这次擅自闯入……神圣秘境有没有触怒土地长老？”

燧岩环顾一番，不过在公会匆忙组织起来的这次会议中，似乎没有人想到邀请任何修士参加。“他们知道我进入神秘领地，去寻找我……寻找那个男孩，他们也知道我把他带回来了。”当然，焕华共修会并不知道发生在那里的所有事情，燧岩也不打算将整个故事都告诉公会，正如欧珀提醒他的那样，不要对自己的同类抱以过多的信任。“他们知道小屋顶族人跟我一起往下走了一部分路。看起来他们担心的唯一一件事在于，不知道怎么回事，这一切似乎跟老修士硫黄的一些梦境一致。”

“关于土地长老，”一名几乎同红玉髓一样年迈的宗主钙华说，“硫黄忘记的内容比你们其余人知道的东西还要多……”

“是的，谢谢你，宗主兄弟，”红玉髓粗声说，“我们来继续。燧岩·蓝石英，你一开始为什么要把这个生活在地面上的男孩带到我们中间？这……不符合我们的传统。”

“我想，主要是因为我们发现他的地方很奇怪。但如果说实话，很大一部分原因是因为我妻子欧珀想把他带回家，我又说服不了她。”屋子里传过一阵低声哄笑，但只是很短暂一阵，毕竟他们眼下面临的问题过于严重。“你们中的大部分人应该都知道，我们没有孩子。”

红玉髓再次清清喉咙：“除了时间，你觉得这个医生所声称的，在我们上面的城堡里发生的那些事，跟你带回家的这个奇怪男孩之间还有没有什么其他关联？”

燧岩不得不思索了一会儿：“火石发现了一块石头，查文说那正是用来杀死肯德里克王子的东西。那可能只是一种偶然，但这个男孩发现了通往屋顶族人住处的道路，几个世纪以来从来没有人见过他们，更别说跟他们讲话了……”

“我明白你的意思了。”最老的宗主说，他点点头，同时又摆摆手，看起来就像一只上下颠倒的乌龟正挣扎着站起来。“大家还有什么想问或想说的吗？”他用那几乎快要变盲的年迈眼睛，斜眼看了看火石家族和水石家族的首领，但他们都摇摇头，只有金属家族的宗主生石灰·白镴有话要说。

“医生在这里吗，兄弟？”他问，“我们不能根据道听途说的传言做出决定。”

一个年轻些的大师打开会议室的门，招招手。查文走了进来，绑着绷带的双手抱在胸前。虽然大师会议的门是芬德林镇中少数几扇他可以挺直身子走进去的门，但他仍然低着头，缩着肩膀。他看到巨大的房间，停了下来，然后低头看看云母地板，好像是一个深渊正在自己脚下，他被吓到了。

“这是一面镜子，”燧岩从他所在的岩石露头上说，“不要害怕。”

“我从来没见过这么大的镜子，”查文说，半是自言自语，“真令人惊叹无比，令人惊叹！”

“你可以下来了，燧岩·蓝石英，”红玉髓气喘吁吁地说，“优洛斯的查文，你去代替他站到岩石露头上，我们有一些问题想要问你。”

医生被脚下的云母镜子深深吸引住了，几乎撞到坐在最后面的一个大师，但最后还是走到岩石露头处，站在圆形地板边上，左边是宗主坐的高石椅，右边是大师坐的长石椅。

当查文复述其他人已经讲过的故事时，燧岩心里涌起一阵内疚的感激之情，医生并不知道故事的全部。由于查文在镜子问题上的表现看起来几乎疯狂，所以燧岩没把关于火石镜子的全部详情都告诉他。同样，关于他从布伦湾下面穿过，去见在南境本土取得胜利的精灵族的事，他也没告诉公会的官员们。燧岩依旧不知道那一切意味着什么，但他担心，如果他把自己将某种东西交给了“暮光族”——有时人们这么委婉地称呼他们——这件事告诉了朱砂和其他人，某种男孩一开始从雾影线后面带来的东西，公会可能会认为留下男孩是一种芬德林镇无法承担的风险。

他想：**那样的话，我的日子也到头了，我妻子再也不会搭理我了，而且，我也会强烈地想念那个男孩。**

“你要意识到，查文·马卡洛斯，”水石家族的宗主钙华说，“你来这里，有可能将把我们整个镇子都卷入同南境现任统治者之间的斗争中。”他严厉地看了一眼医生，“我们有句俗语：‘来自地上的事情越少越好。’在你做的事情中，没有什么让我觉得我们应该改变这一点。”

虽然低着头，但查文仍像一座小塔一样，高高耸立在宗主们面前。“我受伤了，发着高烧，走投无路，长官。我没想到什么更重大的事情，我只是希望能从我的朋友燧岩·蓝石英那里得到一些帮助。对于那一点，我感到很抱歉。”

“愚蠢不是借口！”燧岩的兄弟岩核大喊，其他几个大师也低声抱怨着，对这种不满表示附和。

“但绝望或许能将真正的盟友联合起来。”朱砂说，许多其他大师也点点头。掌权短短一段时间，亨顿·托利已把城堡周围的全部建筑都从芬德林人手中夺走了，他对自己的计划一直很保密，只使用那些他从夏土带来的，由他亲自挑选的人力。很多芬德林的首领开始担心他们的生计——南境城堡近些年的扩展工程给他们提供了很多收入。燧岩思量，那或许会让他们比平时更愿意冒些险。

“还有其他人想发言吗？”红玉髓问，“我们是不是可以着手做出决定了？”

“什么决定，宗主？”朱砂问，“在我看来，我们有三件事情需要考虑。关于燧岩·蓝石英把外人带进秘境之中，应该如何处置？男孩火石在未经允许的情况下擅自进入秘境中，应该受到什么惩罚？（虽然由于自己的淘气，在那之后他病了很多天，也遭受了很多折磨。）还有对于这位先生，查文医生，以及他说的关于托利党和王室家族遭受袭击的事情，我们应该做些什么？”

“谢谢你，水银大师。”片麻岩家族的盖岩宗主说，“你对事情做了一个很好的总结。作为最见多识广的大师，你可以留下来，协助四名宗主进行审议。”

燧岩心中的希望提升了一些。审议中总会挑选一名大师加入，以防止四个家族之间出现僵局，对他来说，没有比朱砂更好的人选了。

五个人站起身——红玉髓的身体沉重地靠在朱砂的胳膊上——回到宗主会议室，这是一个远离公会会议室的房间，燧岩听说里面的装修十分豪华，有一个独立的小瀑布和好几个舒适的长沙发。告密者是他的兄弟岩核，后者总是迫切地想要强调自己和燧岩在地位上的区别。岩核曾是被挑选出来做第五个投票者的大师，在那之后的好几年时间里，他总是会一再谈起这件事，好像那是一件每天都会发生的事。

在这段宗主不在的时间里，其他人在公会会议室里四处走动聊天。还有一些人觉得审议时间肯定会很长，干脆去拐角处的小酒馆喝上一两杯。燧岩清楚地感觉到，自己是几乎所有谈话的对象，而他并不喜欢这种议论，于是他走到查文身边，后者正坐在靠外墙放置的一把长椅上，圆圆的脸上一副闷闷不乐的表情。

“我担心我给你带来的全是麻烦，燧岩。”

“没有的事。”他努力挤出一个笑容，“毫无疑问，是有一点儿麻烦，但如果我也那样去找你，你肯定会为我做同样的事。”

“我会吗？”查文摇摇头，然后双手托着下巴说，“有时我也不知道。自从有了那面镜子，似乎所有事情都不一样了，我甚至感觉自己不再是以前那个人了。很难解释。”他叹了口气，“但我祈祷你是正确的。无论它对我有什么影响，从内心深处来说，我希望自己仍是以前那个人。”

“你当然是了。”燧岩衷心地说，拍拍医生的胳膊，但事实上，这番谈话让他稍微有些紧张。**区区一面镜子，怎么能如此彻底地扰乱像查文这么博学的人的心神？**“也许你过虑了。也许我们甚至不应该提起你的镜子，被奥科罗斯修士偷去的那面镜子。”

“不提？”有那么一会儿，查文看起来就像一个完全不同的人，一个比燧岩的预料更冷酷，更愤怒的人，“它可能是一件武器——一件可怕的武器——而它在亨顿·托利手中，一个没有任何善心或慈悲的人。他不能拥有它！你们的人民……我们必须……”他环顾四周，似乎惊讶地发现，那么大声说话的人原来是他自己，“对不起，燧岩。也许你是对的。这一切……都很艰难。”

燧岩再次拍拍他的手臂。此时，宽敞会议室里的其他芬德林人都在望着他和医生，虽然有些人出于礼貌装成没在观看的样子。

“我们决定了，”红玉髓宗主说，“就是不做决定。至少对于最危险的问题，即关于城堡统治者托利大人的合法性问题，以及对此我们应该怎么做，暂时如此。”

“我们知道必须做出一个决定，”钙华宗主进一步阐述道，“但不可贸然行事。”

“不过，与此同时，我们对其他问题做出了决定。”红玉髓继续说，然后停下来喘口气，“燧岩·蓝石英，请站起来，听好我们说的话。”

燧岩站起来，心怦怦直跳。他试图捕捉朱砂的视线，对将要发生什么事情搜集一些信息，但从他这里望去，水银首领被穿着黑袍的宗主盖岩的巨大身形挡住了。

“我们认为男孩火石应该为自己的淘气受到惩罚，朱砂机智地提出，除非有燧岩或欧珀的陪伴，否则他不能踏出家门。”

燧岩松了一口气，他们不会把男孩赶出芬德林镇了。他一下子非常放松，几乎没听到宗主接下来还说了什么。

“燧岩 · 蓝石英本身没做错什么。”红玉髓宣布。

“虽然他本应做出更好的判断。”生石灰 · 白镴说。

“是的，本应如此，”老红玉髓说，用一种厌烦的表情看了一眼自己的同事，“但他尽了自己全力去补救糟糕的情形，并在后来意识到自己必须寻求公会的建议。对他不进行惩罚，但他不能再在未经公会同意的情况下擅自行事了。你明白了吗，燧岩 · 蓝石英？”

“明白了。”

“你能以将我们所有人团结起来的秘境的名义起誓吗？”

“我发誓。”虽然对目前所说的这些他做出了保证，但长远来看他会做些什么，燧岩对自己并没有多少信心。而且他已经慢慢习惯了去做其他人——尤其是大师和宗主们——可能认为在他权利或责任范围以外的一些事情。他和他的家庭已经深深挖进了一条极为奇怪的矿脉中。

“最后要说的是查文医生的问题，”红玉髓说，“关于他的说法我们仍然有很多地方需要讨论，不能草率做出一个决定，但现在必须做出一些选择。”他停下来咳嗽，有那么一会儿，他的胸脯鼓得老高，似乎一口气上不来了，但最后他终于喘了过来：“在我们决定怎么做之前，他将待在我们这里。”

“但他不能待在你家里，燧岩，”朱砂说，“现在已经不可能停止人们的窃窃私语了，但很可能只是由于托利家族禁止我们在城堡里工作，所以他在这里的消息才会这么久都没传到他们那里去。”

“他能去哪里……”

“我们会在公会这里给他找个地方。”朱砂转向宗主们。红玉髓和生石灰点点头，但钙华和片麻岩脸色看起来很不高兴。燧岩猜测朱砂投出了决定性的一票。

“我肯定欧珀会愿意继续给他做饭，”燧岩说，“而且她也知道他吃什么。”他对查文笑笑，后者似乎还没完全明白发生了什么。

“生活在地面上的人不怎么喜欢鼹鼠,而且他们死活不吃洞穴蟋蟀。”

其他一些大师大笑起来。此时，公会会议室里的气氛似乎变得跟以前一样友好了——虽然仍然有些紧张，但至少没人公开表示反对了。

“所以，”红玉髓举起一只手，所有大师都站起来，“十天以后我们将再次会面，做出最终决定。直到那时，希望土地长老能保佑你们顺利穿过所有的黑暗和地下深处。”

“以在黑暗中倾听的伟大神灵的名义。”其他人用错落不齐的声音一起说道。

燧岩望着大师们从会议室鱼贯而出，然后转向查文，后者仍在盯着会议室的地板，好像一个被抓到没写完作业的学生一样。“来吧，朋友。朱砂会告诉我们你将待在哪里，然后我回家给你打包一些行李。我们真的非常幸运——说实话，我很吃惊。我猜是朱砂站在我们这一边才救了我们，因为老生石灰很信任他。朱砂有一天可能会替代他的位子。”

“希望那一天还很远,”水银大师说,大踏步朝他们走来,“对于这个镇子和建造用的石头，生石灰 · 白镴忘掉的东西比我知道的还要多。”

他们朝门口走去时,查文终于抬起了头,似乎从梦中苏醒过来。“对不起，我……”他眨眨眼睛，“那个戴面纱的雕塑，”他说，指着看起来不真实的天花板，“他是谁？它是……”

“那是神灵……科涅奥斯，土地之神。”

“他肩膀上有只猫头鹰。”医生又一次低下了头。

“那是他的圣鸟。”

“科涅奥斯……”查文摇摇头，“当然。”

他没再说什么，但看起来忧心忡忡，根本不像一个生命和安全刚得到庄严的石匠公会保证的人。